S.E. HALL

Abraçar

Traduzido por Ana Flávia L. Almeida

1ª Edição

2021

Direção Editorial: Anastacia Cabo
Gerente Editorial: Solange Arten
Arte de capa: Bianca Santana
Diagramação: Carol Dias
Tradução: Ana Flávia L. Almeida
Preparação de texto: Marta Fagundes
Revisão final: Equipe The Gift Box

Copyright © Embrace by S. E. Hall, 2014
Copyright © The Gift Box, 2021

Todos os direitos reservados.
Nenhuma parte do conteúdo desse livro poderá ser reproduzida em qualquer meio ou forma – impresso, digital, áudio ou visual – sem a expressa autorização da editora sob penas criminais e ações civis.
Esta é uma obra de ficção. Nomes, personagens, lugares e acontecimentos descritos são produtos da imaginação da autora. Qualquer semelhança com nomes, datas ou acontecimentos reais é mera coincidência.

Este livro segue as regras da Nova Ortografia da Língua Portuguesa.

CIP-BRASIL. CATALOGAÇÃO NA PUBLICAÇÃO
SINDICATO NACIONAL DOS EDITORES DE LIVROS, RJ
Camila Donis Hartmann - Bibliotecária - CRB-7/6472

H184a

Hall, S. E.
    Abraçar / S.E. Hall ; tradução Ana Flávia L. Almeida. - 1. ed. - Rio de Janeiro : The Gift Box, 2021.
    292 p. (Envolver ; 02)

Tradução de: Embrace
ISBN 978-65-5636-088-1

    1. Romance americano. I. Almeida, Ana Flávia L. II. Título. III. Série.

21-71746   CDD: 813
                    CDU: 82-31(73)

Dedicado a todas as pessoas que nunca tiveram suas preces por um verdadeiro amor respondidas... que apenas disseram "obrigado" quando elas, na verdade, foram atendidas.

CAPÍTULO 1

QUERIDA LANEY

Evan

Meu celular está quase fazendo um buraco no meu bolso. Noventa por cento meu quer responder à mensagem que Laney enviou há cerca de uma hora, mas os outros dez por cento, a parte que ainda tem alguma dignidade, está vencendo. Por mais que eu queira uma explicação, simplesmente não aguento ouvir nada nesse momento.

Sawyer foi enviado por Deus, enfiando cervejas na minha mão e atraindo cada garota do bar para nossa mesa. Ele está fazendo um trabalho melhor em me distrair do que qualquer um poderia, incluindo a morena sentada na minha coxa direita nesse momento... Amanda? Mandy? Ela é gostosa, com um longo cabelo escuro, lábios cheios e peitos enormes que não tem nenhum receio em mostrar. Ela até tem um cheiro razoável e as mãos pequenas não sabem o que são limites, mas tudo em que consigo pensar agora é naquela que escapou; uma loira linda, de sagacidade ágil, língua afiada e um sorriso arrasador.

— Cara, precisa de outra? — A pergunta de Sawyer me arranca da minha miséria, e tenho quase certeza de que ele está perguntando sobre outra cerveja, não outra garota.

— Claro — respondo no automático. Infelizmente, é a resposta certa, não importa o que ele pergunte.

— Quer que eu pegue, docinho? — Mand... tanto faz, pergunta com doçura na voz, o que acabei de notar e não curti muito.

— Duas, Amy — Sawyer pede e entrega a ela algum dinheiro.

Amy? Merda, não cheguei nem perto. Ainda bem que não falei com ela nenhuma vez.

— Ela é gostosa, mano. — Sawyer ergue as sobrancelhas e move a cabeça na direção da garota, enquanto simplesmente dou de ombros. — O que foi, precisa de uma loira? Achei que seria demais, mas posso...

Levanto a mão, interrompendo-o.

— Agradeço, cara, de verdade — paro e tomo um gole da cerveja —, mas um bando de garotas não vai me ajudar essa noite. Só preciso dormir; estar pronto para um novo dia. Você pode me levar até minha caminhonete?

— Não, mas você pode acampar no meu quarto. — Ele joga algumas notas sobre a mesa e se levanta. — Vamos.

Nós saímos do bar, sem pegar as cervejas que ele já havia pagado e sem nos despedir de Amy. Fiquei feliz com nossa saída apressada.

— Por que você está se esforçando tanto por mim? — pergunto enquanto voltamos para o dormitório dele – o dormitório *dela*.

— Quer saber a verdade?

— Por favor.

— Não estou ajudando você. Quero dizer, sinto muito por você; porra, sinto mesmo. — Ele ri e me dá um soquinho no braço, sorrindo com simpatia. — É mais do que isso, porém. Laney é minha garota, e sei que ela, provavelmente, está morrendo de preocupação com você agora, então, em parte, estou cuidando de você porque ela gostaria que eu fizesse isso. Ela se sentiria melhor em saber que você não está chorando sozinho em cima da sua cerveja. — Ele ri de novo. — Mas, principalmente, porque Dane é meu garoto. Ele não é apenas meu patrão, mas também é um dos meus melhores amigos. E ele ama Laney, então eu estaria mentindo se fingisse que não estou distraindo um pouco a concorrência dele. — Ele estaciona o carro e se vira para mim, esperando minha reação a respeito de sua sinceridade.

— Ela me mandou uma mensagem. — Não faço ideia do porquê respondi com isso.

— Ah, é?

— É. — Esfrego os olhos, combatendo o princípio de uma dor de cabeça. — Eu não a respondi. Não sei o que dizer.

— Não pergunte pra mim — ele diz enquanto sai do carro. — Sou péssimo com mulheres. Bem... sou péssimo em conversar com mulheres sobre merdas importantes. — Ele abre a porta do dormitório, me deixando entrar primeiro. — Nunca vi a necessidade disso.

Deito-me no sofá de Sawyer, com uma última cerveja repousando no meu peito, pensamentos se atropelando na minha cabeça, sobre quão diferentes eu enxergava as coisas. Ela me alertou. Eu sabia que esse tal de Dane estava se intrometendo entre nós; cheguei aqui o mais rápido que pude. Só que não foi rápido o suficiente.

Quão ingênuo fui, ao pensar que eu e Laney seríamos para sempre, que a distância não afetaria nossa proximidade. Ao pensar em Laney saindo do lugar onde se manteve escondida por tempo suficiente até que conhecesse alguém, para, de fato, se apaixonar por ele, me deixando de fora – eu teria apostado todo o dinheiro do mundo que isso nunca aconteceria. Bem, lá se vai a rede de segurança. Sabe o que dizem – cuide de sua mulher ou outro homem cuidará.

Nem sei como proceder com isso – certamente não sei como, ou *se*, deveria responder às mensagens dela. Definitivamente, não sou qualificado para criar o Plano B, já que o Plano A, que me fez mergulhar de cabeça em um ano de inelegibilidade por uma garota que agora está com outro cara, explodiu na minha cara.

Em meio ao delírio mesclado com mágoa, ciúmes e um milhão de outras coisas, indelicadamente, dou uma olhada na sala de estar de Sawyer até que encontro uma caneta e papel. Quem ainda escreve cartas? Esse cara aqui, pelo visto. Apenas parece mais pessoal do que uma mensagem, e se há uma coisa que eu e Laney somos ainda, é íntimos um do outro. Não importa o que Dane tenha com ela agora, ele não pode desfazer os nossos dez anos juntos.

Posso imaginar o que ela exige dele, o que espera. Eu ajudei a estabelecer esses critérios. Provei a ela que existem caras que irão ouvi-la e tratá-la como uma rainha. Desde que ela era uma menininha, mostrei como um homem deveria tratar uma mulher, especialmente a ela. Então, ele está com uma mulher de verdade...

De nada, babaca.

Quero saber o porquê. O que ele fez, tão bem e tão rápido que acabei esquecido; Substituído? Existe algo que posso fazer para tê-la de volta? Eu a quero de volta?

Finalizo a carta perto das 4 da manhã. Mais calmo agora que coloquei as coisas no papel, os questionamentos velozes em minha mente diminuíram o suficiente para que eu pudesse, finalmente, dormir.

Tão logo pego no sono, sou acordado, pelos raios do sol que se infiltram através das cortinas, direto nos meus olhos. O relógio do micro-ondas mostra que são 9:12h. Argh. Eu queria dormir muito mais do que cinco horas.

O mínimo que posso fazer é sair e comprar o café da manhã. Sawyer tem sido muito legal, e como estou morrendo de fome, e ele tem bem uns dez quilos a mais do que eu, ele deve acordar faminto. Levanto e me visto, checando o celular por força do hábito. Há seis mensagens, todas de Laney, sendo que a última foi por volta de meia-noite. Eu não a respondi naquela hora e nem mesmo agora, saindo com a carta e a barriga vazia.

Chego no *drive-thru* mais próximo e me xingo por não pegar as chaves de Sawyer. Espero por cerca de quinze minutos na frente do dormitório, segurando as sacolas com o café da manhã, até que uma estudante bonitinha me permite entrar. Agradeço e ando devagar pelo corredor, distanciando-me dela. Não quero que ela, nem ninguém, veja meu próximo movimento patético.

Não sei bem como me lembro, mas encontro o quarto de Laney com facilidade. Tirando a carta do meu bolso traseiro, me curvo para enfiar o envelope por baixo da porta, surpreso quando escuto sua risada suave do outro lado. Ela está aqui? Ela não está com ele mais? Meu coração, de repente, se eleva, assim como minha mão, pronta para bater à porta, quando a voz dele ressoa e despedaça meu coração.

Eu deveria ir embora. Definitivamente, é a coisa certa a se fazer.

Tanto faz, abram espaço para mim no inferno, como se fosse tão diferente de onde estou nesse momento – não vou sair daqui. Suas vozes estão abafadas e estou me esforçando para ouvir, mas escuto:

— Então você me perdoa?

— Sim, homem das cavernas, eu te perdoo, mas ainda não estou pronta para me perdoar. Mas sério, não faça nada assim de novo, nunca mais.

— Prometo, querida. Eu te amo.

— Eu também.

Ah, porra. *Eu também?* O que quer que aconteça agora, não importa que palavras ela diga para mim, são aquelas palavras, as últimas para ele, que vão ficar martelando em meus ouvidos.

Como ela poderia amá-lo? Passei dez anos com a menininha, a jovem garota, e, aparentemente, o "eu te amo como um melhor amigo", mas em questão de alguns meses, ele conseguiu a mulher. A realidade me faz sentir uma onda de náusea e solidão, mas junto vem a energia necessária para mover meus pés, sem querer que eles abram a porta e me vejam parado lá como o perdedor que me tornei.

Vou em direção ao quarto de Sawyer e um novo ardor queima dentro de mim a cada passo dado. Sim, enfiei a cara no meio dos peitos de uma garota e ela tinha uma foto disso. Claro, a melhor amiga dela acordou no meu quarto, vestindo minhas roupas... mas eu nunca disse a ninguém que a amava! Nunca dei meu coração! Transferi de faculdade por ela, desisti de uma bolsa de estudos, briguei pra caramba com meus pais por isso... Com certeza, ela não deveria se perdoar. Flexiono as mãos em punhos, movendo meu pescoço de um lado para o outro, lutando contra a vontade de abrir um buraco na parede. Narinas infladas, respirando com dificuldade, dou algumas inspirações profundas antes de, finalmente, bater à porta.

Quando Sawyer abre, só tenho uma coisa a dizer:

— Ontem à noite foi um fiasco. Acha que podemos fazer melhor hoje?

Ele sorri e me cumprimenta com um soco no ar, o que entendo como um sim.

Quero que tudo vá se foder. Os filmes da Disney são uma merda mesmo – tragam-me um pornô!

CAPÍTULO 2

O CALOR DA GEÓRGIA

Dane

Depois de uma briga tremenda com Laney, eu queria dar a ela um pouco de diversão esta noite, então estamos a caminho do *The K*. Convidei a galera, por minha conta, para uma noite leve de curtição. Tate ainda não pode fazer isso, mas todos os outros voltaram de suas férias e concordaram em se juntar a nós.

Olho de relance para ela, desviando o olhar da estrada, e a vejo muito quieta no assento.

— Está pronta para se divertir hoje à noite?

— Claro — responde, baixinho, dando um pequeno sorriso.

Ela disse que me perdoou, mas ainda está, obviamente, se culpando. Ela me deixou, furiosa, por causa da cena com Evan na minha porta, e nunca quero me sentir tão vazio e desamparado de novo. A perda não me é estranha, mas agora que deixei Laney entrar e entreguei a ela toda minha vida e coração, ficar sem ela simplesmente não é uma opção. Então, preciso aprender a lidar com a questão do Evan com um pouco mais de tato – eu consigo fazer isso.

— Você ainda está brava comigo, amor? — Seguro sua mão e sinto uma pontada de mágoa quando ela se encolhe ao meu toque.

— Não, eu disse que te perdoei, e é verdade. — Ela suspira profundamente. — Só me sinto mal em sair e me divertir, quando sei que ele está magoado.

Eu soube desde o começo que Evan era importante para ela, então seria um idiota de pensar que ela simplesmente logo superaria, mas era muito mais fácil de aceitar quando ele estava a horas de distância. Agora ele está aqui e não sei o que diabos fazer – devo tocar no assunto? Ignoro? Levo-a em uma viagem relaxante esperando que ela, de repente, me diga o que realmente está pensando? Levo sua mão até meus lábios, beijando-a suavemente, escolhendo minhas próximas palavras com cuidado. Não tive classe ao lidar com Evan na minha casa – ela tinha razão –, e desapontá-la me machucou profundamente. Geralmente, quando ela olha para mim, vejo amor e aceitação; quando ela foi embora, seu olhar era puro desgosto. Nunca mais quero receber aquele olhar dela, então estou andando na corda-bamba, tentando equilibrar sua paz de espírito e nosso futuro, simultaneamente.

— Dê tempo a ele, Laney. Deixe-o se acalmar, aí talvez vocês possam conversar.

Dou tudo de mim para não ranger os dentes ao pensar nos dois juntos, conversando, mas ela é meu único e verdadeiro amor, meu ar, e odeio ainda mais a ideia de ela estar infeliz. Conhecê-la e deixá-la me conhecer tem sido a melhor coisa que já aconteceu comigo. Amo fazê-la rir, aquele som é meu Zen, e ela é a pessoa mais engraçada que já conheci. Passei pelos momentos da vida apaticamente por anos, e agora que encontrei um motivo para sorrir, prevenir, imaginar... devo garantir que eu faça tudo o que posso para fazê-la sentir o mesmo, ainda que isso signifique dar algum espaço para ela e Evan. Ela precisa encontrar o ponto com ele onde ela possa se perdoar, mas nada mais – o único jeito de ficar sem Laney é se eu morrer lutando por ela.

Seus olhos estão marejados, a ponta de seu nariz ficando vermelha por causa das lágrimas não derramadas.

— Você acha mesmo? Que ele realmente vai me perdoar?

Não aguento vê-la assim. Estaciono o carro o mais rápido que posso, e em instantes, puxo-a para meus braços, afagando suas costas.

— Sim, Laney. Acho que um dia vocês serão amigos de novo, e com o tempo, ele verá que você está feliz.

Ela sorri para mim, acariciando minha bochecha.

— Estou muito feliz — diz. Sua voz é sincera, mas seus olhos evidenciam sua culpa. — Eu te amo, Dane. Você me faz mais do que feliz. Só odeio que precisei machucá-lo para poder te amar. Mas isso não é culpa sua. — Ela pressiona seus lábios macios nos meus e quando me encara, seus olhos estão secos e seu sorriso agora é bem maior. Ela pôs uma máscara, escondendo sua tristeza para garantir minha felicidade. — Vamos entrar e nos divertir, okay?

— Tem certeza? Nós podemos ir para casa agora mesmo. — Passo o dedo por seus lábios, querendo senti-los contra os meus de novo.

Ela beija meu dedo, fazendo o desejo tomar meu corpo, e ri do longo suspiro que dou.

— Já estamos aqui. Vamos.

— Por você — cedo, entrelaçando nossas mãos.

Ela está incrível. Cerro a mandíbula e minha raiva aumenta a cada olhar voraz em sua direção, mas ela nem percebe. Essa é uma das minhas coisas favoritas a seu respeito – ela não faz ideia do efeito que causa em qualquer homem em um piscar de olhos. Ela está entretida conversando com Kirby, mas sua mão delicada não se afasta da minha coxa. Faço um esforço para me concentrar em Zack, que está conversando comigo do outro lado da mesa, mas estou sempre de olho em Laney.

Quando Zach leva Kirby para a pista de dança, meu amor se inclina para sussurrar em meu ouvido:

— Maldito Sawyer! Agora devemos vintes dólares pro Tate!

Tate, Bennett, Laney e eu tínhamos apostado no começo do confuso, porém muito intrigante, ménage à quatre entre Sawyer, Zack e as gêmeas Andrews. Parece, agora, que Sawyer saiu completamente da jogada, custando a mim e Laney vinte dólares. Nós íamos perder, mesmo que Zack ficasse com Avery, mas agora que ele está enroscado com Kirby, na pista de dança, parece que devemos em dobro.

Rio, aliviado que ela está de bom humor e com sua típica energia ativa, e beijo seus doces lábios.

— Vou pagar sua dívida, amor — afirmo.

Ela balança a cabeça, revirando os olhos.

— Sawyer não tem permissão de brincar com meu time de softbol, Dane. Vou acabar com ele.

— Vou avisá-lo. — Rio de novo, amando o tanto que ela fica fofa com o cenho franzido de raiva. — Ou fique à vontade para fazer isso você mesma. — Dou uma piscadinha e balanço o braço para chamar a atenção de Sawyer.

Ele está trabalhando essa noite, mas conhece suas prioridades; sair detrás do bar e ajudar com meu plano. Ele vem até nossa mesa e, claro, agarra minha mulher em um abraço de urso. Fico feliz em saber que eles parecem ser bons amigos de novo. Ela ficou furiosa com Sawyer quando ele apareceu na minha casa, sem avisar, com Evan a tiracolo, mas ele tinha me contado, e eu, estupidamente, decidi não repassar essa informação, o que foi culpa minha – não dele. Garanti que ela o perdoasse completamente, enquanto rastejava para conseguir meu próprio perdão.

— Fica de olho nela — murmuro para Sawyer, esperando-o assentir antes de sair de fininho.

Passei a alça do violão pela cabeça e a observei olhar ao redor, atenta, esticando o pescoço; o coitado do Sawyer está prestes a levar um tapa se não contar aonde fui. Ao tocar dois acordes, seus ombros relaxam e ela se vira, sua feição agora serena enquanto me encara. Canto para ela, diretamente para ela; é a única maneira de alcançar sua alma imediatamente. A música é uma de nossas ligações mais profundas e hoje escolhi *Endlessly*, de *Green River Ordinance*, dedilhando um pouco do meu próprio estilo no violão. As palavras não poderiam ser mais adequadas para nós.

Ah, minha garota forte. Observo seus lábios rosados tremerem, e ela acaba mordendo o inferior, se recusando a deixar suas lágrimas, que enxergo daqui, escaparem. Ela sorri e seus lábios formam um "eu te amo", fazendo meu coração chegar à estratosfera. Estou muito tentado a parar a música, mas consigo me segurar e terminar com uma surpreendente salva de palmas.

Passo freneticamente entre as pessoas que me cumprimentam com tapinhas nas costas, para chegar até Laney. Ela envolve seus braços ao redor do meu pescoço, um sorriso encantador tornando seu rosto ainda mais lindo, e chego à conclusão de que tinha sido a maneira perfeita de distrair nossas mentes de tudo que é errado, e focar em tudo que é certo.

— Aquilo foi incrível, Dane. Amo quando você canta pra mim.

— Eu amo você — sussurro em seu ouvido, acariciando sua orelha com meus lábios.

— Me leva pra casa — ela murmura.

— Achei que nunca fosse pedir. — Entrelaçando nossos dedos, a levo para a saída, nos despedindo rapidamente do nosso grupo.

Ele já está nos encarando quando o noto parado entre nós e a porta. Sei exatamente o momento em que Laney percebe sua presença, porque sua mão aperta a minha e um arrepio passa por todo o seu corpo. Seguro-a mais forte contra mim; não importa o que aconteça, ela não vai sair do meu lado. Não vou ser um babaca; prometi a ela que não faria aquilo nunca mais, mas também não vou dar mole. Ele se mantém firme enquanto chegamos mais perto, seu olhar duro, indo em direção a Laney. Ela estremece, mas rapidamente se recompõe, endireitando a postura.

— Oi, Evan — ela diz, corajosamente.

Ele apenas franze o cenho.

— Eu te liguei e mandei mensagens — diz ela, baixinho. — Achei que poderíamos conversar.

— Eu as recebi — ele retruca, com um tom de escárnio.

Permaneço em silêncio, deixando-a dizer o que precisa, mordendo a língua para mandá-lo tomar cuidado com a forma como fala.

— Ah, okay então. Só pensei...

Ele levanta a mão, interrompendo suas palavras.

— Não vamos fazer isso — seu olhar se vira para mim —, aqui.

Ela acena, rapidamente, e segura minha mão, pronta para ir embora.

Bem, esta noite melou toda em um segundo. A viagem de carro para casa é terrivelmente silenciosa, sua angústia, palpável. Quase a deixo refletir...

— Fala comigo, amor — finalmente digo, acariciando sua coxa. — Me fala o que você está pensando.

Ela dá um longo suspiro.

— Eu o magoei, mais do que poderia imaginar. Evan nunca é cruel, e o jeito como ele agiu hoje... bem, agora sei que as coisas estão realmente ruins.

Seguro sua mão, roçando nossos polegares.

— Acho que você está errado, Dane — ela diz, triste. — Não acho que ele vá me perdoar, nunca.

O que eu respondo? Não posso dizer o que realmente estou pensando – quanto tempo isso vai durar? Quando podemos parar de falar sobre isso?

15

Continuo calado e encaro a pista à minha frente.

Ela vira o belo rosto, descansando a bochecha contra o banco.

— Não faça isso, Dane.

— Fazer o quê? — Queria não estar dirigindo agora, para que pudesse focar em sua fisionomia. Isso responderia todas as minhas perguntas, sem dúvida.

— Você não é o único com um sexto sentido. Sei o que está fazendo.

Não contenho um sorriso, feliz de saber que ela, de fato, me conhece tão bem quanto eu a conheço.

— O que estou fazendo, amor?

— Você está duvidando de nós. De novo. Não podemos fazer isso toda vez que o virmos, Dane. Vai me chatear sempre que eu enxergar a mágoa no olhar dele. Mas isso não significa que qualquer coisa vai mudar entre nós. Não vou mudar de ideia. — Ela ergue nossas mãos unidas, beijando a minha, delicadamente, depois repousando-as contra seu peito. — Ele foi meu primeiro amor, e eu gostaria de mantê-lo em minha vida, mas você é o meu *para sempre*. Você é a chave que destranca partes de mim que eu sequer sabia que existiam.

Felizmente, entro na garagem assim que ela termina de falar, porque não posso esperar nem mais um segundo para abraçá-la.

— Laney... — Seguro seu rosto, beijando-a com voracidade. Sua boca se molda à minha, sentindo o gosto de sua bebida frutada e de Laney, e seu gemido me diz para tomar mais, bruscamente, o que faço de bom grado. Nós dois estamos sem fôlego quando nos separamos, mas consigo dizer:

— Você é meu tudo, todos os dias. Vou te amar muito, para o resto da minha vida. Eu juro.

— Eu sei — ela sussurra, me beijando mais uma vez, rapidamente, antes de abrir a porta. Eu a sigo para dentro de casa, parando para apagar as luzes e trancar tudo.

Ela entra como se fosse a dona do lugar, e me deixa feliz pra caralho que se sinta assim.

Depois de sua rotina noturna, ela sobe na cama comigo, colocando uma longa e bronzeada perna em cima da minha, descansando a cabeça no meu peito. Ela está com o cheiro da sua loção favorita de lavanda, a pele ainda mais macia do que costuma ser quando passo meus dedos acima de seu joelho exposto, agora que sua camisola subiu um pouco. Por nunca ter estado apaixonado antes, ou em um relacionamento verdadeiro com uma mulher, não tenho certeza do que devo fazer agora. Algo me diz que preciso ser sensível à noite difícil que ela teve e simplesmente abraçá-la, mas o homem que existe aqui dentro está desesperado para marcá-la, reivindicá-la e dar a ela tudo que precisará de mim, e somente de mim.

Quase convenci meu pau de que não é ele quem manda, quando ela se aconchega a mim, se movendo de modo que a quente, e quase invisível calcinha encoste em minha coxa. Meu braço, instintivamente, se aperta ao redor dela, e deixo escapar um grunhido.

— Laney? — Sei que ela não está dormindo. Trapaceira tentadora.

— Hmmm?

— Estou tentando ser um cavalheiro sensível e carinhoso agora.

— Faça o que achar melhor — murmura, fingindo sonolência, enquanto move levemente os quadris.

Ah, porra.

Ela está deitada de costas, as mãos acima da cabeça enquanto meu corpo cobre o seu, antes mesmo que eu saiba o que aconteceu. Abaixo a cabeça, aspirando seu doce aroma, chupando a curva entre seu ombro e pescoço. Sem poder mexer as mãos, ela se contorce embaixo de mim, gemendo. Passo minha língua da base de seu pescoço até sua orelha, onde quem geme agora sou eu.

— Você é o amor de quem?

A *sexy* e teimosa garota se segura, recusando-se a me responder, então uso minha mão livre para levantar sua camisola. Seus músculos tremem sob minha boca enquanto mordo e lambo seu abdômen, beijando seu umbigo como se fosse sua boca. Suas pernas me prendem, buscando mais contato.

— Diga, Laney. Você é a garota de quem?

Ela morde o lábio inferior, lutando contra as palavras, me fazendo torturá-la ainda mais. Estou fazendo seu jogo, e mais do que disposto a participar. Meu pau dói de tão duro, o suficiente para causar um estrago, e me pressiono entre suas pernas.

— Quem você quer aqui, amor?

Seus olhos inocentes entrecerram em uma luxúria provocante, enquanto ela, sensualmente, passa a língua em seu lábio inferior. Deus. Isso me deixa louco e ela sabe disso. Em um único movimento, rasgo sua calcinha, deixando-a pender em sua cintura, e levo apenas um dedo, traçando-a e provocando-a de volta.

— Dane... — Meu nome soa como um gemido, enquanto sua cabeça se move de um lado ao outro, as bochechas coradas.

Lá vamos nós – meu nome. Eu a apoio de todas as maneiras que ela precisar, sempre serei o parceiro sensível e carinhoso, mas no fim das contas, vai ser meu nome que ela vai gemer. Meus braços serão os que vão segurá-la. Laney é minha. Espero, de verdade, que ninguém confunda minha gentileza com fraqueza; isso seria me subestimar.

— Estou bem aqui, linda. — Soltando suas mãos, tiro suas roupas do caminho e ela se contorce para ajudar. — Coloque um em minha boca — digo em um rosnado, com a visão de seus seios esplêndidos.

Com o olhar chocado, seguido de um sorrisinho perspicaz, ela segura um seio e o leva até meus lábios. Agarro o mamilo tão macio e rosado quantos seus lábios, sugando enquanto seguro firmemente o outro. Logo mudo de lado, mostrando que aprecio os dois em igual medida, enquanto as mãos de Laney seguram meu cabelo com força, puxando-me para ela. Ela é tão responsiva nas preliminares, seus mamilos são uma área bem sensível, e mostro a ela o tanto que os amo.

Incapaz de aguentar por muito mais tempo, mas ciente de que preciso deixá-la completamente preparada para me receber dentro dela, minha boca liberta seu seio. Ela reclama e tenta puxar minha cabeça de volta. Rio do quão adorável ela é e passo meu nariz pelo seu, outro de meus gestos favoritos.

— Quero sentir seu gosto — digo contra seus lábios.

Essa será outra primeira vez para nós, e tenho quase certeza de que é a primeira vez mesmo dela, mas o animal possessivo em mim precisa saber.

— Serei o primeiro a te lamber ali embaixo?

Seu ofego não me passa despercebido.

— Sim, apenas você — ela responde com a voz rouca, realmente empurrando minha cabeça para baixo.

Que coisinha ávida! Eu amo isso; amo o quanto ela me quer, como ela esquece que é nova nessas coisas quando estamos só eu e ela, juntos assim. Ah, como fode com a minha cabeça, meu coração, saber que sou seu primeiro nisso também. O primeiro gosto que sinto é como o paraíso.

Ela é macia e doce, sua essência é pura e inocente e se infiltra pelas minhas narinas, quase me levando à loucura. Eu poderia me banquetear com ela por horas, só fazendo isso. Enfio minha língua dentro de sua boceta e lambo por fora, devagar, finalmente dando uma mordiscada suave em seu clitóris. Ela grita e arqueia as costas, então agarro seus quadris para mantê-la no lugar, repetindo todo o processo. Suas coxas começam a tremer e seu gemido é longo, lento e ininterrupto, e quando enfio mais dois dedos, abruptamente, ela quase fica louca.

— Ai, meu Deus, Dane! — grita enquanto a lambo bem devagar, minha língua movendo-se de maneira selvagem e suave contra ela, guiando-a em um orgasmo intenso e duradouro, até que ela, finalmente, relaxa após gozar na minha boca.

Ergo a cabeça e deparo com seu olhar preguiçoso e saciado.

— Você me quer, Laney?

— Mmmmmm... — ronrona, estendendo os braços para me puxar contra o seu corpo. — Agora — murmura, ainda meio aérea.

— Agora, o quê? — Roço as pontas dos meus dedos pela parte interna de suas coxas, sentindo seus arrepios. Eu me ajoelho entre suas pernas e tiro minha camiseta, sorrindo ao ver seus olhos apreciando meu corpo.

— Faça amor comigo — sussurra, umedecendo os lábios e me encarando.

— Bem, okay, meu amor. — Dou uma risada suave quando me levanto um pouco para abaixar a calça e a cueca. — Você devia ter dito isso antes... — Pisco e ela começa a rir.

Eu amo o fato de sermos tão sincronizados na cama. Por mais que eu precise estar no comando, eu também adoro que ela interaja comigo com sua sagacidade provocante e as brincadeiras *sexy* que só eu compartilho. Ela combina comigo, e, constantemente, me supera, em muitos níveis, e no quarto, meu Deus, ela é fenomenal. Se eu tivesse que responder a um questionário e encomendasse minha fantasia perfeita, eles me enviariam Laney Jo Walker.

Sem pressa alguma, eu me afundo em seu calor aconchegante e, como da primeira vez, me sinto em casa; o lugar mais perfeito onde eu poderia estar. O lugar para o qual fui feito.

— Pooooorra — rosno, sem sentido, ao me enfiar por completo em sua boceta. Ela estende os braços e agarra minha bunda para que eu vá mais fundo ainda. — Calma, eu não quero te machucar. — Ela ainda é nova nisso tudo e vai acabar sentindo os efeitos amanhã, então eu me contenho apesar de seu

19

desespero. — Eu quero ir devagar e apreciar cada minuto disso — ofego. Estar dentro dela, seu corpo se tornando um vício escaldante, é maravilhoso, e nunca senti nada igual. — Você é tão gostosa, Laney, tão suave e apertada ao meu redor.

Com sinceridade, nunca senti nada nem de perto parecido com is... Merda! A camisinha!

Ela parece ter sentido meu corpo ficando tenso.

— Dane? — Seus olhos assustados me encaram e ela aperta meus ombros. — Eu fiz alguma coisa errada?

Eu prefiro fazer qualquer coisa a me retirar de seu calor nesse exato momento, mas isso seria egoísmo demais, e Laney vem sempre em primeiro lugar. Com uma careta, eu deslizo para fora e passo a mão no meu rosto.

— Laney, eu sinto muito, querida. Eu esqueci a camisinha.

Ela começa a rir loucamente. Estou esperando um grito, um tapa, qualquer coisa, mas ela simplesmente ri! Ela se senta na cama e envolve minha cintura com os braços.

— Eu confio em você, Dane. Você nunca me faria mal intencionalmente. Você pode me dizer qualquer coisa, ainda mais porque está cuidando da minha saúde.

Uau, espera... o quê?

— Laney, estou limpo. Eu tenho que fazer exames médicos todos os anos, por causa do seguro e por exigência das minhas empresas. E não estive com ninguém desde, bem, já tem um tempo... bem antes da última bateria de exames, para dizer a verdade.

— Então por que você está tão preocupado? — Ela beija meu queixo e acaricia um ponto tensionado em minhas costas. — Acho que também posso dizer que estou limpa, né?

Será que tenho mesmo que explicar as implicações todas para ela? Não, e leva apenas alguns segundos antes que sorria outra vez, me encarando.

— Você sempre esteve em torneio com a equipe de softbol, com aquelas calças brancas apertadas, longe de casa, e no calor da Georgia. Quando sua menstruação desce?

Espero um minuto antes de ela responder, seguro de que não tenho que dizer mais nada.

— Bom, já desceu e foi uma merda. Mas como tomo pílula, sempre sei certinho quando o período vem. Eu tomo anticoncepcional desde sempre. Foi o melhor conselho que a Kaitlyn podia ter me dado. — Ela beija a ponta do meu nariz e me dá um sorriso. — Está tudo bem, amor.

Dou um suspiro aliviado, e tento retribuir seu sorriso encorajador, mas ainda estou um pouco abalado. Laney tem dezenove anos de idade, com uma vida sexual ainda engatinhando, e eu fui descuidado com ela. Hesito um pouco ao pensar no assunto, porque, realmente, a sensação ao não usar o preservativo foi maravilhosa.

Concentre-se, cara!

— Então... onde estávamos? — Ela mordisca minha mandíbula, trilhando um caminho até chupar meu lóbulo da orelha. — Você não vai desistir logo agora, vai?

— De. Jeito. Nenhum — advirto e a deito de costas, pegando o preservativo na mesinha de cabeceira para fazer as coisas corretamente desta vez. Pairo acima de seu corpo e as brincadeiras são esquecidas. Seus olhos estão ávidos, a respiração ofegante.

— Me ame, Dane — ela diz e sua coluna faz um arco convidativo, seus joelhos se abrem mais ainda e eu me afundo em uma estocada suave.

— Eu te amo, *baby*, eu vou amar sempre.

CAPÍTULO 3

CAMPO DE BATALHA

Evan

Vê-los juntos, de novo, realmente me tirou do chão. É melhor eu me acostumar, já que a *Southern* é meu novo campo de batalha e não é tão grande. Estou sentado na banqueta, repassando a cena em minha cabeça inúmeras vezes, pelo que parecem ser horas. Devo parecer completamente desamparado, já que sinto Sawyer abrir uma cerveja e entregar para mim.

— Valeu.

— Sem problemas. Não pedi naquela noite, mas você está com a identidade, caso precise, certo?

Assinto.

— Só confirmando. O lugar é do Dane e tal, não ia querer complicar as coisas para ele.

Dane é o dono desse bar? Claro que Dane é dono desse bar. E de uma mansão. E agora ele tem Laney também. Mas que merda – ele poderia ser mais impressionante? Mais sortudo? Não há nada de errado em odiar aquele cara, e caramba, como o odeio. Então, sim, vou com prazer sentar aqui e beber toda a porra da sua cerveja de graça, até não aguentar mais.

Sim, com essa você o pegou, Evan.

Um fraco aroma de almíscar doce desvia minha atenção das habilidades de Sawyer com as garrafas, e, de canto de olho, vejo uma loira que se inclina no bar. Oh, mas que diabos – inclino-me para trás, olhando-a de cima a baixo. Nada mal mesmo.

— Oi, Sawyer — ela o cumprimenta por cima da música. — Vodca com limão, por favor.

Sawyer devolve um olhar para ela, não sei de que tipo exatamente, e começa a preparar as bebidas. Assim que ela percebe que a estou encarando, curioso, ela se vira para mim, seus grandes olhos azuis me analisando rapidamente, antes de se voltar para Sawyer com o cenho franzido em confusão.

— Whitley, este é Evan. Evan, Whitley — ele nos apresenta. Às costas da garota, ele passa um dedo pela garganta, balançando a cabeça efusivamente.

Seguro uma risada, estendendo minha mão para ela.

— Prazer em conhecer você, Whitley.

— Você também, Evan — ela responde, faceira, sem soltar minha mão. — Como você conhece Sawyer?

Dou de ombros.

— Foi coincidência. O conheci através de uma garota que conheço aqui.

Ela levanta as sobrancelhas, fazendo um biquinho. Ela olha de volta para Sawyer, de novo fazendo perguntas silenciosamente.

Ele acena a mão para ela.

— Vá dançar, Whit. A gente se vê depois.

Não muito feliz por ter sido dispensada, ela pega as bebidas e, resmungando, vai embora.

— Não vá por esse caminho, cara, confia em mim.

Não estou "indo" para lugar nenhum, mas agora ele atiçou minha curiosidade, então pergunto:

— Por quê?

— Primeiro, ela gruda igual cola. Segundo, Laney a odeia.

Tento não mostrar nenhuma reação, mas ele me deixou intrigado agora.

— Por que Laney odeia ela? — pergunto, ávido demais.

Ele atende outro cliente, me fazendo esperar. Ele sabe muito bem que seu silêncio está me matando. Desgraçado.

— Vou te contar — olha por cima do ombro, enquanto se abaixa no freezer para pegar outro pedido —, mas vai te custar.

— Quanto?

— Uma trinca.

Uma tri o quê? Acho que Sawyer tem bebericado as bebidas lá atrás.

— Repete? — Encaro a dose que ele me passou, sabendo que é uma péssima ideia depois de ter começado com a cerveja. Quantas vezes já ouvi o dito fuleiro 'cerveja antes de uísque cura ressaca'? Contra meu

23

bom-senso, entorno tudo, e suspeito de que vou precisar de várias delas, se continuar frequentando esse lugar insano.

— Trinca. Dance com uma morena, uma loira que não seja Whitley, e uma ruiva. Quando terminar, vou te contar o porquê Laney a odeia. Consiga o telefone de uma delas e vou contar a história sobre como Laney ameaçou bater nela com um taco na primeira vez em que se conheceram.

Saquei o que você está fazendo, Sawyer. Solteiro e na pista? Na verdade, não, mas qualquer história referente à Laney que ele possa me contar vale a pena – talvez a informação me ajude. Se não ajudar, pelo menos me dará uma ideia do que ela andou fazendo durante todos esses meses em que estivemos separados; como ela passou da minha doce e inocente Laney para... não mais *minha*. A Laney dele. O relato de Sawyer pode ser tudo que conseguirei.

— Não sou um bom dançarino — murmuro, perplexo que estou sequer considerando esse plano idiota.

— Katie! — Sawyer grita e, na mesma hora, uma ruiva maravilhosa se esgueira para o bar, se erguendo para enfiar a língua na garganta de Sawyer.

— Ensina o meu garoto aqui a dançar, gostosa? — ele pergunta quando se solta dela em busca de ar.

Sua atenção se volta para mim, como se Sawyer a estivesse comandando com um controle remoto, e ela segura minha mão, me puxando da banqueta.

— Vamos lá, bonitão. A mamãe vai te ensinar alguns truques.

Duas músicas depois, decido que Katie merece um diploma, porque ela me ensinou bastante coisa. Não tive coragem de dizer a ela que eu já sabia dançar, que tinha sido só uma desculpa esfarrapada para Sawyer, porém, assim que ela começou, eu não quis revelar o fato. Aquela garota não tem vergonha, e dança com o corpo inteiro – língua, mãos, pode escolher. Foi divertido, minha mente se distraiu por um tempo, mas agora já deu. Garotas como Katie não valem nada; ela tinha enfiado a língua na boca de Sawyer cinco minutos antes de rebolar a bunda contra a minha virilha – esse estilo sem amarras simplesmente não é para mim.

Ruiva, porém – missão cumprida!

Whitley surge em minha frente e olho em volta, procurando a morena ou outra loira mais indefesa possível, para que eu complete o esquema ridículo de Sawyer e consiga minha informação sobre Laney.

— Você parece péssimo — Whitley infere.

Garota perspicaz. Um sorriso me escapa.

— Está tão óbvio assim?

— Está — afirma. — Katie não faz o seu tipo?

Balançando a cabeça, dou-lhe o princípio de um sorriso.

— Nem um pouco. Foi ideia de Sawyer.

— Vamos lá. — Ela segura minha mão e me leva para sua mesa, agora vazia. — Senta aí.

Concordo imediatamente. Queria apenas ir para casa, mas estou preso em um limbo. O novo semestre ainda não começou, então meu quarto ainda não é oficialmente meu por mais alguns dias e não tenho condições de ir dirigindo para a casa dos meus pais. Muito simples, não tenho nada a perder ou outra coisa melhor a fazer além de me sentar aqui e conversar com Whitley.

— Então, por que um cara com a sua aparência precisa de Sawyer para encontrar alguém com quem dançar? Se é que você pode chamar aquilo de dança — ela diz, na lata. E tem razão – aquilo não era dançar.

Dou de ombros.

— Ele está tentando me animar; me fazer conhecer garotas, acho.

Ela dá uma risadinha.

— Duvido que você precise de ajuda para encontrar garotas, também.

Simplesmente escapou; quando ela percebeu que falou em voz alta, seu rosto corou e seus olhos se arregalaram. Ela fica bonita assim, suavizou-a um pouco. Whitley é muito atraente; perfeita demais, porém. Quando olho para ela, vejo dinheiro; ela é uma garota que tem tudo do bom e do melhor, com a vida metodicamente planejada, e, se não me engano, quer tudo, menos isso. Seus ombros nunca se curvam, sua postura não é nada além de perfeita. Nenhum fio do cabelo loiro brilhante sai do lugar. Mas seus olhos... seus olhos são de um azul ofuscante e a tristeza legítima por trás deles é uma das poucas coisas nela que não é intencional.

— Obrigado. — Desvio o olhar, mais constrangido com seu elogio do que com as reboladas de Katie. — Apenas não conheço ninguém aqui ainda, então ele está tentando ser gente boa e me ajudar.

— Sawyer realmente é um cara muito legal. Ele só não sabe disso. — Seu semblante é sincero; ela não está sendo sarcástica.

Eu me sinto mal por ela, elogiando Sawyer quando ele foi tão desagradável antes e falou mal dela para mim. Não conheço direito nenhum dos dois, porém, então talvez haja várias coisas que eu não saiba.

— Mas já sei o suficiente sobre Sawyer. Me conte algo sobre você. — Ela sorri, me encorajando.

— O que você quer saber?

25

Antes que ela possa responder, Sawyer se junta a nós, puxando uma cadeira bruscamente.

— Irmão, ainda faltam mais duas. Por que você tá sentado aqui?

O que Whitley deve estar pensando agora? Com certeza, não quero que ela pense que contabilizo e classifico mulheres como hábito – é tudo por conta de Sawyer hoje.

— Humm... — Dou um sorriso pesaroso para Whitley. — Não estava a fim. Mas essa moça bonita aqui é uma ótima companhia.

Ela cora novamente e fica ainda mais bonita do que a última vez.

— Caralho — Sawyer murmura, virando para Whitley. — Grudenta demais, Whit. Vai embora. Ele ainda não sabe, mas você...

Os ombros dela tensionam e ela estreita o olhar, tentando não parecer afetada.

— Do que você está falando, Sawyer? Só estamos conversando, e o que tem de tão errado comigo?

— Que merda, Whitley. — Ele balança a mão para o bartender substituto, pedindo bebidas. — Por onde começo?

Caramba. Essa é a primeira coisa realmente errada que vi ou ouvi dele, e não me parece nada legal.

— As pessoas sempre ficam irritadas perto de você, mulher — ele diz. — As coisas podem estar indo super bem, aí você aparece e *boom*... dá merda.

— Ei, espera aí — intervenho, sem conseguir me conter enquanto ele insulta uma mulher. Cara, adoraria soltá-lo em cima de Kaitlyn, mas não de Whitley. — O que ela fez de tão errado?

Sawyer ri.

— Já te falei, sua garota odeia ela com todas as forças. — O olhar de Whitley é cauteloso para mim.

— Quem é sua garota?

— Ela não é minha garota, e ele sabe disso. — Encaro Sawyer, com irritação. Ele não me disse, diretamente, que Dane era seu amigo e que ele estava, de certa forma, ajudando-o, ao intervir e me fazer companhia? Ele sabe muito bem que Laney não é mais *minha garota*, então por que está hostilizando Whitley? Passo a mão pelo meu rosto, ficando cada vez mais frustrado e altamente contra continuar essa conversa. Certamente, não quero minha própria desgraça se espalhando pelo bar, então estou disposto a renunciar ao meu interesse em saber por que Laney a odeia.

— De quem você está falando? — Ela espera Sawyer responder assim que nossas bebidas chegam.

Tomo um gole, devagar, acompanhando o embate deles através do fundo da garrafa.

— Evan? — Sawyer me lança um olhar questionador.

Ah, agora eu posso externar publicamente meu sofrimento? Dou de ombros, dispensando-o com um aceno. E eu me importo, afinal? Prefiro que falem sobre isso na minha cara do que pelas minhas costas. Tomei um belo porre e não tem nenhuma cama próxima para apossar... porra.

— Evan começa aqui nesse semestre. Ele abriu mão de uma bolsa de estudos em Atenas para acompanhar uma garota aqui.

Sim, contei meus problemas para Sawyer, tentando aplacar a seriedade da merda federal que fiz em nome do amor. De alguma forma, esperava que ele tivesse esquecido da maioria das coisas que eu disse. Que pena...

— Mas quando ele chegou aqui, descobriu que a referida garota está bem ocupada. Então... eu estava tentando fazê-lo afogar o ganso. Até você nos interromper, é claro.

Sawyer: cara legal, língua terrível. Meio engraçado, na verdade. Ele vai da eloquência de "a referida garota" para "afogar o ganso" em um fôlego só.

Whitley arqueja, então rapidamente intervenho:

— Eu não estava tentando, bem... fazer o que ele disse. Como te falei, foi ideia dele. Juro.

Seus lábios se contraem, mas acena ligeiramente, dizendo que acredita em mim. Não me importo que tenha acabado de conhecê-la, preciso que ela saiba que minha mãe não me criou assim.

— E quem você disse que era a garota? — ela questiona de novo.

— Ele não disse — respondo —, mas é Laney Walker. Você conhece ela?

— Sério? — ela zomba, o semblante como o de alguém que foi forçado a chupar limão.

Foi a única ferocidade que ela demonstrou a noite toda, mesmo quando Sawyer estava sendo um babaca, e é muito sarcástica. Uma coisa é certa – os sentimentos de Laney por ela são recíprocos.

— Sério. — Queria que não fosse verdade, também, acredite.

— Sim, esbarrei com ela algumas vezes — Whitley admite, mexendo desajeitadamente no gelo em seu copo, que agora parece fascinante para ela. — Nenhuma delas foi agradável.

— E por quê? — perguntei, imaginando se agora conseguirei a verdadeira história. Talvez Laney tenha tomado seu lugar no time de softbol, apesar de Whitley não se parecer muito com uma jogadora...

27

Sawyer bufa alto com minha pergunta, e a responde, seco:

— Whitley tem estado no pé de Dane por anos, desde que eles eram crianças. Laney esteve aqui por cinco minutos e o garoto ficou caidinho. Não é mesmo, Whitley?

Os olhos dela começam a lacrimejar, e não só me sinto mal por ela, como também sei exatamente como se sente.

Sorrindo para ela, eu me levanto e ofereço minha mão.

— Está com fome? Você dirige, eu pago.

— Sim! — Ela praticamente salta da cadeira, segurando minha mão. Por conforto, imagino, e, estranhamente, sinto a mesma coisa quando ela me toca.

— Sawyer, vou alimentar a moça. Depois te envio uma mensagem. — E com isso, a levo para fora, logo sendo guiado para seu carro.

Estamos em uma lanchonete há um tempo, estômagos cheios de delícias gordurosas e todo assunto, desde Shakespeare até patinação (no qual nenhum de nós é bom), já foi discutido, quando me lembro que não tenho onde dormir. Eu poderia voltar para a casa dos meus pais, agora totalmente sóbrio, mas isso parece insuportável. Mandei uma mensagem para Sawyer e implorei por seu sofá, mas ele ainda não respondeu, e já faz tanto tempo, que acredito que não vá. Acho que vou apenas pedir para Whitley me levar até minha caminhonete; talvez eu durma ali dentro e volte pela manhã. Não posso ficar vadiando até as aulas começarem, mas tenho tempo para pensar nisso depois. Tudo o que tenho que resolver agora são os planos para essa noite.

— Em que está pensando? — Sua voz suave me tira de meus devaneios.

— Por que está mergulhando suas batatas fritas no milk-shake? — pergunto, aleatório, mas fico grato por começar um assunto leve ao invés do que eu realmente estava pensando.

— Porque é gostoso e minha mãe não está olhando. — Ela balança as sobrancelhas e ri, como se realmente tivesse se livrado de algo.

— Queria que eu não estivesse olhando também — brinco. — É nojento.

— Já experimentou? — ela me desafia com um sorrisinho singelo.

— Não, e nem vou. — Remexo meu canudo, sugando o restante da minha bebida.

— *Au contraire, mon frère*. Você vai experimentar, e quer saber por quê? Isso eu tenho que ouvir.

— Me esclareça, por favor.

— Porque você precisa de um lugar para dormir hoje, e não vou te oferecer meu quarto de hóspedes até tentar. Então, pega uma batata, seu medroso, e mergulha aí!

— Mas como você...

— Evan, deixa eu te contar um segredo. Você nunca consegue esconder o celular longe o suficiente de uma garota se ela realmente quiser saber o que você está digitando. — Ela dá uma piscadinha e ri. — Eeeee, acho que você me deve mais uma batata no milk-shake por essa pérola de sabedoria.

Essa é uma coisa boa de se saber, então mergulho uma batata em sua bebida e coloco em minha boca. Nada mal. Não é exatamente ótimo, mas nada mal.

— Mais uma — provoca, balançando uma batata.

— Não, não — protesto, sacudindo a cabeça. — Não posso ficar na sua casa. Mal te conheço. Na verdade, por favor, me diga que você não deixa caras que você mal conhece irem para sua casa.

Isso a irritou. Ela entrecerrou o olhar.

— Só para você saber — suas unhas perfeitas dedilham a mesa —, moro sozinha há quase dois anos e nenhum homem jamais dormiu lá. Aliás, nunca nem levei caras com quem saí!

— Não quis te deixar brava, Whitley. Me desculpa. Só fiquei preocupado porque isso é meio perigoso. Não estava supondo nada mais.

— Seria perigoso se eu fizesse isso, mas não faço. E posso não te conhecer direito, mas sei o suficiente para ter certeza de que ficaria sã e salva com você na minha casa. Você, Evan Allen, é um verdadeiro cavalheiro. Não conseguiria esconder isso nem se quisesse.

Sorrio, envergonhado.

— Ah, é? Como sabe disso?

— Porque você não gostou de Sawyer menosprezando uma garota. Você abriu as portas para mim. Me guiou para este lugar com a mão gentilmente apoiada em minhas costas — ela cora —, e está discutindo contra passar a noite comigo.

— Parece que você me desvendou. Mas, e quanto a você?

— O que tem eu? — Ela põe uma mecha de seu brilhante cabelo dourado atrás da orelha. A ponta está levemente rosada; ela está nervosa por ser avaliada atentamente.

— Não sei. Escolha algo que queira me contar. Que tal... pelo que você é apaixonada?

— Cantar — responde na mesma hora, um brilho tomando conta de seu rosto. — Sou a capitã deste ano das Deslumbrantes Cotovias, o grupo de performances à capella da faculdade.

— Muito bom. — Aceno com um sorriso. Consigo vê-la fácil como uma cantora. — Você tem que cantar para mim qualquer hora dessas.

— Quem sabe um dia.

— Um dia, tipo, amanhã ou um dia que nunca vai chegar? — Rio, apenas brincando com ela.

— O dia em que eu achar a música perfeita para cantar pra você — sussurra, olhando para baixo.

Tento desesperadamente não pensar em como que essa simples frase lembra tanto alguém que conheço. Ou pelo menos, alguém que costumava conhecer. Alguém que pensava que conhecia.

— Okay, mais um fato aleatório e me sentirei seguro para dividir o teto com você — peço, dando-lhe um chute brincalhão por baixo da mesa.

— Meu curso é Educação Musical. Quero ser professora de música no Ensino Fundamental, onde as crianças ainda são jovens o bastante para apenas amar a música.

— Você seria ótima com isso. — Dou uma piscadinha.

— Como pode ter tanta certeza?

— A paixão em seus olhos quando fala. — Dou de ombros, essa explicação basta para mim. — Você nunca poderia ser ruim em algo que tem tanta conexão.

Não a conheço bem o suficiente ainda para indicar exatamente a emoção que ela passa através de seu olhar, quando endireita os ombros e eleva a cabeça só um pouquinho mais.

— Obrigada, Evan.

— Eu que agradeço — lanço um sorriso grato e como a segunda batata —, por dar ao meu infeliz traseiro uma cama. Já acabou?

Ela assente e eu me levanto, oferecendo a mão enquanto saímos do lugar. Pago a conta e seguro a porta para que passe, pensando em quão fácil é conversar com ela.

— Prontinho — ela diz, animada, entrando no quarto à frente, arrumando a colcha e o lençol. Então ajeita meu travesseiro e se vira para mim, sorrindo.

— Precisa de mais alguma coisa?

— Não, isso é mais do que o suficiente. Muito obrigado, Whitley, por abrigar esse sem-teto. Tem certeza de que está à vontade?

Ela balança a cabeça, sorrindo.

— É legal ter outra pessoa aqui. Não sei — dá de ombros —, talvez pudéssemos fazer pipoca e assistir um filme, ou só conversar, algo assim. — Ela morde os lábios de novo. — Se você não estiver muito cansado.

Tento não transparecer que estou admirado. Como essa garota linda, gentil e confiável está sozinha?

— Em que filme está pensando? — Se ela disser qualquer coisa da Disney, pulo da porra da janela e durmo na calçada.

— Sei lá — murmura, a felicidade em sua voz pela ideia de ter alguém com quem assistir um filme é quase triste. — Pode escolher. — Ela segura minha mão e me leva para a sala, empolgada como uma criança na noite de Natal. — Vamos lá.

Nos acomodamos no sofá e Os Vingadores está prestes a começar, quando ela diz baixinho, sem nunca desviar o olhar da TV:

— Evan?

— Sim?

— Foi realmente muito bom te conhecer.

— Você também, Whitley.

CAPÍTULO 4

COMPARSA

Laney

Quando chego na aula de Álgebra, na quinta-feira de manhã, ele é a primeira pessoa que avisto. É a primeira vez que o vejo desde aquela noite no *The K*. Desisti de mandar mensagens e ligar; ele não iria responder. Ouvi de Sawyer que ele está morando no Morgan Hall, um edifício depois do meu, na rua oposta, mas isso é tudo o que sei. Sinceramente, não faço ideia do porquê me incomodo. A distância entre mim e Evan começou quando fomos para a faculdade, mas saber que mesmo que ele esteja aqui agora, perto o bastante para alcançá-lo e abraçá-lo, estamos mais distantes do que nunca, era duro. Sei que ele não quer me abraçar nesse momento, mas um dia voltaremos ao normal... um dia nos abraçaremos de novo, certo?

Como eu queria não o ter magoado. Seria tão legal conversar com ele, contar sobre minha mãe, minha vida... sinto falta do meu amigo. Evan sempre será a melhor parte do meu passado, e assim que ele estiver pronto, se algum dia estiver, estarei de braços abertos para recebê-lo novamente. Mas eu amo Dane. Passei muito tempo pensando em como seria se os papéis estivessem trocados. O que eu teria feito se Evan tivesse encontrado outra pessoa na UGA? Gostaria de imaginar que teria compreendido e ainda seria sua amiga, mas talvez eu esteja errada. E se eu tivesse desistido do meu time e ido atrás dele... Bem, pensando por esse lado, sua reação é mais do que justa.

Dou um suspiro longo. Estou começando a pensar que ninguém ganha nessa situação. Mesmo agora, vendo o olhar cabisbaixo e os ombros tensos de Evan do outro lado da sala, a imagem do olhar sedutor e o sorriso *sexy* de Dane cisma em aparecer. Já fui longe demais para voltar atrás sentindo culpa agora, então ponho um sorriso confiante no rosto e vou até ele para cumprimentá-lo.

— Oi, Evan. — Sento-me na cadeira ao seu lado, retirando os materiais da mochila.

Ele não levanta a cabeça, mas murmura:

— Laney. Como você está?

— Bem. E você?

— Ah, simplesmente fantástico — bufa, sarcástico.

Suspiro, sem saber o que dizer. Talvez, quanto mais eu tentar, pior as coisas ficam? Tudo o que quero é abraçar esse cara incrível e melhorar a situação, mas sei que não conseguiria. Um abraço é muito menos do que ele quer, do que ele precisa, e não posso oferecer nada além disso. Meu coração não me pertence mais para dá-lo; Dane o levou, é dele. Queria que Evan e eu continuássemos amigos agora. Os poucos meses que passamos juntos como casal voaram, não aconteceu muita coisa, mas eles acabaram em um terrível, talvez irreversível, efeito colateral.

Felizmente, o professor chega e começa a dar a aula, enquanto nos sentamos aqui, mundos distintos, com um silêncio ensurdecedor entre nós. A aula parece não ter fim, e quando acaba, Evan se levanta e vai embora antes mesmo que eu coloque a mochila nos ombros. Nenhum "adeus", ou "até logo". Tento, meu Deus, como tento segurá-las, mas acho que isso só piora... As lágrimas silenciosas começam a cair. As costas de Evan viradas para mim não é algo com que estou acostumada, e fico feliz por isso; uma vez é o bastante para partir meu coração.

Quando preciso desabafar, converso com Dane. Quando preciso chorar, ele me segura e diz que vai resolver tudo. Quando rio, geralmente é por causa de algo que ele disse. Mas agora, será que posso mesmo ligar para dizer que a dor que causei está voltando para se vingar? Não, melhor não. Solto uma risadinha, quando escuto a voz do meu pai na minha cabeça: "Você se meteu nessa furada; dê um jeito de sair dela. Isso se chama arcar com as próprias consequências, Campeã."

Com as palavras do papai rondando minha mente, engulo o choro, seco o rosto com a manga da camiseta, e assoo o nariz com o máximo de classe possível. Tirar da cabeça o problema com Evan é tudo o que posso fazer agora – posso focar em várias outras coisas, como a faculdade, jogar e Dane. Evan pode esperar até que nós dois estejamos prontos para conversar cara a cara, não é? Talvez o pessoal possa me dar algum conselho... ou pelo menos me distrair de tudo. Uma garota pode sonhar, certo?

Seguir para o almoço é um sufoco; se eu fosse mais devagar, estaria andando para trás. Porque ainda me preocupo com comida, eu não sei. Meu estômago está embrulhado, e olho em volta procurando meus meninos, quase torcendo o pescoço quando encontro seus olhares acolhedores.

— E aí — cumprimento, me jogando na cadeira ao lado deles, incapaz de defender minha bandeja do ataque de Sawyer, como normalmente faço. Não, hoje concedo, tranquilamente, todo o meu prato de comida a ele; isso deveria ser o primeiro sinal em relação ao meu humor. Garotos.

Zach não larga o celular, como sempre, então o chuto por baixo da mesa.

— Ai! — Ele esfrega a perna. — Pra que diabos foi isso?

— Sei lá. — Dou de ombros. — Me fala alguma coisa interessante.

— Avery mandou dizer oi — ele diz, encarando o celular de novo.

— Ai, meu Deus, se isso é o melhor que você pode fazer, estou ferrada. — Apoio a cabeça na mesa.

Sawyer para de aspirar sua, quero dizer, minha, comida apenas por tempo o suficiente para interromper:

— Avery, é? Kirby te irritou também?

Okay, esta é uma conversa que pode me manter entretida. Estou precisando de uma distração.

— Kirby é legal. Ela não me irrita, mas, com certeza, sou muito mais a fim da Avery — ele diz, sorrindo com timidez.

Isso! Perdi vinte pratas com Sawyer, mas acabei de ganhar a mesma quantia com a afirmação de Zach, então fiquei no lucro!

— Bem, não é à toa que Kirby sumiu, se você tá curtindo mais a Avery.

— Sawyer! — Bato na parte de trás de sua cabeça. — Não fala nada, Zach, sério. — Esse papo está indo ladeira abaixo, mas pode ficar ainda pior se Sawyer abrir a boca de novo.

— Festa na fraternidade amanhã à noite, cara, tá dentro? A gente vai quando meu turno acabar, umas onze horas.

— A gente quem? — Zach pergunta.

— Eu e Evan. — Sawyer me olha de relance, se remexendo um pouco na cadeira.

— Não, cara, podem ir. Vou sair com a Avery. O que você vai fazer, Laney?

— Humm, não vou para uma festa com Sawyer e Evan. — Começo a rir, indiferente. — Vou fazer seja lá o que Dane tiver planejado, com certeza. E Sawyer? — Encaro-o, até que ele, relutante, encontra meu olhar. — Agradeço que esteja acolhendo Evan, de verdade. Só garanta que eu e você também fiquemos próximos, tudo bem? — Dou um sorriso e uma piscadinha. Eu realmente sentiria a falta de Sawyer se nos distanciássemos.

— Pode deixar, Gidget. — Ele me puxa para seu colo, para um grande abraço típico de Sawyer. — Prometo.

— Nós todos temos muita sorte de ter você, grandão. — Beijo o alto de sua cabeça e me inclino para dizer: — Por favor, diga a ele que sinto muito tê-lo machucado — sussurro —, e que espero que ele encontre alguém para amá-lo do jeito que ele merece.

Ele assente, beijando minha bochecha.

— Então, como está o meu garoto? Ele está te tratando bem?

— Dane é maravilhoso; incrível mesmo. — Saio de seu colo, pegando minha mochila e me despedindo de Zach com um abraço, para que eu saia por cima. Não é como se eu estivesse comendo, de qualquer forma... — Evan vai estar no time de futebol com você, Zach. Vocês deveriam sair e se conhecer. Ele é um cara legal.

Seus olhos verdes encontram os meus, irradiando simpatia.

— Beleza, Laney. Vou falar com ele.

Dou-lhe um breve aceno, e seu sorriso me diz que ele entendeu que significa "obrigada".

— Me acompanha até a sala, Sawyer?

Ele se levanta, e me oferece seu braço e um sorriso.

— É realmente ótimo te ver assim.

— Assim como? — Olho para minha roupa, que não tem nada de especial.

— Feliz.

Sinto o rosto corar, constrangida que ele me leia tão bem.

— É? Me sinto ótima assim também. — Pigarreio depois de alguns minutos caminhando em silêncio. — Então... o aniversário dele está chegando e não sei o que fazer. Depois do aniversário que ele me deu, qualquer coisa que eu fizer vai parecer ridícula. Só quero fazê-lo tão feliz quanto ele fez a mim.

35

— Enrole seu corpo nu em um laço e assopre a velinha dele.

Ai, meu Deus.

— Você deveria ver a sua cara agora. — Ele se curva de tanto rir, e dou-lhe um tapa... pela segunda vez. Ele está com tudo hoje. — Okay, sério... pelo que conheço de Dane, a melhor coisa que pode dar a ele é tempo sozinho com você. Nada misterioso ou outra merda assim.

— Como eu faço isso? Moro em um dormitório e Tate está morando com ele agora. Tempo a sós é raro ultimamente.

— Hmmm. — Seu cenho franzido é, de repente, substituído por um enorme sorriso reluzente e um estalar de dedos. — Já sei! Dane tem uma cabana em Rockhurst, a uns 65 quilômetros daqui. Leva ele lá, para passar o fim de semana. Vou te dar as instruções. Você cozinha para ele, desfila pelada, algo assim.

— Sério? Acha mesmo? Eu estava pensando em um cãozinho, para quando Tate for embora, e ele ficar sozinho naquela casa gigante de novo.

Sawyer gargalha e envolve meus ombros com seu braço enorme.

— Gidget, cachorros são legais e tudo o mais, e é verdade que homens gostam deles, mas ele preferiria uma xaninha. A *sua* xaninha.

Sinto meu rosto esquentar, e não sei por que ainda me surpreendo com as suas palavras.

— Por que eu te perguntei mesmo?

— Porque você me ama e eu tenho ótimas ideias, é óbvio! Vá para a cabana, estou te falando.

Estamos na porta da minha sala agora, então dou-lhe um rápido abraço e um beijo na bochecha.

— Obrigada, Sawyer! Você é demais!

CAPÍTULO 5

MOSTRE O CAMINHO

Evan

A casa da fraternidade Sigma está bombando. Lixo, papel higiênico e uma galera fumando enfeitam o jardim da entrada. Um som alto soa de dentro da casa, e a cabeça de Sawyer balança de acordo com a música, como uma boneca de painel de carro, enquanto entramos. Nenhum de nós é membro da fraternidade, mas imagino que ninguém fale para Sawyer que ele não pode ir à festa, então estou de boa.

Tudo que quero fazer esta noite é esquecer; quero apagar da minha mente tudo que estiver relacionado à minha nova faculdade, minha bolsa perdida e à garota que perdi. Talvez eu possa apenas fingir ser outra pessoa.

Ver Laney na aula de Álgebra toda semana vai ser uma merda, e não sei por quanto tempo serei capaz de tratá-la com indiferença; simplesmente não parece certo. Éramos amigos por tanto tempo antes de sermos qualquer outra coisa, mas não tenho certeza se podemos voltar a isso. Não a ter em minha vida é estranho, e dói pra caramba, porém, não sei se posso oferecer nada além de uma distância amistosa, e essa cordialidade, às vezes, é difícil.

Sem querer discutir comigo mesmo pela milésima vez, sigo Sawyer até a festa, jurando internamente não pensar nisso, nela, em nós, neles, de novo, hoje. Seguimos imediatamente para o barril de cerveja; depois vamos até um grupo de conhecidos de Sawyer. As apresentações são feitas, e a única coisa que noto é Josie, uma morena baixinha, muito linda, que está na minha frente. Sim – ainda tenho olhos.

Dou a ela um sorriso, e seguro sua mão por mais tempo do que o normal; quando a solto, acaricio seu pulso com meu polegar. Só quero me conectar com alguém, qualquer pessoa, nem que seja apenas por um instante. Sempre fui a metade de um inteiro, sempre soube quem era a garota no quarto – e era minha –, e agora estou perdido.

Sawyer percebe meu interesse nela e acena com a cabeça, voltando sua atenção para a amiga dela, levando-a para dançar.

Ótimo. Estou com um pé no estribo, pronto para subir no cavalo, quando duas mãozinhas cobrem meus olhos por trás.

— Adivinha quem é? — Uma voz meiga soa em meus ouvidos.

As mãos me soltam, e Whitley salta em minha frente, ignorando Josie completamente, que agora se encontra atrás dela. Sorrio para sua audácia.

— Ei, Whitley, como você está? Conhece a Josie? — Aponto, sem jeito, para a garota que a encara com um olhar feroz.

Whitley vira a cabeça depressa, olhando para Josie uma vez, depois para mim.

— Não — diz, indiferente, dando de ombros. — Com quem você veio?

— Sawyer. Ele está por aí. — Dou uma olhada ao redor, como se procurasse por ele, evitando a todo custo fazer contato visual com Josie. Acho que nunca estive no centro de uma briga entre garotas antes, e pensar nisso está me deixando meio nervoso – não vou separar essa merda de jeito nenhum. Não me entenda mal, gosto de ver gatas brigando tanto quanto qualquer cara, mas não quero me meter nessa.

— Não ligo para onde Sawyer está. — Ela ri. — Vem, vamos dançar. — Ela me puxa para o meio da sala, onde os móveis foram arrastados para improvisar uma pista de dança, antes que eu possa recusar.

Olho por cima do ombro para tentar me desculpar com Josie, mas ela já está esfregando os bíceps de um cara loiro qualquer. Não tem problema – prefiro loiras também.

Whitley dança muito bem, nem tão provocante, nem tão tímida. Ela é divertida e sedutora, e ajuda a distrair minha mente de todo o resto. Quando a sala começa a parecer uma sauna, eu a puxo para tomar um ar. A varanda, assim como o jardim, está destruído, então ninguém vai se importar que arranquei um pedaço de uma Folha-de-Sangue do vaso, a única outra coisa bonita aqui.

— Peguei uma flor pra você. — Com uma piscadinha, entrego. Ela cora, e dá uma risadinha.

— Obrigada pela planta. — Planta, flor... ela gostou.

— Com quem você veio? — pergunto.

— Com algumas das Cotovias. Não tinha nada melhor para fazer. — Ela dá de ombros, e sorri, cheirando a flor. — Qual é a sua desculpa?

Antes que eu possa inventar alguma merda, somos obrigados por um grupo que está jogando no quintal a participar de uma partida de Baggo. Bem, de onde venho, Baggo (alguns chamam de Cornhole), é uma tradição antiga, mas duvido que Whitley tenha jogado muito.

— Você sabe jogar? — pergunto, guiando-a pelo cotovelo. As luzes do pátio não iluminam muito bem o local onde o jogo foi montado, e não quero que ela caia.

— É só jogar o saco no buraco, certo? Não deve ser tão difícil — ela zomba.

— Okay, espertinha, veremos — digo, enquanto avalio nossa concorrência.

Logo já tem um problema. Whitley precisa ficar de frente para mim, no fim do quintal, e já me sinto mal em deixá-la sozinha com qualquer um de nossos oponentes. Não sei seus nomes, mas com certeza são membros da fraternidade, então devem ter apelidos dos quais se orgulham, mas eu os alterei. O mais próximo de nós será chamado de "Quase Arrotando Cerveja", e seu amigo lá agora é "Sou Tão Fedido Quanto Parece". Não são tão descolados quanto os apelidos típicos de fraternidade, mas estou com pressa.

— Estamos em lados opostos já que somos um time — explico. — Qual lado você prefere? Ou nem precisamos jogar.

— Vou ficar aqui — ela diz e me empurra para ir logo. — Quero ficar onde a luz está mais forte. — Ela espera até que eu chegue do outro lado. — Assim você enxerga como se faz.

Uma parte minha quer muito gostar dela e de todas as coisas a seu respeito. Se eu tivesse a conhecido antes, teria me interessado na hora – pra caramba. Mas não estamos no passado, e ela merece mais do que posso oferecer.

Isso não é maravilhoso?

39

No fim, Whitley estava cheia de conversa fiada, e é, na verdade, péssima em jogar Baggo. Fomos completamente massacrados e lamentamos nossa derrota dançando de novo. Ela está tentando melhorar meus movimentos, apoiando-se em meus ombros enquanto ri descontroladamente, quando Sawyer me cutuca.

— Estou indo embora, cara, você arranja uma carona? — Olho para Whitley com cara de cachorro pidão.

— Sim, eu te levo pra casa — ela concorda, sorrindo. — Você tem uma casa agora, não é?

— Tenho. — Dou uma risada.

Satisfeito, Sawyer e sua "acompanhante" vão embora e me viro para ela.

— Posso te alimentar antes?

Ela assente e levanta um dedo, se afastando enquanto espero ali. Eu a observo enquanto ela anda entre a multidão, encontrando, enfim, sua amiga e falando algo em seu ouvido. O olhar da amiga se volta para mim, com um sorriso curioso em seu rosto, antes de entregar as chaves à Whitley.

— Tudo certo, vamos! — ela diz, ao voltar.

Coloco a mão em suas costas e a guio até a porta, ajudando-a a vestir o casaco quando saímos. Ela tira o cabelo do colarinho, ajeitando-o sob um ombro. Nem sei por que razão notei um gesto tão irrelevante, mas estou descobrindo depressa que Whitley tem uma graciosidade indiscutível, uma elegância nata, que não consigo deixar de apreciar.

— Então, o que está aberto a essa hora por aqui? — pergunto, enquanto vamos para o carro, que percebo ser o dela, não da amiga.

— Barraquinha de taco ou... barraquinha de taco. Você escolhe. — Ri, entrando no carro enquanto seguro a porta para ela.

Eu a deixo escolher, e nós acabamos indo para um *food truck* em um estacionamento qualquer. Como uma garota como Whitley sequer conhece tal lugar, ou como o cara simpático conversando pela janela a conhece, me surpreende.

— Ah, Raio de Sol, o que você vai querer?

Geralmente, eu acharia meio desrespeitoso ele flertar com ela quando estou bem ali, mas nem posso me sentir incomodado por esse garoto, apesar de quão atraente ela deve achar seu bigode ao estilo estrela pornô.

— Cara Feliz! — Ela sorri, cumprimentando-o com um *high-five*. — Vou querer o de sempre, e — ela se vira para mim —, Evan, o que vai querer?

Uma vacina contra Hepatite C.

— Pode ser o mesmo que o seu. E uma coca.

— Então dois do de sempre, e duas cocas, por favor.

— É melhor você não estar pegando dinheiro nessa bolsa, mulher — resmungo, empurrando-a para o lado e pegando minha carteira para pagar. — Feliz.

— Aquela garota simpática — ele murmura, ao me entregar uma de nossas bebidas —, merece um pouco de felicidade, sabe?

Quão bem ela conhece o garoto do taco?

— Sim, cara, saquei — resmungo, tão educado quanto possível.

A comida fica pronta rapidamente, e nem cinco minutos depois, estamos atacando, enquanto andamos na rua.

— Me passa um guardanapo?

— Claro — ela responde, suavemente, remexendo na sacola.

Ela arqueja alto, virando a cabeça para mim, com os olhos arregalados.

— O quê? — pergunto, assustado.

Ela balança a cabeça de um lado para o outro, segurando meu braço e me puxando até um prédio próximo. Quase escuto a trilha sonora de uma cena de crime na cabeça.

— Whitley, o que foi?

— Shhh! — ela sussurra. Estamos agora agachados atrás de um prédio, em sei lá qual rua. — Esses não são os melhores tacos que você já comeu na vida?

Como é? Porque essa é uma pergunta secreta, não sei... mas sim, são tacos bons pra cacete.

— Na verdade, sim, são muito bons. Por quê? O que diabos tem errado com você?

— Quero me lembrar que disse isso, okay? Essa é a única razão para eu ir lá, juro. Amo os tacos deles, e são a única coisa que já pedi.

Eu a encaro, desconfiado, observando quando ela tira um baseado da sacola. Cara, o garoto do taco não estava brincando, ele realmente quer vê-la feliz.

Dois pensamentos passam pela minha cabeça: acabei de ser testado e estamos fora da temporada; e precisamos de um isqueiro.

— Coloca de volta na sacola e vamos embora, Senhorita Só Gosto Dos Tacos — caçoo, levando-a de volta para a rua, na direção da loja pela qual passamos.

— Evan, eu juro. Eu não fazia ideia, e nunca... Acho que ele só estava sendo legal. Sou uma cliente excelente, sempre dou boas gorjetas...

Gargalho alto. Whitley acabou de ir de legal de ter por perto para fofa pra caralho. Inocente o bastante para justificar o baseado que o vendedor deu por ser uma boa cliente? Engraçado demais.

— Acredito em você, Whitley, de verdade. Agora anda, mulher, precisamos de algo para acender isso *mucho* rápido.

Mal posso acreditar no quanto estou animado. Uma rápida ida à loja de conveniência, um tempo fumando escondidos atrás de um prédio em ruínas e a volta desgovernada para o carro, ambos estamos agradavelmente chapados, que é minha desculpa para fazer a temida pergunta:

— Então, por que Sawyer não gosta de você exatamente? — Do pouco que conversaram, pude deduzir o motivo de Laney não gostar dela, aparentemente por causa do idiota do Dane, mas isso não esclareceu muito a hostilidade de Sawyer.

— Não sei. — Ela encosta a cabeça no banco e suspira. — Acho que é por causa de Dane, apesar de eu nunca ter feito nada ruim a ele... ou ao Sawyer. Como você conhece Dane mesmo? Pela Laney? — ela pergunta, me encarando.

Apenas assinto, olhando para baixo e rangendo os dentes.

— Então, eles estão juntos agora?

— Sim. — Dizer em voz alta acaba comigo, e admitir para outra pessoa faz parecer real demais.

— Não posso dizer que não esperava por isso — ela murmura, estremecendo. — E quanto a você, chegou aqui tarde demais?

— É o que parece. Ela estava na casa dele quando entreguei os papéis da minha transferência. Surpresa!

— Caramba, sinto muito, Evan. Isso deve ter doído. Mas você não poderia lutar por ela? Vocês têm uma longa história juntos?

Passo as mãos pelo cabelo, fechando os olhos com força.

— Nós temos — tropeço nas palavras, tentando manter a voz firme na sua frente —, mas a maior parte foi como amigos. Tínhamos acabado de começar algo mais, e a faculdade praticamente estragou isso. Era tudo novo, e, obviamente, não forte o bastante para durar. Talvez até mesmo fosse a coisa errada para nós. — Suspiro profundamente, por fim, abrindo os olhos e me virando para ela. — Estou percebendo isso agora, da pior maneira possível.

Ela não diz nada, apenas sorri de leve, seu olhar cheio de pena – o que odeio. Quando fica claro que ela não vai falar nada, esperando ouvir mais da minha história patética, mudo de assunto.

— Então, qual é sua história com Dane?

Imagino que esse seja o ponto alto da conversa, porque normalmente eu não iria querer conversar sobre ele por muito tempo, e Whitley e eu temos feito muito bem em evitar esses assuntos. Ainda não acredito que dormi na casa dela, e estou sabendo agora que minha melhor amiga de longa data a odeia. Bem esquisito. Ela sorri de nervoso, mordiscando os lábios e remexendo as mãos na camiseta.

— Dane e eu crescemos juntos. Nossos pais eram muito próximos e nos obrigavam a fazer tudo um com o outro: aulas de música, de canto, as mesmas escolas particulares, danças... tudo.

Assinto, oferecendo a ela um sorriso reconfortante, para que continue.

— Sempre esperaram, bem, com a ajuda dos infinitos comentários óbvios de nossos pais, que acabaríamos ficando juntos. A princípio, eu era a favor. — Sua voz vacila, e seu olhar está além de mim, disperso e distante. — Não tenho certeza se era porque realmente gostava dele ou se era apenas outro plano dos meus pais que segui à risca, sem nem pensar.

Quase posso ouvir a autoanálise que está rolando em sua mente, mas tão rápido quanto parece ter ficado absorta, ela se concentra, olhando de novo para mim.

— De qualquer forma, não importa. — Ela sorri, irônica. — Dane nunca me quis.

Vejo a mágoa em seu olhar, e ela rapidamente se recupera da careta que acha que não notei.

— Então, quando seus pais morreram, e ele veio para cá, para ficar perto de Tate, bem... eu o segui. Pensei que, se não outra coisa, seríamos amigos. Eu o conhecia há tanto tempo, e ele estava perdido e sozinho. Eu só queria ser o único conforto constante e familiar em sua vida.

Não posso evitar, alcanço sua mão e a seguro na minha. Ela olha para nossas mãos unidas e um pequeno sorriso surge antes que ela continue:

— Acho que ele estava grato, talvez, até Laney aparecer.

E aí está – somos farinha do mesmo saco. Não é de admirar que nos demos tão bem, e formamos uma amizade instantaneamente. Pequenos detalhes podem ser diferentes, mudando nomes e endereços, mas Whitley e eu compartilhamos a mesma história. Sei exatamente como ela se sente – razão pela qual fico calado. Não há nada a dizer, de qualquer jeito. Ela não quer me ouvir dizer que é uma merda – ela sabe disso. Ela não precisa me ouvir dizer "sinto muito", porque pena não resolve nada; ela também não quer que eu faça uma piada descontraída; nossa dor não deve ser banalizada.

— Você ainda tem Coca sobrando? — ela pergunta do nada, claramente farta da parte intelectual da nossa viagem chapada. — Estou — estala os lábios, fazendo careta de quem chupou limão — com a boca completamente desidratada agora.

Mal consigo entregar a bebida, já que estou gargalhando alto, quando ela, de novo, solta um comentário aleatório:

— Evan, olha! — ela grita, agarrando meu braço. — Olha ali!

Meu olhar segue para onde seu dedo está indicando, um balão vermelho sem rumo na rua.

— Pega pra mim, por favooooor?!

Humm, claro, eu consigo fazer isso. Sem problemas. Salto do carro, minha cabeça meio avoada, mas o ar fresco ajuda na hora. Felizmente, o balão já está meio sem gás, então o pego fácil, entregando a ela, que está agora atrás de mim.

— Está um pouco murcho, mas segura, só por garantia. Não queremos que ele se perca por aí de novo.

— Obrigada. — Ela sorri, a voz baixa e suave. — Vou deixar no meu carro.

Eu a observo enquanto ela caminha, colocando o balão no banco traseiro com muito cuidado, depois volta a ficar na minha frente.

— Não quero ser um vira-lata mais. E você? — Não sei o que acabei de falar, simplesmente saiu.

Seu rosto gradualmente se ilumina, e ela balança a cabeça.

— De jeito nenhum. Sou muito bonita para ser um vira-lata, não sou?

Rio, invejando sua tenacidade.

— Com certeza é muito bonita — concordo, dando uma piscadinha. — Então pronto. Somos o contrário de vira-latas. Somos...

Quase completo a analogia quando ela grita, enquanto ri:

— Cães de raça!

— Claro que somos! Uma raça *sexy* e fodona! E digo que começamos nossa jornada com, vamos ver... — Novamente, preciso parar para pensar, mas minha parceira no crime já se adiantou.

— Tatuagens! — ela berra, me lançando um sorriso animado. — Eu sempre quis fazer uma tatuagem! Algo que minha mãe acharia medonho!

— Você acabou de dizer medonho? — Não consigo conter uma risada.

Whitley é exatamente a Senhorita Certinha que diz coisas como medonho, e aposto dez pratas que ela quer uma borboletinha ou um coração no tornozelo.

— Okay, então talvez amanhã a gente... — começo a falar.

— Tem um estúdio de tatuagem na outra rua! Tenho quase certeza de que está aberto, vamos lá! — ela diz, me arrastando pela mão.

— Whitley, nós vamos ser pegos. Estamos chapados, vagando pelas ruas, largamos seu carro para trás... — Nem consigo enumerar tudo o que pode dar errado com esse plano.

Ela se vira para mim, fazendo bico.

— Evan, estamos no centro da cidade. Não somos os únicos universitários chapados por aqui. Relaxa.

Se a certinha acha que preciso relaxar, devo estar agindo como um puta medroso, e isso não pode mesmo acontecer.

— Sobe aí. — Eu me abaixo para que ela pule em minhas costas.

Whitley está se esforçando para não torcer o nariz, e estou morrendo de rir. Seus grandes olhos azuis estão arregalados, observando cada canto do estúdio. Há marcas de dentes em seu lábio inferior, e sua feição antes empolgada, agora perdeu a cor. Estou tentado a zoar, mas não quero chamar a atenção para nosso "estado" atual, porque não vão querer nos atender.

— V-você vai primeiro, né? — pergunta com a voz trêmula.

Coloco uma mão em seu ombro, confortando-a.

— Devo lembrá-la que esse plano foi seu — recordo, levantando uma sobrancelha —, mas sim, eu vou primeiro.

Ela solta um suspiro aliviado, seu semblante e ombros relaxando, e me dá um sorriso.

— O que você vai fazer?

Não faço ideia. Uma tatuagem deveria ter um significado, certo? Reviro meu cérebro, mas não penso em nada. Não pode ser da faculdade nem o símbolo do time; mal me afeiçoei à Southern ainda. Não pode ser nada sobre você-sabe-quem; sem mais comentários. Percebendo que não importa o desenho, desde que seja feito com essa garota gentil e compreensiva ao meu lado, dou um sorriso travesso.

— Você escolhe.

O olhar em seu rosto é ainda mais perturbador que o meu.

— E você escolhe a minha? — pergunta, entusiasmada. — Sem olhar, e sem escolher o quê ou onde?

— Feito.

— Tudo bem então, vamos fazer ao mesmo tempo.

Quando o tatuador chegou, e perguntou qual de nós iria primeiro, explicamos que gostaríamos de ir ao mesmo tempo, em lugares separados. Ele nos olhou como se tivéssemos enlouquecido quando pedimos para sermos vendados, e mandou a gente se virar, antes de chamar uma tal de Jess, que vem dos fundos do estúdio.

— Você vai com o cara, eu vou com a garota. Eles querem fazer separados, e nos dizer a arte um do outro.

Jess revira os olhos, mas não consegue conter um sorriso... ela acha que o plano é divertido.

— Então, me diga o que fazer com ele — ela diz para Whitley, afastando-se para tramar alguma coisa.

O cara olha para mim, de braços cruzados sobre o peito gigante, uma sobrancelha erguida e um olhar maléfico.

— O que está planejando pra ela, então? — Felizmente, as garotas estão do outro lado do cômodo, então não preciso chegar tão perto dele. Mantenho a voz baixa enquanto conto meu plano. Ele não precisa desenhá-lo e estamos resolvidos.

Jess volta e se vira para mim.

— Vamos, bonitão, vem comigo.

Eu a sigo por um corredor, e ela abre a porta de uma pequena sala, que tem as paredes decoradas de artes e imagens de várias pessoas tatuadas, e me pede para sentar na cadeira.

— Tira a camisa. Sua garota disse para eu usá-la para vendar seus olhos. E não vale espiar — relembra. — Ela que mandou, não eu.

Depois de alguns minutos ouvindo sua preparação através da minha venda caseira, sinto sua mão tocar no peito direito, pressionando um papel, que presumo ser o rascunho do desenho.

— Pronto? — pergunta.

— Sim — digo, com o máximo de certeza que consigo reunir, segundos antes da minha (surpresa) primeira tatuagem. Não estou exatamente nervoso, mas pensar em ter uma imagem permanente de seja lá o que Whitley, uma garota que mal conheço, escolheu, me deixa, sim, um pouco mais sóbrio. E se ela tiver escolhido um dragão gigantesco? Vou ficar nessa cadeira por horas. Ou pior, e se ela tiver escolhido uma coisa humilhante, tipo um unicórnio ou outra merda assim? Vou ter isso impresso no meu corpo para o resto da minha vida.

Estou dando uma confiança do caramba para Whitley agora.

Que loucura.

E quanto ao que escolhi para ela – e se ela odiar? E se ela se arrepender de manhã?

Jess interrompe a paranoia que revoa em minha mente.

— Vai doer menos se você relaxar.

— Certo — murmuro, remexendo o pescoço e dando um suspiro profundo. — Estou pronto.

Sabe o barulho da broca do dentista? Você sabe que não vai sentir nada, já que o doutor te entupiu de doloridas doses de Procaína e você está cheirando aquele gás como um viciado, mas ainda sabe que tem a porra de uma broca remexendo as profundezas do seu dente, onde tem um monte de belos nervos prontos para te ferrarem?

É exatamente isso que a broca artística de Jess me lembra agora.

— Você espiou? — perguntei a ela enquanto voltávamos para seu carro, minha voz jorrando desconfiança.

— Não, e você?

— É claro que não — respondi, confiante, e trombei meu ombro no dela. — Agora que estou completamente certo da cabeça, espero que não tenha escolhido um arco-íris para mim. — Dou um sorriso largo, uma parte minha sabendo que ela nunca faria isso. — Você se arrepende? — pergunto de supetão.

— Não importa o que tenha escolhido, não me arrependo. Temos que aproveitar a vida!

— Sim, eu também não — Começo a rir, sem acreditar que ela acabou de dizer que temos que aproveitar a vida... Essa expressão precisa ser extinta. Abro a porta para ela, e mais uma vez, subo em seu carro. — Então, vamos fazer a grande revelação agora?

47

— Claro. — Suas pequenas mãos tremem enquanto desabotoa a calça, levantando um pouco os quadris para abaixar a peça só um pouco. Instruí que sua tatuagem fosse feita na curva de seu quadril, naquele vãozinho fofo que as mulheres têm, que pode ser escondido, a não ser que elas escolham te mostrar, e ainda é baixo o suficiente para o biquíni esconder. Sim – eu pensei em tudo, mesmo intoxicado.

Ela tira a bandagem e ofega levemente quando vê.

— Um balão vermelho. Não acredito que você escolheu isso. — Seus olhos estão um pouco marejados, enquanto ela me dá um olhar atencioso e sorri.

— Gostou? — pergunto, nervoso.

— Eu amei.

— Eu queria que você se lembrasse da noite em que decidimos nosso valor. Você é incrível, Whitley, e me divirto muito com você. Nada dá merda quando você aparece, então não acredite nisso. Você é linda, gentil, e vou sair com você quando quiser. Então sempre que olhar para esse balão, ignore as palavras deles e ouça as minhas. Okay?

— Ah, okay — ela diz, suavemente, fungando e secando as lágrimas. — Veja a sua agora, antes que eu faça um drama. — Retiro a camisa, cheio de expectativa. Passo muito tempo sem camiseta, então rezo, silenciosamente, para que ela não estivesse chapada demais para fazer uma escolha sensata.

Tiro a bandagem, revelando uma linda e complexa rosa dos ventos. O contorno é preto, com um sombreado vermelho. As letras N, S, L e O são cursivas e sombreadas. Estou ao mesmo tempo aliviado e impressionado. É incrível e eu amei. Mas não sei por que ela escolheu isso.

Quando desvio meus olhos para ela, vejo-a mordendo o lábio, com um olhar inquisitivo.

— Gostou da sua?

— Sim. — Aceno sorrindo. — Na verdade, gostei demais; é irada.

— É para que você nunca se perca de novo.

Meu olhar encontra o dela, nunca se desviando, enquanto o silêncio impera entre nós. Praticamente desconhecidos, drogados, e, ainda assim, profundamente interligados por um mesmo momento – uma perseguição aleatória de um balão murcho em um estacionamento.

Palavras como "alma gêmea" surgem em minha mente, e quase me fazem alucinar, então pigarreio, e coloco a camiseta de volta.

— É melhor a gente ir; está tarde.

Ela não diz nada quando liga o carro e me leva para meu dormitório.

Quando saio, agradeço a carona, e ela agradece por eu ter pagado sua tatuagem. Não fazemos nenhum plano concreto de nos encontrarmos de novo, mas algo me diz que iremos. Não faço ideia do que ela está pensando. Não sei nem o que eu estou pensando, mas, com certeza, durmo com um sorriso no rosto.

CAPÍTULO 6

SOFRIMENTO

Evan

— Você tem que trazer algumas outras pessoas ou você está ferrada. — Eu me inclino, roncando de tanto rir.

— Como assim? — ela bufa, colocando as mãos nos joelhos, o rosto vermelho.

— Whitley — digo, depois de um suspiro, me recompondo —, quando você me pediu para treinar suas Cotovias para o jogo de futebol, presumi que pelo menos algumas de vocês já tivessem jogado antes. Ou então assistido um jogo na TV? Pesquisado no Google, talvez?

— Está dizendo que nós somos péssimas?

Péssimas não chega nem perto da real descrição. Nenhum de seus pássaros cantantes consegue agarrar... ou lançar... ou sequer correr rápido. E quando elas se encontrarem com as garotas dos clubes esportivos, a coisa vai ser feia.

— Você precisa achar algumas das garotas mais rápidas, e outras bem corpulentas nesse *campus*, e então, transformá-las em umas de suas Cotovias. Isso é pra ontem, Whit, mesmo que as vozes delas pareçam um animal morrendo, ou vocês serão motivo de piada.

Peguei muito pesado? Sinto culpa por um segundo, mas afasto o sentimento. Imagino que não seja tão ruim quanto fazer papel de bobas na frente da universidade inteira, então minhas intenções são boas.

Irritada agora, ela solta a garrafa d'água, e pressiona meu peito com sua unha perfeitamente esmaltada de rosa.

— Nós somos garotas espertas, e você, supostamente, um garanhão do futebol americano, não é? Então nos ensine alguns truques, ou umas jogadas sorrateiras, e vai dar tudo certo.

— Por mais que pareça um belo de um plano — viro a cabeça, dando um sorriso complacente —, não vai funcionar. Mesmo que eu ensine a lançar, quem vai agarrar? Se eu ensinar a segurar, quem vai correr? O time de vôlei, de futebol e de soft... — Oh, meu Deus, não! A palavras ficam presas em minha garganta, e me esforço para dizê-las: — E o time de softbol estarão todos participando, certo? Máquinas atléticas, em perfeita forma irão correr pra cima de vocês... Essa é uma péssima ideia, Whitley.

— Ah, por favor — ela zomba, dando um tapinha no meu braço —, esse é um jogo amistoso, Evan. Não queremos o troféu, só participar por questão de companheirismo.

Parece justo. Estou levando isso muito a sério. Vejo somente um campo, uma bola e uma pitada de competição, e já fico louco. Esse é um jogo amistoso das garotas, pelo amor de Deus, o que pode dar errado?

— Tudo bem, você tem razão — confesso. — Vamos, vou mostrar algumas jogadas.

— Eba! — Whitley saltita e me dá um beijo exagerado na bochecha com um estalo alto.

Acho que seu entusiasmo surpreendeu até mesmo ela, porque suas bochechas coraram um pouco enquanto seguíamos até o grupo de garotas esperando por nós. Demos poucos passos quando ouvimos um berro.

— Devo abrir um caminho, treinador McGrath?

Okay, essa foi boa. Ótimo filme também. Viro a cabeça rindo, vendo Sawyer se aproximar de nós com um sorriso matreiro, enquanto olha para o grupo que estou treinando.

— E aí, cara, veio me ajudar? — pergunto, obviamente desesperado.

— Não vai dar — responde, alegrinho —, já apostei cinquenta pratas no time de softbol.

Jogada inteligente. Aquelas garotas farão de tudo para ganhar se forem como L...

Falando no diabo. Lá está ela.

Assim que a vejo vir em direção ao campo, entro em pânico. Será que ela viu Whitley me beijando? Ela vai demonstrar alguma coisa, caso tenha

51

visto? Esqueço Sawyer e me viro depressa para Whitley.

— Até que horas você disse que podíamos ficar no campo?

— Acho que agora. — Dá de ombros. — A gente já devia estar quase acabando, não é?

Humm, nem perto disso. Treinamos por, no máximo, quarenta minutos. Aprendemos uma jogada. Bem, eu ensinei... não tenho certeza se a palavra aprender cabe aqui. Whitley é, de longe, a que tem mais potencial, então ela com certeza ficará na posição de *Quarterback*. Acho que vou praticar com ela um pouco mais, a sós, mas agora tenho outro problema maior... e ela está andando na minha direção.

— E aí, cara, já acabaram por aqui? — Zach pergunta quando chega com o time. — Preciso ensinar para essas bonecas alguns passos. — Ele sorri, me cumprimentando com o punho.

Seremos companheiros de time, então estamos construindo uma amizade, lenta e gradualmente. Mas é estranho pra cacete porque eles são todos próximos de Laney. Porém, que cara respeitável, digno de conhecer não seria amigo dela? Sempre foi assim, nunca precisei perder tempo "testando" o caráter de alguém, porque Laney era ótima com isso. Se ela gosta de você, está tudo certo, você é legal. Até agora, seu histórico é perfeito em avaliar os caras.

Garotas? Bem... a única vez em que ela errou foi com Kaitlyn, e nem *Psychic Friends Network*[1] esperava por essa. Ah, e Whitley. Ela está muito enganada em odiá-la.

Interrompo minha divagação, e percebo que por todo esse tempo em que estava viajando – o que foi bastante –, eu estava encarando Laney. Que ótimo. Ela está parada atrás de Zach, fingindo não me notar. Seu corpo inteiro está tenso, enquanto move a chuteira para frente e para trás no gramado, observando como se fosse a coisa mais interessante do mundo... Ela sabe muito bem onde estou.

— Sim, já terminamos por hoje — respondo a Zach, por fim, pedindo depois para Whitley avisar às outras meninas que estão liberadas. Espero ela se afastar para murmurar minha próxima pergunta: — Então você está treinando o time de softbol, é?

— Pelo visto, sim. Avery faz parte do time, sabe, então... — Ele agita as sobrancelhas. — Treiná-las vai me fazer ganhar *brownies*.

---

1 Também chamado de PFN, era um serviço de telefonia que teve início nos anos 90, onde o usuário era atendido por inúmeros psíquicos (videntes). Hoje em dia, é oferecido em plataformas online.

— Bem, você já está começando bem melhor do que eu. Pelo menos as suas são atletas. — Abaixo a cabeça, zombeteiro, sinceramente envergonhado. — As minhas são cantoras.

— Ei! Eu ouvi isso! — Whitley retorna e bate em meu peito com sua mão minúscula, causando uma dor tremenda... bem na minha tatuagem nova.

Falho em disfarçar o gemido de dor, esfregando meu peito, o que a faz se sentir culpada, então ela me abraça, se desculpando.

— Caramba, Evan, me desculpe, eu esqueci. — Ela coloca sua mão em cima da minha, me ajudando a massagear o local.

Não era para ter sido nada demais, só uma ardência... mas agora, bem, fizemos uma bela de uma cena.

— Está tudo bem, Whit — murmuro —, não tem problema, sério.

Querendo abrir um buraco no chão para me esconder, sinto ela me encarar e então:

— O que aconteceu? — Laney corre para mim, a voz cheia de preocupação, seu olhar apreensivo. — Evan, você está mesmo machucado? — Ela passou de me ignorar completamente para Florence Nightingale em uma questão de segundos.

— Estou bem — rosno, encarando o chão. Só que não estou bem porque você está invadindo meu espaço, e agora não consigo respirar. E sinto seu cheiro daqui; a essência daquele creme de lavanda e do shampoo que você ama, que vem em um frasco verde e branco.

— Mentira, eu vi você se encolher. O que houve? — Sua feição demonstra raiva, e está tão focada em mim que não sei se ela percebeu que deu um chega pra lá em Whitley. Ela me segura, empurrando minhas mãos e puxa minha camiseta, tentando dar uma olhada.

Essa foi nossa maior interação em décadas, e é isso? Ela me atacando na frente de todos, pensando que estou machucado e que preciso de sua ajuda? Meu corpo está feliz que ela está perto, e meu coração está pronto para receber qualquer atenção que ela me der e parar de sentir dor, mas minha mente... minha mente ainda está pau da vida.

— Não estou machucado, tá legal? — digo, alto e ríspido demais, e até Whitley se assusta com meu tom de voz.

Mas Laney? Laney se mantém firme, seus olhos castanhos me desafiando como sempre fizeram.

— É uma tatuagem, caramba — murmuro, levantando a camiseta para mostrar a ela.

Agora é Laney quem se assusta.

— Que merda é essa? — Ela balança a cabeça, abrindo e fechando os olhos rapidamente, como se estivesse imaginando coisas e precisasse ver uma segunda vez. Ela vai se desapontar, porque ainda está aqui. — Desde quando você gosta de tatuagens? — ela pergunta, irritada, com uma mão no quadril, claramente furiosa.

— Desde agora, acho — respondo, com um sorriso satisfeito no rosto. — Parece que nós dois estamos gostando de coisas novas esses dias, não é?

A mágoa que surge em seus olhos é evidente, mesmo que breve, e, como sempre, me sinto mal. Tudo o que estava tentando fazer era me defender, mas me sinto um merda. Não era assim que eu queria que as coisas acontecessem.

— Não é o máximo?

Ai, Senhor, aqui vamos nós, é só o que me vem à cabeça quando Whitley provoca Laney ao ronronar sua pergunta, com a mão em meu ombro.

— Bem, como tenho certeza de que você não virou um marinheiro do nada, ou um guia de vida selvagem, Evan — resmunga, em um tom de voz ferino —, por que você colocaria uma rosa dos ventos no peito? Seus pais sabem disso?

Sua entonação e seu olhar são, provavelmente, os únicos avisos que Whitley receberá para vazar dali ou levar uma surra, e fico nervoso por um momento, imaginando que Laney baterá nela.

— Whitley que escolheu, e não, eles não sabem... ainda.

Ela não ouviu as últimas seis palavras da minha frase. Laney se ausentou, e Malévola, sua bruxa favorita da Disney surgiu, quando contei sobre a participação de Whitley. Sou terrível, um homem terrível, e minha mãe espancaria minha bunda se soubesse meus pensamentos agora, porque mesmo que esteja sinceramente preocupado com a segurança de Whitley no momento, uma maior parte minha está gostando de ver a Srta. Laney Jo Walker puta pra cacete.

— Por que você escolheria uma rosa dos ventos? — ela pergunta para Whitley agora, dando um passo em sua direção, fervendo de raiva.

Eu me movo só um pouquinho, bloqueando sua passagem. A coisa está feia. Ela deve ter visto o beijo; essa reação diz respeito a muito mais do que apenas a tatuagem.

— Por que você se importa? — Whitley provoca.

Isso não é nada bom! Abortar missão!!

Laney desvia seu olhar feroz para mim, e sei o que ela está esperando. Que o bom e velho Evan entre em cena e a defenda. Sim, todos os meus instintos e meu coração me dizem para fazê-lo... mas minha mente vence, e simplesmente dou de ombros.

— Por que você se importaria, princes... — eu me interrompo e pigarreio. — Laney?

Sua boquinha fofa se escancara e seu rosto enrubesce, espalhando o tom vermelho para seu pescoço. Ela está pronta para retrucar, mas fecha a boca, em uma tentativa de autopreservação. Ela parece um peixinho. Não recebo uma resposta. Ela se vira, de repente, chamando Zach, que ergue a cabeça de onde está ajudando Avery com alguma coisa, e ele olha para ela.

— Participo do próximo treino com vocês. Já sei algumas coisas de qualquer jeito. — Ela se vira de novo, e lança um olhar penetrante para Whitley. — Evan me ensinou a jogar a minha vida toda.

— Acabou o show, então? Ótimo! — Whitley, animada, agarra meus ombros. — Me segura, Ev! — Ela pula em minhas costas e ri. — Vamos!

Vou embora o mais rápido que posso, carregando Whitley, apenas querendo nos livrar do alcance de todos.

CAPÍTULO 7

NÃO PERGUNTE NADA

Laney

— Alô?

— Zach, não fale meu nome — ofego, andando no estacionamento o mais rápido que consigo.

— O que aconteceu? Onde você... — Sua voz soa alta e preocupada através do celular.

— Não diga isso! — interrompo. Deus, que constrangedor. — Você pode se afastar de todo mundo e falar comigo rapidinho? Onde ninguém vai te ouvir. — Minha voz sai anasalada e irritante, o que me deixa nervosa.

— Sim, mãe, espera aí.

Nota mental: Zach não é um grande ator.

— Okay, Laney, estou sozinho agora — ele sussurra.

— Desculpa ter faltado ao treino, e sinto muito por te incomodar agora, mas preciso muito da Infinita Sabedoria de Zach para me ajudar.

— Vamos fingir que ainda não sei o que está rolando, e siga em frente. Pode desabafar.

Tudo bem, isso quase me arranca um sorriso.

— Ele ficou perto daquela vaca bem na minha frente só pra me irritar, e deu certo! Fala sério, ela está escolhendo as tatuagens dele? Não fiz nada para machucá-lo de propósito. Por quanto tempo eu me torturei tentando não o magoar, Zach, hein? Por tempo demais, porra! — Recupero o fôlego, esperando que ele me diga que estou completamente certa, enquanto subo na caminhonete.

— Laney, você sabe que eu te amo, né? — Isso não vai ser bom.

— Sei...

— Então você sabe que é com amor que digo isso. — Sua pausa dramática me causa arrepios. — Supera! Não estou nem aí se ele transou com ela no campo e pediu para você filmar. Pode ter sido sem querer, mas você destruiu aquele garoto. Ele está aqui sem amigos, sem namorada e em um novo time. Soa familiar? Ele só está tentando viver um dia de cada vez, assim como você fez. Você conseguiu o seu felizes para sempre, então para com essa porra e deixe-o tentar encontrar o dele.

Pois bem. Zach-1. Laney-0.

Doeu; nem vou fingir que não, mas suas palavras são sinceras... e completamente certas. Fico aborrecida comigo mesma por ser a causa de palavras tão tristes, mas verdadeiras, que descrevem a devastação do meu Evan. É muito para pensar, e preciso fazer isso agora, antes que as coisas fujam do controle.

— Você tem razão, Zach — sussurro. — Por isso te liguei. Sempre escuto o que preciso ouvir diretamente. Obrigada.

— Eu amo você, Laney. Não fique com raiva de mim, mas não peça meu conselho se não o quiser.

— Deus, é a mais pura verdade — bufo alto. — Você pega pesado, mas tem razão. Por isso é meu conselheiro número um. Não estou com raiva, sério. Agora vai lá, treinador! A gente se fala depois.

— Até mais, Laney.

Desligo e encaro o para-brisa, refletindo. Zach está certo, estou sendo uma vaca egoísta. Odeio Whitley, e preferiria ver Evan envolvido em orgias do que com ela, mas ele tem todo o direito de fazer o que quiser. Dou partida, indo para lugar nenhum, com uma gasolina que não posso desperdiçar, e dou umas duas voltas, finalmente parando no estacionamento atrás do meu dormitório, escondendo meu carro tanto quanto possível entre uma caminhonete *Dually* enorme e as lixeiras.

Deito-me no assento, de forma que ninguém me veja sentada sozinha no estacionamento, e tiro meu celular do bolso, porque não tem como sentir autopiedade sem música, certo? Deixo a música me envolver, meus pensamentos vagando, para nenhum lugar em particular, em um impulso. Não seria bom se a vida fosse assim? Mas não é. Cada ação tem uma consequência, a qual um dia será cobrada. Fiz uma escolha, da qual não me arrependo de forma alguma, mas ainda sinto culpa em cada célula do meu corpo. Como uma tola, pensei que tudo ficaria bem, que poderia me esconder atrás dos vários quilômetros entre nós, na minha felicidade com Dane, como uma vadia sem coração. Mas minha cobrança chegou.

Evan está aqui, e ainda assim, sinto sua falta como nunca. Sim, esse é o momento em que todos ao meu redor gritam: "Se aquela vaca reclamona se intrometer ou atrapalhar de novo, eu mesma vou acabar com ela"! Não é o que vou fazer. Eu amo Dane, completa e despudoradamente, e não vou desistir dele, não importa o que for... mas preciso consertar minha essência, a base de acontecimentos de uma vida inteira que me fizeram quem sou, e essa essência é Evan e Laney, os melhores amigos.

Quando *I Never Told You*, de Colbie Caillat começa a tocar, decido que é um sinal irônico e doentio de que mergulhei na minha autocomiseração por tempo o bastante, e me levanto. Desço do carro, me envolvendo com os braços enquanto sigo lentamente para meu quarto.

— Onde você estava, amor?

Dane, é claro, perfeitamente lindo, com uma camisa branca para fora do jeans escuro e o cabelo que diz "Impossível Bagunçar Mais", está me esperando no quarto do dormitório quando entro.

— Treino do *Flag Football* — murmuro, sentando-me na beirada da cama enquanto tiro as chuteiras e as meias, assim como a jaqueta. Quando ele não responde, ergo a cabeça avistando uma carranca. — O quê?

Seus braços estão cruzados sobre o peito, o que alarga seu tamanho, embora acredite que ele não saiba disso.

— Ah, é? E como foi?

Ele sabe que estou escondendo algo. Hora de decidir – confessar tudo ou continuar enrolando? A segunda é uma péssima ideia, já que tenho altas suspeitas de que Dane realmente tenha uma bola de cristal só para mim, escondida em algum lugar, mas você sabe como sou... audaciosa.

— Foi bom; acho que a gente vai ganhar. — Claro que nós ganharemos, somos o maldito time de softbol, pelo amor de Deus! Só o elemento intimidação já devia valer um *touchdown*.

Ele solta os braços e vem até a cama, inclinando-se sobre mim, me fazendo deitar de costas.

— Essa é sua resposta final? — resmunga.

Falando no gostoso elemento intimidação... Engulo em seco, e mentalmente repreendo minha libido antes de olhar para seu rosto maravilhoso e respondê-lo com a voz trêmula:

— O que quer dizer?

— Quero dizer — ele passa seu nariz no meu, juntando ainda mais nossos corpos — que não gosto quando mente para mim.

Sua boca mandona desliza por minha mandíbula, seus dentes dando leves mordiscadas, até que começa a chupar logo abaixo da minha orelha. Pois é, ele conhece todos os meus pontos fracos para obter uma confissão, e ele está, de fato, usando todos muito bem.

— Você não joga limpo — solto um gemido, descansando os pés no colchão, enquanto pressiono os joelhos ao seu redor, minhas mãos traiçoeiras percorrendo suas costas.

— E você não mente — suspira contra mim —, então me fale o que está acontecendo antes que eu te vire e espanque seu belo traseiro. — Ele está tentando me convencer ou não? Porque devo admitir... meu júri interior ainda está indeciso, e meu coração está mesmo na corda-bamba agora.

— Fui para... — Caramba, não pare nunca de fazer isso.

Ele pressiona seu corpo ao meu, para cima e para baixo, fazendo minha mente virar sopa.

— Prossiga — ordena com um grunhido grave.

— Dirigi em círculos, depois fiquei sentada escondida no estacionamento. O dia hoje foi horrível.

Pronto. Você venceu... seu deus *sexy* que joga sujo.

Ele sai de cima de mim, percorrendo seus dedos em minha pele enquanto se senta ao meu lado na cama.

— Vem cá — diz, suavemente, estendendo a mão para me puxar. Quando me levanto, ele segura minha bochecha com seus longos dedos, acariciando meu lábio inferior com o polegar. — Me conta o que aconteceu, amor. — Ele dá um beijinho na ponta do meu nariz. — Conversa comigo.

— Não é nada; está tudo bem agora. — Tento subir em seu colo, querendo que ele me cure, me ame, faça tudo melhorar, mas ele ri e põe as mãos em meus ombros, me impedindo.

— De jeito nenhum, não até você falar. Quero tudo a seu respeito,

Laney. Isso significa que quando tem algo te incomodando, tem algo *me* incomodando. — Ele mexe a cabeça, me forçando a encarar seus olhos castanhos. — Me fale qual é o problema, e eu vou resolvê-lo.

— E-eu vi Evan — balbucio, devagar. — Ele está treinando o time de Whitley. Ela escolheu sua nova tatuagem.

Se ele tivesse simplesmente me falado, sei muito bem o que eu teria dito, então sua resposta... eu poderia citar palavra por palavra.

— E por que você se importa?

É, é isso aí, acertou cada palavra. Seu semblante mostra irritação, seu olhar questionador. Não o culpo nem um pouco, mas ele perguntou. Na verdade, foi uma coerção sedutora. Dessa vez, não o deixo me impedir, e consigo me aconchegar em seu colo, enfiando o rosto em seu pescoço. Ele tem um cheiro tão gostoso, e sou capaz de sentir as batidas descontentes de seu coração contra meu queixo.

— Não sei qual é a resposta certa, e não quero te deixar bravo — admito.

Seu suspiro alto agita meu cabelo.

— Não tem resposta certa ou errada, Laney. Só me diga o que você está sentindo, o que está pensando. Estou tão de saco cheio de falar sobre ele que me enfureço, mas agora que ele está aqui, a dificuldade aumentou. Então vamos fazer isso mais uma vez; vamos conversar. — Ele beija minha testa, acariciando meu cabelo, dizendo que está tudo bem, que quer ouvir o que guardo em meu coração, porque é onde ele quer estar também.

— Eu te amo. Você é a chama que queima dentro de mim, minha força, o que eu necessito, meu despertar — digo, com sinceridade. — Você é o colo que busco constantemente me aconchegar, os lábios que quero beijar, a mente que quero provocar, a risada que quero extrair. *Okay*?

Seu rosto se ilumina com um sorriso, e a calmaria que toma conta daqueles olhos castanhos profundos é de tirar o fôlego.

— Eu sei, querida. Eu também te amo demais. E mais tarde, quero ouvir você gemer em meu ouvido repetidas vezes, enquanto faço amor com seu belo corpo a noite inteira. Mas nesse momento, quero resolver essa merda logo, para que possamos seguir em frente.

Ora, quem diabos consegue pensar quando ele fala coisas desse tipo? Pressiono minhas coxas, agarrando ainda mais seu pescoço.

— Tudo bem — bufo. — Estou com ciúmes que ele esteja fazendo qualquer merda com ela e nem é mais meu amigo. Me irrita que meu melhor amigo tatuou a porra do peito, e nem fiquei sabendo. Mas acima de tudo, odeio que uma das pessoas mais incríveis do mundo me odeia. — Uma única lágrima consegue escapar, e o sinto inquieto quando a gota atinge sua pele. — Normalmente, não ligo para o que as pessoas pensam de mim, mas alguém como Evan, bem, você se importa se ele não gosta de você. Isso quer dizer que você é realmente uma pessoa terrível.

— Amor, vou dizer isso só uma vez, depois vou me levantar e ir embora, para que eu não mude de ideia. Eu te amo, e confio em você, então vá encontrá-lo, mande uma mensagem, sei lá... Dá um jeito. Você tem até dez horas para vir para mim, e quando vier, seremos só eu e você. Nada, nem ninguém vai se meter. Pode ser?

Ergo a cabeça, surpresa. Que cara diz para sua namorada ir encontrar o ex? Dane Kendrick, com toda sua excelência sensual, dominante, insolente e confiante, ele mesmo. É mandão até mesmo quando está me dizendo para ir atrás de Evan... É a coisa mais *sexy* do mundo.

Assinto e seguro seu rosto, beijando-o como se fosse a última vez. Suas mãos encontram meus quadris, puxando-me contra ele, nossos corpos em sintonia, assim como nossos lábios. Ele se afasta primeiro, me colocando na cama, e se levanta, dirigindo-se à porta.

— Dez em ponto — repete, virando-se para me encarar, meu cabelo bagunçado e lábios inchados —, ou qualquer hora, na verdade. Me liga se precisar de mim, e saiba que eu te amo.

Com uma piscadinha, ele vai embora e pego meu celular para mandar uma mensagem para Evan. Quer dizer, assim que recupero os sentidos.

CAPÍTULO 8

COMPARAÇÃO INJUSTA

Evan

> Já passamos da hora de resolver as coisas. Me fala onde encontrar vc daqui a pouco ou vou te caçar.

Sua mensagem não me surpreende nem um pouco. O dia hoje foi um desastre; conheço Laney – bem demais, e ela está farta. Sério, também estou. Agora é bom para mim.

> Vc está no seu dormitório?

> Sim.

> Te busco em dez minutos. Me espera lá fora.

> Blz.

Ela já está esperando quando chego. Não desço e abro sua porta, apenas destranco e a encaro enquanto ela entra. No mesmo instante, o carro inteiro é inundado pelo cheiro de lavanda, e passo a mão no rosto, me odiando por inspirar profundamente.

— Oi — murmura tão baixo que mal escuto.

— Oi.

Bem, graças a Deus isso não é nada constrangedor.

— Para onde? — pergunto, olhando para tudo, menos ela.

— Não sei. Está com fome?

— Não, acabei de comer.

— Não importa para onde vamos; me surpreenda.

— Então... — murmuro enquanto saímos do estacionamento. — Sobre o que quer conversar?

Sutil.

Não recebo uma resposta na hora, e consigo ver sua cabeça apoiada na janela pelo canto do olho. Quando faço o retorno, ela começa a dizer:

— Sinto sua falta, Evan. Não consigo lidar com o fato de você me odiar. Lembra como éramos bons como amigos antes de tudo atrapalhar?

Não acho que era tudo, nem que atrapalhou. Eu achava que era amor, e que era ótimo. Mas, claramente, não sou onipotente.

— Também sinto sua falta, Laney — respondo, baixo. — Sinto saudades desde o dia em que fui embora para a faculdade.

— Eu também — sussurra.

Este é o melhor lugar que conheço, no meio do nosso *campus*. Tem flores e bancos, e ninguém vai estar aqui a essa hora da noite, talvez uma ou outra pessoa aleatória caminhando. Quando estacionamos, ela desce primeiro, pegando seu cobertor detrás do meu banco. Sim, ainda está lá. Saio do carro e a sigo, falhando miseravelmente ao tentar não observar o modo como seu cabelo se movimenta ao vento e espalha seu cheiro no ar.

— Senta aí — ela diz, batendo a mão ao seu lado, em um dos bancos mais afastados, com o cobertor enrolado nos ombros. Essa garota está sempre com frio.

Sabendo como ela é, eu me sento, mas deixo uma distância boa entre nós.

Ela continua olhando para frente, mas estende uma de suas mãos delicadas para segurar a minha.

— Evan — começa —, sinto muito por tê-lo machucado. Não foi minha intenção; eu tentei lutar contra isso.

— Contra o quê, exatamente? Me explica, Laney, porque simplesmente não consigo acreditar em como fui substituído de maneira tão fácil.

Ela puxa sua mão de volta, e sei que é porque fui ríspido. Não tenho certeza se estou aliviado ou triste por ela ter soltado. Tocá-la agora me deixa confuso, não como se fosse errado, mas como se não fosse mais completamente certo.

63

— Você não foi substituído. Você e Dane são totalmente diferentes. Um não substitui o outro. — Ela suspira, virando o corpo para mim, encarando meus olhos. — Evan, quando cheguei aqui, eu sentia tanto a sua falta que meu corpo doía, literalmente. Pensei em ir embora, desistir, e várias outras coisas. Então, conheci Dane — seu olhar se desviou, e sua voz abaixou o tom —, e tentei desistir disso também. Juro que tentei, Evan, mas não é possível. Sinto muito, mesmo.

— O que você quer que eu diga? — Minha voz falha, e me odeio por isso. Levanto e pego algumas pedras, jogando aqui e ali, de costas para ela. — Você me amou mesmo? Era real pra você?

— Sim — ela responde, e sei, certo como sei meu nome, mesmo sem olhá-la, que ela está chorando... e que ainda não disse tudo.

— Mas?

— Evan, não...

— Fala! — Foi o mais alto que já falei com ela na vida.

— Eu o amo de uma maneira diferente.

Eu me viro agora, e vou em sua direção, agachando-me à sua frente. Se eu tenho que ouvir, ela vai criar coragem e dizer na minha cara.

— Diferente como? — Meus dedos doem para secar as lágrimas que caem em seu rosto, mas simplesmente não posso fazer isso. Lanço um olhar que diz "continue"; chega de enrolação.

— Eu não sei...

— Mentira! Você sabe, sim. Me conta. Ele te trata melhor do que eu o fazia?

Ela ofega, e balança a cabeça depressa.

— Deus, não! Você sempre me tratou como uma rainha. Não faça isso, Evan, você está comparando e isso não é justo. Você é Evan e Dane é Dane. Ele não me trata melhor, ninguém poderia me tratar melhor do que você. Ele me trata diferente. Eu não o amo mais, eu o amo de forma diferente. Não tem como explicar de maneira mais fácil, e não te chamei aqui para explicar. Só queria te dizer que sinto muito, muito mesmo, que sinto sua falta, te amo demais e que vou sempre esperar para ser sua amiga de novo, quando você estiver pronto.

Melhores amigos por anos, um "casal" por um instante, distantes e tecnicamente separados, finalmente juntos no mesmo lugar, mal falando um com o outro. Uma jornada louca. Sinto sua falta como nunca, e ela é mesmo minha melhor amiga. Era, pelo menos. Será que posso, realmente, viver o resto da minha vida sem ela por perto, de alguma forma? Provavelmente não, e isso seria péssimo, mas hoje não é o dia em que vou ceder e me tornar a pessoa mais madura entre nós.

Assinto evasivamente, sem saber como respondê-la. Eu a odeio? É claro que não, eu nunca poderia odiar Laney. E, sim, um dia ficarei bem. Um dia, serei capaz de olhar para ela e não desejar que alguém me esfaqueie para que eu sinta dor em outro lugar que não meu peito, meu coração... Mas ainda não estou pronto para revelar essas coisas. Em vez disso, eu me levanto, estendendo a mão e a puxando.

— Vamos.

Uma vez que ela está em pé, solto sua mão, deixando-a andar na minha frente até a caminhonete, com nada além de silêncio entre nós. Estamos prontos e prestes a sair, antes que um de nós ouse falar, novamente:

— Tem alguma notícia da Kaitlyn? — pergunto. Esse é o assunto que consigo suportar agora. Tem me incomodado, pensar que aquela vadia louca pode fazer algo contra ela de novo. Mesmo que ela se case com Dane amanhã, nunca vou fechar os olhos para alguém tentando machucá-la de propósito.

— Não. — Ela passa a mão pelo cabelo, sua voz quase transparecendo tristeza, mas ainda com um tom de alívio. Tenho certeza de que ela ainda está confusa em relação aos seus sentimentos por Kaitlyn e sua maldade. — Ela não se importa comigo, sempre foi com você. Estou certa de que terá notícias dela bem antes de mim.

— Nunca mais vou falar com ela de novo.

— Eu sei. — Ela desvia seu olhar taciturno da janela para mim, e sorri. — Você é legal assim.

Ela é legal também. Apesar de tudo, ela é minha pessoa favorita. Duvido que eu consiga negar isso por muito mais tempo, mas não falo isso agora, apenas deixo o silêncio reinar novamente.

— Eu não tenho um perseguidor — ela diz, de repente.

Acho que ela queria falar com indiferença, mas o tom agudo em sua voz e seu cenho franzido a entregam. Como se isso não fosse uma grande novidade para mim, ou para ela... e é. Uma novidade realmente grande.

— O quê? — indago, surpreso. Eu tinha várias teorias sobre seu perseguidor, e estava na minha lista de perguntas para ela quando as coisas voltassem ao normal.

— Era minha mãe. Da... humm, eu sei onde ela está e eram dela todos os bilhetes e as outras coisas.

65

Algo dentro de mim se altera, um *flash* na minha mente da parte que eu e Laney sempre tivemos: a amizade. Esse é um assunto muito importante, sobre o qual vou apoiá-la, sem nem pensar. Não posso evitar me suavizar. Não sei há quanto tempo ela sabe, mas sei que no minuto em que descobriu, ela precisava e queria falar comigo, e eu não estava lá.

Mas estou agora, e quando voltamos ao estacionamento de seu dormitório, é isso o que fazemos. Viramo-nos um para o outro, ela com uma perna dobrada no banco e eu com o cotovelo descansando no encosto, e destrinchamos tudo acerca do desenvolvimento que mudou a vida da minha melhor amiga.

CAPÍTULO 9

DESLUMBRE

Evan

— Então, você vai se juntar a mim no Dia dos Namorados, né?

Quando Sawyer diz "se juntar a mim", você pede uma explicação. Poderíamos estar falando de qualquer coisa a esta altura.

— Como assim? — pergunto, sem fôlego. Por favor, que ele não tenha nos inscrito em luta na lama mista ou alguma outra "ótima" ideia.

— Ora, você não tem namorada, e porque Jesus me ama, eu também não, então pensei em irmos ao *The K* juntos. Pegar algumas gatinhas, sei lá.

— Sawyer — começo a rir —, você está me pedindo para ficar contigo no Dia dos Namorados?

— Vai se foder. — Ele golpeia meu ombro, o que vou sentir amanhã, já que ele tem o tamanho de um Gladiador. — Isso aqui não é um *bromance*. Vamos entrar juntos, mas sairemos com mulheres. É Dia dos Namorados, cara, todas as garotas lá vão cheirar à menta e desespero, completamente sozinhas no grande dia.

Bem, quando ele fala assim, parece interessante…

— Não posso — digo, suprimindo uma risada. — Prometi à Whitley que assistiria à apresentação de seu grupo. Uma fraternidade as contratou para cantar na festa de Dia do Namorados deles. Vai ter cachê, então ela está bem animada.

— Vai me abandonar pela Whitley?

— Não fala assim, cara. Whitley é uma garota muito legal, na verdade, e eu gosto dela. Ela nunca fez porra nenhuma contra vocês. E daí que ela era meio grudenta com Dane? Ela estava tentando ser uma boa amiga. Você precisa parar com isso.

Ele está me encarando de um jeito estranho. Realmente espero que não seja seu olhar quando está prestes a dar uma surra em alguém por falar com ele assim. Não sou baixo, mas também não sou nenhum Sawyer. Não sei quantas vezes meu pai falou para mim: "Se você caça uma briga que sabe que vai perder, seu traseiro burro merece ser chutado". Não estou caçando nem fazer palavras cruzadas com Sawyer. Ele é um cara legal, mas a coisa com Whitley é mentira, injusta e já deu.

— Hummm.

— Hummm, o quê?

— Nada — murmura, dando de ombros.

— Com certeza, terão garotas solteiras na festa onde ela vai cantar, certo? Então por que você não vem comigo?

Ele pensa por um momento, e depois sorri.

— É, posso fazer isso.

— Aí, pronto, problema resolvido. E pode, por favor, tentar não ser tão cruel com ela?

— Posso fazer isso também. Agora que você falou, Dane realmente nunca disse nada de ruim sobre ela. Acho que era mais ela me irritando por causa dele. Vou parar, juro.

— Valeu.

— Enfim, o que está rolando entre vocês dois?

— Não é o que está pensando. — Rio. — Mas ela é legal. Gosto de passar tempo com ela.

Este ano, o Dia dos Namorados caiu em um fim de semana, e a festa está lotada. Fico feliz por isso; sei que vai alegrar muito Whitley. Ela não para de falar da apresentação de hoje à noite há dias, e estou meio ansioso por ela. Ainda não a ouvi cantar, mas tenho certeza de que é boa, já que é a capitã, certo?

— Sawyer! — Kirby pula em cima dele, claramente alcoolizada.

— Oi, Kirb — ele responde, rígido, me lançando um olhar irritado.

Preciso desviar o rosto para esconder o sorriso em relação à sua sorte. Já sei tudo a respeito do antigo interesse de Sawyer em Kirby e sua gêmea, Avery, e como isso ainda o persegue, já que, obviamente, uma delas grudou como chiclete. Pelo que parece, Avery e Zach viraram um casal, deixando o "coitado" do Sawyer com uma Kirby bem pegajosa. E Sawyer NÃO gosta de carência. Tenho quase certeza de que isso está no Manual de Boas-Vindas à Southern, então, como Kirby não entendeu ainda está além da minha compreensão.

— Zach e Avery estão aqui? — ele pergunta, gentilmente, removendo as mãos dela de seu peito, olhando desesperado ao redor em busca de alguém para tirá-la dali.

— Nãoo — ela resmunga —, eles estão em um encontro romântico. Assim como Tate e Bennett e Dane e Laney. Babacas sortudos — murmura.

É oficial, já ouvi o bastante.

— Vou atrás de Whitley para desejar boa sorte! — grito para Sawyer enquanto vazo dali, deixando-o de mãos atadas, sem nem lhe dar tempo de tentar me impedir.

Eu a encontro na sala principal, apontando e mandando em todas as garotas ao seu redor. Eu me esgueiro por trás dela, e sussurro em seu ouvido:

— Está nervosa?

— Você veio! — Ela se vira e me lança um sorriso empolgado.

— Claro que vim. — Toco na ponta de seu nariz. — Eu te disse que viria. Agora, onde eu deveria ficar para ter a melhor vista? Vocês vão dançar por aí ou ficarão paradas em um só lugar?

— Fica bem ali. — Ela aponta para um lugar na frente. — Já vamos começar.

Elas são realmente boas, fantásticas até, e o brilho no olhar de Whitley é fascinante. Sua voz é suave e sensual, muito mais grave quando canta do que quando fala. E o que elas fazem com essas músicas? É a coisa mais maneira do mundo. Elas estão cantando um monte de músicas românticas, mas o modo como alteram o ritmo e tal, faz até mesmo um cara curtir.

A multidão adorou, e tenho quase certeza de que vi umas duas garotas na plateia chorando quando elas cantaram *The First Time Ever I Saw Your Face*. Foi comovente. Whitley realmente se torna dona do lugar quando canta, e se ela tivesse essa mesma confiança no dia a dia, ela seria implacável.

Para os rapazes, elas apresentam *Red Light Special*. Arregalo os olhos quando Whitley sorri maliciosamente, dando uma piscadinha para minha cara chocada. CARALHOOO. Essas Cotovias têm um lado *sexy*. Uma Cotovia em particular se destaca na sedução. Pelo menos, a meu ver.

Interessante, de fato.

Sawyer chega atrás de mim e dá um tapinha em meu ombro.

— Bem, macacos me mordam — ele diz. — Whitley sabe ser gostosa pra cacete.

Eu acabei de rosnar? Não, claro que não.

Falando na garota provocante, Whitley dá um passo à frente, para finalizar a apresentação:

— Muito obrigada a todos. Somos as Deslumbrantes Cotovias da Southern, e adoraríamos que acompanhassem nossos espetáculos este ano. — Ela pausa para os aplausos e assovios que tomam conta da multidão, inclusive eu. — Essa será a última canção da noite. Eu a escolhi porque — ela ergue a cabeça, tímida, olhando diretamente para mim —, bem, porque finalmente descobri o que cantar.

É apenas sua voz, lenta e suave, cantando *Wonderwall*, o antigo sucesso da banda *Oasis*. Meu olhar nunca se desvia do seu, conectados um ao outro através de cada nota. E por mais piegas que isso possa parecer, sinto algo em meu coração voltando para o lugar. Não existe mais nada no momento, ninguém além de mim e Whitley no cômodo, e seu recado me acerta em cheio, alta e verdadeiramente.

Quando a última nota é entoada, a multidão explode ao nosso redor. Foi uma apresentação emocionante, impossível descrever com palavras o que significou saber que era para mim. Dou um passo em direção ao palco, oferecendo a ela minha mão, que a segura com um sorriso acanhado. Com sua mão delicada junto à minha, ajudo-a a descer e a envolvo em um abraço.

— Você foi demais, Whitley, aquilo foi incrível. — Suspiro em seu ouvido.

— Fico feliz que tenha gostado. Cantei pra você.

— Foi perfeito. — Minha bochecha se move contra a dela enquanto assinto; eu sabia para quem ela estava cantando.

Quem sabe, talvez seja ela aquela quem irá me salvar.

CAPÍTULO 10

BANDEIRA NA JOGADA

Laney

Passaram-se longas semanas.
Levei Dane para sua cabana no fim de semana do seu aniversário (incluindo o Dia dos Namorados), e foi maravilhoso. Acabei dando a ele um monte de vales feitos à mão, já que estou quebrada e tal, mas ele pareceu amar. Até agora, ele já usou o *"Escolha o filme esta noite"* e o *"Sente-se e assista meu striptease"*.

Meu presente de Dia dos Namorados está pendurado em meu pulso, uma linda pulseira prateada com uma inscrição que diz: "Amor: amizade com trilha sonora".

Esse homem.

O aniversário era dele, mas eu que fui mimada e seduzida ao extremo. Dane sempre me faz sentir especial, amada, mas, ah, as outras coisas que ele me dá... Durante um dia inteiro, ele me proibiu de usar qualquer roupa, na verdade, as escondeu, e naquela noite, nós dormimos na frente da lareira, cobertos de suor.

Só de pensar, fico até com dificuldades de andar.

Estamos cada vez mais perto do início da temporada de softbol, e o time está ótimo! Isso significa, porém, que meu toque de recolher às onze está em vigência quase todas as noites, para tristeza de Dane Kendrick. Mas o treinador é bem flexível, então Dane vai sobreviver.

A melhor notícia? Evan e eu conversamos toda quinta-feira na aula de Álgebra, não exatamente como antes, mas muito melhor do que há pouco tempo. Ele rapidamente fez amizade com Sawyer, e até com Zack agora, e eu não poderia estar mais contente com isso. Um cara incrível merece outros dois!

Tate está totalmente curado e de volta ao dormitório, o que significa que minha querida colega de quarto retornou. Acho que não tinha percebido o tanto que senti falta de Bennett até ela voltar.

No geral, a primavera está sendo linda! As coisas finalmente estão começando a normalizar de novo.

A única coisa que permanece a mesma é minha mãe. Escrevi para ela uma longa carta, mas ainda nem coloquei um selo. Ou finalizei, para ser sincera. Eu não sei como funciona. Ela sequer pode receber cartas? Não que isso importe, já que não estou nem um pouco pronta para enviar, mas escrevê-la foi terapêutico, e caramba, estou muito orgulhosa apenas por isso! Meu pai diz que eu deveria mandar, assim como Dane, mas a decisão não é deles.

Então, é com o coração bem feliz que junto minhas coisas e sigo para o jogo de futebol de bandeirinha. Temos ralado muito no treino e Zach, vou te contar, acabou sendo um belo de um sargento, mas estou muito confiante de que as garotas e eu levaremos a bandeira para casa!

Dane está esperando em seu carro quando passo pela porta, mas desce rapidamente para pegar as coisas das minhas mãos e carregá-las, me dando um beijinho antes.

— Oi, amor, pronta pra ganhar?

Deve ser a décima vez que ele diz essa frase, que ele acha superfofa. E é mesmo.

Revirando os olhos, entro no carro, imediatamente ligando a música que impulsiona minha energia: *Let Me Clear My Throat*, do DJ Kool. Fala sério, tem alguma outra opção? Ele está rindo enquanto se senta no banco e finge que vai desligar o som, mal conseguindo desviar quando dou um tapa em sua mão. O teto solar está aberto, e o tempo está, como de costume, excepcionalmente quente, e me sinto bem.

As regras do torneio do futebol de bandeira são simples: venceu, continua jogando. Sem todos contra todos, sem intervalo, sem outras etapas – sua conquista, seu campo, até que alguém te derrube. Isso poderia ser exaustivo para algumas mulheres, mas três vitórias depois, e o time de softbol *Lady Eagles* não se cansou. Muito pelo contrário, estamos ainda mais vorazes a cada vitória; empolgadas e prontas para o próximo duelo!

O quarto jogo é contra ninguém mais ninguém menos que as Deslumbrantes Cotovias. Vejo Whitley saltitando até o meio do campo para o cara ou coroa, então eu, naturalmente, aviso meu time que serei a capitã dessa partida e me dirijo até lá.

Nem tento esconder meu sorriso sacana enquanto a encaro.

— O vencedor escolhe — diz o árbitro, um veterano chamado Xander, e só sei disso porque ele fez questão de me dizer quatro vezes hoje, enquanto joga a moeda no ar.

— Coroa — digo, sem nunca desviar o olhar do dela.

— Coroa — Xander confirma.

Dados estatísticos dizem que você deve sempre escolher cara, e meu pai já brigou comigo sobre isso um milhão de vezes, mas sempre escolho coroa. Eu tinha certeza de que esse seria o resultado, assim como tenho certeza de que vou ensinar uma lição à Whitley. Não sei qual é o relacionamento dela com Evan. Não falamos sobre esse tópico nas nossas recentes conversas na aula de Álgebra, mas uma coisa não mudou – ainda odeio ela.

Dane

Percebo que assumir os negócios do meu pai em tenra idade me impediu de participar de qualquer time esportivo desde o ensino médio, mas tenho quase certeza de que a palavra bandeira, no título do jogo, tem algum sentido literal.

E é por esse motivo que estou confuso enquanto assisto minha namorada fazer um *tackle* em Whitley pela terceira vez. A primeira vez que

73

ela fez, Sawyer, sentado ao meu lado, morreu de rir, falando alguma coisa sobre "furacão". Então pensei que não era nada demais, realmente parecia que ela tinha errado a bandeira e caído, levando Whitley junto.

Na segunda vez, até ele parou de rir, e concordou comigo que parecia um pouco suspeito, principalmente quando o juiz apitou no ouvido de Laney e diminuiu várias jardas para as Cotovias. Zach a deixou como reserva depois dessa, mas após muito andar e gesticular, ele pôs Laney de volta.

Mas agora, uma terceira vez? Laney ainda está em cima de Whitley, parecendo não querer sair, até que o árbitro corre pelo campo e joga a bandeira (não que Laney saiba o que elas são), dando a Whitley um momento para se recuperar, para, mais uma vez, se limpar e arrumar suas roupas e cabelo. Tanto Zach quanto Evan gritam, pedindo tempo, e rapidamente entram no campo, na direção da minha garota.

— Vá buscá-la — Sawyer murmura, me empurrando com o ombro. — Vou trazer o carro pra cá.

Então, sempre o equilibrado da nossa relação, desço as escadas da arquibancada, seguindo com minha empreitada para conter uma frenética Laney Jo Walker. Se ela não fosse tão adorável pra cacete, com seu uniforme bonitinho de futebol e as listras pretas embaixo dos olhos, eu estaria chateado agora, porque sei o motivo de ela estar atacando Whitley. Ela se sente impotente em relação à situação com Evan, então faz o que pode, indo pra cima da garota que está rondando o cara.

Laney tem sido ótima em relação a tudo nos últimos tempos, conversando amigavelmente com Evan, de forma gradual, na aula que compartilham, e posso ver seu humor melhorando a cada dia. Isso está conferindo a ela sensatez, determinação e oportunidade de colocar um ponto final nas coisas, então ela é minha parceira alegre e espertinha de novo, sem ficar falando o tempo todo sobre o "coitadinho de mim" que é Laney e Evan. Por causa disso, vou pegar leve com ela. Não vou criticá-la por suas verdadeiras intenções e o que isso significa. Mas vou arrastá-la para fora desse campo, e a levarei para casa, onde ela realmente pode descarregar suas frustrações... em mim. Sim, por favor.

Mantenha o rosto sério. Mantenha a porra do rosto sério. Recito esse mantra na minha cabeça enquanto abro o portãozinho e caminho até Laney "Matadora" Walker. Whitley está um desastre – emanando irritação, há pedaços de terra em seu cabelo e suas roupas estão cobertas de marcas de grama. Evan está ajoelhado à sua frente, usando uma garrafa d'água para limpar a terra e o sangue de suas pernas. Laney, entretanto, está radiante, pulando de um lado para o outro, implorando, literalmente, para não ser expulsa.

— Tá pronta para ir embora, valentona? — pergunto a ela, relembrando o mantra da cara séria.

— Ai, graças a Deus — Zach bufa, relaxando os ombros, que estão rígidos desde o primeiro quarto.

— Não sei qual é o problema — Laney diz, com a voz falsamente suave, o que tenho certeza de que machuca sua garganta. — Ela é o *quarterback*. Claro que vou mirar nela. Não posso fazer nada se a grama estava escorregadia. E — levanta o dedo de forma democrática, como se estivesse prestes a colocar a cereja no bolo —, é difícil parar quando se está no embalo.

— E por que os jogadores de futebol conseguem fazer isso todos os dias, Laney? — Zach está se esforçando para não ficar bravo com ela, o que está obviamente difícil, já que está de punhos cerrados, tentando se conter. — Qualquer um que atacasse o QB depois que a bola deixou sua mão, nunca mais entraria em um campo. Nem vamos falar das bandeiras que você deveria simplesmente pegar!

Preciso virar o rosto e fingir uma tosse para esconder a risada diante da resposta de Zach. Ela realmente achava que o tinha convencido.

— Mas... — Ela começa a protestar e bater os pés, mas estou muito adiantado. Antes mesmo que ela possa dizer algo mais, ela está em meu ombro, se mexendo e dando tapas na minha bunda e minhas costas. — Me bota no chão, Dane! O jogo não acabou e meu time precisa de mim!

— Rá! Você fez seu time perder trinta jardas em faltas, esquentadinha. Estou surpreso que elas não estejam me aplaudindo agora, agradecidas! Agora fica quieta — bato forte em sua bunda e ela grita —, ou vou te deixar cair.

Sawyer trouxe o carro para a saída, e assim que aparecemos em sua vista, vejo-o inclinar a cabeça para trás e gargalhar.

— Abra a porta! — grito, o que, felizmente, ele escuta, descendo para abrir a porta traseira, já que minhas mãos estão ocupadas.

— Aí está ela, senhoras e senhores, a melhor jogadora da partida! — ele a provoca.

— Cala a boca, Sawyer! — ela sibila.

— Vou jogá-la aqui dentro, aí você fica na frente da porta enquanto dou a volta. Quando eu entrar, vou trancar as portas, exceto a sua, então você entra e acelera. Entendeu? — Infelizmente, conheço Laney, e é totalmente necessário que tenhamos uma operação secreta planejada se não quisermos correr atrás dela de novo.

75

— Tudinho. — Bate continência.

— Ouviu isso, querida? Temos tudo planejado, então nem tente fugir.

Ela murmura algo enquanto a jogo no banco e fecho a porta com força, correndo para o banco do passageiro.

— Pronto, Sawyer, vai! — grito, virando-me para trás, vendo Laney de cara feia e braços cruzados, olhando para tudo, menos para mim.

Silêncio absoluto preenche o carro enquanto entramos na pista. No primeiro semáforo, Sawyer conecta seu celular ao rádio. Fico grato pela distração, mas só por um mísero segundo, quando o vejo ajustar o espelho retrovisor com um sorrisinho. Seja lá o que tiver planejado, ele quer ver a reação de Laney – que Deus nos ajude. Sério, ficar com esses dois juntos é como assistir a um episódio ruim de Faísca e Fumaça. Mas, assim que a música começa, vejo que me enrolou. Bato na minha perna e solto uma gargalhada. *Mama Said Knock You Out* explode nos alto-falantes, e quando viro para saber quão puta Laney está, vejo-a dar soquinhos no ar, cantando cada palavra com um sorriso lindo no rosto.

Mandou bem, Sawyer.

CAPÍTULO 11

BOLAS DE AÇO

Evan

> Não recuse logo de cara. A galera vai se reunir hoje à noite na casa de Dane. Sei que é estranho, mas Sawyer e Zach, seus amigos, estarão lá, então adoraríamos se vc viesse. Por favor.

Por onde começo? Tem tantas coisas erradas com isso que nem sei o que dizer. Se Laney confundiu minha gentileza na aula de Álgebra achando que isso significa "posso, por favor, passar tempo com você e seu namorado na casa dele?", então preciso rapidamente mudar minha abordagem.

— O que aconteceu? — Whitley se senta à minha frente, descascando a maior parte do pão de seu sanduíche.

Almoço com ela quase todos os dias, e tirando a parte de remexer sua comida, ela é uma ótima companhia. Minha coisa favorita a seu respeito? Ela está sempre cantarolando. Ela nem percebe isso, completamente absorta na música em sua cabeça. Acho particularmente incrível como a música que ela escolhe sempre encaixa direitinho com o clima e o momento também – é como se ela estivesse selecionando a trilha sonora do nosso dia, a cada momento. Um dia, estávamos andando juntos depois da aula, e começou a cair um pé d'água, de repente, nos molhando inteiros. Whitley cantarolou *Umbrella*, da Rihanna o caminho todo até o carro. Não comentei em voz alta, mais por estar ocupado correndo em busca de um abrigo, arrastando-a atrás de mim, mas ri internamente da cena fofa.

— Evan? Olá?

— Desculpe. — Balanço a cabeça e sorrio para ela. — O que você disse?

— Perguntei o que aconteceu. A mensagem que você recebeu, claramente, não te deixou feliz. Sua cara parecia que tinha sentido o cheiro de um gambá.

Whitley é uma garota muito realista, assim que você olha além das unhas chiques e perfeitas, e do preconceito com a casca do pão, e é curta e grossa. Já estou mais do que acostumado com isso e eu gosto, então entrego logo meu celular a ela. Vamos ver o que pensa, já que meu cérebro não está cooperando.

— Humm. — Ela mordisca o lábio, e demora para desviar o olhar do celular para mim.

Agora, posso não ser o cara mais perceptivo do mundo, nunca serei capaz de dizer o nome do artista se você me mostrar uma pintura, não vejo o sentido de pincéis e cores, é provável que eu nunca consiga diferenciar todos os diferentes tons de rosa, os quais Whitley jura de pé junto que são verdadeiros e distintos, mas uma coisa sei muito bem quando vejo – um espírito intempestivo. E a garota sentada à minha frente está me lançando um olhar repleto disso.

Ela dá um sorrisinho e umedece os lábios.

— A gente devia ir. — *Não disse?* Espírito intempestivo.

— Por que raios nós faríamos isso, Whitley? Não estou nem aí para Dane e ele me odeia. Laney te odeia e você a odeia. Na última vez em que estiveram juntas, ela te derrubou três vezes! Jogo de futebol de bandeira NÃO é um esporte de contato! Então vamos todos sair juntos por querer? Por que preciso sequer explicar quão péssima essa ideia é?

— Não odeio ninguém, e nem você. E conheço Dane; ele não te odeia nem um pouco. Acho que deveríamos ir e ver o que rola. Se quiser ir embora, nós vamos. Mas acho que tínhamos pelo menos que tentar, mostrar que seguramos a barra. — Ela circula a beirada de sua bebida com o dedo. — A menos que você não queira ser visto comigo...

Rio alto, sacando exatamente o que ela está fazendo.

— Boa tentativa, mulher. Acha mesmo que isso vai funcionar?

Ela ergue a cabeça, seus olhos brilham e ela me lança o princípio de um sorriso.

— Funcionou?

— Sim, deu certo. — Sorrio com a derrota. — Então, nós vamos. — Preparar. Apontar. Vamos.

— Excelente! — ela grita, saltitando na minha direção para me abraçar. — Estou orgulhosa de você — diz, passando os dedos no meu cabelo, tirando-o da minha testa, onde ela dá um beijinho —, sendo todo bonzinho.

— Sei — murmuro, inclinando-me para pegar a flor laranja que chamou minha atenção. — Pra você, encrenqueira.

Na última vez em que estive na frente dessa porta, entreguei meu coração – despedaçado, maltratado e partido. Dessa vez, estou com uma garrafa de vinho e vestido todo elegante, porque a fadinha agarrada ao meu braço mandou.

Ela me fez vestir uma calça cáqui, uma blusa de botão azul-clara enfiada para dentro, é claro, e sapatos marrons cor-banco-de-igreja que ela saiu para comprar para mim. A calça está justa, o colarinho dessa porra de camisa não está me deixando respirar, e os sapatos fazem parecer que vou subir no púlpito a qualquer momento para ser batizado. Eu pareço um idiota do caralho até ficar ao lado dela, em sua calça cinza e suéter rosa claro, o cabelo loiro perfeito caindo em suas costas, presos por um laço. Quando fico ao seu lado, pareço a outra metade da imagem que ela quer pintar.

Já estou de mau humor e a roupa não está ajudando, mas quando Dane abre a porta, vestido do jeito que ele quer e Laney atrás dele, confortavelmente em calças de yoga e uma camiseta, me sinto em outro patamar de idiotice.

— Oi, gente, obrigado por virem. Vão entrando — Dane nos cumprimenta, educado, e chega para trás nos dando espaço para passar.

Laney se afasta com ele, e porque a conheço como a palma da minha mão, sei exatamente o que está fazendo. Nesse momento, ela está ponderando se está puta por eu ter trazido Whitley sem perguntar a ela antes ou se quer cair na gargalhada por causa das minhas roupas.

O segundo é, claramente, a escolha certa, mas fico aliviado por ela se conter.

— Obrigada por nos receberem — Whitley responde, alegre, pegando o vinho da minha mão. — Trouxemos isso pra vocês — ela diz para Laney, entregando a garrafa com um sorriso sincero no rosto.

Meu humor obscuro melhora, porque essa foi uma atitude de primeira.

— O-obrigada — Laney acaba gaguejando, chocada. — É muita gentileza, Whitley. Você gostaria de... humm... vir comigo e tomar uma taça?

— Sim, por favor. — Ela ergue o rosto para mim e dá umas batidinhas no meu peito. — Já volto, Evan. Vai querer uma?

— Você vai ficar bem? — Inclino-me para sussurrar em seu ouvido.

Ela dá um aceno sutil concordando, então me endireito e falo alto:

— Que tal uma cerveja?

— Vou pegar pra você — Dane oferece, então me separo de Whitley e o sigo, meio sem jeito.

— Ei, aí está ele! — Sawyer salta do sofá assim que entramos na sala e me dá um cumprimento de macho. — Fico feliz que veio, cara! Dane nunca deixa a gente vir pra cá, então você escolheu a noite certa. Esse lugar é irado.

— Não vá se acostumando — Dane murmura ao voltar, me entregando uma cerveja.

Não é que eu esteja com sede, ou precise beber o tempo todo, mas vou entornar essa maldita porque é exatamente o relaxante que preciso agora.

A campainha toca, então Dane pede licença, me deixando sozinho com Sawyer. No instante em que ele sai, Sawyer começa:

— Então, você deve estar se sentindo estranho pra caralho, né? Mas estou feliz que veio. Mostra que você tem colhões. Me sinto ainda melhor em ser seu amigo agora — ele diz, rindo. — Vejo que se lembrou de como chegar aqui direitinho.

— Mesmo se eu não lembrasse — Bebo metade da garrafa, querendo acabar antes que Dane volte —, Whitley conhece o caminho.

Ele se engasga e bate em seu peito.

— Whitley? Tipo, Whitley veio com você?

— Sim — respondo com naturalidade, dando de ombros —, por quê?

— Malditas bolas de aço! — Ele gargalha alto, me dando tapinhas nas costas. — Caralho, irmão. Isso vai ser divertido pra cacete! Cadê ela?

— Na cozinha, com Laney.

É a primeira, e, provavelmente, a última vez que vejo Sawyer Beckett sem palavras.

— Rapazes — Zach diz quando entra de braços dados com Avery —, como estão?

— E aí, Zach. — Aceito seu cumprimento de mão e me viro para Avery. — Avery, bom te ver.

Ela sorri.

— Oi, Evan, está gostando daqui?

— Não é nada mal, eu... — Paro de falar, porque o olhar no rosto de Zach me distrai. — O que foi? — pergunto.

— Olha o Sawyer. Que diabos ele está fazendo?

Eu tinha esquecido completamente dele, mas segui o olhar de Zach, e encontrei Sawyer espiando a porta da cozinha, segurando o celular. Esgueiro-me por trás dele, assim como Zach e Avery, e dou um tapinha em seu ombro.

— O que está fazendo?

— Shhh — sussurra ele, virando-se para nos encarar. — Estou filmando. A qualquer instante agora...

— A qualquer instante o quê? — sussurro de volta.

— Elas vão se atracar, e dessa vez vou gravar. Vou vender essa merda pro *Girls Gone Wild*, e ficar rico. Já assistiu essas brigas de gatas? É grana fácil, cara.

Cutuco Sawyer algumas vezes, só para ter certeza de que ele é real, enquanto Zach começa a gritar *Iiihuuu* e Avery dá um tapa na parte de trás de sua cabeça.

— Sawyer, você é inacreditável. Vamos, Evan. — Ela agarra minha mão e me puxa para a cozinha. — Isso não é uma boa ideia. Precisamos entrar lá.

Zach parou de rir, os olhos arregalados ao se dar conta.

— Ah, merda, você tem razão, querida. — Ele nos ultrapassa e corre para a cozinha.

Sawyer vai ficar desapontado, porque todos nós nos deparamos com uma conversa amigável. Whitley está encostada na bancada, rindo, junto com Laney, Dane, e Tate, de algo que Bennett acabou de dizer.

— Aí está você! — Ela se vira e sorri para mim, quando chego ao seu lado. — Onde estava?

— Nem pergunte — murmuro, apoiando os antebraços em sua cadeira, ficando atrás dela.

— Evan, já conheceu meu irmão? — Dane pergunta.

— Não oficialmente — digo, estendendo a mão para Tate. — Evan Allen, prazer em conhecê-lo. É bom te ver tão bem.

— Prazer em te conhecer também — ele diz, enquanto sacode minha mão. — Obrigado por levar minha garota pra lá naquela noite. — Ele passa um braço ao redor da cintura de Bennett, puxando-a para dar um beijo em sua têmpora.

— Sem problemas. — Lanço um sorriso para a bela ruiva, colega de quarto de Laney.

— Então — Laney pigarreia, seu olhar passando por cada pessoa antes de pousar no meu —, o que vocês querem fazer? E, só para constar, estou feliz demais que nos encontramos. Senti falta de todos vocês. — Ela está me encarando, seus olhos me imploram para que eu devolva o sentimento.

— Ah, já sei! — Bennett grita, animada, que eu imagino ser o jeito que ela conversa. — Que tal charadas?

Grunhidos unânimes.

— Tudo bem, ninguém sugeriu mais nada. — Ela estala a língua para o pessoal.

— Strip pôquer?

Alguém adivinha quem disse isso?

— Não, Sawyer! — Dane, Zach e Tate gritam ao mesmo tempo. — Você nunca vai ver nossas mulheres peladas. Nunca. Desiste — Tate completa.

Whitley, muito tímida, e quase imperceptível, levanta sua mão.

— Whitley? — Tate fala e lança a ela um olhar entretido.

— Vi um monte de gente jogando esse jogo numa festa uma vez, e eles pareciam se divertir. Você faz uma fileira e bebe a cerveja, depois bate no copo para virá-lo sobre a mesa.

— *Flip cup*! Aí, sim! — Sawyer grita e se curva sobre a bancada, batendo suas mãos em um cumprimento. — Muito bem; ótima ideia!

— Bem, quem estiver dirigindo não pode participar — Bennett lembra, prudente. — Porque esse jogo te deixa muito bêbado.

Tate olha para ela com curiosidade.

— Antes de eu te conhecer, querido — ela garante, dando-lhe um beijo. — Ensino Médio.

— Então, é a primeira vez que eu deixo vocês, loucos, virem na minha casa, e vão virar copos de cerveja? — Dane não está brincando, pelo menos, acho que não. Ele está fazendo uma careta, e, surpreendentemente, entendo seu lado.

— Irmão, vamos lá pra baixo, na sala de jogos. É seguro.

Dane concorda com a sugestão de Tate.

— Bennett tem razão, porém, nenhum motorista bebe, ou dormem aqui. Vocês decidem — Dane reitera.

— Pode jogar, vou assistir e nos levar pra casa — sussurro para Whitley. Ela se vira para mim, com um sorriso misterioso no rosto.

— Ou, nós dois jogamos, e chamo o motorista para nos buscar. Ou isso aí.

— Okay. — Dou uma batidinha na ponta de seu nariz. — Mas por que você tem um motorista? Você tem carro.

— Sei lá, pergunte ao meu pai. — Ela acena, como se ter um motorista fosse a coisa mais normal do mundo.

— Vamos escolher os times, então — Laney diz, alto. — Whitley, você comanda um, já que você deu a ideia. Eu fico com o outro.

— Ai, isso vai ser tão divertido! — Bennett saltita para onde imagino ser a sala de jogos, e todos a seguem.

— Precisa de ajuda para carregar a cerveja? — pergunto a Dane.

— Tem um freezer cheio lá embaixo, mas valeu. Vamos lá. — Ele mostra o caminho.

A campainha toca de novo, ironicamente, assim que passamos pela porta da frente, então paro no automático enquanto Dane vai atender.

— E aí, Kirb, entra. Está atrasada.

— Foi mal, estava ocupada. Cadê todo mundo? — ela pergunta, olhando em volta.

— Lá embaixo, estávamos indo pra lá.

— Ah, oi, Evan. — Ela me vê e agita os dedos, num flerte sinistro.

Nunca vai rolar. Não tem cerveja o bastante no planeta. Essa garota me assusta, e com tudo que vi e ouvi de Sawyer... não, obrigado.

— Humm, oi.

— Como você está? — Ela está agora ao meu lado, agarrada no meu braço.

— Bem, e você? — Não acredito que vou fazer isso, mas lanço um olhar para Dane que diz "me ajuda" e ele sorri.

— Vem, Kirb, vamos descer. — Ele coloca uma mão em seu ombro, guiando-a escada abaixo. Eu os sigo, muitíssimo grato por Sawyer estar lá, o alvo perfeito para a atenção de Kirby.

— Ótimo, eles chegaram. Ah, oi, Kirby. Você escolhe primeiro, Whitley. — Laney puxa seu time para um canto da longa mesa, vários copos enfileirados de cada lado.

Laney competindo não tem preço – sua voz aumenta de volume e tom, ela fica supermandona, há praticamente fogo em seus olhos. Contanto que ela não ataque ninguém dessa vez, apoio totalmente o jogo. Ainda não acredito que estamos aqui agora, todos fazendo o possível para serem

83

educados e evitar constrangimentos. Sei que tem toda aquela questão de maturidade, mas também dizem para não cutucar onça com vara curta. Devo ser o único que lembra disso.

— Sawyer. — Ouço Whitley dizer, interrompendo minha divagação filosófica.

MAS QUE PORRA? Ela realmente não me escolheu primeiro?

— Garota esperta. — Sawyer dá um tapa em sua bunda. Bem, pelo menos ele está sendo legal com ela, certo?

— Dane — Laney escolhe, como deveria mesmo. Até eu, entre todas as pessoas, sei que ele deveria ser sua primeira escolha.

— Evan.

Agora ela me escolhe. Todo mundo sabe que o segundo lugar é o vencedor dos perdedores, e não estou feliz. Por quê? Não sei e não ligo, simplesmente não estou. Devo estar transparecendo demais, porque ela morde os lábios enquanto vou na sua direção.

— Não tão esperta, garota. — Bato em sua bunda, ganhando uma risada de Sawyer.

— Eita, Whitley. Ele está todo dodói porque você me chamou primeiro.

— Está mesmo? — ela me pergunta, com um olhar de cachorrinho pidão.

Inclino-me para baixo e passo a mão em seu cabelo, chegando os lábios perto de sua orelha.

— Você está com sérios problemas, mocinha.

Não sei de onde tirei essa frase, mas quando ela ofega e se arrepia, sei que não preciso me preocupar se realmente a assustei com minha ameaça de brincadeira – talvez haja mais curiosidade aí do que eu esperava. Laney devia estar observando nossa interação, porque na mesma hora ela grita, escolhendo Bennett, e assim continua cada time, até que estamos prontos para começar. Whitley, eu, Sawyer, Avery e Kirby estamos contra Laney, Dane, Zach, Tate e Bennett. Whitley ofereceu seu motorista, então todos estão participando, o que é ótimo. O time deles tem três caras contra dois do nosso, mas não estou muito preocupado se vencermos ou não... até Sawyer abrir sua maldita boca de novo.

— Tudo bem, Gidget, qual vai ser a parada? — Ele está falando com Laney, que ama apostar, então isso pode ficar assustador.

— Não sei. Em que está pensando, garotão? — Ela só está brincando com fogo agora.

— Que Deus nos ajude. — Dane revira os olhos, e vai ligar a música.

— Amor! — ele chama.

Ai! Poderia passar a vida inteira sem ouvir isso...

— Por favor, não incentive Sawyer. Não vai ter nenhuma garota pelada, estou falando sério.

Todos os olhares estão nesses dois, esperando que decidam os destinos de seus times. Whitley está cantarolando baixinho o tema de *Jeopardy*[2] do meu lado, e sorrio ao escutar.

— Que tal isso? O time perdedor terá que fazer o jantar para quem vencer. — É uma sugestão muito boa, segura e discreta vinda de Bennett.

— Ai, que entediante. — Sawyer finge um bocejo.

— E se as garotas estiverem de biquíni enquanto servem? — Whitley completa e me viro para ela, surpreso com sua ousadia.

— Tá valendo! — Sawyer grita.

Laney

— Vocês estão roubando, porra! Olha a camiseta da Whitley! — Zach aponta o dedo cambaleante e embriagado para ela. — Ela não tá bebendo a cerveja, tá vestindo!

Rio enquanto olho para Whitley. Ela realmente ficou encharcada na pressa para ganhar o jogo, e o rosa claro, molhado... bem, ela está usando um sutiã preto, digamos assim.

— Vem, Whitley. Vou pegar outra blusa pra você. — Estendo a mão e a levo para o andar de cima.

Estamos meio trôpegas, rindo enquanto subimos, até que chegamos ao quarto de Dane. Mantenho uma gaveta em seu armário cheia de coisas minhas, e pego para ela uma camiseta azul-marinho.

— Pode se trocar ali no banheiro.

— Obrigada, Laney.

Quando ela entra, e a barreira da porta nos separa, desabafo:

---

2   Um dos mais populares programas de perguntas e respostas que passa na TV americana.

— Ei, Whitley? — digo, quase sussurrando, enquanto apoio a testa contra a porta.

— Sim?

— Eu, humm, sinto muito mesmo por ter te atacado naquele dia. Foi crueldade e eu não deveria ter feito aquilo. — Três vezes. Não, não é apenas o álcool falando. Realmente tenho me sentido mal por isso há um tempo.

— Está tudo bem. — Sua resposta é tão suave e hesitante quanto meu pedido de desculpas.

— Você parece tão diferente esta noite, Whitley. Mais... Talvez eu tenha te julgado mal... Desculpe por isso também.

— Eu também. — A porta abre e seus olhos estão marejados, enquanto observa ao redor. — Não gostava de você também, e te provoquei sempre que podia. Eu não deveria ter chamado atenção para a tatuagem. E eu... — Ela abaixa a cabeça, secando as lágrimas que agora escapam. — Me desculpe.

— Vem cá — sento-me na cama de Dane, batendo a mão ao meu lado —, vamos conversar.

Ela anda timidamente, e se senta o mais longe possível de mim.

— Okay, então nós duas temos sido más sem motivo. Que tal começarmos de novo, do zero?

Ela solta um suspiro profundo e dramático.

— Eu gostaria muito, muito disso, Laney.

— Eu também — concordo e sorrio. — É um prazer te conhecer, meu nome é Laney Walker — digo, enquanto estendo a mão. — Sou uma espertalhona reservada e desbocada, mas uma vez que estou ao seu lado, estou 200%.

Ela balança minha mão e ri.

— Whitley Thompson, prazer conhecer você também. Não sou atlética, mas aguento uma pancada, ou três, como ninguém. E sou uma ótima amiga, se você me permitir.

Não estou bêbada o bastante para chorar, abraçá-la ou qualquer outro passo gigante rumo a um recomeço, mas dou, sim, um sorriso enorme, e minha alma parece mais leve. Começo a me levantar para voltar, quando ela põe a mão em meu braço.

— Laney? — Viro, encarando-a com curiosidade. — Posso te perguntar uma coisa?

— Claro — concordo, sentando-me mais uma vez.

— Você vai me odiar de novo se eu realmente tentar algo com Evan? Quero dizer, acabamos de fazer as pazes, e quero muito ser sua amiga, mas eu também gosto muito dele.

E é bem nesse momento que, de fato, entendo o que Evan sentiu. Outra garota iria amá-lo, com seu coração, sua alma... seu corpo. Ela receberá suas visitas à janela, suas doces mensagens de "bom-dia", e seus abraços enquanto assistem filme. A realidade me atinge com força, mas apenas por um segundo. E, talvez, como o maior sinal que terei de quanto meu amor por Dane me consome, e quão íntima é minha amizade com Evan, a pequena névoa que passou por minha mente some, e percebo que cada besteira que tenho contado para me sentir melhor é verdade. Realmente quero que Evan seja feliz, e seja lá quem ele escolher para isso, é melhor garantir que ela o mereça mesmo.

Não posso mentir para mim mesma, Whitley é uma garota linda. Ela é, obviamente, muito compreensiva e tímida, com um pouco de diversão escondida, e ainda assim é conveniente, elegante, eloquente... tudo que não sou. Evan parece muito à vontade com ela, e se essa garota acha que é a certa para ele, quem sou eu para impedi-la? Vou dizer quem sou – sou a sortuda que tem Dane Kendrick, e a boa amiga leal que está prestes a parar de falar e começar a agir! Essa sou eu.

— Não só não vou te odiar — ajeito a postura e ergo o queixo —, como também vou te ajudar. Mas Whitley, estou te avisando. É tipo aquilo de "posso falar o que eu quiser da minha família, mas você não"? Posso ter magoado ele, mas se você o fizer, vou atrás de você pra me vingar. Entendeu?

— S-sim — ela, claramente, estremece —, entendi.

— Ótimo! Agora que resolvemos tudo, deixa eu te dar umas dicas sobre Evan. Começando pela roupa ridícula que você o fez colocar.

Ela se deita na cama, rindo.

— Ele vai me matar! Achei que fosse um jantar.

— Whitley, sempre que receber um convite meu, com certeza, nunca será uma festinha formal sufocante. Se eu estiver lá, tá tranquilo ele usar boné, sacou também?

— Saquei. — Ela assente, alegre, segurando outra risada. — Aposto que ele está desconfortável. Eu deveria ligar para o nosso motorista e acabar com o sofrimento dele.

— É, tá ficando tarde — concordo, indo para a porta. — Vem, vamos descer.

Whitley me segue lá para baixo, falando ao telefone no caminho. Estou tentando não ouvir a conversa, mas não posso evitar escutar o pânico em sua voz.

— Cancelado, como assim cancelado? Verifica de novo, por favor, nós usamos sua empresa há anos.

87

Evan me encara assim que entramos na sala, e seu olhar me diz que estava apavorado a cada minuto que fiquei a sós com Whitley.

— Vem cá — murmuro, inaudível, chamando-o com um aceno, e ele vem depressa. — Aconteceu alguma coisa, ela tá surtando — sussurro.

Ele coloca uma mão no ombro dela.

— Whit, o que houve? — Sua voz transparece tudo que ele é, carinhoso e preocupado.

— Bem, será que eu não posso te pagar só dessa vez quando chegar aqui? — ela implora pelo celular. — Tudo bem, obrigada de qualquer forma. — Sua voz fica trêmula após um instante. Ela desliga, virando-se para mim e Evan com uma expressão confusa e pesarosa. — Era a companhia do serviço de carro. Disseram que nosso pedido foi cancelado. Muito estranho, né?

— Não tão estranho, Whit — Evan bufa dando um sorrisinho. — Muita gente não tem um motorista. Vamos lá, só jogamos duas rodadas, e meu copo não estava cheio. Vou nos levar para casa daqui a uma hora, mais ou menos, sem problemas.

— Apenas fiquem aqui — ofereço. — Tem mais do que espaço o suficiente. Sério — peço com minha voz e olhar.

— Estou de acordo se você estiver. — Whitley se vira para ele e me afasto, sentindo-me uma intrusa em sua conversa íntima e privada.

Vejo-o assentir e puxar sua mão, de volta para o jogo.

Acho que eles vão ficar.

CAPÍTULO 12

SANDUÍCHES E FRITAS

Evan

— Então, tem certeza de que não quer vir? Última chance... — tento convencer mais uma vez Zach e Avery a se juntarem a nós na Semana do Saco Cheio.

— Você não tem noção do quanto gostaríamos disso, né, amor? — Zach franze o cenho e dá uma puxadinha no rabo de cavalo de Avery.

— Sim — ela responde, manhosa —, mas assim que o treinador avisou que sua mulher estava de cama e realmente conseguimos um descanso, fizemos planos com Kirby. Não confio nela na Semana do Saco Cheio sozinha; só Deus sabe o que aconteceria. Mas se divirtam. E pense nisso. — Ela sorri agora, sua voz mais animada. — Quando voltar, você vai ser colega de quarto do Zach!

Nem consigo descrever o tanto que isso me deixa feliz. Meu colega de quarto é um idiota, e as poucas vezes em estivemos juntos foram demais. Eu já disse que ele é um "naturalista"? Seja lá que porra isso significa, defino como "cara que não usa desodorante e qualquer coisa que ele come faz sua bunda ter cheiro de... bem, bunda". O colega de quarto de Zach, que aparentemente também é um babaca, foi suspenso e *voilà*! Depois de Whitley usar sua lábia no Alojamento Estudantil, voltarei da Semana do Saco Cheio como companheiro de quarto do Zach!

— Sim, isso vai ser incrível. Tudo bem, então, se vocês têm certeza de que não...

— Espera aí! — O grito de Sawyer me interrompe, enquanto ele vem correndo na nossa direção. — Eu vou — ele informa, jogando sua mochila na traseira da minha caminhonete.

— Como você conseguiu sair do trabalho?

A princípio, ele recusou o convite por causa dos seus turnos no *The K*, então fiquei curioso de como escapou.

— Dane está no Havaí, ou seja, Tate está no comando. E como ele é meu parceiro, ele fez algum novato me cobrir! Otário! Então, aqui estou eu! Agora me leve para o paraíso da bebedeira estudantil!

Apenas balanço a cabeça e rio para ele.

— Por que tá balançando a cabeça? Whitley disse que tinha festas e gostosas por toda parte, certo?

— Sim, Sawyer.

— Excelente, porque não vou me inscrever para ficar de vela, a não ser que consiga transar.

— Não vai ser assim. Nada de vela.

— Sei, tanto faz.

Às vezes, ele me cansa.

— Só entra na caminhonete.

Depois de nos despedirmos de Zach e Avery, subo no meu carro, e sigo para buscar Whitley em sua casa. Ela nos convidou para ficar na casa de praia de sua família em Hilton Head, a cerca de uma hora e meia da universidade, durante todo o fim de semana, e porra, não estou nem um pouco empolgado. Sim, Laney está no Havaí com Dane. Tomei uma dose das fortes na primeira vez em que ouvi. Bati a porta com força na segunda vez em que falaram desse assunto. Mas agora... agora tudo que quero fazer é aproveitar MEU feriado, tostar ao sol, absorver o cheiro da maresia e relaxar.

Whitley não está pronta quando chegamos – que novidade. Ela está contando algo nos dedos e falando sozinha. Tenho certeza de que não entendo nem um pouco de seus murmúrios, então espero que sua lista não tenha nada a ver comigo.

— Whit? Posso te ajudar com alguma coisa? — pergunto pela terceira vez, e quando ela ainda não parou de andar em volta de mim, espano em seu rosto a flor que peguei para ela no caminho, finalmente chamando sua atenção. — Se acalma, mulher. Vai ficar tudo bem. Se esquecermos de algo, nós, obviamente, não precisamos ou podemos ir até uma loja. Agora, dê as coisas para mim e Sawyer colocarmos no carro, e vamos.

— Tá bom, tá bom, você tem razão. Pegue a pilha que está perto da porta, e eu levo as coisas do meu quarto, aí acho que estamos prontos. E obrigada pela flor. — Ela a cheira de novo. — Essa é a primeira amarela.

— Ela é uma coisinha agitada, não? — Sawyer balança a cabeça, sorrindo enquanto ela sai. — Ela vai fazer um buraco no chão.

— Não vamos deixá-la fazer isso. Temos que garantir que ela se divirta.

— Ah, acho que esse papel é seu, bonitão.

Reviro os olhos enquanto jogo algumas sacolas nele.

— Cala a boca e me ajuda a carregar essas coisas.

Dez minutos mais tarde, toda a tralha está empacotada e Whitley entra no carro depois de descer uma vez para verificar de novo se trancou a porta. Solto uma risada quando penso na minha atual situação. Será que você poderia juntar três pessoas mais diferentes dentro de uma caminhonete e enviá-las para férias conjuntas? Não, não, você não poderia, e mesmo assim, estou muito tranquilo, o que não acontece há bastante tempo.

Minha alegria se torna felicidade plena quando acelero, sentindo o vento no rosto através da janela aberta. Whitley está cantarolando *On the Road Again*, música antiga de Willie Nelson. E antes que perceba, eu me inclino e dou um beijo no topo de sua cabeça. Ela é tão fofa, às vezes, que não consigo evitar. Recomponho-me rapidamente e encaro a estrada à minha frente, de repente, muito interessado nas linhas amarelas da rua. Mas eu a vejo pela visão periférica, corando e sorrindo. E esse rubor... agora quero fazer de novo.

Seu cabelo é macio, e tem cheiro de limpo e morangos, morangos lavados. Notei porque...

— Falta quanto tempo pra gente chegar? — Sawyer pergunta.

— Mais ou menos uma meia hora — Whitley responde, com a voz suave. — Estou tão feliz por você ter vindo, Sawyer. — Ela dá tapinhas amigáveis na perna dele. — Trouxe algumas coisas para fazer seu prato favorito: sanduíches de pão preto e fritas. Talvez eu faça hoje à noite.

A boca de Sawyer escancarou e seus lábios se curvaram, com uma careta de choque. Observo-o com um olho, odiando o fato de ter que ficar com o outro na pista, e talvez perca o que vem a seguir.

— Como sabia que é meu favorito? — pergunta, com a voz surpresa, mas gentil.

— Você disse uma vez. Nós estávamos uma noite com Dane e Tate, comendo pizza, e você disse: "Tô cansado de pizza o tempo todo. Beijaria a bunda de vocês por um sanduba e umas batatas caseiras".

Gargalho alto, porque quando o citou, ela fez na melhor voz profunda de Sawyer. Clássico.

E o bom e velho Sawyer, tosco, grosseiro e socialmente insustentável, demora um minuto para responder. Quando o faz, é com uma voz que nunca o ouvi usar, e é tão baixa, que mal consigo escutar:

— Eu lembro disso, e o fato de você lembrar... Bem... — Ouço-o engolir do banco de trás. — Ah, vem cá, sua coisinha fofa. — Ele a puxa, envolvendo-a em um abraço de urso, e dá um beijo em sua cabeça.

Ei! Sou eu que faço isso.

— Parece bom? — ela pergunta a ele, se afastando, sutilmente, e voltando-se para mim, um pouco mais perto dessa vez, aparentemente.

— Porra, claro que sim! Ouviu isso, Evan? Whitley vai fazer um banquete pra gente hoje à noite!

Claro que ouvi, estou sentado a sessenta centímetros de você, e sem prestar atenção na estrada porque estou observando a interação de vocês como um gavião.

— Sim — dou risada —, ouvi. — Inclino a cabeça para ela e dou uma última, rápida inspirada em seu cabelo. — Vou descascar as batatas pra você — sussurro.

Nós três estamos rindo quando chegamos à casa de praia; Whitley nos fez jogar *Qual é a Música?* o resto da viagem. Talvez ela seja melhor do que qualquer outra pessoa que conheço, e sim, estou falando da Laney. E Sawyer? Bem, ele não sabe a letra de uma música sequer, não importa o ano, o gênero... nem a afinação, que é o motivo de estarmos rindo tanto. Sério? Quem não sabe a letra de *Rockstar*, do Nickelback? Sawyer Beckett, pelo visto. Em seu mundo, jogam Pictionary obsceno e dirigem carros nojentos.

Esse lugar é incrível – há pelo menos três andares com colunas brancas e uma varanda na janela mais alta. Você consegue ver o mar logo atrás da entrada, e as plantas tropicais e as árvores em volta da fachada com certeza trazem aquele visual praiano. É magnífico, maculado somente por uma placa no jardim. Olho para Whitley, que está pálida. Seus olhos carregam dor, o que me diz que ela também viu.

Sawyer sai do carro e para atrás de nós, seguindo o olhar de Whitley para as palavras em vermelho "Ordem de despejo", e depois me encara, como se dissesse: "merda, o que a gente faz agora?".

— Whitley, tá tudo bem. Podemos ir pra outro lugar. — Coloco o braço ao redor de seus ombros e a puxo para mim. Não faço ideia de para onde iríamos, mas é tudo que pude dizer, já que perguntar se ela tem certeza de que esta é a casa certa, parece tão idiota quanto foi no segundo em que pensei.

Inclino a cabeça para encará-la quando ela continua calada, e vejo as lágrimas caindo por seu rosto.

— Ei, shh... — murmuro, pondo sua cabeça em meu peito, enquanto envolve os braços na minha cintura. — Sawyer, a gente já vem. Vamos dar uma volta.

Ele apenas assente e seguro a mão de Whitley, levando-a pela lateral da casa em direção à praia. Há um muro de pedra que começa no quintal, e vai até a água, separando a praia particular deles da do vizinho, que parece ser a mais ou menos, um quilômetro e meio de distância. Presunçoso? Provavelmente, mas útil agora enquanto a guio, sentando-nos lado a lado, e acaricio suas costas.

Ficamos em silêncio por um bom tempo, apenas ouvindo as ondas quebrando na orla. Dou tempo a ela, sozinha, e caminho alguns metros para pegar uma planta atraente, laranja e roxa que vi quando nos sentamos, e entrego a ela com um sorriso solidário. Suas lágrimas finalmente começam a diminuir, e enquanto a encaro, preocupado, forço-me a não curvar os lábios pensando – até chorando, ela tem classe e elegância. Sem roncos, sem assoar o nariz... apenas uma bela angústia.

— Sinto muito por você ter dirigido essa viagem toda por nada. Eu não sabia — ela diz, suavemente, balançando os ombros com uma risada sarcástica. — Eles não me contam as coisas importantes, sabe? Só como comer, andar, vestir e manter a imagem de que somos perfeitos. O fato de eles, obviamente, estarem com problemas financeiros e perderem meu lugar favorito de todos? Bem, isso, eles devem ter esquecido.

— Não é culpa sua, Whit, nem pense em se desculpar. Apenas sinto muito que isso aconteceu com você. Quer ligar para seus pais, ou algo assim?

— Não. — Balança a cabeça com veemência. — Eles ficariam bravos que vim sem avisá-los e acabei descobrindo. Eles me contarão quando quiserem que eu saiba, acho.

— Dá pra ver que você realmente ama esse lugar. — Coloco o braço em seus ombros. — Vejo o porquê; é maravilhoso.

Que merda, isso não foi tão inteligente. Não faz sentido esfregar isso em sua cara. Agora entendo por que meu pai é tão quieto e raramente se mete em problemas com minha mãe. Anotado.

— Nós ficávamos aqui todo verão, por duas semanas inteiras. Na maioria das vezes, era com Dane e seus pais, e antes, quando éramos bem pequenos, Tate também. Nossos pais não trabalhavam enquanto estávamos aqui, e sem reuniões, significava que eles brincavam com a gente no mar o dia todo. Minha mãe sempre fazia um bolo vermelho, branco e azul do Dia da Independência, e os meninos soltavam fogos de artifício por horas. — Ela suspira, fundo, e vira o rosto na minha camiseta, sua voz abafada e sofrida. — Era a única época do ano em que a família vinha em primeiro lugar. Eu tinha permissão para ser uma garotinha e brincar do lado de fora com as outras crianças. Minha mãe não notava, nem gritava comigo se eu me sujasse — ofega. — Esse lugar representa tudo o que eu amava na minha infância.

Ergo seu rosto com o dedo, procurando em seus olhos, tão azuis quanto o oceano ao nosso lado, aprovação.

— Whitley, eu...

— Vocês se perderam? — A voz de Sawyer nos assusta e abaixo a mão, me levantando depressa.

— Não, já estávamos voltando.

— Sei, tanto faz. — Dá uma risadinha. — Então, Whitley, peguei o quarto azul-escuro. Tudo bem?

Whitley vem na nossa direção, e fica em pé ao meu lado, tão atordoada quanto eu. É como se metade do meu cérebro entendesse o que ele está dizendo, e porquê, mas a outra metade está gritando "ah, mas é claro que não!". Ela está pensando a mesma coisa, com os olhos arregalados, uma mão cobrindo a boca.

— Então, minha chave ainda funciona? — Seu sorriso é forçado, como se estivesse implorando por uma resposta adequada. Porém, nós dois sabemos que será terrível.

— Não, porra — retruca, dando de ombros. — Acho que já trocaram as fechaduras. Mas não se preocupem, a porta lateral da garagem tinha uma janela e a porta de dentro estava frágil pra cacete. Prontinho! Estrago mínimo, entrada máxima.

Abaixo a cabeça, automaticamente, e esfrego os olhos. Ouço o suspiro profundo de Whitley antes de ela responder:

— Sawyer... está me dizendo que invadiu a casa de praia dos meus pais, da qual foram despejados? — Ela ri ou arfa, algum dos dois. — Não é isso que você tá falando, é?

— Relaxa, docinho, ninguém vai saber. Arranquei a placa do jardim também.

Ah, então tudo bem. Problema resolvido! Por que não pensei nisso? Todo mundo sabe que se você tirar a placa, isso cancela a invasão.

Ergo a cabeça, bloqueando a passagem de Whitley com meu braço, apenas caso ela, de fato, tente arrancar seus olhos como ele merece, e procuro ser a voz da razão:

— Sawyer, você não pode simplesmente arrombar a casa, isso é crime, cara. A polícia já deve estar a caminho. Nós poderíamos ir pra cadeia!

— Ninguém vai pra cadeia, seu cagão. Escuta, eu escondi a placa. Se, e é um grande se, os tiras vierem, vamos dizer que não sabíamos e concordamos em sair. Os pais de Whitley não contaram pra ela, o que eles confirmariam, então ela diz que pensou que era sua casa e esqueceu a chave. Quero dizer, está cheio de móveis e fotos dela, como iríamos saber? — Ele ergue a mão antes que eu possa responder. — Principalmente, porque NÃO. HAVIA. PLACA.

— Parece ótimo pra mim! — Whitley concorda, empolgada, dando tapinhas na bochecha de Sawyer. — Meninos, saiam e comprem gelo; preciso desfazer as malas e começar o jantar especial de Sawyer. — Ela vai saltitando na direção da casa, tacando o dane-se para o mundo.

Corro para alcançá-la, segurando seu cotovelo.

— Whitley, não é uma boa ideia. Você está chateada e não está raciocinando direito, mas sabe que tenho razão. Não podemos ficar aqui.

— Podemos — ela diz, com firmeza, virando-se para me encarar —, e vamos ficar. Essa casa é minha e não vou sair. Agora corra para a loja e vou fazer um belo jantar para nós.

Que ótimo, ela está delirando, induzida pelo choque, se é que isso existe. Se não, ela está qualquer outra coisa, porque em circunstâncias normais, gostaria de pensar que ela enxergaria minha justificativa versus os... bem, Sawyerismos. Eu deveria pular do barco e me salvar, mas não posso; Whitley tem sido minha salva-vidas e ela precisa de mim. Então vou até a loja, esperando que ela esteja em perfeito juízo quando eu voltar.

Ela está virada de costas para nós, *Down on Me* tocando alto enquanto ela remexe os quadris, agachando lentamente até o chão e rodopiando para cima de novo no movimento mais *sexy* que já vi. Ergo a mão em um milésimo de segundo, quase inconscientemente, cobrindo os olhos de Sawyer. Eu, entretanto, aproveito o show, sem arrependimentos... e sem piscar. Preciso usar a mão esquerda para me ajustar, rapidamente, sem querer que ela se vire e veja a evidência de que sou um homem, olhando, sem vergonha alguma, sua bundinha rebolar no ritmo da batida do meu coração.

— Querida, chegamos! — Sawyer berra, interrompendo o momento, então tiro a mão de seus olhos, usando-a para bater em sua testa.

Ela se vira com um gritinho, botando a mão no peito.

— Ai, meu Deus, você me assustou! — Ela desliga a música. — Sem entrar de fininho enquanto estamos invadindo a casa, Sawyer. Meu coração não aguenta.

— Foi mal. — Ele ri. — Esqueci disso. Então, o que está fazendo?

— Nada — seu rosto cora na mesma hora —, só cozinhando.

Ergo uma sobrancelha para ela.

— Você precisa do seu próprio programa de culinária, então, porque as pessoas, com certeza, assistiriam.

— Como você fez? — Sawyer retruca, batendo no meu peito.

— Enfim — pigarreio, evitando o olhar de Whitley e sua sobrancelha arqueada —, precisa de ajuda com alguma coisa, Whit? Quer que eu descasque, corte ou...

— Ajude na coreografia? — Sawyer sugere.

— Cai fora — murmuro, sentando-me na banqueta e escondendo minha cara em constrangimento. Não tenho vergonha de ter olhado, qualquer um, cujos olhos não estivessem cobertos, olharia, mas não acho que precisamos ficar anunciando para Deus e o mundo.

— Toma. — O sorriso de Whitley chega aos olhos, sua voz complacente enquanto me entrega um pequeno copo com um líquido de cor âmbar com gelo. — Beba e relaxe.

— Então, Whit, o que tá rolando? Pensei que sua família fosse podre de rica, não? — Sawyer pergunta com uma sutileza sem tamanho.

— Também pensei. Não faço a menor ideia do que está acontecendo, e não posso simplesmente perguntar para eles. Como trazer esse assunto à tona? — Ela continua cozinhando, suas mãos ocupadas enquanto conversa, mas vejo os indícios... um peso nos ombros nada usual, uma ruga entre seus olhos, e um sorriso falso e incerto.

Eles não param de falar, mas eu me sento em silêncio, observando, sem prestar mais atenção às suas palavras. O sol está começando a se pôr, enviando raios de luz roxa, que envolvem Whitley em um brilho ardente. Toda vez que ela se vira, para lá e para cá, preparando tudo enquanto cantarola como um passarinho, seu cabelo loiro reluzente se movimenta junto com seus ombros. Quando ela mede alguma coisa, seus lábios se contraem, ficando parecidos com um botão de rosa.

Naquele breve momento mais cedo, quando segurei seu queixo e ela olhou para mim, esperançosa e vulnerável, como se eu pudesse resolver todos os seus problemas, pensei em beijá-la. Não muito tempo atrás, teria rido se você me dissesse que eu desejaria beijar outra pessoa além de Laney, mas, com certeza, a vontade estava lá, mesmo que tenha durado pouco.

Observando-a agora, estou pensando de novo. Odeio o jeito que ela quer com que eu me vista. Ela nunca poderá jogar nenhum esporte. Sua família mesquinha vai me julgar um caipira ignorante. Ela futuca sua comida e, provavelmente, desmaiaria se eu deixasse a tampa do vaso levantada. Mas... os últimos raios do dia revelam sua verdadeira luz; radiante e atenciosa, cuidando dos outros, lidando com as dificuldades, dando o melhor de si.

— Evan?

— Humm? — Sua voz me traz de volta à realidade.

— Quer outra bebida dessa? — Ela está de pé ao meu lado, colocando um prato na minha frente.

— Não, só água está bom — murmuro. Deve ser isso... o drinque que ela fez para mim. Por isso estou tendo tantos pensamentos loucos. Mas uma coisa ainda está me confundindo: estou me deixando levar por Whitley apenas por que ela está por perto? Uma atração conveniente? Quero dizer, quais são as chances, após um término de namoro, de a primeira garota que você encontra ser cativante, diferente e fascinante, da forma como ela é? Preciso ter cuidado. Não quero confundir uma substituição com interesse, e acabar machucando Whitley ou a mim mesmo. Absolutamente, com toda certeza, não posso fazer isso de novo.

Ignoro toda a confusão em minha cabeça e me concentro; a comida que ela fez está deliciosa e todos nós comemos em um silêncio quase confortável. E por isso, quero dizer que eles parecem bem e eu estou me contorcendo por dentro.

Quando penso que derrotei as perguntas em minha mente, ela dá o tiro certeiro.

97

— Quem quer sobremesa?

— Tá mesmo fazendo essa pergunta? — Sawyer dá tapinhas em sua barriga.

Quando ela volta para a mesa, traz dois pratos repletos de... tortinha de morango. Meu favorito.

Ela dá uma piscadela quando coloca o prato na minha frente.

— Você não pensou que eu faria o favorito dele, mas não o seu, pensou?

Como ela sabia? Não me lembro de mencionar isso. Mas na primeira mordida, já não ligo mais.

CAPÍTULO 13

PALAVRAS EMBRIAGADAS, PENSAMENTOS SÓBRIOS

Evan

O sábado é um dia lindo, o tempo perfeito para um feriado. A água está um pouco fria a princípio, mas depois de um tempo fica quentinha e muito refrescante. É a primeira vez que venho para o mar, e a imensidão azul é uma visão e tanto. E o clima? Bem, é uma bela de uma festa. Estou tentando pegar leve com a bebida, querendo realmente me lembrar desses momentos, embora Sawyer tenha encontrado uma barraquinha que serve sua bebida em um balde branco com uma alça. Sério, eles colocam um canudo em um pequeno balde de areia e fazem você se soltar geral. É a Semana do Saco Cheio, afinal de contas...

Whitley ainda não veio para cá, e eu, provavelmente, deveria voltar para casa e ver como ela está, mas duas coisas me impedem. Primeira: não acho que deixar Sawyer aqui sozinho seja uma boa ideia, e de jeito nenhum vou levá-lo comigo. Segunda: acho que um tempinho longe dela talvez possa ser bom. Enviar sinais confusos para Whitley é falta de respeito, e tento ter pelo menos isso. Usá-la como atração substituta está fora de questão, apesar de desejá-la um pouquinho mais a cada vez que estamos juntos estar ferrando com minha cabeça.

Sinto uma sombra se projetando sobre mim, juntamente com a areia que ele jogou, antes de abrir os olhos.

— E aí, cara. — Ele me chuta. — Acorda pra vida. Quero que conheça algumas pessoas.

Bloqueio o sol com a mão e encaro Sawyer, me sentando na hora. Ele está de pé, bebendo de seu baldinho, com três mulheres muito gostosas, de biquíni.

— Oi. — Eu me levanto, espanando a mão no short antes de estendê-la a uma delas. — Evan.

— Amber — ela responde com uma risadinha, me encarando de cima a baixo. Forço meu olhar a permanecer em seu rosto, apesar de já ter, disfarçadamente, analisado seus atributos – mais ou menos 1.63 de altura, bronzeado escuro, cabelo preto curto e aqueles peitos, definitivamente, não são os originais.

A baixinha loira se move ao lado dela, disputando minha atenção.

— Eu sou Nikki. — Ela é pequenininha, talvez 1.55 – a parte superior é toda natural, exceto pelo piercing brilhante em seu umbigo me dando um oi. Seus olhos são de um verde surpreendente, seu sorriso é largo e ela tem uma covinha. Uma covinha bem fofa, na verdade, em sua bochecha esquerda, logo acima do lábio.

— Prazer em te conhecer. Evan — consigo dizer apesar da minha encarada.

— E essa formosura aqui — Sawyer coloca o braço em sua cintura, seu dedo acariciando o tecido minúsculo de seu biquíni —, é Sasha.

— E aí, Sasha. — Sorrio; Sawyer claramente já escolheu a morena exótica.

— Sawyer disse que vocês viriam para nossa festa hoje à noite. — A voz de Nikki é provocante, enquanto passa a língua no canto de sua boca.

— Podemos fazer isso — respondo, dando uma piscadinha, e ela ri. Piscada = 100% de sucesso.

Whitley finalmente decide aparecer enquanto estamos flertando com o trio. É de se pensar que no feriadão você encontraria tantas garotas de biquíni, que em algum momento elas pareceriam todas iguais. Há um número limitado de cores de cabelo, as alturas parecem seguir um padrão e os peitos... tudo bem, estes variam, mas ainda assim. E Nikki, bem, Nikki com certeza complementa seu visual com o piercing no umbigo e a covinha, mas meus pensamentos são assustadoramente similares a um romance florzinha quando me vejo imerso na visão de Whitley.

Seu biquíni não é – olhe só para mim – cheio de alças e aparatos, é simples, para um biquíni. Seus seios não são falsos nem estão prestes a pular para fora, mas são naturais, e, bem... são grandes, comparados ao seu corpinho delicioso, e estão cobertos a ponto de me fazer imaginar. E sei que tem uma pequena tatuagem de um balão vermelho logo abaixo do tecido rosa, escondida onde aquela bela e pálida perna se encontra com seu quadril perfeito.

Sol quente demais. Deve ser isso.

— Whitley?! — Amber berra, com uma voz que, tenho certeza, só os cachorros escutam. — Whitley, é você!

Ela corre e joga os braços ao redor de Whitley em um abraço exagerado, ao qual Whitley educadamente, mas muito mais calma, corresponde.

— Oi, Amber — ela se afasta, sem se parecer nem de longe com a Whitley amigável de sempre —, como você está?

— Muuuuuito bem! Nem acredito que está aqui. Espera, onde você está ficando? Ouvi que...

— Então, Whitley, você conhece Amber? — interrompo depressa, fazendo a pergunta mais óbvia, que já foi respondida, que pude pensar ao ver a falta de tato de Amber. Estou certo de que ela estava prestes a falar para a praia inteira sobre o despejo. — Elas nos convidaram para uma festa hoje à noite.

— É — Nikki se aninha a mim, enquanto esfrega a mão em meu braço, mas fala para Whitley: — Vocês têm que vir. Vai ser superdivertido.

— Parece legal. — Whitley lança a ela um sorriso tão falso quanto possível, mas talvez só eu tenha notado.

— Ah, Whitley! — Amber ofega. — Tyler vai estar lá! Sabe que ele sempre teve uma queda por você.

O olhar de Whitley se desvia para onde a mão de Nikki ainda está agarrando meu braço, depois se volta para Amber com um sorriso amigável.

— Eu adoraria ver Tyler. Estaremos lá. Certo?

Ela olha para mim agora quando pergunta. É geralmente nesse momento que os caras ferram tudo e apenas dizem "certo" ou "claro", mas não sou como a maioria dos caras. Crescendo com uma mulher atrevida como melhor amiga, você aprende muitas coisas. Portanto, sei que mesmo que Whitley e eu não sejamos nada além de amigos, ela ainda está com ciúmes agora.

Ciúme feminino é um assunto muito traiçoeiro, muito imprevisível, e nunca deve ser menosprezado. Mas é aqui que fico confuso. Ela está com ciúmes porque gosta de mim ou porque não quer ser desafiada por outra mulher? Ela tem algum sentimento de posse porque vim para cá com ela ou ela está insegura se acho Nikki mais bonita? A procedência exata do ciúme vai, provavelmente, continuar sendo um mistério para sempre, talvez até mesmo para Whitley, mas essa não é a questão. Whitley está esperando pela típica reação masculina, para se assegurar de que sou só isso: apenas mais um cara comum.

Prepare-se, Whitley, eu tomo conta disso.

Tiro a mão de Nikki do meu braço e vou em sua direção, baixando a cabeça para encará-la.

— Depende de você, Whit. Qualquer coisa que quiser fazer está ótimo pra mim.

Suas bochechas coradas e um pequeno sorriso fofo me dizem que acertei.

— Tudo bem — Ela assente. — Talvez nos vejamos lá — ela diz para Nikki, descaradamente. — Mas tenho que alimentar meus garotos agora. — Ela entrelaça nossas mãos e seguimos para casa. — Vamos, Sawyer!

Acrescente atentado ao pudor na ficha criminal do feriado de Sawyer, porque ele e Sasha estão deitados na areia se pegando como se não tivesse ninguém em volta... ou vergonha. É um pouco demais, até mesmo para Sawyer.

— Sawyer, vem almoçar! — vocifero, constrangido por ele.

Ele nem parece ter me escutado, e Whitley apenas dá uma risadinha.

— Vamos, deixa ele aí — ela diz. Por mim, tudo bem.

— Quer comprar algo para o almoço? — pergunto, enquanto voltamos para casa. — Não quero você cozinhando para nós a semana inteira.

— Não tem problema, Evan, sério. É legal ter uma pessoa, ou duas, para cuidar.

Abro a porta para ela.

— Onde aprendeu a cozinhar?

— Com a minha babá, Mary. Ela era uma cozinheira maravilhosa e sempre me deixava ajudar. Eu tinha que anotar todas as receitas enquanto observava, embora ela não as usasse — ela lembra, nostalgicamente.

— Então você canta, cozinha... — Puxo uma cadeira. — O que mais você faz?

— Não sei, algumas coisinhas.

— Tipo? — incentivo-a, mordendo o sanduíche que ela acabou de colocar na minha frente.

— Gosto de ler. Gosto de brincar com artesanato, *scrapbooks*, sei lá. Agora que falei em voz alta, quase pareço uma vovó. — Ela abaixa a cabeça. — Deus, como sou tediosa.

Solto uma gargalhada, parando rapidamente quando ela apoia o rosto nas mãos e resmunga.

— Você não parece uma vovó. Bem, okay, talvez muitas avós cozinhem e façam scrapbooks, mas minha vó é uma das mulheres mais incríveis que conheço. Também não sou tão empolgante, Whitley.

Poucas pessoas já me surpreenderam, mas com Whitley estou sempre em uma montanha-russa. Por fora, Paris Hilton. Por dentro, Martha Stewart. Qual delas é ela de verdade? Ou as duas podem conviver em um único corpo?

— E tenho plena certeza de que minha vó nunca fez uma tatuagem enquanto estava chapada, ou jogou Flip Cup, ou apresentou *Red Light Special* em uma fraternidade. — Dou um empurrãozinho nela, que agora está sentada ao meu lado. — Eu diria que você está longe de ser uma vovó.

— Tinha esquecido disso tudo — ela admite, se animando. — Tem razão. Sou legal pra cacete!

— Verdade. — Rio de sua empolgação. — Agora, por falar em avós... vou tirar um cochilo. — Bocejo e me levanto, indo para meu quarto. — O que vai fazer?

— Talvez eu volte para a praia, dar uma olhada no Sawyer.

Será que ofereço para ficar acordado e fazer alguma coisa? Deito-me no sofá e peço a ela para... não, provavelmente, não deveria fazer isso.

— Vá tirar sua soneca, Evan. — Ela ri, seu rosto me dizendo que ela deve ter adivinhado o que eu estava ponderando. — Vou ficar bem.

— Ah, okay — balbucio. — Te vejo mais tarde.

Fico acordado por um tempo, pensando nas coisas e tomando algumas decisões. Whitley é uma garota linda, uma amiga maravilhosa, talentosa, generosa, e ela merece um cara que tenha certeza de que a quer por quem ela é, sem ter dúvidas se o interesse dele é apenas momentâneo; algo mais do que posso oferecer a ela.

Sawyer é muito divertido, e seu charme parece funcionar para ele, mas é um pouco demais para mim. Então, está na hora. Hora do Evan voltar a ser o Evan. Não o Evan da Laney, ou o Evan deprimente... só o Evan. Preciso fazer um autoexame, apenas eu. Farei tudo o que nunca fiz antes – vou namorar.

Acordo algumas horas mais tarde, em uma casa silenciosa e vazia. Depois de tomar banho e me vestir, vejo que Whitley e Sawyer ainda não voltaram. Vou até a praia, no último lugar em que os vi, mas não estão lá também. Noto uma fogueira na beira do mar e ouço uma música abafada, então tento a sorte de que foram antes para a festa, naquela direção.

Demoro um pouco para encontrá-los no meio da multidão, da música alta e da escuridão da noite, mas quando estou prestes a desistir e voltar, Sawyer aparece na varanda e grita meu nome. Vou em sua direção e sinto o cheiro de bebida saindo de seus poros, percebendo que a garota grudada nele não é Sasha, de hoje de manhã. Por quanto tempo dormi exatamente?

— E aí, cadê a Whitley? — pergunto para ele.

— Em algum lugar aí. — Aponta para a casa. — Onde você estava?

— Lugar nenhum; preciso achar a Whitley — dispenso-o, meio puto que ele esteja ocupado e não cuidando direito da Whit em uma festa cheia de estranhos embriagados.

Ela não está em parte alguma. Procuro na porra da casa inteira, mas não adianta nada. Começo a ficar preocupado quando Nikki me vê, balançando os braços do outro lado da sala, dançando no meio das pessoas até chegar na minha frente.

— Oi, *sexy* — ela grunhe em meu ouvido, esfregando as mãos no meu peito.

— Oi. — Quero encontrar Whitley, apenas garantir que ela está bem. — Você viu a garota loira com quem estamos hospedados... Whitley?

— Por quê? — Ela fecha a cara.

Tenho que fazer isso direito, preciso de informação. Garotas loucas.

— Não se preocupe, linda, ela é só uma amiga. Que tipo de homem eu seria se não cuidasse dela? Hein? Agora me ajuda a achá-la? — Passo um dedo em sua mandíbula e dou uma piscadinha.

— Ela está lá fora com Tyler — ela me conta, seu sorriso mostrando que está contente em me agradar; nem um pouco em ajudar outra mulher em uma festa.

— Espere bem aqui, vou dar uma olhada nela, e já volto, okay?

Ela assente, empolgada, e quase sinto vontade de dar tapinhas em sua cabeça, como um cachorrinho. Eu, provavelmente, deveria dizer que não vou voltar nem ferrando. Com certeza não sou o único homem que ainda é atraído por escrúpulos, sou?

A risada de Whitley preenche o ambiente antes mesmo de conseguir enxergá-la na escuridão, mas na mesma hora suspiro aliviado em saber que ela está bem, até mesmo rindo, e sigo o som. Ela ainda está usando a parte de cima de seu biquíni, mas com um short cinza dessa vez, o cabelo solto e selvagem. Ela está sentada em um banco no jardim, ao lado de um cara que está vestido de maneira muito parecida com a roupa que usei naquela noite, na casa de Dane. Que merda, devo ter parecido um palhaço; pior do que imaginei. Ele se levanta enquanto vou na direção deles, seu rosto e postura na defensiva. Por favor. Não desgaste seus mocassins ou amasse sua calça, mano.

— Whitley, procurei você por toda parte — digo, ignorando o mauricinho parado ali.

— Evan! — Ela pula e cai para frente, mas a alcanço antes.

— Calma, calma. — Seguro-a, lançando para o cara um olhar ameaçador. — Você a deixou tão bêbada assim?

— Ela já é grandinha, ela se embebedou sozinha. Quem diabos é você?

— Esse é o Evan. Ele é meu novo amigo. Apaixonado pela Laney, que não me odeia mais. Ela é atleta. — Whitley tropeça, bêbada.

— O que ela disse, mais ou menos — concordo. — Quem é você? E por que você está com ela aqui sozinha, bêbada e no escuro? — Se não estivesse segurando Whitley agora, eu amassaria aquela camisa dele com prazer.

— Esse é o Tyler — Whitley informa. — Amigo da família desde sempre. Ele tinha o forte mais legal de todos no quintal; eu costumava ir pra lá escondida. Ele quer entrar na minha calcinha, e na carteira do meu pai, que está vazia, acho. Oops! — Ela ri e cobre a boca.

— Vou levá-la pra casa. — Seguro-a com mais força e vou na direção da casa, nem ligando para encontrar Sawyer. É uma merda ele a ter deixado assim. Seus braços envolvem meu pescoço e sua cabeça pende, descansando em meu braço.

— Evan?

— O quê?

— Por que está bravo comigo? — ela pergunta, a cabeça balançando a cada passo que dou.

— Não estou bravo com você. Você só me assustou. Conversaremos de manhã. — Paro, pegando-a no colo e ajustando meu agarre em seu corpo mole.

— E se meu pai estiver tão falido que não poderá mais pagar a faculdade? Terei que ir embora. Quem vai cuidar de você?

— Whitley, você está bêbada. A gente conversa de manhã.
— Nem toda garota vai te deixar. Eu não quero fazer isso.

Sei que não dá para tentar manter um diálogo com uma pessoa bêbada, mas palavras embriagadas são pensamentos sóbrios, e parece que ela precisa desabafar vários deles que a estão atormentando.

— Whitley, tenho certeza de que vai dar tudo certo. Você não vai ter que sair da faculdade. E não se preocupe comigo, estou bem. Okay?

Olho para baixo quando não ouço uma resposta, vendo que ela apagou. Mesmo com dificuldade, consigo abrir a porta e colocá-la na cama, depois deixo na cômoda um copo d'água e um analgésico que encontrei na cozinha.

Amanhã, teremos que conversar. O que ela fez esta noite foi perigoso e não precisava beber até esquecer seus medos. Ela também não deveria se preocupar comigo. E eu não deveria estar pensando em quão bom é ser alvo da preocupação de alguém.

CAPÍTULO 14

INDO PESCAR

Evan

— Cara, acorda.

Abro os olhos, entrecerrando-os por causa da luz do sol, mal enxergando Sawyer agachado perto da cama, me balançando.

— O que foi? — A única vez em que não sou o primeiro a acordar, aí aparece esse cara.

— Não consigo fazer a mina ir embora. Preciso da sua ajuda, irmão. Levanta e vem interferir, fala que a gente tem que ir pra algum lugar, ou algo assim.

Não estou sonolento demais para não sorrir de orelha a orelha quando viro de costas; bem-feito para ele. Espero que ela esteja cheirando suas roupas e rabiscando suas iniciais quando ele voltar.

— Você está por sua conta, irmão. Você deixou Whitley sozinha, bêbada, e quer ajuda? Você precisa ser um amigo para ter um amigo, Sawyer.

— Não deixei Whitley bêbada. Deixei ela sóbria, com um velho amigo, a quem ela disse confiar. Perguntei especificamente para ela.

Rolo de novo e o encaro, parado no meio do quarto, de braços cruzados e cara feia. Ele pode fazer a careta que quiser, se deixou Whitley daquele jeito, acabamos.

— Ela estava embriagada quando a encontrei, sozinha no jardim, longe das pessoas, com um cara. — Cara feia pra você também.

— Sim, Tyler ou alguma coisa assim, certo? Escuta, eu puxei aquela garota para o canto e perguntei, ela disse que ele era um velho amigo da família e que confiava nele. Ela estava sóbria, na varanda e com um monte de gente quando saí. Eu juro.

— Tem certeza? — Eu deveria saber que ele simplesmente não a deixaria daquele jeito. Apesar de toda a sua arrogância, ele é um cara decente.

— Tá me chamando de mentiroso, Evan?

— Não, cara, mentiroso não, só queria me certificar. — Levanto agora e estendo a mão em um soquinho. — Foi mal.

— Sim, bem, acho que eu poderia ter voltado e dado uma olhada nela.

— Apenas se lembre da próxima vez. Beleza?

— Beleza. — Ele assente, dando um tapinha no meu ombro.

— Agora, com o que você precisa de ajuda mesmo? — Eu não tinha esquecido os últimos cinco minutos, só queria fazê-lo sofrer ao contar tudo de novo.

— Essa garota, ela não quer ir embora.

Pronto, aí está a careta pesarosa em seu rosto... estou tão feliz que perguntei de novo.

— Pare de ficar com meninas aleatórias e você não terá esse problema. — Visto uma camiseta e coloco a calça jeans; de jeito nenhum vou arriscar a grudenta se afeiçoar.

— Ah, um pequeno preço a se pagar, meu amigo. — Ele se dirige para a porta e olha para trás. — Você deveria tentar; voltar para a pista.

— É, vou tentar começar a namorar, acho.

— Eu estava brincando — comenta, se virando completamente para mim. — Mais ou menos. Pensei que, talvez, você e Whitley pudessem começar um lance. A garota está doidinha por você.

— Não, não está. Somos apenas amigos. Não posso fazer isso com ela, sabe? E se eu estiver imaginando algo que não existe por causa daquela coisa de estepe?

— Que merda, você é um carinha complicado. Precisamos ir à loja comprar uns produtos femininos, mocinha?

— Vai se ferrar — murmuro, passando por ele e abrindo a porta. Sinto o cheiro de café na mesma hora e ouço duas vozes femininas gargalhando ao longe.

— Bom dia! — Whitley nos cumprimenta com um sorriso enorme e olhos brilhantes.

Outro fato aprendido sobre Whit – ela é obviamente imune a ressacas. Sortuda.

— Evan, essa é Portia — Whitley nos apresenta direito e mal consigo dizer "oi" ou estender a mão antes que a estranha se enrole no braço de Sawyer. Sasha, Portia... talvez ele precise começar a ficar com garotas chamadas Jane, ou Mary, ou algo que ele consiga soletrar.

— Ah, e Nikki passou aqui te convidando para voar de parapente. Disse para encontrá-las em uma hora no cais se quiser ir. Vocês querem café?

— Claro, obrigado — respondo, mas Sawyer... eca. Isso explica porque Sawyer está calado... Portia está atracada à sua boca.

Whitley me entrega uma xícara de café preto com um sorriso, sem fixar seu olhar ao meu. Não sei se é porque a cena ao nosso lado a está deixando desconfortável ou se ela está com vergonha da noite passada ou sei lá... mas não posso investigar isso com nossa audiência, mesmo que eu tenha certeza de que poderia gritar "FOGO!" e aqueles dois nem se mexeriam. O que me deixa confuso, porque agora não sei se devo ajudá-lo a se livrar dela ou entregar uma camisinha para ele escondido.

— O que eu faço? — movo os lábios para Whitley dando de ombros e apontando com a cabeça para o "casal".

— Não sei — Whitley murmura em silêncio de volta, segurando uma risada.

— Você tem leite? — pergunto a ela em voz alta, orando para que ela diga não, já que essa é minha única ideia.

— Desculpe, não. — Ela franze o cenho.

Isso! Eis aqui onde meu brilhantismo dá as caras.

— Não consigo beber café sem leite. Acho que Sawyer e eu teremos que ir à loja. — Levanto a voz, fingindo irritação. — Portia, posso te dar uma carona para casa quando formos.

Nenhuma resposta.

— Portia? — digo, ainda mais alto.

— Humm? O quê? — Ela se descola da boca dele e se vira para mim, olhar vidrado.

— Deixa a gente te dar uma carona pra casa, temos que ir à loja, de qualquer jeito.

— Ah, humm, okay — ela murmura, encarando Sawyer de volta com um olhar suplicante, apenas esperando que ele negue o plano de levá-la para casa... o que ele não faz. Uma vez que ela percebe que ele não o fará, ela começa a se arrastar lentamente. — Só me deixa pegar minhas coisas.

109

— Legaaaal — Sawyer diz quando ela não está perto mais. — Te devo uma.

— Sawyer Beckett — Whitley o repreende com a voz baixa —, ela é filha de alguém. Você deveria se envergonhar.

— Whitley, ela veio porque quis... duas vezes. Não fiz nenhuma promessa a ela. Como pode ser mais minha culpa do que dela? — Ele balança a cabeça. — Vocês, mulheres, e seus critérios ambíguos.

Tusso alto quando vejo Portia retornando.

— Está pronta?

— Acho que sim — ela diz para Sawyer, com esperança mais uma vez.

— Voltaremos em um minuto, Whitley — Sawyer diz por cima do ombro enquanto guia Portia para fora com sua mão... na bunda dela.

Que cachorro.

Não se preocupe com o café da manhã. Vou comprar enquanto estivermos fora. Quer alguma coisa específica?

Sawyer sobe de novo na caminhonete, depois de levar Portia até a porta, o que me deixou surpreso pra cacete.

— Falei pra Whit que compraríamos o café da manhã. O que você quer?

— A primeira coisa que você vir, serve.

Tem um lugar chamado JoJo's bem na I-9. Eles servem os melhores burritos de café da manhã.

— Vamos comer burritos. Estamos na I-9? — pergunto.

— E eu que sei? — Ele olha em volta, procurado por placas. — Ali. — Ele aponta. — Faz a volta.

— Procure um lugar chamado *JoJo's* — instruo, enquanto dirijo de volta para o meio do trânsito. — Whitley disse que eles são os melhores.

— Então, pra você, nada de Whitley, hein? Isso me surpreende.

— Ela é ótima, não me entenda mal. Mas eu te falei, acho que estou confundindo as coisas e vou acabar a machucando. Não parece um pouco fácil demais que Whitley, a primeira garota que conheço aqui, seja A garota? Você sabe, quando as coisas parecem boas demais para ser verdade, é porque geralmente são...

— Você que sabe, cara. Acho que você pode estar pensando demais, mas a decisão é sua.

Sobrevivemos ao *JoJo's*, outro restaurante aleatório e meio sinistro (a especialidade de Whitley, pelo visto), e Sawyer, felizmente, deixa o assunto de lado, cheirando seu burrito direto da sacola.

— Não coma os nossos, Saw — aviso, dando uma risada.

— Não vou comer, chorão. — Acho que é o que ele diz, com a boca cheia. — Então. — Ele finalmente tira a cara da sacola um tempo depois, falando direito agora: — A gente vai voar de parapente?

— Não sei ainda. — Desço da caminhonete, pegando a embalagem da mão de Sawyer no caminho, salvando meu café da manhã e de Whitley. — Depende do que Whit quiser fazer.

Ele ainda está me enchendo com isso enquanto entramos.

— Whitley, quer ir voar de parapente? — ele pergunta.

— Acho que não fui convidada — ela olha de relance para mim —, mas vocês podem ir. Acabei de baixar um livro novo. Vou ficar mais do que feliz em lê-lo aqui, deitadinha.

De jeito nenhum.

— Beleza. — Sawyer dá de ombros. — Ah, e Whit? Nunca mais fique bêbada sozinha com caras, tá? Evan quase me deu uma surra por te deixar só, mesmo que eu tenha garantido que você não estava embriagada quando saí. Não é seguro, docinho.

— Não foi culpa dele — ela diz, para mim. — Tyler tinha uma garrafa de uísque e eu me deixei levar. Sawyer não sabia.

Assinto rapidamente; eu já tinha resolvido as coisas com Sawyer e ele agora tinha entendido meu aviso, então não tem necessidade de repetir.

— Vou tomar uma chuveirada, depois nós saímos. Pode ser?

— Não — respondo. — Vai você. Vou ficar aqui com Whit.

— Evan, você não precisa...

— Vou ficar com você — interrompo-a com firmeza.

— Decidam aí. — Sawyer ri. — Vou com ou sem você.

Ele sai para tomar seu banho, e eu me levanto, juntando o lixo do café da manhã; Whitley repuxa um fio inexistente em sua camiseta, com um pequeno sorriso surgindo em seus lábios.

— Então, o que você tá a fim de fazer? — pergunto.

— Bem, conheço um lugar bem legal para pescar. Temos varas na garagem, acho.

Meus olhos se arregalam e a encaro com suspeita, uma sobrancelha erguida.

— Você pesca?

Seu sorriso é enorme agora.

— Pesco, se você me ensinar.

— Sabe onde arranjaremos minhocas para iscas?

— Humm, na terra?

Rio de sua resposta inocente, mas correta. Estava pensando em comprar, mas sim, a terra serve também.

— Não sei se vamos achar o suficiente assim, mas podemos tentar. Vá se aprontar, vou procurar varas na garagem.

— Okay! — Ela saltita pelo corredor; sei disso porque a observo com um sorriso estampado no rosto.

Vai ser difícil pra caralho encontrar alguém para namorar quando eu voltar para casa.

Whitley é a melhor caçadora de esquilos por acidente que já conheci. Seu anzol se enganchou nas árvores, que não estão exatamente acima de nós, várias vezes, então ela deve estar tentando pegar um esquilo. Ela se desculpa copiosamente toda vez que preciso soltar minha vara de pescar e ajudá-la, mas eu não me importo mesmo. É divertido vê-la insistir em tentar, colocando a língua para fora, determinada a cada tentativa de lançamento.

Ela pegou um peixe? Não.

Ela realmente pegou um esquilo? Também não.

Estar aqui, pescando, é tudo o que eu precisava? Sim.

Ganhei a batalha contra mim mesmo para ignorar as lembranças e comparações? Quase.

— Acho que preciso de uma pausa — ela diz, colocando sua vara contra uma árvore. — Vou só observar você por um tempo. Pesca um grandão aí pra mim.

— Podemos ir embora se quiser.

— De jeito nenhum! — ofega. — Estou me divertindo muito, sério. Só estou fazendo um intervalo. Vá em frente — balança as mãos —, continue pescando.

— Não se preocupe, não vai demorar muito. As iscas estão quase acabando.

É lindo aqui, a água é calma e um pouco mais limpa do que lá em casa, e não tem ninguém; essa enseada leva para um pequeno lago que é o belo segredinho de Whitley, acho. O ar não é tão abafadiço quanto em casa, também, o que é uma benção. Agora sei porque todo mundo diz que não existe lugar mais abafado do que a Carolina do Norte, e talvez seja só eu, mas se você sentar perto da água no verão da Geórgia, sua camiseta fica ensopada em dez minutos. A brisa hoje pode estar ajudando, mas esse lugar chega bem perto da perfeição. Também não é nada mal que a doce Whitley esteja cantarolando *Fishing in the Dark*, do *The Nitty Gritty Dirt Band*, baixinho atrás de mim desde que ela fez uma pausa. É uma das minhas favoritas, e estou surpreso que ela conheça. É muito fofo... mais um exemplo de seu "gosto musical".

Não houve um puxão sequer este tempo todo em que estive sonhando acordado, então puxo a vara de pesca, já que está sem peixe. Quando estendo a mão para pegar outra isca, o recipiente sumiu. Assim como o cantarolar.

— Whitley? — Solto a vara no chão, procurando-a ao redor. — Whitley?

— Aqui! — Ouço sua voz à minha direita.

Empurrando para o lado um matagal e pegando duas flores, eu a encontro agachada, cheia de terra.

— O que você tá fazendo? — pergunto, pasmo, porém encantado com o que me deparei.

— Catando mais algumas minhocas, é claro. — Ela vira a cabeça para me responder, tirando o cabelo do rosto, o que deixa um rastro de lama em sua testa. — Peguei onze — diz, orgulhosa, estendendo o recipiente para mim.

Seguro a vasilha e entrego a ela as duas flores com um sorriso largo. Olho para baixo – ela realmente encontrou um monte de minhocas. Isso é uma verdadeira dedicação para a pesca.

— Evan — ela ri enquanto cheira as flores —, acho que isso pode ser erva-daninha.

— Mesmo que seja, você as segurando, faz com que se tornem bonitas.

Devo dizer – as mulheres ficam muito bonitas em vestidos, biquínis, ou claro, menos, mas quando uma loirinha está de joelhos com as mãos

113

na terra, sua regata mostrando quase tudo na frente, sua bunda atrevida empinada, o rosto sujo de lama e segurando uma vasilha de minhocas que ela cavou para você... é com isso que os garotos caipiras sonham. Estou tão excitado agora, não quero nada além de agarrá-la e beijar seus lábios com vontade, mas simplesmente não posso. Isso pode estragar tudo, e não posso perder outra ótima amiga porque interpretei mal as coisas. Aprendi da forma mais dolorosa possível – prefiro manter a amizade para sempre do que ter um mês de "algo a mais".

Estendo a mão para ajudá-la.

— Esse é um ótimo visual em você, Whit. Talvez você tenha que trocar essas belas unhas e roupas chiques por shortinhos e botas.

— Eu tenho um par de botas — ela diz, orgulhosa — e shorts. Mas gosto das minhas unhas. Mesmo que agora estejam com terra por baixo. — Ela dá uma pequena enrugada no nariz.

Não consigo evitar brincar com ela só um pouquinho.

— Nesse caso, na próxima saída, você vai usá-los. Você me deve essa já que me vestiu como um engomadinho ridículo.

— Combinado. — Ela aperta minha mão, ainda segurando por algum motivo. — E não farei isso de novo, prometo. Eu não sabia que o encontro na casa de Dane seria tão informal. Se serve de consolo, achei que você estava muito bonito.

— Eu estava igual ao Tyler.

Por que acabei de dizer isto? Cá estou eu, decidido a ficar no campo da amizade com essa garota, e aí falo uma merda que faz parecer que estou com ciúmes.

— Sobre isso — ela começa, soltando minha mão, e enrola os braços ao seu redor, de forma protetora. — Sinto muito por ontem à noite. Não sinto nada pelo Tyler, de verdade. Só estávamos conversando e bebi demais. Sei que não é uma boa desculpa, mas minha cabeça está cheia. Mas obrigada por cuidar de mim. — Ela levanta a cabeça e dá um sorriso arrependido. — E me desculpe.

— Vamos falar sobre isso. — Seguro sua mão de novo, levando-a por entre os arbustos, de volta para o lugar limpo onde nossas varas de pesca estão. Sento-me no banco, puxando-a para fazer o mesmo. — Sei que está preocupada com o negócio dos seus pais, mas você disse outras coisas também.

— Tipo o quê?

— Tipo que está preocupada se será capaz de pagar a faculdade, e ter que ir embora.

— Oh! — ela ofega e levanta os joelhos, envolvendo-os em seus braços. — Não quero deixar a Southern; gosto de lá.

—Você precisa conversar com seus pais, Whit. Pergunte a eles sobre isso, para que você pare de se preocupar. De qualquer forma, vai ficar tudo bem. Talvez nem seja um problema, e se for, você pode arrumar um empréstimo estudantil, ou um emprego; você teria várias opções. Mas você tem que fazer essa ligação e descobrir, esvaziar a cabeça.

Ela se deita na grama, rindo, seu cabelo claro espalhado ao seu redor.

— O que é tão engraçado?

— Você — ela responde, sucinta. — Você torna as coisas tão fáceis. Isso faz total sentido e tenho enlouquecido sem razão. De agora em diante — ela se senta de novo, dando uma batidinha na ponta do meu nariz, assim como fiz com o dela —, vou apenas levar tudo para a Consultoria de Evan antes de ficar nervosa.

— Plano brilhante — concordo com uma piscadinha.

Está escuro quando finalmente vamos embora, e isso só acontece porque Whitley não consegue mais enxergar um palmo à frente para catar minhocas. Não mencionei nenhuma das outras coisas que ela disse na noite passada – sobre eu amar Laney, ou ela cuidar de mim... A linha é perigosamente tênue e não precisa ser ultrapassada.

Quando chegamos na casa, fica evidente que Sawyer tem companhia. Olho de relance para Whitley, imaginando que ela vá ficar chateada com isso, mas ela simplesmente me dá um sorriso alegre. Dou a volta no carro e abro a porta para ela, pegando todas as coisas, protelando para ganhar tempo, receoso com o que podemos encontrar; com Sawyer, nunca se sabe.

Tudo bem, talvez não seja a pior das hipóteses, mas chega perto pra cacete. Sawyer está recebendo Amber, Nikki, Sasha, Tyler... e Portia. É estranho ter as duas "garotas dele" aqui? Nem de longe tão estranho quanto o fato de que todas as meninas estão seminuas. Parece que Sawyer, finalmente, conseguiu que algumas pessoas apoiassem sua ideia de Strip Pôquer. E porque ele está completamente pelado, estou pensando que ele deveria escolher um jogo em que ele se saia melhor.

— Quer que eu os faça ir embora? — sussurro para Whitley, que está agarrando minha camisa e apoiando a cabeça nas minhas costas.

— N-não, está tudo bem. É feriado e tudo o mais, e não sou a mãe deles.

— Ah, e aí! — Sawyer, por fim, percebe nossa presença, e todas as cabeças se viram para nós. — Onde vocês estavam? Querem participar?

115

— Pescando. — Coloco mão para trás e seguro a de Whitley, seguindo para o corredor. — Estamos exaustos. Vamos tomar banho e ir pra cama. Mas não se preocupem com a gente. Podem continuar.

— Espera, Evan! — Nikki corre, os seios balançando, cobertos por um sutiã rosa. — Vem jogar com a gente. Fiquei esperando você voltar o dia todo.

— É mesmo? — A zombaria de Whitley é hilária, mas não falo nada, curioso para saber o que ela vai dizer em seguida. — Ele está cansado, e nós temos que tomar banho. Vai andando. — Ela mexe as mãos dispensando Nikki. — Evan é bom demais para isso.

Beleza então. Sigo atrás de Whitley e me viro, enquanto ela me puxa ao longo do corredor, deixando uma Nikki boquiaberta sozinha, nos encarando, tenho certeza. Whitley está murmurando alguma coisa sobre DSTs, desespero e desequilíbrio quando me arrasta, finalmente, soltando minha mão ao chegar na minha porta.

— Você vai voltar pra lá, Evan? — ela pergunta, se segurando ao máximo para não morder o lábio inferior e encontrar meu olhar.

— Não, acho que vou tomar uma chuveirada e ir pra cama. Com todo aquele ar fresco, vou dormir muito bem. E você?

— Eu também. — Seu rosto se ilumina e ela assente. — Boa noite.

— Boa noite, Whit. — E antes que eu possa evitar, meu lábios roçam seu cabelo quando beijo o topo de sua cabeça.

Até onde sei, eu ainda sou um homem americano viril, e uma parte minha está louca para sair e ver aquelas garotas peladas, mas permaneço em meu quarto, encarando o teto. É melhor que a leve batida na porta não seja uma delas, porque estou me esforçado muito para ficar aqui e ser o homem que minha mãe criou. Quando abro a porta, a visita é, de fato, agradável – está vestida, para começo de conversa, e é sutil, elegante... e doce como açúcar no conjuntinho de pijama rosa-claro, o cabelo úmido do banho.

— Estava dormindo? — ela pergunta, nervosa, seu olhar fixo em meu peito nu.

Gosto que ela esteja olhando; apenas mais um sentimento confuso que terei que discutir comigo mesmo mais tarde. E porra, como gosto do jeito tímido que ela lentamente ergue seu olhar para mim, perguntando sem palavras se está tudo bem ela me encarar, se vou convidá-la a entrar.

— Não — zombo. De jeito nenhum alguém poderia dormir com a algazarra que vem da sala de estar.

O silêncio agora é evidente, ela está esperando que eu me afaste e abra mais a porta, que a peça para entrar. Estou aguardando que ela me convença de que minhas dúvidas são plausíveis e que ela quer explorar "a gente" de qualquer forma, ver como as coisas saem, e que ela tem certeza de que não vou machucá-la.

Nada disso acontece e, eventualmente, nossos olhares fixos, azul com azul, se tornam estranhos.

Ela estende as mãos que estão escondidas às costas, uma segurando um pacote de biscoitos e a outra um DVD.

— Quer assistir um filme?

— Sim. — Sorrio, me afasto e abrindo mais a porta. — Parece ótimo.

Rapidamente coloco uma camiseta e ajeito a TV e o aparelho de DVD, arrumando as coisas enquanto Whitley pega mais travesseiros no armário e os dispõe perfeitamente sobre o colchão. Apago as luzes de novo e subo na cama, garantindo que haja espaço entre nossos corpos. Há um desconforto evidente no ar enquanto estamos deitados na cama, esperando o filme começar, interrompido apenas quando ela estende o pacote para mim.

— Coma um biscoito e relaxa, Evan.

Não demora muito tempo depois que inicia para que eu perca o controle. Que porra de filme de mulherzinha é esse?! Espero mais dez minutos, e então não consigo mais me segurar.

— Whitley — viro a cabeça para ela, as luzes da TV reluzindo em seu rosto —, qual é a merda do nome desse filme?

— *Moulin Rouge*. Você não está adorando? — Sua voz está rouca e reflexiva.

— Isso nem é um filme, é um musical.

— Eu sei, as músicas não são incríveis? — Ela ainda não olhou para mim, incapaz de desviar sua atenção do desastre que está passando na tela.

— Não — murmuro. — E está me deixando louco, mulher. Mais uma música com gente dançando e vamos desligar.

— Evan Allen. — Ela pausa o filme e, finalmente, me encara, dando uma rápida cutucada em minhas costelas. — Expanda um pouco seus horizontes! Esse filme é artístico e maravilhoso.

— Esse filme é uma porcaria barulhenta.

— Tudo bem. — Ela cruza os braços. — O que você quer assistir?

— Duro de Matar.

— Ai, pelo amor de Deus. — Ela revira seus grandes olhos azuis para mim. — Eu não tenho Duro de Matar. Tenho... — Ela passa por cima de mim e vai até o armário, murmurando alguma coisa sobre homens não apreciarem genialidades musicais.

Talvez eu esteja passando muito tempo com Sawyer, ou talvez a névoa de Laney tenha sumido, porque me concentrei, quase na escuridão completa, e tenho certeza de que ela não está usando calcinha por baixo daquele short.

— Que tal Um Sonho de Liberdade? — Ela se vira para mim, e ergo meu olhar para o seu, rezando para que não tenha sido pego em flagrante, mas seu sorrisinho me diz que minha oração foi à toa. — Esse é um bom meio-termo. Pode ser?

— Perfeito — pigarreio. — É o meu filme favorito.

— Também gosto. — Seu sorriso caloroso brilha mesmo em meio ao quarto escuro.

— Tem certeza disso? Não tem caras mariquinhas de pijamas saltitando enquanto dançam.

Desvio bem na hora da caixinha do DVD que foi jogada na direção da minha cabeça.

— Evan. — Ouço uma voz abafada e sinto meu corpo ser sacudido. — Evan, acorda.

— Humm? — Abro os olhos, demorando para me lembrar de onde estou. Na cama.

E Whitley está aconchegada ao meu lado.

— O que foi?

— Seu celular não para de apitar — ela diz. Sua voz é sonolenta e rouca, suas pernas estão enroladas nas minhas... e está de manhã, então meu corpo já tem uma vantagem sobre o que minha cabeça ainda está tentando entender. — Acho que você deveria olhar; parece importante.

Rolo de lado, pegando meu celular da cômoda, e vejo que tem cinco ligações perdidas dos meus pais, todas com apenas alguns minutos de diferença. Seja lá o que for, não deve ser bom, e minhas mãos estão suando quando aperto o botão para ligar de volta.

— Evan?

— Oi, pai, você ligou? O que está acontecendo?

— Ah, filho — ele suspira —, tenho más notícias.

Eu me sento, meu estômago embrulhando e a garganta secando na hora.

— O que foi? Está tudo bem com minha mãe?

— Sua mãe está bem. É Dale. Ele se foi, filho.

— Se foi? — murmuro, sentindo a pequena e calorosa mão de Whitley afagar meu ombro. — Como assim, se foi? O que aconteceu?

— Angie o encontrou no campo. Parece que ele teve um ataque cardíaco. Ele faleceu, Evan. Ele partiu.

Dale Jones é, era, acho, o pai do Parker, meu melhor amigo, e um homem incrível. Parker, Laney e eu éramos extremamente próximos enquanto crescíamos, praticamente criados na fazenda dos Jones. Todo ano, Dale dava para cada um de nós um bezerro, para que cuidássemos lá. Pescamos em cada lagoa um milhão de vezes. Fazíamos batalhas com esterco. Dale nos ensinou a dirigir um trator. Parker e eu coletávamos e juntávamos feno todo ano, e Dale nos pagava com notas de cem dólares novinhas em folha. Sei que estou chorando, e Whitley está vendo isso, mas não me importo. Estou triste pra caralho. Eu amava Dale como um segundo pai, um tio, um mentor... e isso é uma merda.

— Como está Angie? — consigo dizer.

A mãe de Parker vai ficar completamente sozinha agora. De jeito nenhum ela vai conseguir gerenciar aquela fazenda sozinha e Parker está na faculdade; é um ótimo jogador.

— Nada bem, mas sua mãe tem cuidado dela. Parker chegou em casa ontem à noite e o funeral será depois de amanhã.

— Estou indo para aí, provavelmente, chego tarde hoje à noite.

— Tudo bem, apenas tome cuidado ao dirigir, garoto. E Evan?

— Sim?

— Encontre Laney, avise a ela. Jeff não conseguiu falar com ela e não precisa dessa preocupação. Ele está devastado, ele e Dale eram muito próximos e tal. Aqueles dois — dá uma risada seca —, em um torneio de pesca, esqueceram de colocar a maldita válvula no barco. Afundaram ali mesmo, logo na saída. — Solta um suspiro triste. — Enfim, traga ela para casa.

— Pode deixar, pai, até logo.

Desligo e não falo nada, minha cabeça baixa enquanto as lágrimas continuam a descer. Não consigo olhar para cima. Não quero que ela me veja assim, chorando como uma garotinha, mas sei que está tudo bem quando sinto uma pequena e reconfortante mão em minha nuca. E quando essa mesma mão me puxa para seu ombro, envolvendo-me por completo, choro, incessantemente, em sua camiseta, seu ombro, despejando minha alma.

Eu sou Evan Allen, e choro quando alguém que amo morre.

Beijinhos na minha cabeça e em minha bochecha úmida, seguidos por alguns "estou aqui" ou "pode chorar" na voz de um anjo compreensivo, que não me julga, me dizem que minha alma foi aceita.

É ótimo deitar a cabeça em seu colo e fechar os olhos, relembrando todos os bons momentos que tive com Dale, enquanto ela acaricia meu cabelo.

CAPÍTULO 15

ROUBARAM DE NÓS

Laney

> Preciso falar com vc assim q possível. Por favor, me liga de volta.

Ele ligou três vezes antes de mandar essa mensagem, e apenas ignorei, sem querer estragar nossa viagem aqui para o Havaí, mesmo que eu soubesse que deveria significar algo, já que ele está até me ligando, e nesse horário tão estranho. Eu também sabia que ele me mandaria uma mensagem se fosse mesmo importante, e estava na esperança de conseguir ler sem acordar Dane.

— Quem é? — Dane pergunta contra meu pescoço, onde ele está aconchegado. — Ele, obviamente, precisa de alguma coisa.

— É o Evan, disse que é urgente.

— Liga de volta pra ele. — Ele se levanta agora, indo para o banheiro. — Parece importante.

Essa semana no Havaí tem sido muito boa para nós. Sem cronogramas, sem amigos, sem ex-namorados, sem drama, sem inseguranças. Espero que tenha renovado "a gente" e que possamos ficar assim quando voltarmos, nós dois contra o mundo à nossa volta.

— Laney, oi... — Evan responde, angustiado.

— Oi, Ev, o que houve?

— Tenho más notícias, muito ruins mesmo. Você está sentada? Dane está aí com você?

— Sim e sim. Evan, você está me assustando. O que aconteceu? — Dane está ao meu lado agora, seus braços me envolvendo, e seus lábios recostados em meu ombro.

— Dale teve um ataque cardíaco, Laney.

— Dale Jones? E então, ele vai ficar bem? — Dane me aperta mais forte, beijando minha cabeça.

— Não, Laney, não vai. Ele morreu. Angie o encontrou no campo, onde ele estava trabalhando. Meu pai acabou de ligar, disse que seu pai não conseguiu falar com você. Ele está muito triste.

— É claro que está. — Minhas lágrimas incessantes embargam minhas palavras. — Ele é o melhor amigo dele. Por que ele não conseguiu falar comigo? — Olho para meu celular e não tem nenhuma ligação do meu pai, e ele, com certeza, não enviou mensagens. — Ele não ligou, só Deus sabe para quem ele ligou na condição em que está. Enfim — sinto a angústia em minha garganta, o que dificulta minha fala —, como está Angie? Parker? Você falou com ele?

Minha mão está tremendo tanto que mal consigo segurar o celular, e não enxergo nada, e talvez eu vá vomitar. Por quê??? Dale Jones era amigo de todo mundo. A esposa era sua rainha, o filho, seu príncipe. Ele trabalhava duro todos os dias, ele dirigia o ônibus que levava todos os alunos da escola para a igreja no domingo, dava empregos para todos os adolescentes no verão... ele me deixava ficar com bezerros e ovelhinhas em sua fazenda, pelo amor de Deus. Pulo da cama e corro para o banheiro, despejando todo o jantar da noite anterior.

Dale era como se fosse meu tio, ele e Angie me amavam como uma filha. Eles estavam lá quando minha mãe tinha ido embora e, de alguma forma, isso me fez sentir completa. O mundo será um lugar muito pior sem um homem desses nele, e sinto pena de todos nós que vamos continuar a habitá-lo, porque roubaram Dale Jones de nós. Lentamente, me recomponho, e me levanto do chão, meu estômago completamente vazio agora. Escovo os dentes e molho o rosto, colocando meu cabelo para trás. Ligo para Evan mais tarde, já que simplesmente soltei o celular e corri. Vou ligar para o meu pai depois também. Nesse momento, vou apenas me sentar no chão, e ali ficar.

— Vem, amor. — Dane se inclina e me puxa para cima, não sei quanto tempo depois. — Espera na cama enquanto preparo um banho quente pra

S.E. HALL

você. Já fiz quase todas as malas; vamos embora logo. — Ele me carrega até a cama, me soltando com cuidado e dando um beijo na minha testa. — Já volto.

— Preciso ligar pro meu pai, e Evan. Não sei quando é o funeral — resmungo, rolando e pondo o rosto no travesseiro, me entregando ao choro mais uma vez.

O peso de seu corpo movimenta a cama quando ele se senta, acariciando minhas costas.

— Já cuidei de tudo; conversei com os dois. Nós viajamos hoje à noite, e vou te levar para casa quando aterrissarmos. Chegaremos na hora, amor, prometo, e ficaremos pelo tempo que você quiser. Agora, feche os olhos e descanse enquanto preparo seu banho.

Não fecho os olhos quando ele se afasta, em vez disso, pego meu celular.

> Obg por ligar. Quando vc vai pra casa?

Ele responde quase instantaneamente.

> Estou fazendo as malas agora, chego na casa do meu pai hoje, tarde da noite. Dane disse que vocês chegam ao amanhecer. Você tá bem?

> Nem um pouco. Você?

> Não, não mesmo. Não parece real. Ele era mais novo que meu pai.

> Eu sei, não consigo acreditar. Meu coração está aflito. Você pode, pfv, dar uma olhada no meu pai quando vc chegar lá?

> Claro.

> Obg, Ev. Dirija com cuidado.

> Okay, cuide-se também. Te vejo em casa.

— Pronta?

Sei que ele me viu mandando mensagens, mas ele não diz nada, só me dá um sorriso caloroso. Assinto, levantando os braços para ele me segurar

123

e levar até o banheiro. Amo quando ele me carrega; faz eu me sentir feminina, delicada... amada. Coloco o rosto em seu pescoço e sinto o cheiro reconfortante do homem que me ama, me protege, que nunca me deixará.

— Você vai entrar comigo?

— É claro.

Recostando-me em seu peito, entre suas pernas longas e musculosas, fecho os olhos e amoleço como uma boneca de pano. Ele lava cada parte de mim, suave e carinhosamente, beijando minha cabeça a todo instante. Não conversamos, nenhuma palavra é necessária; ele simplesmente tenta me curar com seu amor e cuidado. Quando as pontas dos meus dedos estão enrugadas e a água esfriou, ele se levanta e enrola uma toalha ao redor de sua cintura, antes de me ajudar a levantar e me colocar em sua frente, me secando por inteiro. Penteio meu cabelo e dou uma rápida secada, fazendo um rabo de cavalo de novo. Vejo-o atrás de mim pelo reflexo do espelho, segurando minhas roupas.

— Vire-se, querida — ele diz, com a voz suave. Obedeço, como um robô, enquanto ele me veste. Não muito tempo depois, ele chama o serviço de quarto para buscar nossas malas e me leva, com nossas mãos entrelaçadas, para o carro que nos aguarda.

A ida para o aeroporto é rápida e estou entorpecida enquanto embarcamos. Estou indo para casa para me despedir de outra parte do meu passado. Nunca mais verei o Sr. Jones. Parker nunca mais vai abraçar seu pai. Angie nunca mais vai segurar a mão de seu amor, seu parceiro da vida inteira. Meu pai nunca mais vai trocar histórias de pescaria com seu melhor amigo. A vida é injusta pra cacete.

Quando você é jovem, tudo em que pensa é no quanto mal pode esperar para poder dirigir, sem ter hora para chegar em casa, sem ter os pais sempre dizendo o que pode e o que não pode fazer, ter idade para beber, votar, entrar em boates — todas as coisas incríveis e fascinantes que você acha que a vida adulta traz. Eu não pensava exatamente nisso, mas tenho certeza de que é quase unânime, e agora confirmei meu ceticismo inicial... crescer não é tão bom assim. É assustador, vem com uma série de novos empecilhos, e principalmente, quanto mais você muda, cresce e segue em frente... o mesmo acontece com todos ao seu redor. Seu pai não pode te proteger de tudo, ele não pode só colocar um Band-Aid ou conversar com os pais e resolver. À medida em que você envelhece, os adultos que você ama também envelhecem, os problemas aumentam e tem menos resoluções, e a dor piora. E agora estou deixando minha mente divagar porque estou triste, confusa, e sobrecarregada... e ele está aqui. Ele me leva até meu assento, prende meu cinto, e me cobre com um cobertor.

— Tome isso, amor. Será um longo voo pra casa. — Ele me entrega dois comprimidos e um copo d'água.

Nem pergunto para que servem. Primeiro, não me importo, e segundo, confio nele de olhos fechados. Sei que parece infantil e banal, mas, acima de tudo, me acalma e preciso muito disso agora.

— Pode cantar pra mim? — sussurro, e entrelaço nossas mãos, necessitando de contato físico também. — Por favor? Só até eu dormir?

Sua resposta vem em sua voz suave, me dizendo que nunca me deixará cair, que ele estará ao meu lado em todas as situações. Sei que ele vai estar, e como ele sabe exatamente o que dizer para mim, através da melodia, me curando; enquanto ele me envolve em seus braços e esfrega sua bochecha na minha, ele também me envolve em amor. Reconheço *Your Guardian Angel*, do The Red Jumpsuit Apparatus. Se ele tivesse me perguntado, eu poderia ter pedido exatamente essa.

Quando acordo, o interior do avião é pequeno e claro. Estamos, obviamente, em um voo particular que Dane, sem dúvidas, conseguiu de uma hora para outra, por mim. Ele está dormindo no assento ao meu lado, a cabeça pendendo na minha direção, e sua mão em minha perna. Ele está lindo com seu cabelo castanho despenteado, seus cílios longos e escuros. Dou um beijo em seus lábios cheios, demorando-me até que seus olhos se abrem, grogues de sono, e ele me dá um sorriso preguiçoso.

— Bom dia, amor.

— Bom dia. Onde estamos?

Ele aperta um botão acima de nós, ligando uma pequena tela.

— A cerca de uma hora do pouso. Está com fome? — Ele se vira e segura minha bochecha. — Você não come há muito tempo.

— Não, não estou com fome. Mas adoraria escovar os dentes e tomar um suco, ou algo assim.

— Você e sua escovação de dentes. — Ele ri de leve, soltando seu cinto, e depois o meu. — Vem. — Estende sua mão e me guia até o banheiro, me entregando uma escova de dentes embalada. — Vou pegar uma bebida pra você. Certeza de que não quer comer alguma coisa?

— Talvez mais tarde; agora, só um suco.

— Okay. — Ele me olha, desapontado. — Vou estar aqui quando tiver terminado. — Fecha a porta, me dando privacidade.

125

Quando me sinto refrescada, saio e me sento ao seu lado, tomando meu suco de maçã de uma vez.

— Se me lembro bem, você disse que falou com meu pai?

— Sim, eu liguei pra ele. Ele parecia bem, feliz em ter notícias nossas. Falei que chegaríamos assim que possível e ficaríamos um tempo. Esse homem que — ele faz uma pausa — faleceu... Você e seu pai eram próximos dele?

— Muito — respondo, minha voz falhando com a tentativa de segurar o choro.

Suas mãos encontram meus quadris e ele me puxa para seu colo, repousando minha cabeça em seu peito.

— Me conte tudo sobre ele, por favor?

E é o que faço. Falo sem parar até aterrissarmos, sobre minhas lembranças favoritas do Sr. Jones, de todos os Jones – a fazenda deles, a amizade, o amor e o acolhimento. Choro todo o tempo, claro, a carícia de Dane em minhas costas nunca vacilando. É bom desabafar – como se eu estivesse honrando a memória de Dale ao contar para outra pessoa o quanto ele era maravilhoso.

Dane é incrivelmente perspicaz; ele sempre sabe exatamente o que preciso, quando preciso.

CAPÍTULO 16

DESVIO

Evan

Chego em casa, são e salvo, mesmo que não saiba como consegui dirigir. Eu me senti um pouco como uma garotinha por ter chorado tanto, até que cheguei em casa e vi os olhos vermelhos do meu pai; aí soube que estava tudo bem. Às vezes, homens de verdade choram.

Meus pais até que estão aguentando muito bem. Meu pai está quieto, minha mãe está cozinhando um monte de coisas. É isso que minha mãe faz – deixa seus próprios sentimentos de lado e cuida de todo mundo à sua volta. Ela garante que todos estejam alimentados, estejam sendo abraçados o suficiente, e que tenham tudo o que precisam, que ela possa providenciar dentro do possível.

Bem, quem diria? Nunca comparei ninguém à minha mãe, tão altruísta e generosa, mas uma certa garota linda de olhos azuis, gentil e atenciosa, acabou de passar pela minha cabeça.

Uma vez que estou inteiramente convencido de que meus pais estão bem, saio para ver como o Sr. Walker está.

— Ora, veja só quem é! — ele me cumprimenta. — Evan, meu garoto, entra.

— Oi, Sr. Walker. Pensei em vir aqui e te ver. Laney está a caminho, um pouco atrás de mim.

— Sim, falei com aquele carinha dela. Levou ela pro Havaí — ele grunhe. — Acho que você não quer ouvir sobre isso, porém, desculpe. — Ele cambaleia até chegar no sofá, tropeçando na mesinha de centro que está cheia de latas de cerveja, as quais caem com um estrondo.

Não posso dizer que o culpo, na verdade.

— Já jantou, Sr. Walker?

— Por que está tão formal? Esqueceu meu nome? — Ele ri, mas a risada não chega aos seus olhos. — Vou comer quando estiver com fome. Agora, só quero ficar bêbado e tentar dormir. Com certeza, vou sentir falta do meu amigo. Ele era um bom homem — ergue sua lata de cerveja —, o melhor.

— Jeff, posso usar seu banheiro?

— Por que está sequer perguntando? Já sabe onde fica.

Tranco-me lá dentro, abrindo a torneira para abafar minha voz. Não quero enganar ninguém, mas as coisas estão fora do meu controle aqui. Não vou dizer para um homem adulto parar de beber, mas sei que Laney gostaria que outra coisa estivesse acontecendo agora.

— Alô?

— Pai, oi, preciso da sua ajuda. Você pode vir fazer companhia para o Sr. Walker? Ele está bêbado e preciso ver o Parker.

— Sim, amigão. Fica aí até eu chegar. Estou a caminho.

Quando meu pai chega, cerca de dez minutos depois, deixo eles lá e vou para a casa de Parker. Não o vejo há meses, mas ele sempre vai ser meu irmão, e sei que ele deve estar um desastre. Meu celular toca no caminho, e meu coração fica um pouco menos aflito quando vejo o nome dela na tela.

— Oi, Whitley.

— Oi, como você está?

Fiz ela e Sawyer jogarem tudo na caminhonete assim que recebi a ligação, mal freando quando os deixei no *campus*. Nem sei de onde estou tirando energia para funcionar agora.

— Estou segurando as pontas; tô indo ver o Parker.

— Evan — ela diz com a voz suave —, posso ir te ajudar? Odeio que esteja sozinho passando por tudo isso.

Cada pedacinho meu quer dizer sim; ela, com certeza, seria útil agora, um conforto simples e natural, mas preciso impedi-la de imaginar que precisa cuidar de mim. Não quero de jeito nenhum arriscar nossa amizade.

— Não estou sozinho. Tenho meus pais. Além disso, tem gente que está sofrendo mais do que eu. Preciso estar aqui por eles. Mas agradeço, Whit, de verdade.

— Laney já chegou aí?

— Não, provavelmente, chega tarde da noite, ou até de manhã. É um longo caminho do Havaí.

— Dane vai com ela — ela diz, com naturalidade.

— Eu sei, falei com ele. Laney estava bem mal.

— Okay, só pensei...

— Whitley, você não tem que ficar ao meu lado só porque ele está ao lado dela. Não é uma disputa.

Merda. Estou cansado e triste, e falando besteira, não só por causa do óbvio, mas também por essa luta interna constante que tenho sobre Whitley realmente começar a se desgastar comigo. Eu me arrependo no instante em que falo e a mágoa em sua voz me dilacera.

— Sei disso — ela retruca, mais calma do que eu estaria, se ela tivesse dito a mesma coisa para mim. — Não foi isso o que eu quis dizer. Só quero ajudá-lo, se puder.

— Desculpe, Whit. Ignore o que eu disse. É só uma situação de merda, assim como meu humor. — Porra! Bato no volante; ela não merecia isso. — Escuta, a gente conversa depois, okay?

— Okay, é só me ligar se precisar de mim.

Uma garota muito bonita, mais ou menos da minha idade, eu diria, abre a porta.

— Parker está aqui?

— Sim, claro, entre. Quem é você? — ela pergunta, mantendo a porta aberta para mim.

— Evan. Evan Allen. — Tiro o boné e estendo a mão.

— Ah, Evan! É um prazer finalmente te conhecer. Parker fala de você o tempo todo. Laney veio com você? — ela pergunta, olhando por cima do meu ombro.

Humm, não, desconhecida, Laney e eu não viajamos juntos mais. Mais um pensamento babaca; Deus, meu humor está uma merda hoje.

— Não, ela está vindo do Havaí. Vai chegar logo. Desculpe, qual é seu nome?

— Jesus amado, onde estão os meus modos? Estou meio desnorteada. Eu sou Hayden, a namorada do Parker.

— Prazer em te conhecer, Hayden. Então, cadê nosso garoto?

— Na cozinha, com a mãe dele.

Ela se vira nessa direção e dou uma olhada lá dentro, vendo Parker à mesa, com as mãos na cabeça, empurrando seu cabelo para trás. Angie está sentada à sua frente, as mãos entrelaçadas em uma xícara de café, absorta enquanto encara o nada.

— Querido — Hayden diz, baixinho, encostando em seu ombro. — Evan está aqui.

Ele ergue a cabeça e seu rosto é tomado por um sorriso, que se vai tão rápido quanto surgiu; como se ele tivesse se esquecido de que este não era um encontro feliz.

— E aí, irmão. — Ele se levanta e me envolve em um abraço. — Como você está? Obrigado por vir.

Eu o abraço de volta, meus olhos marejando.

— Sinto muito, cara. Sinto muito mesmo.

— Eu sei, eu sei. — Ele me aperta mais forte, e então me solta. — Mas, com certeza, é bom ver você.

— Mama Jones. — Vou até ela e me inclino para abraçá-la. — Meus sentimentos. Seu marido era um dos homens mais incríveis que já conheci.

— Evan, meu doce menino. — Ela segura minha nuca e me puxa para beijar minha bochecha. — Você sempre foi como um filho para Dale. Ele gostava demais de você. — Ela afaga meu rosto. — Você ficou ainda mais bonito desde a última vez que te vi. Como você está?

— Bem, senhora. — Sento-me e seguro uma de suas mãos. — O que posso fazer por você? Como posso ajudar?

Ela coloca sua outra mão em cima das nossas, já unidas, fazendo uma carícia.

— Acho que seria ótimo se você carregasse o caixão junto com o seu pai e o Sr. Walker, e Parker, claro. — Ela sorri para seu filho. — Dale teria escolhido vocês.

— Seria — suprimo um soluço — uma honra. Obrigado.

— E quanto à menina Laney? — Ela quase solta uma risada, fungando. — Acha que ela iria querer ajudar? Você a conhece, posso vê-la se sentindo insultada ao saber que eu imaginei que ela não queria carregar junto com os homens.

Parker e eu rimos, apesar da tristeza, do quão verdadeiras são as palavras de Angie.

— Está tudo bem, mãe, acho que ela vai gostar de saber que você pelo menos pensou nela. Vou dizer a ela — Parker comenta, indo para o lado de sua mãe.

Isso foi tudo que ela conseguiu dizer, seu corpo agora parece angustiado, e os sons que ela está fazendo são de arrepiar. É deprimente e um pouco assustador, e não tenho ideia do que devo fazer.

— Vamos — Parker diz, serenamente enquanto a ajuda a se levantar, Hayden correndo para o outro lado —, vou te levar pra cama agora. Está na hora de outro remédio.

Fico sentado no mesmo lugar, completamente imóvel. A casa está a mesma coisa... que pensamento ridículo, é claro que está. É desse jeito desde que me lembro – por que mudaria só porque ele se foi?

— Evan, conheceu o amor da minha vida?

Assusto-me com a voz de Parker atrás de mim, e me levanto rapidamente, ficando de frente para ele e Hayden.

— Sim, conheci Hayden. — Sorrio para ela.

— A melhor garota do mundo. — Ele beija sua bochecha enquanto ela se inclina. — Meu pai a amou quando a conheceu. Disse que eu deveria mantê-la para sempre.

— Bem, nós todos sabemos que ele tinha um sentido apurado. — Pisco para ela, que dá uma risadinha.

— Parem com isso, estão me deixando com vergonha. Quer uma bebida ou alguma coisa, Evan? Amor?

Parker olha para mim e nego com a cabeça.

— Não, não queremos nada — ele responde. — Vá descansar, você ficou esperando todo mundo.

— Vou ficar com a sua mãe, garantir que ela durma bem.

— Obrigado, anjo — ele diz, apertando a mão dela. — Eu te amo.

— Também te amo, Parker. — Ela lhe beija rapidamente e ele dá um tapinha em sua bunda quando ela sai da cozinha.

— Vou me casar com ela — ele declara com firmeza.

— Ela é maravilhosa. Estou feliz por você, cara.

— Vem, seu bostinha, vamos tomar umas cervejas. Podemos fazer um brinde ao velhote. Mas temos que ir para o celeiro. Se Hayden nos pegar, vai pensar que estou me esquivando. Essa é a palavra favorita dela. — Ele ri e tira um pacote de cerveja da geladeira.

Eu o sigo até o celeiro, as lembranças me inundando.

— Oi, Sebastian. — Passo a mão na cabeça do cavalo; o predileto de Laney. Dale deixou ela dar um nome a ele, e claro, ela deu o mesmo do caranguejo de A Pequena Sereia. Tem um pato por aí chamado Aladdin e o gato do estábulo é Fígaro.

— Então — Parker interrompe meu momento nostálgico —, vamos nos esquivar. Me fale de você, porque não aguento pensar no meu pai agora.

— Na verdade, não tem muitas novidades. Me transferi para a Southern.

Ele acena, dando um gole.

— Ouvi dizer.

— Laney está apaixonada.

— Ouvi isso também.

— Kaitlyn se revelou uma cobra falsa.

— Já sabia disso.

Acho que isso é tudo.

Parker toma a dianteira na nossa empolgante conversa.

— Laney está vindo?

— Sim. — Inclino-me e pego uma cerveja do engradado; se não pode vencê-los, junte-se a eles. — Deve chegar aqui logo.

— Trazendo seu novo homem?

— Sim.

Ele inclina sua cadeira para trás, colocando os pés em cima da baia.

— Sempre pensei que vocês dois acabariam juntos.

— Eu também. — Dou de ombros. — Acho que é isso que ganhamos por pensar.

— Você está bem?

Seu pai acabou de falecer e ele está preocupado comigo? Sinto-me como um babaca frívolo por conversarmos sobre os meus problemas à sombra de uma situação muito mais importante, mas se isso o faz sentir melhor, vou aguentar o tranco.

— Sim, cara, estou bem. Foi horrível no começo, mas a cada dia que passa, fica um pouco mais fácil.

Penso em Whitley e quase sinto culpa, considerando a situação, por dar um leve sorriso. Ela é a razão das coisas estarem um pouco mais fáceis, simples e naturais, não importa o quanto eu tente evitar. Então me lembro do tanto que a tratei mal mais cedo, e meu sorriso desaparece; estou com raiva de mim mesmo.

— Quem é ela? — Parker pergunta, dando um sorrisinho.

— Quem é quem? — retruco, meu rosto tão impassível quanto possível.

— A garota sobre a qual você não está me contando.

— Como sabe disso? — Caramba, Parker está mais a par da minha vida do que eu.

— Não sabia. — Seu sorriso aumenta. — Você acabou de me contar.

— Idiota! — Jogo a tampinha da cerveja nele. — Ela é só uma amiga. Não posso passar disso com ela, é arriscado demais.

— Esse é o seu problema, Allen. Você não corre riscos. Ficou grudado na Laney por tanto tempo, que nunca se abriu para outras possibilidades. Já pensou que talvez Laney parecesse tão perfeita pra você porque nunca ousou deixá-la competir com alguém?

— Isso não é verdade. Fiquei com algumas garotas.

— Ficou — zomba. — Grande coisa. Já namorou? Conheceu alguém? Deu espaço a ela? — Ele sabe a resposta, só quer me ouvir dizer em voz alta.

— De qualquer forma, por que estamos falando sobre isso? — Viro-me, focado de novo em Sebastian. — Não deveríamos estar decidindo o que fazer com sua mãe, ou com essa fazenda?

— A única coisa que vai ajudar minha mãe é o tempo — ele diz. Sua voz tem um tom de tristeza, mas só por um instante. — A fazenda é simples: vou vir pra casa para administrar. Vou pedir Hayden em casamento e para vir comigo. Darei à minha mãe alguns netinhos para amar.

— Parker — viro rapidamente para encará-lo, tentando disfarçar o desdém em minha voz —, você o quê, acabou de fazer vinte anos? Tem certeza de que não está apressando as coisas? Seu pai ia querer que você terminasse a faculdade, pode ter certeza. Sua mãe pode contratar alguém para cuidar do lugar até você entrar de férias de verão ou se formar.

— Eu ia voltar um dia, para administrar a fazenda de qualquer forma. Por que preciso de um diploma para isso? Além do mais, gosto dessa área agrícola. E amo Hayden, mais do que tudo. Quero ela comigo, sempre. Queria demais que meu pai ainda estivesse aqui — ele toma um longo gole da cerveja —, mas ele não está. Sei o que é o certo. Isso é o que devo fazer. Agora.

— Só acho que você deveria...

— Querido, você está aqui? — Hayden entra no celeiro, seu olhar procurando Parker. — Ah, Parker, está aqui se esquivando?

— Te falei. — Parker gesticula para mim, os ombros se mexendo por conter uma risada. — Não, só estou tomando uma cerveja com meu amigo mais antigo. Tem uma grande diferença.

133

— Vem pra cama — ela abraça a cintura dele —, você está cansado. Vou fazer uma massagem nas suas costas — cantarola de maneira convincente.

Já estou andando para minha caminhonete, certo de qual será sua resposta.

— Volto amanhã, Jones. Tente descansar um pouco.

> Está acordada?

Ela deve estar dormindo. Está tarde e sou um covarde por mandar mensagem em vez de ligar primeiro, principalmente a esta hora. Mas ouço o toque.

> Sim. Como você está?

> Desculpe.

> Não há nada a se desculpar, Evan. É um momento difícil, eu entendo.

> Posso te ligar?

> Sempre.

— Oi — ela atende, a voz suave e gentil como de costume, mesmo depois de ser tratada mal sem merecer; não um capacho, não uma mártir, só... Whitley. Sinto pena de cada imbecil que não a notou antes, cada idiota que não valorizou as lindas e revigorantes qualidades que essa garota tem a oferecer.

— Oi, Whit. Jura que não te acordei?

— Juro.

— Eu meio que preciso conversar. E — suspiro, profundamente — queria que fosse com você.

— Estou bem aqui.

Ela sempre diz a coisa certa. Sempre diz com a voz certa. Ela me confunde pra cacete; nem consigo imaginar o que estou fazendo com ela.

Conto sobre minha noite; minha preocupação com os planos de Parker, meu sofrimento por Angie, e até minhas melhores lembranças de Dale. Ela escuta e, às vezes, fala palavras de afirmação, ou conselhos, mas discute abertamente comigo quando acha necessário. A esta altura da minha vida, posso dizer, com sinceridade, que não há mais ninguém com quem eu gostaria de conversar.

Já sei que é uma péssima ideia, mas ignoro o pensamento, e solto as palavras:

— Queria que estivesse aqui, Whitley.

— Eu estou.

— Não, eu quis dizer aqui, do meu lado.

— Estou na *Bonnie's Bed and Breakfast*. Conhece?

Claro que conheço, Bonnie joga Bridge com minha mãe toda quarta-feira desde que me lembro por gente.

— Conheço. — Fico calado por um tempo, e as batidas do meu coração aceleram. — Você está mesmo lá? Quero dizer, aqui?

— Estou mesmo aqui. Estava esperando que você me quisesses, ou precisasse de mim, ou algo assim — ela sussurra —, então eu vim. Teria ido te ver no velório, mas então... você ligou.

Mas então liguei. E ela está aqui. Por mim. Bem no fim da rua.

Sonolenta. Fofa.

E eu estou aqui para um funeral... pensando desse jeito.

— Em que quarto você está? — pergunto, enquanto pulo da cama e coloco minha calça jeans e as botas. Ponho uma camiseta, sem parar para analisar a empolgação que corre em minhas veias; isso não parece certo em um momento como esse e me sinto culpado. Mas, porra, não sentia uma expectativa assim há muito tempo.

— 213 — diz, meio sem fôlego também.

Ela sente a importância desse momento como eu? Poderia expressar em palavras para ela o que isso significa para mim, quão extrema e profundamente ela me comoveu?

Ela está aqui... nunca mais serei o mesmo.

— É a porta que fica no final do corredor, do lado externo, certo?

— Sim.

— Chego aí em dez minutos.

Em silêncio, pego minhas chaves e saio pela porta da frente. Solto o freio de mão da caminhonete, saindo da garagem como se eu não tivesse quase vinte anos e pudesse sair quando quero. Quando estou bem afastado da casa, ligo o motor, e depois de seis minutos, estou na frente do quarto 213.

Merda. Ela está vestindo um shortinho minúsculo e uma camiseta fina, sem sutiã, e seus seios generosos não deixam espaço para a imaginação. Seu cabelo loiro envolve seus ombros e seus olhos azuis estão sonolentos, semicerrados. Forço meu olhar a se focar no dela.

— Entra — ela diz, baixinho, e é o que faço.

Meu coração está batendo tão rápido que sinto a pulsação em meu pescoço, e minha garganta secou, de repente. Passo as mãos suadas na calça jeans, enquanto olho em volta. Há uma cama grande e uma cadeira no quarto. A TV está ligada, mas no mudo. É a única iluminação, a da televisão, o que já é muito. Consigo enxergar a silhueta de seu corpo através do fino material de sua blusa. Vejo seus mamilos, duros e desejosos. Dá para ver que seus lábios estão úmidos após ela lambê-los.

Eu não deveria estar aqui; foi uma péssima ideia. Poderia dizer a mim mesmo que só preciso de uma amiga, para me confortar, mas isso é mentira. Estou perdidamente atraído por Whitley e quero tanto ignorar minhas preocupações acerca de machucá-la, ou de ela me machucar, e simplesmente tomá-la em meus braços, de forma egoísta.

Bom, vamos de egoísmo.

Quando vou em sua direção, ela não se mexe nem um centímetro, fica exatamente onde está, sua respiração ficando rápida e pesada, o olhar provocante. Ela também me quer. Minhas mãos se movem lentamente, chegando ao seu pescoço, onde agarro seu cabelo; o gemido que ela deixa escapar me faz contrair meu corpo. Porra, ela é linda. Delicada. Frágil. Ela mantém os olhos abertos, me encarando intensamente, dizendo sem palavras: "sim, está tudo bem". Meus lábios estão a centímetros dos seus, tão próximos que sinto seu fôlego quente. Fecho os olhos, me movendo para sentir o gosto que desejo tão desesperadamente.

E meu celular toca alto em meu bolso, me afastando com o susto.

É, alguém liga naquele exato momento... bem conveniente e improvável, certo?

Mas aconteceu, porra.

Devido à situação atual que estamos vivendo, é claro que vou atender. O clima acabou agora, e esfrego o pescoço com força enquanto seguro o celular, preferindo encarar o tapete desbotado à Whitley.

— Alô?

— Oi, Evan, é a Laney. Só queria avisar que estamos aqui, no meu pai. Coloquei ele na cama e mandei o seu para casa. Obrigada.

— Sem problemas, que bom que chegou.

— Então, acho que vejo você amanhã?

— Sim, estarei lá. — Suspiro, querendo que fosse qualquer coisa, exceto o que faremos em algumas horas. — Te vejo amanhã.

Desligo e demoro bastante para guardar o celular, observando cada detalhe do quarto, antes de voltar a encarar Whitley.

— Desculpe, Whit. Eu não deveria ter vindo aqui. Sou um idiota.

— Por que diz isso? — Ela franze o cenho. — Fico feliz que veio. — Ela se move, vindo na minha direção, mas dou um passo para trás.

— Não quero te machucar, Whit. Você é uma pessoa maravilhosa, e não tenho certeza do que isso significa — aponto para nós dois —, mas não quero perder você.

— Por que você me perderia?

— Se nos tornássemos mais que amigos, e não desse certo, nossa amizade acabaria. E — passo as mãos no meu cabelo, puxando-o, frustrado — se estivermos apenas, sei lá, acomodados? Whitley, eu só... não tenho certeza do que é real e não quero perder mais ninguém com quem me importo. Já tive toda a cota do que consigo aguentar.

Ela se aproxima de mim como um raio, seus braços envolvendo minha cintura, as mãos afagando minhas costas.

— Vá para casa, Evan, e durma. Você está cansado e aflito. Não quero ser o comodismo de ninguém, ou a segunda opção, mas ainda serei sua amiga. Okay? — Ela ergue seu belo rosto e dá um sorriso fraco.

— Okay — concordo, indo rapidamente para a porta, me sentindo um puta sortudo por ela ter mandado a real. Como posso fazer as coisas certas com ela, ser honesto, quando eu mesmo não entendo nada? A infinidade de sentimentos, ultimamente, foram demais. Coração partido para certo alívio, para confusão, para sofrimento inimaginável; só preciso ficar entorpecido por um tempo.

— Te vejo amanhã. Boa noite, Evan.

CAPÍTULO 17

A VERDADEIRA BATEDORA, PODERIA SE LEVANTAR, POR FAVOR?

Evan

Você já foi a um enterro ensolarado? Sei que já vi várias procissões acontecerem quando o tempo está bom lá fora, então deve rolar, mas não comigo, e nem agora. Parece que está sempre frio fora de época, ou tem uma maldita neve, ou nesse caso... não está de fato chovendo, mas tem uma leve garoa só para te lembrar que é um dia de merda.

Nós todos observamos enquanto nosso amigo, nosso mentor, é abaixado para dentro da terra. Todos que carregaram o caixão tinham uma rosa branca em sua lapela, e retiro a minha e jogo na cova, com Dale, antes de me virar para ir embora. Ajudo Parker a levar sua mãe para o carro que a aguarda, e então vou com Whitley até Laney, seu pai e Dane. Laney fez um discurso no funeral e quero lhe dizer o tanto que foi bonito. Sei que foi difícil para ela manter a cabeça erguida e que segurou suas lágrimas como uma profissional.

— Você foi muito bem, Laney — digo, quando nos aproximamos. — Dale teria ficado muito feliz. Sabe que além de Angie, você sempre foi a garota favorita dele, certo?

— Sim. — Ela assente e dá um sorriso triste, encarando seus pés. — Ele era um dos meus favoritos também.

— Sr. Walker — Whitley estende a mão —, sou Whitley Thompson, amiga da Laney. É um prazer conhecê-lo.

Que babaca eu sou por não a apresentar. Nem lembro se fiz isso oficialmente com Parker ou Angie; esse dia inteiro foi meio conturbado.

— É um prazer conhecer você, mocinha. Obrigado por vir hoje.

— Sim, senhor.

— Bem, vejo vocês depois, crianças. Vou ficar um pouco com Angie.

— Tchau, papai. — Laney o abraça. — Eu te amo demais.

— Amo você, minha batedora campeã. Te vejo em casa. — Ele se vira. — Dane. — Ele acena. — Evan. — Dá tapinhas em meu ombro.

A arfada de Whitley faz todos nós virarmos a cabeça.

— Laney, você não bate mesmo nas pessoas, bate?! E seu pai incentiva isso?

Dane começa a rir baixinho; ele deve ter entendido algo que Laney e eu não entendemos, porque seu rosto parece tão confuso quanto o meu.

— Do que você está falando? — Laney pergunta.

— Ele te chamou de batedora? — Whitley responde como se fosse óbvio.

Dale não se importaria de rirmos em seu enterro, graças a Deus, porque estamos gargalhando agora. Caramba, ele riria também.

— Whitley — Coloco a mão em seu ombro, mais para me equilibrar de tanto rir —, ela não bate nas pessoas. Bem, nem sempre. É um jargão. — Recupero o fôlego. — Para uma boa rebatedora, no softbol.

— Ahhh... — Suas bochechas enrubescem e ela põe uma mão em cima de seu coração. — É claro. Graças a Deus.

Laney está sorrindo de orelha a orelha, e fico muito feliz de ver isso. É um dia tão triste, e de todas as pessoas, Whitley encontrou um modo de alegrá-la. Sempre que eu pensar em Dale, tendo que carregar seu caixão, ficando sob a chuva ao lado de Laney e seu namorado... vou sorrir, afinal, quando me lembrar desse momento.

Ou de novo, talvez não. Minhas costas enrijecem e o cabelo em minha nuca se arrepia, sentindo a maldade de longe.

— Oi, Evan.

Quão deselegante pode ser arriscar fazer uma merda em um funeral? Whitley percebe meu desconforto e me encara, cheia de preocupação em seu olhar. Laney? Seu sorriso desapareceu e ouço seus dentes rangendo daqui. Olho para Dane, depois para Laney, esperando que ele entenda.

Deve ter entendido, pois um de seus braços envolve Laney, protetoramente, e ele se aproxima ainda mais dela. Laney não vai desrespeitar Dale, ou sua família, ao dar uma surra nessa vadia no enterro dele, mas talvez ela a arraste pelo cabelo para fazer isso em outro lugar.

— Kaitlyn — digo, entredentes, sem me virar para ela.

O olhar de Dane se arregala quando digo o nome dela. Imagino que Laney tenha contado, porque ele fica e começa a puxar Laney para ir embora.

— Vem, amor, vamos embora.

A voz manhosa e enjoativa dela atinge meus ouvidos.

— Espera, estou confusa.

Laney vira a cabeça ao escutar suas palavras, seu olhar incendiando.

— Deixa eu esclarecer pra você, então. Ainda sou Laney, aquele ainda é o Evan — ela aponta —, aquela é a Whitley, este é Dane, e você? Você ainda é a vadia traidora dos infernos. Entendeu? — Ela dá um grande sorriso sarcástico.

— Pfft... — Ela ignora Laney, ficando bem na minha frente agora. — Ai, meu Deus, ela deu um pé na sua bunda por ele, Evan? Eu sabia, ela nunca te valorizou. — Sua mão asquerosa esfrega meu braço, provavelmente, deixando na carne viva. — Volte, Evan — resmunga. — Ela não...

— Kaitlyn, para — interrompo seu discurso tosco, sem querer criar confusão ou ter que ouvir sua voz.

— Mas, Evan, eu te amo, vou cuidar de você. De um jeito que ela — se vira e encara Laney, depois a mim de novo — nunca fez. Não se lembra de como cuidei de você naquela noite, no seu quarto?

Maldita Kaitlyn, agora ela está tentando me jogar na fogueira.

Sua manipulação não tem limites.

— Não foi desse jeito e você sabe muito bem disso. — Ranjo os dentes. — Não foi. — Encaro Laney, implorando com meu olhar para que acredite em mim. Pode não importar mais para ela, mas importa para mim que ela tenha certeza de que não sou babaca imprestável.

Claro que Laney saberia a verdade, revirando os olhos na mesma hora e rindo com desdém para Kaitlyn.

— Você é mais iludida do que eu pensava, se realmente achou que eu acreditaria que Evan sequer encostaria em você. Mesmo que ele não estivesse comigo, ele nunca ficaria com você.

Ainda sem entender que ninguém acredita nas merdas que está falando, ah, e que é deselegante, para não dizer absurdo, fazer uma cena em um enterro, Kaitlyin se aproxima de mim. Eu me afasto depressa, como se tivesse sido queimado, evidentemente, tremendo. O que acontece em seguida... bem, estou feliz que fiquei para ver.

— Por que nós odiamos ela? — Quase não escuto Whitley me perguntar pelo canto da boca.

— Ela era a melhor amiga de Laney. Armou para que ela não conseguisse a bolsa na UGA; ela me queria — externo minhas notas mentais em seu ouvido.

Quando Laney fica brava, é fofo pra cacete, mas meio que já se espera, não é? Bem, quando a Polegarzinha sai de cena, é absolutamente fantástico, de um jeito totalmente diferente.

— Escuta aqui, monocelha, vagaba que-precisa-aparar-as-pontas-desesperadamente. — Whitley estala os dedos e espero ser o único a perceber seu gemido de dor. — Você deve estar tão louca quanto seu cabeleireiro, se pensou por um minuto que Evan reagiria à sua mentira. E agora, você está sozinha, e Dane e eu tivemos sorte o suficiente para ter os dois em nossas vidas. Então, mais uma vez, você realmente se deu mal e saiu perdendo. Agora, tem cinco segundos para dar o fora daqui ou terá problemas maiores do que a sua bunda nessa roupa.

Pausa dramática para um efeito, acho?

— Quer que eu te mostre por que me chamam de *batedora*? — Ela enxuga o nariz e resmunga. — E nem jogo softbol... tá me entendendo?

Santo tesão. Desculpe, Dale.

Faço uma análise rapidamente e não consigo decidir de quem é a cara mais engraçada. Laney está com um sorrisinho no rosto, adorando a cena; se algo acontecer mesmo, não tenho dúvidas de que ela vai se meter e transformar as palavras de Whitley em atitudes. Dane está com a boca escancarada. E Kaitlyn está furiosa.

— Quem diabos é você? — ela rosna, a mão no quadril, provocando Whitley.

— Sou dama o bastante para não mostrar minha bunda em um enterro, mas mulher o suficiente para chutar a sua se não deixar meus amigos. Evan? — Ela me encara, mantendo a atitude belicosa. — Tem mais alguma coisa que você queira falar para essa... essa pessoa?

Balanço a cabeça, me esforçando demais para não rir.

— Laney, você tem? — ela pergunta depois.

— Nada.

— Prontinho. Você não tem motivo para estar aqui, então encontre sua caverna e vá para dentro dela. Estamos indo embora — Whitley declara, orgulhosa.

Nós todos seguimos automaticamente nossa líder corajosa, Whitley, mas não antes de Laney me dar um sorriso enorme, como se dissesse: "bem, olhe essa garota".

Ah, estou olhando.

— Dale teria gostado muito de você, Whitley — ouço Laney dizer para ela, rindo —, e teria amado isso! Muito legal da sua parte.

Sei que Dale está olhando aqui para baixo, do céu, gargalhando do show que estamos fazendo para ele. Estou caminhando com Laney, o novo namorado dela e a coisinha empertigada por quem estou tentando, desesperadamente, não me apaixonar, tendo acabado de assistir ela mostrar os dentes para uma garota duas vezes seu tamanho para defender outra que estava a atacando não muito tempo atrás.

Um belo espetáculo.

CAPÍTULO 18

MÃOS MASCULINAS

Evan

— E aí, colega, que bom que voltou!

— E aí, Zach, fico feliz em estar de volta. — Dou uma olhada em meu novo quarto, que é pequeno, limpo e tem um cheiro normal, o que é um bônus. — Você já desfez todas as minhas malas?

— Até parece — ele zomba. — Avery que fez isso pra você. Não se preocupe. — Ele balança as sobrancelhas. — Já demonstrei toda a minha gratidão a ela.

Caio na minha cama, exausto dessas duas últimas semanas. Feriado, Dale, Whitley, horas de estrada... preciso demais me recuperar.

— Então... — Zach hesita. — Fiquei muito triste em ouvir sobre sua perda. Você tá bem? Laney está bem?

— Quase lá; melhorando um pouquinho a cada dia. Só espero que meu amigo Parker e a mãe dele estejam bem. Acho que talvez eu volte pra lá e os ajude com a fazenda nesse verão.

Ele assente e se inclina para amarrar seus sapatos.

— Eu e Ave vamos jantar. Quer vir?

— Não, mas valeu. Só quero tomar um banho e ir dormir. — Já quase pego no sono só de pensar nisso.

— Tudo bem. — Ele dá um tapinha em minha perna. — Vou ficar no quarto dela até o toque de recolher, então, para deixar você descansar. Teremos que decidir um cronograma qualquer dia desses, você sabe. Colocar uma meia na porta não adianta; alguns idiotas acham engraçado pegá-las. Meu antigo colega de quarto tinha a bunda mais branca que você pode imaginar.

— Não precisa se preocupar sobre isso comigo — resmungo.

— Ah, é? — Ele ergue as sobrancelhas, zoando. — Sua bunda é bronzeada, hein?

— Sim, foi exatamente isso o que eu quis dizer. — Rio, mais da minha triste seca do que da conversa. — Mas, apenas me avise. Aí, eu vazo.

— Evan, cara, você precisa voltar pra pista. Isso aqui é a universidade. Você é jovem, selvagem e livre. Quer que eu te arranje alguém?

Vou me arrepender disso, sem dúvidas.

De qualquer forma, vou me jogar como um idiota solitário e cego.

— Para falar a verdade — sento-me para ele perceber que estou falando sério —, quero. Eu meio que já tinha decidido que começaria a namorar, então se você tiver alguém legal em mente, tô dentro.

— Bom garoto. — Ele estende o punho fechado para um soquinho. — Verei o que posso fazer.

— Beleza — murmuro, o cumprimentando de leve. — Faça isso.

Encontro #1 – Conspirador da noite de sexta: Zach.

Garota: Tiffany – loira, caloura, Pi alguma coisa, está na aula de anatomia de Zach.

Problemática: Masculinizada.

— Whitley? — sussurro, apesar de não saber o porquê. Tenho certeza de que a garota-macho não me seguiu para o banheiro masculino. Pensando bem...

— Evan? Onde você está? Mal consigo te ouvir — ela sussurra de volta, sem perceber que está me imitando.

— Escuta, mulher, preciso da sua ajuda.

— Você não estava em um encontro?

— É com isso que preciso da sua ajuda. O que você faz quando está em um encontro do qual quer muito ir embora... tipo, cinco minutos atrás?

— Peço para um amigo me ligar e fingir uma emergência. Mas isso é um truque de meninas, então ela vai perceber o que está fazendo.

— Certo, o que mais você tem?

— Hummm — ela pensa do outro lado da linha —, o que ganho com isso?

— Chantagem? — engasgo, chocado. — Whitley, estou estarrecido.

— Uso essa palavra, bem estranha para mim, para cortar o mal pela raiz; Whitley gosta de linguística.

Ela ri pelo celular, se divertindo até demais com essa situação.

— Você tem que me contar tudo. Combinado?

— Sim, mulher! Agora, me ajuda!

— Onde você está?

— *The Red Door.*

— Volte pra lá com ela e aja com naturalidade. Deus, você me deve uma.

— Volto para a mesa, nervoso e receoso com o que acabei de me meter.

— Desculpe por isso, tinha uma fila — murmuro para minha acompanhante.

Tinha uma fila? Sou péssimo em dar desculpas. Se eu conseguir não deixar "o plano" escapar antes de Whitley aparecer, será um verdadeiro milagre.

Sua mão masculina, ridiculamente grande e larga, chega cada vez mais perto da minha sobre a mesa, então coloco minhas mãos no colo. Não vejo um pomo-de-Adão, mas ainda estou procurando – deve estar lá em algum lugar. Então, de repente, os céus se abrem e os anjos começam a cantar.

— Evan Allen, como você pôde?

Splash! Água gelada na cara. Mas que merda?! Não sabia que precisávamos fazer uma cena, mas quem sou eu para reclamar? Pego o guardanapo e limpo meu rosto, erguendo a cabeça para ver Whitley na frente de nossa mesa, nos encarando.

— Quem é ela? — Aponta para minha acompanhante.

— Humm...

— Nem tente! — ela berra. — Você prometeu! Sem mais traições!

Cara, é melhor Bennett tomar cuidado, porque Whitley poderia facilmente ocupar seu lugar no clube de teatro. Olha essas enormes lágrimas de crocodilo. Nota mental: Whitley pode abrir a "torneira" em um piscar de olhos.

Ela arrasta uma cadeira e se senta, batendo as mãos na mesa.

— Por quê, querido? Por quê? Fizemos amor logo antes de você sair! Eu não sou o suficiente?

Todo mundo no restaurante está nos encarando agora, e minha acompanhante, bem, ela está... está indo embora! Mas não sem antes jogar seu copo d'água na minha cara também. Um pequeno preço a se pagar.

Termino de secar meu rosto, mais uma vez, e dou uma espiada por cima do guardanapo, com medo de que ainda não tenha acabado.

— Ela foi embora — Whitley diz, com a voz normal, e as lágrimas sumiram tão rápido quanto apareceram.

— Porra, Whit, isso foi demais — digo, surpreso, porém grato. — Mas obrigado.

— De nada. Agora, o que foi que ela pediu? Vou comer seu prato e você que vai pagar.

Encontro #2 – Próxima sexta à noite.
Conspiradora: Avery.
Garota: Rae.
Dados: Depois do meu primeiro encontro, Avery me garantiu que o nome "Rae" não significava que ela era, de jeito nenhum, agora, ou antes, um cara, e, sim, que era uma garota muito legal de um de seus grupos de estudo.
Problemática: Nem eu consigo acreditar.

Rae é bonita, com um amplo sorriso, e dentes brancos e retos. Suas mãos são perfeitamente proporcionais para seu corpo e gênero, o que também é muito atraente, mais do que nunca. Nos encontramos na biblioteca do *campus*, onde ela é assistente, e tivemos uma conversa leve e bacana de lá até minha caminhonete.

Na verdade, estou me divertindo bastante, e até começando a relaxar enquanto esperamos nossa comida. Sinto uma química instantânea? Não, mas ela é agradável, e talvez eu possa sair com ela de novo.

Quando nossos pratos chegam, pergunto se ela quer um pouco da minha lasanha, o que ela concorda, empolgada, e então me oferece um pouco de sua macarronada. Não damos a comida um na boca do outro, nem nada assim, só aproximamos nossos pratos, mas ainda é legal.

Ainda nem acredito que estou começando a sair em encontros. Tenho quase vinte anos e nunca fui a um? Bem, ela morava a três casas de distância...

foi exatamente desse jeito que aconteceu. Ela não gostava de ir ao cinema, nossa cidade não tinha uma pista de boliche e... não havia nenhuma outra garota em quilômetros que se comparasse a ela. Isso é loucura; sou adulto e preciso tirar da cabeça toda essa bobagem sentimental, então aproximo minha cadeira de Rae, me inclinando, sorrindo e rindo um pouco mais das coisas que ela fala.

E então... ela cobre a boca e derruba sua cadeira para trás quando se levanta e corre para o banheiro, mal conseguindo dizer: "já volto!".

Merda. Espero que o camarão não estivesse estragado. Será que eu vou lá e como? Vou ver como ela está? Realmente não faço ideia de qual seja a resposta certa, então fico sentado até a garçonete vir à nossa mesa.

— Minha acompanhante não está se sentindo bem. Você pode trazer a conta? — peço a ela.

— Com certeza. Espero que ela fique bem.

Ela está colocando na mesa a bandeja com o recibo quando Rae retorna e se senta, os olhos marejados e o rosto pálido.

— Você está bem? — Sei que ela não está, sinto um leve cheiro de vômito daqui, mas você deve perguntar, certo?

— Ah, vou ficar bem agora. Isso é a conta? Não precisamos ir embora. Não vou passar mal de novo por um tempo.

Ela sabe quando vai passar mal? Aposto que ela se força a fazer isso. Ah, e como eu queria que ela parasse de falar, porque seu hálito não está nada legal. Não vai rolar beijo de boa-noite.

A garçonete me encara, confusa, e se afasta, enquanto Rae volta a comer animadamente.

— Acha que foi a comida? Talvez você não devesse comer mais — aconselho.

— A comida está ótima — ela me garante. — Termine a sua. É só enjoo matinal, porém o meu vem à noite. Vai passar daqui a algumas semanas.

Como é que é?

Ah, caralho, você só pode estar brincando comigo. Esse tipo de merda acontece com caras como o do *"Gigolô por Acidente"* ou pessoas que caem naqueles programas de pegadinhas, não com idiotas da vida real como eu. Fico tentado a procurar por câmeras.

— Me desculpe, o quê? — engasgo, começando a suar.

— Não se preocupe — ela sorri e dá tapinhas na minha mão —, eu e o pai do bebê terminamos. — Ela revira os olhos. — Acabamos de vez.

147

— Você está grávida? — Sério, não sei se tusso ou rio.

— Sim, Avery não te contou?

Isso seria um belo não.

— Não, ela não mencionou.

— Huh, bem, eu estou, mas isso não vai me impedir de encontrar o Cara Certo.

Não, sério, caras das câmeras, vão em frente e apareçam. Agora.

Por favor.

Encontro #3 – Vai se ferrar, não vai rolar.

Não, de jeito nenhum. Mas eu gostaria de uma boa companhia de verdade.

> O q está fazendo?

> Pintando minhas unhas do pé. Você?

> Nada. Zach quer o quarto hj à noite e estou cansado de ir em encontros. Quer dar uma volta?

> Eu queria, mas tenho planos mais tarde. Fica pra próxima?

> Claro, te aviso depois. Se divirta.

> Vc tbm, boa noite.

> Boa noite.

O que ela vai fazer mais tarde? Ela tem um encontro? Não – isso não é da minha conta. Eu que falei que não iríamos por esse caminho. Somos apenas amigos. Ela me resgata de encontros ruins... está na hora de deitar na cama que eu mesmo fiz.

Ou na cama que minha mãe fez. Arrumo minhas coisas e estou na estrada em quinze minutos, indo passar o fim de semana em casa.

— Cacete, cara, pare de falar ou vou me mijar.

Parker está morrendo de rir das histórias dos meus encontros. Hayden está aconchegada ao seu lado, se esforçando muito para não rir com ele, e fracassando redondamente.

— Quem era a loira bonita que estava com você no funeral? Ela parecia legal, e sem um filho — diz ela, com o rosto sério, de alguma forma.

O diamante em seu dedo brilha enquanto ela passa a mão na coxa de Parker, sempre encostando nele de algum modo. Ele fez aquilo – pediu para ela se casar com ele, voltar para casa com ele, e ela aceitou. Hayden vai terminar a faculdade online, ajudando-o a administrar a fazenda, e logo tomando seu sobrenome. Adoraria repetir para eles irem com calma, que são jovens demais, mas que diabos eu sei? Acho que meu histórico radiante fala por si só – não sei de porra nenhuma.

— Aquela era a Whitley. Ela é uma boa amiga, uma garota meiga.

— Bem, ela é muito bonita, e foi legal da parte dela vir aqui para te apoiar. — Hayden sorri, seu olhar travesso.

— Sim, ela é linda, e incrível, e... — Calo a boca antes de falar demais, pegando o controle remoto para focar na televisão.

— Não é a Laney? — Parker pergunta.

— Nem é isso. Laney está feliz, e em alguns dias nem penso nisso. Dá pra acreditar? — pergunto a ele, meus olhos arregalados com minha própria surpresa. Nunca pensei que esse dia chegaria, mas há momentos em que não penso em Laney.

— Evan, você é tão bonito. Desculpe, querido — ela beija a bochecha de Parker e lhe dá um sorriso tímido —, mas você é. E gentil. Não entendo qual é o problema.

— Evan é um romântico — Parker zomba. — Sempre foi. Nada de pegar e largar para esse aí. — Aponta a garrafa para mim. — Ele tem um coração mole. Quer escutar música e ver estrelas quando ela chegar no lugar. Não é, Ev?

149

— Quer dizer, o que acontece com você quando chego em um lugar? — Hayden o encara, provocando-o, seus lábios cerrados, apenas o desafiando a negar.

— Exatamente isso — ele resmunga, se inclinando para os lábios dela.

— Vai à merda — murmuro, sabendo que ele está certo... e não mais prestando atenção em mim.

Hayden tenta tirá-lo de cima dela, recuperando o fôlego ao se virar para mim.

— Bem, o que você escuta quando Whitley chega em um lugar?

Rio sozinho só de imaginar.

— Na verdade, geralmente escuto música mesmo, porque ela costuma cantarolar para si mesma.

— Ahhh. — Hayden é obviamente uma romântica também.

Por mais divertido que isso seja, não sou idiota, sei como largar a batata quente e entregar para Parker.

— Então, Hayden, me fale do seu casamento.

O que achou dessa agora, Park? Posso só me sentar e balançar a cabeça, mas Parker terá que participar enquanto sua garota de olhar sonhador tagarela sem parar.

Evan ganhou!!!

Finalmente.

CAPÍTULO 19

TERCEIRA BASE

Evan

    Hoje é o primeiro jogo da conferência de softbol das Águias, que vai ser em casa. Amo assistir um jogo, mas, provavelmente, não teria ido; é meio estranho, apesar de o resto da "galera" pensar que estamos de boa... mas Laney providenciou que Whitley cantasse o Hino Nacional.
    O recente seja-lá-o-que-esteja-rolando entre Whitley e Laney me intriga; quem dera se fosse tão fácil assim para mim. Claro, sinto falta da Laney, e me importo com ela, e até consegui ficar perto dela de forma amigável algumas vezes, mas de vez em quando, ainda me parece um chute no saco. Talvez seja sempre assim. Mas o grupo todo está indo e Whitley me pediu para ir vê-la cantar, então eu vou.
    Ela canta lindamente, sua voz, melódica e envolvente, ecoa por todo o estádio. E devo dizer, apenas para mim mesmo, vê-la em pé lá, com um boné, a camisa do time, e shortinhos... caramba. Meu plano inteiro de "namorar qualquer uma, exceto ela" parece bem idiota agora.
    — Pssst, Evan! — Ouço à minha esquerda e noto Laney, nervosa, parada perto da grade. Ela balança a mão como se estivesse dizendo "depressa, vem cá", então desço da arquibancada e vou em sua direção. — Ele me colocou pra jogar na terceira base, Evan. Não jogo na terceira. Em que ele estava pensando? — ela pergunta, em pânico.
    Dou uma risada, sem nunca entender sua falta de fé em si mesma, ela é

uma jogadora incrível. Ela não tem tanto costume de jogar na terceira, mas pode fazer isso se não surtar.

— Laney, você pode jogar na terceira base de olhos fechados. Com o que está tão preocupada?

— Isso é um jogo da faculdade, Evan. Não sou rápida o bastante para a terceira. Por que ele não me colocou na primeira e a Cassidy na terceira? Meu Deus, Evan, vou fazer papel de idiota no primeiro jogo. — Ela apoia a cabeça na grade, em uma atitude derrotista precoce.

— Ei — cutuco sua testa através da cerca —, olha pra mim.

Ela lentamente ergue o rosto, seu olhar cheio de dúvidas.

— Para com isso. Você é uma ótima jogadora, Laney. Vai pra lá agora e faça acontecer. Tô falando sério.

Ela assente com firmeza, cerrando os dentes, e volta para o banco. Retorno para meu lugar na arquibancada, Sawyer à minha esquerda e Whitley agora à direita. Estamos todos meio grudados; Dane, Tate e Bennett estão logo atrás de nós, e Zach está do outro lado de Sawyer. Uma família grande e feliz.

— Se prepare, terceira!

Viro-me rapidamente – conheço essa voz. O pai de Laney está aqui em algum lugar. Olho em volta, mas não o vejo.

— Sobre o que foi aquilo? — A voz de Dane surge atrás de mim.

— Huh? — Viro, sem saber ao certo se ele está falando comigo... até parece, é claro que ele está falando comigo.

— Laney, do que ela precisava? E por que parecia que ela tinha visto um fantasma?

— Ah... — Dou de ombros. — Ela está preocupada sobre jogar na terceira base. Não é sua posição de costume.

— Humm... — É sua única resposta, então viro para frente de novo.

Laney não acertou uma bola sequer no primeiro tempo, mas ela fez uma bela eliminação de uma adversária da jogada, colocando as Águias para rebaterem. Ela é a quarta na escalação – técnico esperto. Arremessadora esperta também, fez seu dever de casa, porque ela faz o movimento e Laney erra, lançando a bola para fora no primeiro arremesso.

Sete lançamentos depois, e Laney ainda está lutando, rebatendo suas bolas como uma verdadeira campeã. As unhas de Whitley devem estar sangrando de tanto mordê-las e Bennett está chorando, claramente, sem estar acostumada a assistir softbol. Meu Deus, será uma longa temporada.

Cutuco a perna de Dane com o cotovelo e ele se inclina para mim.

— Grita pra ela parar de abaixar as mãos — digo a ele. — Rápido. — Ele não entende, então cutuco-o de novo. — Agora!

— Pare de abaixar as mãos! — Ele envolve a boca com as mãos curvadas e berra, e eu seguro uma risada. Ele não faz ideia do que acabou de falar ou o porquê.

Deveria tê-lo feito gritar alguma coisa estúpida e parecer um idiota.

Na verdade, não. Eu acho.

Há uma mudança no próximo arremesso, que cai baixo, e Laney está quase sem tempo. Esse taco, com certeza, atingiu sua vida útil quando o próximo vem diretamente para o meio, só um pouquinho baixo. Retiro o que disse antes. *Não é esperta, Arremessadora.*

— Essa vai — falo para o pessoal, quase inconscientemente.

Crack!

Nem me dou ao trabalho de ver. Levanto-me e comemoro, agarrando a camiseta de Whitley para que ela não caia da arquibancada enquanto pula. Sawyer leva dois dedos à boca, assoviando, e finalmente encontro Jeff no meio da multidão, um sorriso orgulhoso está tomando seu rosto. Laney acabou de fazer um *home run* duplo em sua primeira vez ao bastão na faculdade. Ninguém, nem mesmo Kaitlyn, pode tirar isso dela, e meu coração parece prestes a explodir de orgulho.

Laney acertou a bola por todo o campo. Eu não poderia estar mais feliz por ela.

— Obrigada, treinadores! — ela grita para mim e Dane, enquanto corre na nossa frente indo para a base.

Não me viro e olho para Dane, mas consigo ouvir, por entre o ruído da multidão, ele se inclinar e me agradecer.

— Isso foi tão divertido! — Whitley grita, me envolvendo em um abraço. — Espero que ela faça isso toda vez!

— Não sei, não. — Abraço-a de volta. — Acho que não seria tão especial se ela fizesse sempre, né?

Ela se afasta e franze o nariz.

— Não, seria demais todas as vezes.

— É, acho que seria — concordo, segurando sua mão para ela se sentar de novo ao meu lado. — Agora assista o resto do jogo, menina feliz.

Avery joga duas bolas para fora depois, então nosso grupo vai de barulhento e empolgado para taciturno em um segundo, mas todos nós rimos quando Zach se vira e estapeia a perna de Dane.

— Cadê todas as dicas pra minha garota, hein?

Está no final do quarto turno quando o tempo para.

Vejo o lançamento, e para onde está indo, meu corpo tensionando até ela jogar. Mas em vez disso, vejo-a pisar em falso. Ela estava nervosa de jogar na terceira base, surtando e interpretando mal o arremesso. O barulho terrível ecoa pelo estádio, e Laney cai como uma pedra, de cara no chão.

— Tempo! — o árbitro grita.

Disparo pela arquibancada, e chego até a grade, procurando, desesperado, por um jeito de passar quando sinto uma mão em meu ombro.

— Para trás, garoto, deixe eles verem como ela está. — Jeff. Tão calmo, tão contido. — Ela ficará bem, foi só uma pancada feia.

Então por que ela está com a cara na terra?

São seis horas, juro que são, até ela se levantar e seus treinadores a ajudarem a ir para o banco. Todos aplaudem e as jogadoras que estavam de joelhos se levantam, continuando o jogo. Jeff e eu ficamos perto da grade, ao lado do banco, esperando por respostas. Alguns minutos depois, ela vem na nossa direção e, finalmente, posso respirar ao ver seu rosto, enquanto caminha. Sei que ela vai ficar bem.

Dane está com um braço ao seu redor, guiando-a para nós enquanto ela segura um enorme saco de gelo, cobrindo um olho inteiro. Como diabos ele chegou até ela? Passou por nós?

— Oi — ela murmura —, é só um olho roxo. O nariz já parou de sangrar. — Ela abaixa o gelo para nos mostrar e assovio quando estremeço. A parte interna de seu olho já não é mais branca, mas vermelho vivo, como se cada veia tivesse estourado. Não parece nada bem, e estou meio enjoado só de pensar em quanta dor ela deve estar sentindo, mas seu pai estala a língua ao meu lado.

— Esse vai ficar bonito, Campeã. Consegue enxergar direitinho?

— Bem, já que a pálpebra está cobrindo o meu olho, está meio difícil. — Ela tenta sorrir. — Mas não afetou minha visão.

— Só confundiu o salto. Estava muito nervosa, né? — ele pergunta, com uma expressão de sabe tudo. Ele provavelmente vai dizer para ela esfregar uma lama e voltar para lá. — Vai ficar com medo de jogar a partir de agora?

— Não, senhor — responde ela, depressa, a voz firme.

— Boa garota. É provável que não aconteça nunca mais, então não precisa recuar. Aliás, foi uma bela pancada. — Ele dá tapinhas em seu ombro.

— Obrigada, papai. Você está orgulhoso?

— Muito orgulhoso, criança, muito orgulhoso. Quem é a garota mais forte e durona que conheço?

— Eu?

— Você. — Ele assente. — Vou embora, para chegar em casa antes da chuva, já que você não vai jogar mais essa noite. — Ele beija sua cabeça. — Te amo, menina. Me liga amanhã, me avise que está bem.

Dane observa a conversa toda, calado, com o rosto surpreso. Vejo como pode parecer que o pai dela tenha sido meio indiferente com a situação toda, mas ele é assim; sempre foi.

— Tem certeza de que está bem? — pergunto a ela, com as mãos enfiadas nos bolsos.

Nem sei por que razão ainda estou parado aqui; ela já tem quem cuide dela.

— Estou bem. — Ela sorri para mim. — Obrigada, Evan.

— Mas que porra? Ela está bem? — Sawyer diz, alto demais, quando volto para meu lugar.

Bennett e Whitley se aglomeram, os rostos ansiosos, querendo ouvir minha resposta. Até Zach parece enjoado; é – poderia facilmente ser sua garota.

— Ela está bem, andando e falando. Vai ficar com um puta olho roxo e uma provável dor de cabeça por alguns dias, mas ela está bem. Dane está lá com ela. Estou surpreso que deixaram ele chegar até o banco.

— Tá brincando? — Tate bufa. — Ele pulou aquela cerca e empurrou as pessoas que estavam na frente; ninguém consegue impedi-lo de fazer alguma coisa. Me admira que ele não tenha chamado um helicóptero no maldito estacionamento para levá-la ao médico agora.

Bennett faz uma careta e lhe dá um tapa brincalhão.

— Para! Eu achei fofo.

— Eles estão bem ali. — Zach aponta, e todos nós nos viramos para ver Dane e Laney atravessando o estacionamento. — Aonde eles vão?

— Tô te falando, ele vai levá-la pro médico — Tate repete.

— Ele não pode, o treinador precisa ver se ela teve uma concussão primeiro. Ele não pode simplesmente se intrometer e fazer isso — discuto.

— Quer apostar? — Tate me desafia.

Ah, por favor. O Sr. Rico e Fabuloso pode ser capaz de fazer um monte de coisas, mas ele não pode passar por cima das regras esportivas das universidades.

— Parece que o time de softbol vai ganhar alguns equipamentos novos. — Sawyer dá uma risadinha. — E uns estofados para essa arquibancada de merda, espero.

De jeito nenhum acredito que os técnicos da faculdade e Dane fizeram um "acordo do banco". Isso é ridículo. Por outro lado, ele acabou de colocá-la em seu carro; isso não posso negar.

Tanto faz. Estou cansado de pensar nisso. Pelo menos ela está sendo cuidada.

CAPÍTULO 20

A ESCOLHIDA

Evan

    Há vários tipos diferentes de solteirice. Por exemplo, algumas pessoas são do tipo "Deveriam Ser Solteiras", porque, bem, ninguém com bom senso iria namorá-las. Não até elas se organizarem, de qualquer forma. Ótimos casos dessa categoria são Kaitlyn Michaels e Matt Davis. Na verdade, esses dois deveriam desistir agora e se juntar para fazer bebês maléficos.

    Sawyer é o que eu chamaria de "Mostre Sua Solteirice". Ele é dono dessa porra toda e está feliz assim. Ele preferiria pegar e largar, e gastar o tempo restante com seus amigos. Ele é direto em relação a isso e nunca dá falsas esperanças à mulher... satisfaz seu desejo, e depois foca em coisas mais importantes para ele.

    E aí existe eu. Fico no tipo de solteiro "Pare de Sentir Pena de Si Mesmo e Comece a Agir". Pois é, nenhum nome atraente para mim. Sou tão patético quanto o rótulo.

    Por estar deitado na minha cama, solitário e encarando o teto, analisando as categorias de solteirice, sei que está na hora de tentar de novo.

Encontro #3.5

Conspirador – Eu, eu mesmo, apenas eu.

Garota – Amy.

Dados – morena, pode ser encontrada em um bar.

Problemática – nenhuma até agora.

Sim, fui ao bar e encontrei Amy, a garota que Sawyer jogou em meu colo na primeira noite que saí com ele. Por mais horrível que esse lance de ir a encontros tenha sido por enquanto, tenho que me enturmar. Preciso de mais amigos, de preferência, alguns que façam outras coisas além de sair com Dane e Laney. Também preciso de companhia feminina, diferente da que jurei para mim mesmo ficar longe por razões que me recuso a repassar em minha cabeça, mais uma vez. Queria que tivesse começado a temporada para que eu pudesse fazer amizade com alguns caras do time além de Zach. Mas com a agenda aberta e apenas alguns treinos agora, é só um "e aí' ou "como vai" quando eu e meus colegas nos esbarramos.

O que me leva de volta à minha presente saída com Amy. Ela gosta de agradar. Tudo o que eu digo, ela concorda, ou já fez, ou conhece alguém que já fez. A quem ela quer enganar? Sei muito bem que não sou tão engraçado, mas, ainda assim, ela gargalha a cada duas frases minhas.

Ela escolheu o *drive-in* quando perguntei aonde ela queria ir depois do jantar. Está passando *Grease*. Maldito *Grease*. Esse filme é mais velho do que eu, e é isso que estão passando? Não consigo evitar e penso em Whitley – ela ficaria louca com a merda de um musical no *drive-in*. O que há com as garotas que conheço e filmes com músicas? Sabe quantas canções têm nos filmes da Disney? E nem vamos falar do pesadelo de Moulin qualquer coisa. E ainda assim, aqui estou eu, assistindo uma garota de cabelo rosa pensando em abandonar a escola e anjos com bobes flutuando ao seu redor.

Transformei um cara legal em um fracote. Meu pau me odeia – foi o que ele disse – e estou disposto a usar absorventes e sutiãs esportivos. Foda-se; coloco minha mão na coxa exposta de Amy, puxando-a um pouco mais perto.

— Você está terrivelmente distante — digo, em voz baixa.

Ela se mexe ao meu lado, sua coxa agora encostando na minha, e deita sua cabeça em meu ombro. Seu cabelo castanho toca em minha bochecha e tem cheiro de... cigarro. Okay, continuando. Seu braço envolve minha cintura, passando um dedo por baixo da minha camiseta, me provocando através do cós do meu jeans. Aperto mais sua coxa, a pressão em minha virilha ficando cada vez mais desconfortável.

— O que você quer? — Ela aproxima sua boca do meu ouvido e ofega.

— Que tal um beijo?

— Mmmm... — Ela pula para meu colo como uma ninja, colocando seus joelhos de cada lado do meu quadril, e se inclina para minha boca.

Ela tem gosto de cigarro também, e canela. Odeio ambos, mas sigo em frente, devolvendo a provocação de sua língua com a minha. Agarro seus quadris agora, tentando desacelerar suas reboladas só um pouco; as janelas não têm películas. Ela entrelaça sua mão à minha, levando-as para debaixo de sua blusa, fazendo minha mão apertar um de seus seios – falso. Sinto seu mamilo intumescer e ela geme em minha boca, fazendo algo dentro de mim queimar, mas apenas fisicamente.

Eu não deveria estar pensando nos carros à nossa volta. Com certeza, não deveria estar pensando que *"You're The One That I Want"* é a música mais irritante do mundo. E em hipótese nenhuma, deveria me afastar e tirá-la do meu colo. Que é exatamente o que faço.

— É melhor irmos embora — digo, ligando a caminhonete. — Não quero uma plateia.

— Você não é tímido, é? — Ela volta para o banco, sua mão perambulando e dificultando minha tarefa de dirigir. — Não deveria ser. — Ela aperta meu pau. — Para mim, parece algo do que se orgulhar bastante.

Quase não consigo conter um agradecimento, mas prefiro dizer:
— Você acha, é?

— Uh huh. — Ela aproxima seu rosto de mim, lambendo minha garganta e mordiscando minha orelha. — Com certeza. Quero ver se tenho razão.

O barulho do botão sendo aberto e do zíper sendo abaixado ressoam no carro como se estivessem no alto-falante. Minha respiração pesada faz meu peito subir e descer depressa, e estou latejando, tão excitado que a única coisa que consigo fazer é manter a caminhonete na pista. Talvez Sawyer estivesse certo. Talvez fosse isso que eu deveria estar fazendo.

Não tenho dúvidas de que Amy sabe exatamente o que está fazendo, e poderia me fazer sentir muito bem, mas seja como for, eu sou quem sou.

Saio da rua e entro em um estacionamento vazio que localizo, parando o carro em uma vaga.

— Amy — seguro sua mão e a afasto, trazendo-a para meus lábios e beijando seus dedos suavemente —, que tal um segundo encontro?

— Q-quê?

Colocando sua mão de volta em sua perna, deixo lá e solto, fechando minha calça.

— Vamos sair de novo, nos conhecer. Parece bom? — pergunto, com um sorriso acalentador.

Seu olhar se fixa ao meu, e seu sorriso ilumina o carro escuro.

159

— Isso seria ótimo.
— Okay, então, próxima sexta à noite?
— Perfeito.

Nós criamos um grupo para enviar mensagens, e cara, eles me incluíram. E Whitley. Comecei a cantar a música de *A Família Brady* antes que pudesse evitar. Porém, eu deveria cantarolar o tema de *Arquivo X*, porque está tudo bom demais para ser verdade, certo?

Laney envia, então, uma mensagem para o grupo:

> Galera vai ao The K hj à noite, às 8. Vejo todo mundo lá!

Meu celular toca sem parar na mesma hora com as perguntas e respostas do pessoal. Como diabos você sai de um grupo?

Sawyer responde:

> Evan, quer vir de carona comigo?

Eu, simplesmente, digito de volta:

> Não vou. Tenho um encontro.

Sawyer, sem noção, continua com a investigação:

> Com quem? Alguém que eu conheço?

Zach decide entrar na conversa:

> Eu diria q tem grandes chances, a não ser que ele tenha ido a umas 4 cidades de distância.

Sawyer não se faz de rogado e responde na lata:

> Vai se foder, seria pelos menos umas 6 cidades e vc sabe disso.

Laney prossegue a conversa.

> TMI Sawyer, eca.

Bennett se junta ao conluio:

> RT Laney

É óbvio, que Sawyer tinha que perguntar:

> Q porra significa TMI e RT? E vai no encontro com QUEM, Evan?

Decidido a esclarecer suas dúvidas, eu digito:

> Too Much Information ou Informação Demais, e Retweet, Retweetar (mesmo que não estejamos no Twitter) e não é da sua conta. Como me livro dessas mensagens? Meu celular parece o Código Morse disparando.

Whitley entra na conversa e manda:

> Por que está de mau humor?

Sawyer não deixa quieto:

> RT Whitley.

Loucos… todos eles. Desligo meu celular e saio para buscar Amy. Ela está ótima em seu jeans escuro e apertado, uma camisa preta perfeitamente ajustada em seu corpo e saltos vermelhos. Seu cabelo longo e castanho está solto e ondulado. Amy é muito gostosa, e tenho certeza de que ainda seria, sem tanta maquiagem. Seus cílios são tão pretos e grudados que meio que parecem aranhas vindo na minha direção. Mas tirando isso, nada mal.

Esta noite, comemos em uma pizzaria que Amy sugeriu e dividimos uma pizza, só que ela tira toda a carne.

— Por que você concordou em comer esse sabor? — pergunto, rindo. — Poderíamos ter pedido outra coisa, ou meia de cada uma.

— Não tem problema — ela diz, alegre.

Tem problema, sim. Você não tem que sair dando no primeiro encontro, e não precisa fingir gostar de algo que não gosta no segundo. Whitley remexe em sua comida o tempo todo, mas pelo menos, ela não disfarça. Ela não faz um pedido para me agradar e depois vai tirando as coisas, geralmente ela faz isso com o que ela própria escolheu. Mas estou divagando...

— Amy — seguro sua mão e circulo sua palma com meu polegar —, apenas seja você mesma, okay? É *ela* a quem quero conhecer.

— Sério? — Sua voz é cheia de esperança; ela quer acreditar que estou falando sério. Bem, então não sou o único que acha que ir a encontros é uma bagunça enorme e assustadora, onde ninguém sabe de fato o que está fazendo.

— É claro. — Dou uma piscadinha para ela. — Então, o que você realmente quer fazer depois daqui?

— Bem... — Ela morde seu lábio, nervosa. — Tem uma coisa que eu curto muito, se você quiser tentar.

No espírito de encorajá-la a ser ela mesma, como acabei de discursar, concordo, mesmo que cada instinto em meu corpo aposte a pizza inteira que eu não deveria ter feito isso.

O apartamento de Amy é... interessante. Fico muito feliz em dizer que não sou alérgico a gatos, já que contei cinco de onde estou parado, e estou orando a Deus para que os olhos brilhantes embaixo da televisão sejam do sexto. De repente, até gosto do cheiro de cigarro, vendo que seu odor é uma grata camuflagem do fedor de xixi de gato.

— Fique à vontade — ela murmura, o que deve ser uma piada. — Vou pegar minhas coisas.

De jeito nenhum vou ficar à vontade até chegar em casa, mas tento me locomover para o sofá, no escuro. Amy é, claramente, fã de lâmpadas vermelhas em vez de, você sabe, as normais, e não consigo enxergar merda nenhuma. Que tolice a minha, sair sem meus óculos de visão noturna, e tal.

— Está pronto? — Ela se senta ao meu lado, com uma sacola preta em seu colo.

— Para...? — Minha voz estremece, com razão.

— Bem... — Ela começa a tirar coisas da sacola, organizando na mesinha de centro à nossa frente. — É disso que gosto muito. Então, primeiro — ela se vira para me encarar —, me mostre a palma da sua mão.

Deixo-a pegar minha mão e ela começa a analisar, traçando linhas com o dedo. Como ela consegue ver alguma coisa, não faço ideia. Quero dizer, literalmente, não só o abracadabra.

— Hummm, muito interessante. Certo, preciso de mais. Aqui — ela me entrega um baralho de cartas enormes —, embaralhe-as três vezes, depois corte duas vezes com sua mão esquerda.

Por diversão, embaralho e corto as cartas como ela mandou, depois a observo enquanto começa a virar e as dispor na mesa, como um grande quadrado.

— Oohhh... — murmura, cobrindo a boca com a mão.

— O quê?

Ela olha para mim, cheia de preocupação em seus olhos de aranha, depois aponta para as cartas. A que está no meio tem um cara que parece um ceifador, a que está no canto... acho que é a cabeça de um homem em um corpo de cavalo. Nenhuma delas parece ser boa; Devo estar condenado.

— Evan, qual é o seu zodíaco?

— Nesse momento, não me lembro dos cavaleiros, faz muito tempo que não assisto. — Não estou brincando.

— Não — resmunga. — Estou falando do seu signo astrológico. Tipo Peixes, Áries.

— Ah, acho que é Virgem.

— Uh huh, bem como imaginei. Evan — ela bufa, relaxando os ombros —, não podemos mais nos ver, sinto muito.

Bem, é claro que não podemos. Faz todo o sentido. E, sinceramente, no ritmo em que as coisas estão indo, eu deveria esperar a chegada de um homem-cavalo assustador e do beijo da morte, sério.

Eu praticamente paro de prestar atenção depois disso. Talvez ela tenha dito algo sobre minha casa, a qual não tenho, ou a lua dela, ou colheita infértil... nem sei direito, mas vou me recuperar.

— Deve ser isso mesmo. Te vejo por aí. — Eu me levanto e tento chegar até a porta, me certificando de não tatear nada, porque para isso eu teria que encostar nas coisas.

— Evan, espera!

Eu me viro, esperando que ela acenda a porra das luzes, limpe as caixas de areia, e me diga que ela está brincando, mas em vez disso, ela borrifa em um círculo algum pó branco e me deseja sorte com a "minha escolhida".

Escolhida por quem?

Não, não vou perguntar... *continue andando, Evan.*

CAPÍTULO 21

LOUCURA

Evan

— Cara, desista, você nunca vai ser tão grande quanto eu. — Sawyer dá um sorrisinho e beija seu bíceps.

— Tenho certeza de que só o time de futebol pode entrar aqui. — Abaixo os pesos e sigo até o aparelho de pernas. Ele tem razão, meus braços nunca serão tão grandes quanto os dele, mesmo que eu tenha malhado sem parar esses dias, mas sei que o venço na força das pernas, então vou malhar isso enquanto ele está aqui; é meio que uma questão de ego.

— Ninguém mais vai vir para cá às dez horas, em uma sexta-feira, Evan. Eles têm vida. Tenho certeza de que estou a salvo.

— Eu tenho uma vida.

— Não, cara, não tem. Seu primeiro ano na faculdade vai terminar antes que perceba e o que você pode mostrar sobre ele?

— Uma média 9?

Ele assovia.

— E o que mais?

— Uma camisa do time de futebol.

— Você sabe o que eu quis dizer. Você não sai, não passa tempo com a galera, e até parou de ir aos jogos de softbol. Você não namora, ninguém nunca te vê. O que tá rolando?

— Nada. — Finalizo as vinte e cinco repetições antes de prosseguir, tentando reprimir um pouco da raiva que suas palavras acusatórias estão criando em mim. — Eu vou pra casa nos fins de semana para ajudar Parker, tenho aulas durante a semana, coisas do futebol; apenas tenho estado ocupado.

— Então, que tal amanhã à noite? Consegui um encontro duplo pra gente.
— Não.
— Calma, me escuta.
— Não.
— Qual é, você vai se divertir, eu juro!
— Sawyer. — Eu me levanto e seco o rosto com uma toalha. — Já decidi que não existem garotas normais nesse *campus*. Nem imagino qual seria o problema da próxima. Tive minha sorte lida pelo guardião da cripta, alimentei o bebê de outro homem e tenho quase certeza de que saí com um cara! Eu disse, não!

— Desculpe. — Ele cobre o rosto e se vira, tentando segurar a risada.
— Já acabou?
— Foi mal. — Ele se volta para mim, controlado agora. — Mais uma tentativa, vamos lá. Você deixou Zach e Avery te arranjarem alguém, me dê uma chance. Escuta, se houver uma coisa muito errada com essa garota, eu deixo você me dar uma surra.

— Você já encontrou a garota?
Ele assente.
— Várias vezes.
Entrecerro meu olhar, suspeito.
— Já dormiu com ela?
— Nem cheguei perto.
— Você sabe de algo que não está me contando? Tipo, ela é transsexual, está grávida, gosta de vudu, bebe sangue, é casada, tem três mamilos ou alguma outra coisa que possa indicá-la como peculiar?

— Nada disso. — Ele segura a lateral de seu corpo quando não consegue mais manter o rosto sério. — Mas sério, é totalmente normal. E gostosa.

— Você me ganhou no normal. Mas não estou brincando, Sawyer, uma coisa estranha e vou me levantar e ir embora, depois vou aceitar sua sugestão de te dar uma surra.

— Combinado. — Ele estende a mão para um cumprimento. — No Allister, às sete, pode ser?

— Eu não vou buscá-la?
— Não, elas vão nos encontrar lá.

Encontro #4

Conspirador – Sawyer.

Garota – Jenee.

Dados – Sawyer e detalhes? Tudo o que ele pode confirmar é que "ela é normal" e ele não dormiu com ela.

Problemática – Nada vai me perturbar.

— Por que você continua checando a hora no celular? Sawyer, eu juro por Deus, se elas são garotas de...

— Relaxa, cara, não preciso pagar por prostitutas. Nem você, idiota.

— Então elas são prostitutas?

Acho que minha paranoia é totalmente plausível, parando para pensar.

— Não, e cala a boca, a minha acabou de entrar. — Ele se levanta e arrasta sua cadeira para trás, caminhando até uma loira oxigenada escultural e a cumprimenta. Tudo nela e sua calça de estampa de onça grita "Sawyer". Ele puxa sua cadeira, e então algo chama sua atenção rapidamente antes de me encarar e sorrir. — De nada. Vire-se.

Apreensivo, lentamente me levanto e viro, pronto para cumprimentar minha próxima trágica acompanhante e seguro minha cadeira para me equilibrar. Meu par é uma garota linda – cabelo longo castanho-escuro, olhos de gato, e uma roupa *sexy*, mas discreta.

— Oi, eu sou Evan. — Estendo a mão.

— Jenee — ela diz, simplesmente. Ela não dá uma risadinha, ou fala com um tom de convite, e seu aperto de mão é firme apenas o bastante para eu saber que ela está lá.

Puxo sua cadeira e digo, sem jeito:

— Você conhece Sawyer. — Porque não sei se ele me disse o nome de sua acompanhante ou não e, com certeza, não quero arriscar um palpite.

— E aí, J, essa é a Hailey — Sawyer apresenta seu par, que ou precisa espirrar ou não devolve o cumprimento de Jenee muito amigavelmente, mas quando não vem nenhum espirro, acho que talvez ela não goste que Sawyer conheça Jenee. *Divirta-se com essa aí, amigão!*

Nos acomodamos, apenas conversando amenidades, enquanto mexo nervosamente nos talheres, sorrindo para Jenee de vez em quando, e, de repente, a boa e velha Hailey vai e quebra o gelo ao se jogar no colo de Sawyer. Esse restaurante parece agradável demais para sentar em colos; quero dizer, eles fornecem encostos, cadeiras acolchoadas, o bastante para cada um ter a sua, mas ela não parece se importar. Ela parece pensar que Sawyer precisa que alguém verifique suas amídalas, e é o que ela está fazendo nesse exato momento, um trabalho muito bom em... você sabe, em um restaurante.

— Então... — Pigarreio alto, tentando ignorar o show na minha frente. — Jenee, você estuda na Southern?

— Estudo. — Ela tenta sorrir, seu olhar passando de mim para eles, espontaneamente.

Eu entendo, de verdade. É como uma batida de carro; você não gosta de olhar, sabe que provavelmente verá algo grotesco, mas ainda assim... seu olhar é atraído como insetos à luz.

— Você estuda lá, certo? — ela pergunta.

— Sim, me transferi esse semestre da UGA.

— Soube disso também. E você joga futebol?

Assinto, tomando um gole da minha água quando nossa garçonete se aproxima.

— S-senhor — ela gagueja, mas uma rápida olhada comprova que ela não está falando comigo. — Senhor — ela insiste, mais alto desta vez, tocando no ombro de Sawyer.

Jenee e eu estamos sentados em silêncio, assistindo a cena deselegante--mas-hilária se desenrolar. Mais um toque no ombro e Sawyer, finalmente, se liberta, vendo a garçonete.

— Oh, oi. — Ele lhe dá seu melhor sorriso. — Sente-se no seu lugar, querida — ele incentiva Hailey, colocando-a em sua própria cadeira.

— O que vocês vão querer? — ele nos pergunta, tão normal quanto possível.

— Vou querer uma taça do vinho tinto da casa, por favor — Jenee diz à garçonete, educadamente.

Espero Hailey pedir sua bebida, mas ela está ocupada em repassar seu gloss que ficou na cara de Sawyer, com um espelho, então vou em frente.

— Vou querer só uma Coca, por favor.

Assim que ela anota os outros pedidos de bebidas, uma cerveja e um Esquilo Rosa, nossa garçonete se retira.

Hailey está agora arrumada o bastante e pronta para participar da conversa.

— Então, Jenny, como você conhece Sawyer?

Lá vamos nós.

— É Jenee, e do trabalho. E você?

— Eu o quê? — Hailey masca seu chiclete, alto.

Estou chocado que ela veio com um chiclete.

— De onde conhece Sawyer? — A voz de Jenee é educada, mas grita "aguente".

— Daqui e ali. — Ela dá uma risadinha, se inclinando para colocar seu rosto no pescoço dele, uma mão desaparecendo por baixo da toalha da mesa.

Graças a Deus, nossas bebidas chegaram e as colocamos na mesa enquanto Sawyer ataca a cesta de pão que acabou de ser entregue. Jenee afasta sua cadeira para trás, pedindo licença para ir ao banheiro, então me levanto para ajudá-la. Quando faço isso, eu a vejo.

Do outro lado do restaurante, parecendo uma miragem com uma blusa rosa (é claro), seu cabelo solto em volta de seus ombros, está Whitley. Sentado à sua frente, parecendo um mafioso, está um engomadinho em um terno. Um terno.

— Já volto — Jenee diz, chamando minha atenção de volta para ela.

— C-certo, tudo bem — gaguejo, perdido em meus pensamentos.

Quando Jenee desaparece no corredor, encaro Sawyer.

— Ei, vi Whitley bem ali. Vou dizer um oi rapidinho.

Saio antes que ele fale alguma merda sobre isso, o que ele, com certeza, faria. Ela ergue a cabeça quando me aproximo, rapidamente, mudando sua expressão chocada para um sorriso.

— Evan, oi, o que está fazendo aqui?

— O mesmo que você. — Dou de ombros. — Comendo. Te vi aqui, e pensei em vir dizer oi.

— Fico feliz que veio. Evan, este é Thad Conner. Thad, Evan Allen — ela nos apresenta.

Thad? Isso nem é um nome de verdade.

Ele se levanta, colocando o guardanapo que estava em seu colo – *preciso dizer mais alguma coisa* –, em cima da mesa. Ele estende a mão, dizendo:

— Thad Conner.

Ela acabou de me falar isso, idiota, eu sei seu nome.

— Evan Allen, ainda. — Ergo uma sobrancelha e aperto forte sua mão. — Bem — concentro-me em Whitley —, é melhor eu deixar vocês voltarem para seu encontro. Te vejo depois, Whit.

Ela começa a dizer algo, mas me afasto, nada feliz, e sem ter certeza se isso ficaria óbvio na minha cara caso ficasse mais tempo. Aqui estou eu, em um encontro bastante razoável, bravo por que Whitley esteja em um também? Nada como se jogar de escanteio... forçar a si mesmo a sair com todas, exceto com a garota que você não gosta que saia com qualquer outro a não ser você. Toda aquela coisa de "não se pode ter tudo" vem à minha mente, e não sei porquê, mas penso na torta de morango que Whitley fez para mim. Para *mim*, não para ele.

Não está ajudando.

Jenee já retornou ao seu lugar quando volto para nossa mesa, então peço desculpas, explicando que vi uma amiga e quis cumprimentá-la rapidamente. Não digo que a amiga é uma baixinha loira que cantarola e cata minhocas, e faz bolo para mim, e que precisa de um homem de verdade que não usa a porra de uma gravata para conquistá-la... não, digo, apenas amiga. Ela aceita facilmente a justificativa, sem se incomodar, para meu alívio.

Por menos de três segundos. Até Sawyer abrir a boca, com um sorrisinho escroto.

— Whitley está aqui com quem?

— Com o encontro dela — digo, entredentes, dando um sorriso de desculpas para Jenee, pronto para matar Sawyer por ser a porra do cara mais desbocado da Geórgia. Pego um pão, surpreso que tenha sobrado um com o glutão sentado à minha frente e tal, e começo a passar manteiga, aceitando me concentrar em qualquer outra coisa.

Uma música alta começa a tocar do nada, uma que nunca ouvi antes, felizmente, porque é horrível, e Jenee rapidamente começa a procurar seu celular na bolsa.

— Desculpe, preciso atender — ela mal consegue terminar a frase antes de sair de novo.

Ofendido? Nem um pouco... isso parece uma bela oportunidade para mim. Pego meu celular, fazendo a primeira tentativa.

> Precisa que eu te resgate? Te devo uma.

Anda, garota, responde logo, o tempo está passando.

> Não, estou bem. Você está em um encontro? Me mandar mensagem na frente dela não é legal.

> Ela foi atender uma ligação.

Merda. Viu o que ela fez? Conseguiu que eu admitisse estar em um encontro. Mulher traiçoeira.

> Thad não é um nome de verdade. Eu pesquisei.

> Para.

> Sabe o que precisa parar? As orelhas dele de crescerem.

Grandes DEMAIS para sua cabecinha.

Ouço a risada dela do outro lado do restaurante, um som reparador e adorável. Tirando todo o barulho, o tilintar de pratos, e tudo o mais, escuto sua risada.

> Engraçado E verdade.

> Talvez um pouco.

— Ela está vindo, cara, guarda isso. Colabora comigo, porra — Sawyer adverte, com a voz baixa.

Coloco meu celular no bolso e me levanto enquanto Jenee se aproxima. Arrasto sua cadeira para ela, me inclinando para trás para dar uma espiada em Whitley, que está com o polegar levantado. Começo a rir; Whitley está sendo gentil, aprovando Jenee quando é ela que é, claramente, a garota mais radiante nesse lugar.

— Está tudo bem? — pergunto, enquanto a puxo para a mesa.

— Ah, sim, tudo bem. Minha colega de quarto teve uma noite ruim, precisava desabafar um pouco. Desculpe por isso.

— Sem problemas, é bom que ela tenha você.

E mandei mensagens para a garota adorável que está do outro lado do ambiente o tempo todo em que você esteve fora.

— Graças a Deus! Meu estômago estava fagocitando. — O comunicado barulhento de Sawyer o faz receber um revirar de olhos da garçonete enquanto ela serve nosso jantar.

171

Jenee e eu mal conversamos durante a refeição, mas do outro lado da balança... Hailey está colocando comida na boca de Sawyer com seu garfo e o limpa a cada mordida. Ah, não vamos esquecer do beijo depois de cada vez que passa o guardanapo. É tão enjoativo que mal consigo engolir a comida e Jenee estão tão inquieta, que ou está desconfortável, ou tem vermes.

— Sawyer! — finalmente, rosno. — Chega! Você sabe usar um garfo, já te vi usando um antes.

— Seu babaca nervosinho, você precisa transar — ele debocha de mim com uma piscadinha cínica. — Você ouviu o cara, docinho, coma seu próprio jantar e eu vou comer o meu — ele se dirige à sua atenciosa acompanhante.

— Obrigada — Jenee sussurra.

Hailey se reveza entre fazer um bico e me encarar, e Sawyer segura um sorrisinho vendo meu claro desconforto em relação ao escrutínio dela. Ele e eu logo teremos uma conversinha sobre a diferença entre um pouco de demonstração pública de afetos e pornôs.

— Pensei em vir aqui e desejar uma boa-noite — a voz de Whitley ressoa ao meu lado e ergo o rosto para ver seus olhos azuis fixos em Jenee.

— Oi, Whit. — Sawyer se levanta e a abraça, encarando Thad. — Sawyer Beckett, e você é?

— Th-Thad Conner. — Vejo daqui a mão dele tremer quando ele a estende.

Sawyer lhe dá um forte, e tenho certeza, doloroso, aperto de mão, e então apresenta os dois para nossas acompanhantes. Não falo nada, porque já fui muito simpático com o engomadinho; meu olhar irritado só se desvia dele para retornar à Whitley, o dela ainda fixo na minha acompanhante.

— Vocês querem se juntar a nós? — Jenee pergunta, educada, quase tão elegante quanto Whitley seria.

— Obrigado, mas receio que não podemos. Tenho que pegar um avião — Thad ajusta sua gravata enquanto comenta.

— Isso mesmo, bem, vamos então. Tchau, Ev, Sawyer. Foi um prazer conhecer vocês duas. — Whitley acena e se vira para sair com ele.

— Tchau, Whit — respondo, minha irritação óbvia.

Minha cabeça se vira automaticamente e a observo ir embora, a saia cinza se mexendo com o balanço de seus quadris, até ela estar completamente fora de vista. Pegar um avião? Ele é algum segredinho de fora da cidade? Alguém que ela namorou quando estava em casa? Por quanto tempo ele ficou aqui? Era com ele o que ela tinha marcado quando não pôde sair comigo no outro dia?

Aí está... a familiar dor em meu peito que me diz que estraguei tudo – de novo. Se existisse um cara melhor com a completa falta de *timing* e destreza para tomar uma atitude no momento exato em que ela precisa que você o faça, eu adoraria encontrá-lo e ficaria feliz em lhe entregar o título que carrego em meu pescoço como uma forca.

Porra.

— Evan. — Volto minha cabeça para Jenee, que coloca a mão em meu braço e diz: — Por que não é ela com quem você está aqui hoje à noite?

Tem uma resposta certa para essa pergunta? Isso parece suspeito, como uma pergunta capciosa que provavelmente vai ser outro balde de água fria na minha cara. Estou sendo enrolado pela ardilosa mente feminina, que me implora para eu mesmo ganhar um tapa ou copo d'água na cara.

Mas não, enquanto procuro em seu rosto um revirar de olhos, ou narinas infladas... sinto apenas empatia na voz suave de Jenee e em seu toque gentil no meu braço.

Mesmo assim, preciso seguir os instintos.

— Ela é apenas uma amiga. Estou me divertindo muito com você.

Não é completamente mentira. Do jeito que meus encontros foram ultimamente, essa garota ganha de olhos fechados.

— Boa resposta — Sawyer diz, fingindo uma tosse.

Jenee o encara, avisando-o para dar o fora, depois vira seus calorosos e compreensíveis olhos castanhos para mim.

— Está pronto para sair daqui?

— Sem dúvida. — Eu me levanto, ajudando-a com sua cadeira antes de pegar minha carteira. — Você vai esperar e pagar, Saw? — pergunto, enquanto coloco dinheiro na mesa.

— Pode deixar. Vocês se divirtam agora, crianças. — Ele nos lança um sorrisinho forçado de merda.

— Foi um prazer conhecê-la, Hailey — digo, tão sincero quanto possível.

A verdade é, ela não fez quase nada essa noite além do exibicionismo.

— Tchau. — Ela dá uma risadinha antes de se jogar no pescoço de Sawyer. Nossa ida é, claramente, o sinal verde para voltar à festa.

Guio Jenee com uma mão em suas costas, e uma vez que estamos do lado de fora, percebemos que viemos em carros separados.

— Você queria fazer alguma outra coisa, ou...

173

— Evan — ela leva uma mão à minha bochecha —, vamos só nos divertir, humm? Que tal uma bebida, dançar um pouco?

— Claro, está pensando em ir aonde?

Conheço exatamente dois bares, e já que minha identidade é bem autêntica, quão constrangedor seria ser barrado na frente dela?

Opção segura, então.

— Sabe de uma coisa? Conheço o lugar perfeito. Vamos na minha caminhonete. — Com isso, dou-lhe um empurrãozinho e nos levo até onde estacionei, ajudando-a a subir. Sua saia fica justa enquanto sobe, me dando uma visão fantástica; aprecio sua genética.

Uma vez sentada, cruza suas longas pernas sobre os calcanhares.

— Obrigada — ela diz, suavemente, arrumando a saia.

— É claro — respondo, fechando a porta e indo rapidamente para meu banco. — Conhece o *The K*? — pergunto, já dentro da caminhonete.

— Sim. — Ela dá uma risadinha.

— Ah, okay. Lá está bom, então?

— Excelente.

Acho que estou deixando algo escapar. Não sou de falar muito, então a viagem poderia ser em silêncio e eu não iria me incomodar nem um pouco, mas Jenee pensa diferente.

— Você vai ao *The K* com frequência, Evan?

— Não diria com frequência, mas quando saio, geralmente vou pra lá.

— Então você não sai muito?

— Na verdade, não. Gosto de uma cerveja gelada tanto quanto qualquer cara, mas não sou muito fã de baladas. E você?

— Eu amo sair, principalmente para dançar. É isso que quero fazer um dia, dançar profissionalmente, em uma cidade grande. — Ela ergue a voz, como se estivesse sonhando com isso enquanto fala. — Sou gerente de uma academia no momento, mas é só para pagar as contas.

Bom para ela. Todo mundo precisa de um sonho, mas se não soubesse antes, agora está resolvido; Jenee e eu seremos sempre apenas amigos. Você nunca vai me ver morando em uma cidade grande e pomposa, socializando com a elite, indo a boates com celebridades em busca de publicidade. Não, senhor.

Eu provavelmente não precisava ter pensamentos tão profundos nos primeiros encontros, e poderia apenas seguir o ritmo e me divertir, despreocupado, mas despreocupação e Evan Allen não combinam. Parker acertou em cheio – sou um romântico. É pegar ou largar.

Chegamos, então a ajudo a descer da caminhonete e seguro seu braço enquanto entramos. Algo nas garotas que usam saltos exageradamente altos grita "vai cair de cara" para mim. O lugar está lotado, o som alto vibrando as paredes tanto quanto os corpos na pista de dança.

— Quer uma bebida? — Tento não gritar para ela.

Ela balança a cabeça, assentindo.

— Bay Breeze, com bastante abacaxi, por favor.

— Você está bem aqui ou quer achar uma mesa antes? — Mais uma vez, quase grito em seu ouvido.

— Vou dançar. Pega uma mesa e vem me encontrar, pode ser?

Aceno, detestando o plano. Deus sabe que deveríamos ficar juntos, mas ela está sóbria, e não somos próximos o bastante para eu ficar mandando nela... Não, não posso fazer isso. Eu a alcanço, segurando seu cotovelo.

— Jenee, por que você não vem até o bar comigo, depois a gente perambula por aí juntos?

— Você não é a coisa mais fofa? — Ela beija minha bochecha e dá batidinhas no meu peito. — Vou ficar bem, prometo.

— Tudo bem — cedo, a contragosto, me afastando lentamente, tentando mantê-la ao alcance da minha vista pelo máximo de tempo possível, o que não é muito, já que ela se enfia no meio da multidão na pista de dança.

O bar está abarrotado. Nunca o vi desse jeito aqui, e aposto que pelo menos três normas de segurança estão sendo violadas neste momento. Quando me aproximo o bastante, enxergando a bancada, vejo Tate atendendo os pedidos, suor escorrendo por seu rosto. E todo embaralhado ao seu lado, na verdade, esbarrando nele e espirrando tudo, mais do que de fato servindo algum drinque, está Zach. Ah, isso é bom demais, cruzo os braços e assisto, me divertindo.

— O que posso... ah, Evan, graças a Cristo! — Zach está extremamente feliz em me ver. — Mande uma mensagem ou ligue para Sawyer agora, e diga a ele para trazer seu traseiro pra cá! DJ Funky alguma coisa, uma celebridade local, acho, veio e pegou as mesas. Olha a porra desse lugar!

— Vocês estão bem? — Dane vai para trás do bar, olhando freneticamente as expressões deles. — Vou fechar a porta, já atingimos a capacidade máxima.

— Ótimo! — Tate grita para ele por cima do ombro. — Comece a pagar as pessoas para irem para casa! E onde está Sawyer?

— Vou encontrar Sawyer! — garanto a eles.

Dane vira a cabeça para mim agora.

— Evan, oi, como você está? Sim, se você pudesse achar Sawyer, seria ótimo. Vocês estão bem, Tate, ou precisam reabastecer?

— Não sei do que precisamos, não tive tempo de olhar. Como a Bennett está? É bom você ter colocado alguém pra ficar de olho nelas! — Ele franze o cenho, focando em servir as bebidas, mas, obviamente, esperando a confirmação de Dane.

— Deixei Brock com elas, estão bem. Vou verificar o estoque. Evan — ergo o olhar do meu celular para Dane —, você vai atrás de Sawyer? Preciso dele aqui pra ontem. Depois você pode ajudar a ficar de olho nas meninas? As bebidas são por minha conta, cara, ficaria grato com sua ajuda.

De jeito nenhum vou beber agora. Preciso arrastar Sawyer para cá e cuidar de várias garotas de quem todos gostamos no meio dessa multidão; tenho que estar com minhas ideias em ordem.

— Sim, pode deixar, vou fazer as duas coisas. Onde elas estão?

Ele aponta.

— Na mesa perto do estabilizador. Procure pelo Brock, um cara alto e careca numa camiseta neon, escrito "Segurança" atrás.

Aceno com a cabeça, me virando para enfrentar a multidão. Não esqueci a bebida de Jenee, só não estou nem aí mais. Sei que uma das "garotas" é Laney, e não gosto nem um pouco dessa merda. Com certeza, ela também não, esse lugar é uma loucura.

O cara enorme e careca não é tão fácil de ser identificado como parece. Camiseta neon, não, nem apareceu do nada. Laney está sentada em uma mesa com as mãos nas orelhas... bingo! Toco em seu braço e ela dá um pulo, a boca aberta e os olhos arregalados apenas por um momento quando percebe que sou eu.

— Evan! — Ela se levanta para me abraçar, quase quebrando minhas costelas.

Algo me puxa para trás, afastando-me dela, e me viro para ver... um cara gigante e careca.

— Posso ajudá-lo? — ele rosna, os lábios franzidos.

— Brock — Laney agarra seu braço —, está tudo certo. Ele é meu amigo. Solta!

O cara grande, que comeria o almoço de Sawyer como se fosse um lanchinho – e isso quer dizer muita coisa –, solta seu aperto mortal com um olhar descrente.

— Não precisa se agarrar com a garota do Sr. Kendrick.

— Ah, Brock, para! Vai encontrar as outras três, estou bem. — Laney o empurra, não que consiga fazê-lo se mexer, mas Deus a abençoe por tentar. — Cadê sua acompanhante? — Ela se vira e me pergunta, franzindo o cenho.

— Como sabia que eu estava em um encontro?

— Whitley pode ter mencionado. — Ela dá de ombros. *O quê? Whitley ligou para ela?* Ou... não!

— Whitley está aqui? — Num piscar de olhos, meu peito se aperta e perco a cabeça. É uma coisa completamente diferente do que senti quando estava procurando Laney nesse lugar, e vou pensar nisso depois. Agora, tudo o que quero fazer é colocar as mãos em Whitley.

— Sim, ela está por aí. — Balança a mão na direção da pista de dança. — Com Avery e Bennett. Ela está bem, Evan. — Ela revira os olhos para mim, mas depois me dá um sorriso astuto e rápido.

Deixo Laney sozinha e vou procurar Whitley ou fico aqui? Bem, se isso não é uma encruzilhada me encarando, não sei o que é. Minha decisão, já tomada, me choca e empolga de maneiras que me dão esperança e apertos no peito ao mesmo tempo.

Acho que em algum lugar, no mais profundo da minha mente, eu já sabia, mas isso torna tão... sei lá... como uma epifania – minha prioridade número um foi descoberta e me sinto vivo.

Felizmente, Brock não se afastou muito ou sequer moveu seu olhar de Laney, então caminho até ele.

— Pode ficar com ela? Vou encontrar as outras! — pergunto a ele, gritando.

— Humm — ele murmura, se aproximando de Laney.

— Não saia daqui — digo a ela, antes de seguir multidão adentro.

Braços estão balançando, há empurrões, esfregação, e gente realmente caindo no chão. Nunca vou encontrar ninguém nesse pesadelo, e sinceramente, estou sentindo uma leve tontura se aproximar. Foda-se – empurro as pessoas, tentando garantir que não seja nenhuma menina, até chegar à mesa do DJ e subo.

Segurando na beirada da bancada com uma mão, uso a outra para bater na madeira, chamando a atenção de *Funky Fresh Jam*.

— Me dê seu microfone! — grito para ele.

— Anda, vaza daqui — ele me dispensa, bufando, e balança a mão.

— Dane, o proprietário, é meu parça e me mandou aqui. Agora me dá o microfone! — Dessa vez, já agarrei o suporte do microfone, trazendo-o para mim. — Desliga a música!

Ele atende meu pedido, apertando alguns botões, e a multidão para no mesmo instante, vaias tomando conta do silêncio.

— Escutem! — Engulo em seco, reunindo coragem para essa enorme exibição que não tem nada a ver comigo. — Whitley Suzanne, levante sua mão!

Isso foi bom, certo? Quero dizer, eu não queria dizer seu sobrenome, mas também não queria chamar outras Whitleys, então falei seu nome do meio. Tenho certeza de que não existem duas Whitley Suzannes no meio desse povo.

Meu olhar vagueia pela multidão até, finalmente, ver uma mãozinha se levantar, seguido de um gritinho dela, dizendo: "Oi, Evan!".

— Oi, Whit. — Dou uma risada ao microfone, alívio percorrendo meu corpo e minha pressão voltando ao normal. — Pegue Avery e Bennett e vá para a mesa, mulher. Agora, por favor.

— Okay, Evan! — ela grita de volta com toda sua fofura. Não consigo vê-la, mas ouço seu sorriso.

— E, Jenne, onde quer que esteja — sua mão se levanta à minha direita —, você pode vir até aqui?

A multidão permanece em silêncio, parecendo feliz em assistir meu espetáculo, e a vejo se separar para Jenee passar.

— Muito impressionante — diz ela, alto, sorrindo para mim, que ainda estou pendurado por um braço na mesa do DJ.

Também estou bastante impressionado.

— Preciso levar alguns amigos para casa. Esse lugar está louco demais. Está pronta?

— Desça, deixe essas pessoas dançarem e a gente decide. — Certo, bom plano.

— Obrigado, cara. Me dê dois minutos antes de você começar a música? — peço a ele.

— Claro. — Ele tenta me dar um *high five*, mas percebe que estou me segurando com uma mão e agarrando o microfone com a outra, então bate no ar, rindo.

Entrego a ele seu microfone e pulo, pegando a mão de Jenee e a puxando pelo mar de pessoas. Whitley, Avery e Bennett estão esperando à mesa, assim como Dane, seu braço ao redor de Laney e um sorriso tímido em seu rosto.

— Bom trabalho — ele me cumprimenta.

— Sawyer apareceu? — Não tive tempo de checar meu celular, então não faço ideia se ele recebeu as mensagens e se cumpri esse objetivo.

— Sim, ele acabou de chegar aqui. Está atrás do bar agora, então mandei Brock para a porta. Obrigado pela ajuda.

— Pesso... — A música começa, então tento de novo, com uma voz muito mais alta: — Pessoal, esta é a Jenee.

— Oi. — Ela acena para todo mundo, e depois sorri para Dane. — E aí, Dane.

Dane está encarando o chão enquanto Laney o está encarando, e já sem me importar mais, volto a olhar Whitley, que está encarando Jenee.

— Huum, okay, eu vou primeiro. — Bennett vai para o meio do grupo, alegremente. — Jenee, sou Bennett. Minha colega de quarto é Laney — ela aponta para ela —, namorada do Dane, que você conhece... como? — Ela então dá um sorriso tão doce quanto açúcar.

— Trabalho pra ele — É o que acho que ela diz, mas estamos gritando por cima do som da música eletrônica, então não posso ter certeza.

— Ah, que legal. — Bennett relaxa os ombros. — Isso faz todo sentido. Então, você deve conhecer meu namorado, Tate, irmão dele.

— Conheço. — Jenee ergue o cabelo com uma mão e se abana com a outra. — Então — ela se vira para mim e quase grita —, eu vou ficar. Tenho um grupo enorme de amigos aqui, ficarei bem. Vá cuidar da sua garota. Foi um prazer, Evan. — Ela dá um beijo casto na base da minha orelha. — Foi bom conhecer todos vocês. Tchau, chefe. — E com isso, ela é engolida pela espiral de pessoas dançando, mais uma vez.

— Okay! — Bennett bate palma. — Avery, vamos nos sentar no bar com Tate. Tenho certeza de que Zach está lá.

Dane agarra a mão de Laney.

— Nós vamos embora.

— Tchau, Evan, obrigada! — Laney agita os dedos e desvia seu olhar de Whitley para mim, me dando uma piscadinha típica dela.

Isso me lembra, antes do caos, que Laney e eu éramos melhores amigos; um na retaguarda do outro. E ela acabou de dizer: "Vá atrás dela, Ev. Seja feliz", com apenas um olhar. Estamos de volta.

Pode apostar, amiga, pode apostar.

Ela não vai me ouvir, está a uns bons metros de distância, então espero, pacientemente, até encontrar as grandes safiras de Whitley. Virando meu dedo lentamente e curvando-o, eu a chamo, tentando não transparecer nada.

Mordiscando o lábio inferior por todo o caminho, ela anda depressa até mim.

— Oi, Evan, você está bem? — diz ela, ofegante, com um tom esperançoso.

— Nem tanto, menina bonita. Você me assustou, de novo. Não gosto de pensar que você está em perigo e não posso fazer nada para impedir. Cadê seu par?

Ela abre a boca, mas coloco gentilmente dois dedos em cima, sem dar a mínima para onde seu acompanhante está.

— Quer saber, espera aí. Vamos sair daqui; meus tímpanos estão sangrando.

Sem discutir nem concordar, nada de "deixa eu me despedir do...". Nenhum questionamento em seu olhar. Sua mãozinha agarra a minha e eu a aperto, lutando para achar a saída, seu corpo aninhado ao meu, a salvo.

— Cadê seu par? — pergunto de novo. Okay, eu ainda me importo e nada me deixaria mais feliz do que se ela falasse que o deixou lá, sozinho, para sair comigo.

— Intrometido — murmura, baixinho, olhando pela janela quando entramos na minha caminhonete.

Ainda não comecei. Estou meio que curtindo apenas ficar sentado aqui, sabendo que ela está a um braço de distância e segura. Não há nenhum outro lugar que eu precise estar.

— Me desculpe, não ouvi direito isso — provoco, me inclinando para fazer cócegas na lateral de seu corpo.

— Para — Ela se contorce e ri. — Eu disse que você é intrometido, Seu enxerido. Cadê a sua acompanhante?

— Você viu quando ela se afastou. Ela ficou lá porque sabia que eu tinha que cuidar de outras coisas. — Remexo os dedos, ameaçando fazer cócegas de novo. — Agora desembucha, mulher.

— Tá bom! — Ela se aproxima de sua porta o máximo que consegue. — Não era um encontro, se você quer saber.

Oh, eu quero saber.

— E? — incentivo-a a continuar falando.

— Thad trabalha para o meu pai. Eles o mandaram aqui, para discutir as mudanças que minha família vai enfrentar. Parece que meus pais estão separando algumas coisas na perspectiva de uma — ela gesticula aspas — "divisão de bens amigável".

— Seus pais estão se divorciando?

— Pelo visto, sim. — Sua expressão é aborrecida, o olhar cabisbaixo.

— E mandaram um engravatado para te contar?

Ela assente, o movimento fazendo uma lágrima cair em sua perna, por debaixo do véu de seu cabelo.

Não aguento vê-la tão triste, mas, ainda assim, tentando ser forte, indiferente, escondendo sua dor de mim. Deslizo pelo banco, rapidamente, envolvendo meus braços em volta dela. Ela se aconchega a mim e seu corpo estremece enquanto seu choro aumenta.

— Shhh, estou aqui — sussurro contra seu cabelo macio que faz cócegas em meus lábios. — Você não tem que ser feliz e forte o tempo inteiro, Whit. É a minha vez de te segurar.

Ela ergue a cabeça do meu peito, nariz vermelho e olhos brilhando.

— De jeito nenhum sou tão boa em ser seu porto seguro. Sou?

Bufo. Ela não faz ideia.

— Todo o maldito tempo, mulher.

Ela dá um sorrisinho.

— Bem, você traz à tona o melhor de mim.

— Digo o mesmo pra você, menina bonita. — Dou uma piscadinha para ela, o que me faz ganhar outro sorriso. 100% de sucesso – ainda sou imbatível com a piscada. — Então, foi isso que aconteceu com sua casa de praia, imagino? Mas dividir o dinheiro não significa que não tem nenhum, então por que o despejo?

Mas que porra, Evan? Por que está perguntando esse tipo de merda, fazendo-a analisar os pormenores?

— Desculpe, Whit, só pensei alto, esquece.

— Está tudo bem — ela diz, entre as fungadas. — Não estou envolvida, é óbvio, já que meus pais enviaram alguém em vez de eles mesmo falarem comigo, mas conheço meu pai. Meu palpite é, ele deixou que "pegassem" — faz aspas de novo — a casa para que ela não a reivindique no divórcio, mas aposto tudo, como ele vai comprar de novo aquela casa hipotecada por um preço baixo, sob uma razão social.

Sagaz. E talvez ilegal?

— Caramba, isso é uma merda diabólica. E quanto à faculdade?

Mais uma vez, Evan, cala a boca, porra.

— Tudo certo, já foi paga. Minha casa também, está paga e agora no meu nome.

— Bem, isso é uma coisa boa. — Passo a mão na parte de trás de sua cabeça, constrangido, quando percebo que fiz isso várias vezes e mais do que o necessário, provavelmente. — Vai ficar tudo bem, Whitley, você vai ver. Pais se separam, e é uma merda, mas você é adulta, tem sua própria vida, e é incrível, tudo isso sozinha.

— Mesmo? — Ela não faz ideia do que acontece com um homem quando uma linda loira o encara, os olhos grandes e inocentes, o rosto em formato de coração rosado e os lábios separados, sopros de seu hálito doce batendo em seu pescoço.

— Mesmo — afirmo, desviando meu olhar do brilho em sua boca de volta para seus olhos. — Com certeza. O que posso fazer pra você se sentir melhor?

Por favor, não a deixe dizer assistir *Moulin Rouge*. Eu toparia outra tatuagem, mas esse filme, não. É uma merda.

— Você poderia me beijar — diz ela, em uma voz tão baixa, que nem poderia ser classificada como um sussurro.

E ainda assim, a ouço em alto e bom som.

Eu poderia beijá-la. E cuidar dela, segurar sua mão e sair para longas caminhadas. Dar a ela uma razão para cantar e cantarolar todo dia. Eu poderia parar de lutar contra isso, de duvidar, dar uma de advogado do diabo do porque não poderia ou não deveria sentir o que tenho, com certeza, sentido há um tempo.

É isso o que eu poderia fazer.

Passo minhas mãos pelas laterais de seu rosto, empurrando seu cabelo para ver todo o seu pescoço cor de marfim.

— Você é tão bonita, Whit.

Coloco meus lábios sobre os seus, sem me mexer, olhares fixos. Ela ergue as mãos e segura meus pulsos, apertando-os, me segurando no lugar. Os lábios de Whitley se movem primeiro, roçando-os timidamente aos meus.

— Me beija, Evan — diz, contra mim.

Traçando a borda com minha língua, não tenho pressa para conhecer seus lábios, seu gosto. Ela abre a boca, me deixando entrar. Nada de súplicas, sem eu querê-la mais do que ela me quer, apenas nós dois juntos, nos unindo, finalmente. Quando nossas línguas se encontram, ela geme, o som devastador. Suas mãos sobem para meu cabelo, puxando-o, sedenta, realmente me querendo mais perto. E naquele momento, outra rachadura conserta, e me sinto mais próximo de ser inteiro. Beijá-la é eletrizante, melhor do que marcar um *touchdown* que vence o jogo.

As pontas de meus dedos trilham seu pescoço, seus ombros, as laterais de seu corpo, conhecendo cada parte, cada curva que forma Whitley.

Finalizo minha suave exploração com minhas mãos segurando sua cintura minúscula, trazendo seu corpo para perto do meu. Soltando sua boca doce, mordisco seu queixo antes de me deliciar em seu pescoço, seus batimentos pulsando contra minha boca ávida.

— Ah, Whit — rosno, lambendo lentamente até chegar em sua orelha —, cacete, você é doce.

Ela agarra minhas bochechas e puxa meu rosto para perto, seu olhar ardente.

— Você já acabou com o desastre da coisa de ir a encontros? — arfa, a respiração pesada e sedenta.

Ai, como essa baixinha me faz rir.

— Sim, senhora. Você me perdoa?

Ela curva a boca, batendo em seu queixo com um dedo.

— Não sei. Parece que eu deveria fazer você ralar, já que me deixou louca.

— Só uma mulher louca pode te amar loucamente.

— É bom você retribuir — ela avisa, mordiscando minha boca e trazendo à vida outra parte minha que eu tinha certeza de que havia morrido. A parte que ama cuidar, a parte que quer ser abraçada, e a parte que anseia, sempre ansiou, ter o abraço devolvido.

— Sou um cara minucioso, Srta. Thompson. Darei um motivo pra você cantarolar sempre que puder, sua coisinha preciosa. — Dou uma batidinha em seu nariz. — E sem mais encontros para você também.

— Eu te falei, não era um encontro com Thad. — Ela se mexe, recostando-se ainda mais contra mim.

— Sim, eu sei, mas e quanto à outra noite quando perguntei se queria sair e você tinha planos? Deduzi que você tinha um encontro.

— Não tinha.

— Bem, então...

— Fiquei em casa, Evan. Fiz um trabalho, tomei banho e dormi assistindo uma maratona de O Rei dos Patos.

Estou extasiado em ouvir que ela não teve um encontro; tenho tentado ignorar o fato de que tem me corroído imaginar o que ela fez e com quem, desde o momento em que ela me dispensou naquela noite. Mas agora, tem muito mais assuntos importantes em questão.

— O Rei dos Patos! Por que você nunca me força a assistir isso ao invés de uma porcaria de musical, sei lá? — Dou um tapa em sua bunda. Ela grita e dá um pulo, caindo em meu colo com força.

— Não sabia que você gostava desse programa. Ainda tenho muita coisa para aprender.

— Whit — roubo um beijo —, eu sou da Geórgia. Caço e pesco; O Rei dos Patos é uma escolha segura. Na verdade, sempre que tiver que escolher entre barbas e cantoria, qual você acha que seria minha resposta?

— Tá bom, tá bom. — Ela ri. — Aprendi a lição.

— Você adivinhou a tortinha de morango, minha sobremesa favorita, mas errou isso? Garota doida. — Inclino-me para sua boca, já sedento por mais um gostinho, mas seu corpo fica tenso enquanto ela morde o lábio inferior, saindo de cima do meu colo e se afastando.

— Ei... — Estico a mão e massageio sua perna. — O que houve? — Ela não olha para mim, mantendo a cabeça virada para a janela. — Whit, fala comigo, por favor.

Ela acena.

— Eu tinha quase esquecido, então não é como se tivesse mentido. Me desculpe.

O que não estou entendendo aqui? Ela roubou a tortinha de morango ou algo assim?

Ela murmura com um tom preocupado:

— Eu não adivinhei sobre sua sobremesa preferida. Nem sobre a pescaria. Laney me deu algumas informações um tempo atrás. Sou uma grande impostora. — Ela morde o nódulo de um dedo. — Não estou sintonizada com você; sou uma trapaceira.

Não ria, Evan. A moça acha que é sério, então leve a sério.

— Mulher — digo, observando-a virar a cabeça para mim, mas sem conectar nossos olhares —, vem cá. — Sinalizo para que se sente no meu colo.

Ela está insegura, achando que estou bravo, então lhe dou um sorriso e dou um tapinha na minha coxa de novo. Hesitante, ela se senta mais uma vez e pisco para ela, deixando-a saber que não me importo nem um pouco. Ela pesquisou sobre mim, e daí? Ela se preocupou o suficiente para colocar suas informações em prática... então não vejo problema nenhum aqui.

— Você se preocupa demais, docinho. Amo que queira saber meus segredos. Amo que queira me conhecer.

— Sério? Okay. E só porque ela me contou algumas coisinhas não significa que nossa conexão não é real — tagarelou a frase inteira em um só fôlego. Foi fofo.

— Sério, e eu concordo. Agora, relaxa. — Beijo sua testa, ainda lutando contra a vontade de dar uma risadinha. — Pergunte qualquer coisa para mim, quando quiser.

— Você vai me levar a um encontro?

Ela nem precisou de tempo para pensar nessa.

— Pode apostar essa bundinha linda que eu vou.

CAPÍTULO 22

BEIJE-ME

Evan

Encontro #1 (nenhum dos outros valeu).

Conspirador – Destino

Garota – Whitley.

Dados – Um pequeno beija-flor loiro, os maiores olhos azuis em que já mergulhei, caloura.

Problemática – Nada que não possamos resolver juntos.

— Oi. — Ela abre a porta, alegre e sorridente. Seu olhar lentamente me inspeciona dos pés à cabeça, usando Timberlands, jeans e uma camiseta Henley branca de manga comprida, e espero que ela goste do que vê. — Desculpe — Seu rosto cora e ela se afasta para me deixar passar. — Entra.

— Não se desculpe — beijo sua bochecha —, posso esperar a noite toda. Estas são pra você. — Tiro um buquê de margaridas oculto às minhas costas. Ela parece perder o fôlego e dedos trêmulos o seguram. Imaginei que seu primeiro encontro verdadeiro precisava de várias flores, não uma de cada vez como geralmente entrego a ela.

Ela está muito nervosa; graças a Deus, não sou o único.

— Em que estava pensando com essa carinha tão séria? — pergunto a ela.

— No que vestir. — Ela dá uma olhada em seu short e camiseta. — Já demonstrei que sou um fracasso épico em me vestir corretamente para a ocasião, então estava esperando você. Aonde nós vamos e o que eu deveria vestir?

Ah, aquele seu sorriso... já o mencionei antes?

— Não vou te dizer, e use o que quiser. Mas você, provavelmente, ficaria ótima com um jeans.

— Posso fazer isso. Fique à vontade, só vou levar um minuto.

— Quer que eu as coloque na água pra você enquanto espero? — Olho para as flores, ainda agarradas ao seu peito.

— Claro, obrigada. — Ela me entrega, devagar, parecendo não querer se separar delas ainda. — Deve ter um vaso no armário em cima da geladeira. — Ela se vira para seguir para o corredor, mas eu a seguro, puxando-a pela barra da camiseta de volta para mim.

— Não fique nervosa, linda. Já fomos a vários encontros. A gente pode não ter chamado nossas saídas assim, mas sempre nos divertimos juntos — afirmo, com a voz rouca em seu ouvido, e vejo seus ombros e braços nus arrepiando.

— Fico feliz que os chamemos de encontros agora — ela admite, baixinho.

Passo um dedo por seu pescoço.

— Eu também. Agora, me dá um beijinho antes de sair correndo.

Ela beija a ponta de seu dedo e a encosta em meus lábios.

— Por enquanto é só — ela me provoca.

— Vá se aprontar. Rápido — sibilo, tentando bater em sua bunda e errando enquanto ela foge.

Achei este lugar sem querer, apenas dirigindo sozinho um dia, grato por encontrar um local relativamente perto da faculdade onde pudesse me esconder. Mas agora, não quero mantê-lo secreto; quero compartilhar com ela. Não será mais o lugar onde fico remoendo antigas lembranças, mas o paraíso onde farei novas.

— Fique aqui até eu vir te buscar, okay?

— Okay. — Whitley sorri, zonza com a expectativa de uma surpresa.

Rio sozinho e balanço a cabeça enquanto desço; ela é tão fácil de agradar, tão fácil de fazer feliz, mas pretendo ser o homem que a leva de agradável para maravilhada o tempo todo.

A caminhonete balança um pouco enquanto tiro as coisas da traseira, mas ela nunca se vira; sei que quer prolongar a surpresa. Odeio pensar que ela se agarra a momentos como esse com tanta força porque não é acostumada que as pessoas façam isso por ela.

Alguns minutos mais tarde, depois de arrumar tudo, abro sua porta.

— Whitley. — Seguro sua mão. — Pode sair agora.

Ela se vira para mim, os olhos bem fechados.

— Não espiei, prometo. Devo mantê-los fechados?

— Você é incrível. — Beijo a pontinha de seu nariz. — Abra seus olhos, não quero que caia.

Com um beicinho fofo, ela abre os olhos e segura minha mão e ombro para descer. Assim que seus pés estão firmes no chão, retiro seu cabelo da frente e coloco a única margarida que guardei atrás de sua orelha. Nem se compara à beleza dela.

— Coitadinha da flor... Nem se compara a você. — Dou uma piscadinha e a guio pela mão através da escuridão até o que espero ser a surpresa dos seus sonhos.

No chão tem uma toalha cheia de velas em volta, com um piquenique arrumado para duas pessoas. Há uma música suave vindo do meu celular atrás da cesta de comida, e quando coloco os braços ao redor da cintura dela, sinto seu coração pulsar contra meu peito.

— Evan... — Ela suspira. — É lindo.

— Você é linda, Whitley Thompson, por dentro e por fora. E preciso que alguém me dê uma surra por demorar tanto para te dizer isso. — Empurrando seu cabelo para trás, roço sua orelha com meus lábios. — Eu te levaria para outro lugar, mas meio que queria você só pra mim. Tudo bem?

— Mais do que bem. — Ela se vira, me beijando. — Isso é perfeito — murmura contra a minha boca.

Seguro-a em meu colo e a carrego até o cobertor, onde a coloco com delicadeza.

— Como você pode ver — tento fazer algum tipo de sotaque *sexy* —, temos champanhe e *cheeseburgers* com — alcanço a cesta para mostrar o *grand finale* — mousse de chocolate para sobremesa.

Sua risadinha linda ressoa noite adentro, mais brilhante do que as estrelas acima de nós.

— Posso fazer um brinde? — ela pergunta, erguendo sua taça.

Seguro a minha.

— Primeiro as damas.

— A encontrar sua primeira escolha — ela fala baixinho.

— Aos que não se encaixam e admitem quando estão errados. — Encosto nossas taças e dou uma piscadinha.

Nós dois tomamos um gole, e o olhar sério de Whitley está fixo ao meu.

— Errados? Sobre o quê?

— Várias coisas — explico, dando uma risada zombeteira. — Algumas boas, outras ruins. — Eu me levanto e estendo a mão para ela que, rapidamente, a segura. — A maioria me preocupando mais sobre o que sempre conheci ao invés do que sempre quis.

O que eu sempre quis. Alguém que se comprometesse comigo, para ser a outra metade do meu time. Uma bolha só nossa onde ninguém pudesse entrar, onde fôssemos igualmente importantes um para o outro, onde nos conhecêssemos, confiássemos, e colocássemos isso acima de todo o resto. Quando me inclino para beijá-la, ela já está nas pontas dos pés para retribuir o beijo com paixão. Quando entro em um lugar, ela sorri como se seu dia tivesse acabado de melhorar, e meu olhar a procura e a encontra em meio à multidão.

Sinceramente, nunca comparo as duas, mas agora percebo uma coisa. Com Laney, eu a coloquei em um pedestal, depois fiquei o tempo inteiro tentando fazê-la descer e me enxergar. Whitley veio diretamente a mim, de todas as pessoas no lugar, e me pediu para sentar ao seu lado.

Ela tem estado bem ao meu lado, literalmente, desde então.

Sinto-a perto de mim agora; perdido em meus pensamentos, puxo seu corpo contra o meu, uma mão envolvendo sua cintura... e lá ela fica, feliz e calada.

— Dança comigo, linda — sussurro, satisfeito, em seu ouvido.

— Mmmm — ela murmura, colocando os braços ao redor do meu pescoço, seu corpinho se encaixando perfeitamente em cada parte do meu.

Cada lugar em que nos encostamos me incinera, me provoca. Sua cabeça descansa contra o meu peito enquanto balançamos de um lado ao outro tão devagar que nem parece que estamos nos mexendo. *Kiss Me*, do Ed Sheeran, toca suavemente, minha nova música favorita. Porra, é tão bom. Tão certo. Esse momento, provavelmente feito para garotas desmaiarem, mexe com minha alma. Aquela batida profunda e carnal da música coincide com a do meu peito e com a de sua garganta, onde meu polegar circula lentamente.

Quando a canção termina, ela ergue a cabeça e pergunta, com as bochechas coradas e olhar vidrado:

— Evan?

— Humm? — murmuro contra seu cabelo, onde minha boca decidiu repousar.

— Só verificando se você ainda está comigo.

— Ah, estou com você, Whit — concordo, olhando para ela agora. — E você está comigo. Não tem como desfazer esse feitiço.

Aos poucos, começa a fazer efeito, e um brilho surge em seu rosto.

— Então, sem mais encontros?

— Não, vão ter vários e vários encontros. — Ela fica tensa em meus braços.

— Huum...

Não prolongo demais. Eu não pretendia provocá-la, mas, sim, saber exatamente o que pensou que eu quis dizer quando ficou nervosa.

— Só eu e você. Vários e vários encontros... um com o outro.

— Isso foi cruel — ela resmunga, saindo de meu agarre e cruzando os braços.

— Desculpe — murmuro, sabendo que não está na hora de rir. — Não queria que parece assim.

— Hmpff. — Ela solta o lábio inferior que mordiscava e se esforça muito para continuar brava.

— Whit — chego perto dela e a puxo para perto —, me perdoa. — Aconchego-me em seu pescoço, a provocando com minha língua. — Por favor.

— Me convença — retruca, depois solta um gemido.

— Sim, senhora.

Ela pode ficar brava a noite inteira.

CAPÍTULO 23

PSICODÉLICO

Laney

Maldita caixa-postal!

Não tenho notícias de Dane desde que ele me deixou aqui ontem à noite, por volta das onze. Seu celular continua indo para a caixa-postal e nenhuma mensagem minha foi lida. Então aqui estou sentada, me obrigando a terminar meu trabalho de Psicologia, o qual começou como um típico dever de casa chato, mas sendo uma bela epifania de autorreflexão.

É nisso que dá querer um tempo sozinha.

O trabalho era para ser escrito em dez folhas, espaçamento duplo, onde você é tanto o psicólogo quanto o paciente, representando uma consulta acerca de um assunto – questão – específico. Agora, se isso não parece divertido pra caramba, não sei o que parece. Ainda assim, cá estou eu, apenas na metade, enquanto a tarefa se escreve sozinha. De repente, é um dos meus trabalhos favoritos de todos.

Eu ia escrever sobre Evan e meus sentimentos de culpa, angústia, alguns arrependimentos, mas a doutora imaginária começou a perguntar "sobre mim" (parece algo que ela faria em uma primeira consulta, certo?). Depois do softbol e Dane, posso ter tocado no assunto Disney, e então minha família, ou a falta dela... e *voilà*! Meu trabalho – Disney e problemas com a mamãe – está escrito. Acho que está sensacional.

Claro que não passou despercebido para ninguém – exceto eu – que a Disney não se dá bem com mães.

Bambi – a mãe foi morta nos primeiros dez minutos de filme.

Cinderela – a mãe morreu, entra em cena a madrasta cruel.

Branca de Neve – mais uma vez, a madrasta cruel.

A Pequena Sereia – sem mãe, nem madrasta.

Procurando Nemo – a mãe foi devorada nos primeiros cinco minutos de filme.

A Bela e a Fera – você adivinhou, só um pai.

A Bela Adormecida – você vê a mãe durante cinco segundos, tempo o suficiente para ela deixar três fadas sumirem com sua recém-nascida por 16 anos.

Aladdin – ele não tem ninguém, Jasmine tem só um pai.

Peter Pan – sem pais ou pais ruins? Quem sabe, mas, eiii... tem um cara que entra sorrateiramente pela janela da sua filha toda noite e sai voando com ela! Alerta vermelho!

Acho que fui bem clara, e temo que possa estar inconscientemente atraída pela Disney porque associo com a frequente ausência do assunto mãe. Exagero? Dramático demais? É um trabalho de Psicologia... com certeza vou tirar um 10.

Estou dando uma de que a coisa com minha mãe não me incomoda?

Provavelmente.

Vou mandar agora a carta que escrevi para ela?

Possivelmente.

A ponta da pasta de arquivo se destaca em meio à pilha na minha mesa; consigo, sem dúvida, tirá-la da bagunça daqui. Todas as informações que Dane reuniu sobre ela estão lá dentro, a resposta para várias perguntas não respondidas a apenas um metro e meio de distância. Onde ela esteve, onde está, talvez tenha até um endereço. Ela me ama? Certo, essa resposta, provavelmente, não está lá.

E, por quê, do nada, é importante que eu saiba?

Ou sempre foi importante para mim e só estive me enganando?

Nunca deveria ter escolhido essa matéria de Psicologia.

Se eu me deitar na cama e esticar o braço... um pouquinho mais... peguei! Primeira página, já sei disso tudo; nome, aniversário etc. Segunda página, é, bem ali – o endereço. Ela só está a umas duas horas daqui.

Talvez eu devesse arriscar. Talvez seja uma oportunidade de cura, sem medo de dar errado, de me machucar mais. Talvez isso ajudaria, ou pelo menos me livraria dessa dor lancinante em meu âmago que aparece do nada de vez em quando. Talvez eu devesse enviar a carta. Talvez eu faça uma viagem de carro.

Será que você pode simplesmente aparecer para visitar um lugar como esse? Eu poderia ligar e perguntar. É, vou ligar e perguntar, e se eles disserem que não posso ir, então é o meu sinal de que isso é uma terrível e péssima ideia induzida pela Disney e a disciplina de Psicologia.

Pego meu celular, encarando-o, querendo que Dane me ligue nesse momento e tire isso da minha cabeça. Mais uma tentativa; com certeza, ele vai atender dessa vez e me salvar de fazer uma coisa precipitada.

Caixa-postal de novo. Então pronto.

Pegando o papel e fazendo um corte bem doloroso em meu dedo, disco o número. Enquanto toca, aquele gosto ruim —a saliva extra em sua boca, a mandíbula formigando, a sensação de que estou prestes a vomitar— entra em ação, mas me seguro. Já estou bem grandinha agora e luto contra meus demônios como uma adulta. Sozinha.

— Rosehill, posso ajudar?

— S-sim, eu queria saber se posso ir visitar minha, uh, alguém?

— Um paciente daqui?

Não, o zelador; preciso muito vê-lo.

— Sim, um paciente daí.

— Você é um membro da família?

— Huum, sim, ela é minha... — Pigarreio, engolindo o nervosismo em forma de líquido em minha boca. — Ela é minha mãe.

— Qual é o nome da paciente?

— Tricia. Trish. Tricia Walker. — Ela deve estar achando que estou chutando já que balbuciei igual a uma menininha tímida.

— E seu nome é?

— Laney. Laney Walker. Eu sou, bem, sou a filha dela.

— Preciso deixá-la aguardando um momento, tudo bem?

— Tudo bem. — Ai, meu Deus, ela vai perguntar para minha mãe se ela quer me ver? E se ela disser não? Sou tão idiota, simplesmente parada esperando por mais uma porra de rejeição. Eu deveria desligar. Merda! Falei meu nome! *Respira, devagar, respira. Ela não pode te devorar pelo celular.*

— Srta. Walker? — A voz da mulher retorna à linha, surpreendentemente, bloqueando meu ataque de pânico.

— Sim?

— Farei uma ligação para o médico da sua mãe, bem como para seu guardião. Assim que conversar com os dois, entro em contato com você novamente. Quando estava pretendendo vir visitar?

193

— Acho que, quero dizer, hoje está ótimo, se não tiver problema.
— Vou perguntar. Em que número posso retornar a ligação?

Dei meu número a ela e desliguei, nervosa que ela nunca mais ligue de volta, assustada que ligue e diga não, apavorada que ligue e diga sim.

Quero conversar com Dane. É claro que não posso ser deixada por minha conta – olha a confusão catastrófica em que me meti. Durante anos, mantive isso escondido, mas me deixe sozinha em uma típica manhã de domingo e cá estou eu, planejando uma viagem de carro para uma reunião e desenterrando ossos com uma pá enorme.

E onde diabos ele está? Deixe-me adivinhar: perdeu o celular e não decorou meu número para me ligar por outro. Sei como é, já fiz isso; é bom ele nem dar essa desculpa. Ele tem um avião, pode muito bem usá-lo para comprar a porra de um celular. Ou... tive uma ideia... seu irmão namora minha colega de quarto – ligue para um amigo! Use sua chance de 50%!

Tudo bem, estou me descontrolando. Vou ligar para o meu outro homem.
— Alô?

Finjo animação.
— Oi, papai.
— Campeã, como você está?
— Bem, só pensei em te ligar e ver como está.
— Estou do mesmo jeito que estava quando me ligou ontem — provoca. — Quais as suas novidades? Sei que sua vida deve ser bem mais agitada do que a minha.
— Nenhuma novidade. — MENTIROSA! — Só fiquei com saudade.
— Hum-hum.

Conheço esse tom... o jogo acabou.
— O que está acontecendo, Laney? Desembucha.

Respira fundo e vai:
— Euligueipravisitarminhamãeeagoraestousurtando.
— Você foi?
— Liguei agora há pouco. Fiz um trabalho, e Dane está ocupado, então enlouqueci. Sabia que a mãe do Walt Disney morreu por asfixia na casa que ele comprou pra ela?

Talvez eu devesse ver se estou com Transtorno disfórico pré-menstrual. É diferente de TPM, pior, na verdade, e tenho quase certeza de que a propaganda que vi descrevia exatamente os meus sintomas agora. O P é para antes ou depois daqueles dias? De qualquer forma, estou certa de que estou com isso.

Levo um minuto e pesquiso no Google... estou convicta assim. Jesus, a lista de efeitos colaterais dos remédios sugeridos é maior do que a dos sintomas! Acho que vi tudo, desde visão turva até acabar a gasolina do seu carro para surgir um cheiro que atrai lobisomens para crescer pelos do nariz lá. Não, obrigada, vou lidar com isso sozinha...

— Então, o que eles disseram? — A voz dele está mais calma do que nunca, monótona e irritante. E, ele não parece ligar nem um pouco para a notícia terrível sobre a mãe do Walt, o que é um pouco rude.

— Eles vão ligar para o médico e para o guardião dela, depois entrarão em contato comigo. Talvez ela não queira me ver. E quem é o guardião dela? Não deveria ser, tipo, você?

Ele pode parecer tranquilo e contido, mas de vez em quando, como agora, a pequena alteração em sua voz o denuncia.

— Não faço ideia de quem seja; parei de receber notícias ou ser uma opção anos atrás, Laney. Não posso ser guardião de alguém que não quer que eu seja. E ela vai querer te ver.

— Você não tem como ter certeza, papai.

— A única coisa da qual tenho certeza, menina — sua voz não vacila, nem nada, mas está tensa —, é que ela é sua mãe, Laney. Ela te ama. Sempre amou, sempre vai amar.

Meu pai é o tipo de cara "B vem depois do A", então ele não vai falar de novo até que eu o faça; ao seu ver, é simplesmente minha vez, mas droga, nem sei o que responder a isso. Talvez nós só fiquemos sentados aqui nesse impasse silencioso por horas.

Finalmente, solto um:

— Bem...

Deve ter sido o suficiente, porque ele interrompe:

— Estou orgulhoso de você, Laney. É uma coisa muito importante essa que você está fazendo. Estou orando pra que aconteça do jeito que quer.

— Obrigada, papai. Você, uh, quer ir comigo?

— Melhor não. Acho que isso precisa ser uma coisa sua. Entende?

Aceno em concordância, mesmo que ele não consiga ver.

— Sim, entendo. De qualquer jeito, talvez eles nem me liguem de volta, ou me deixem ir, então veremos.

Meu telefone toca e não tenho mais certeza se quero que seja Dane ou Rosehill.

— Papai, tenho uma ligação. Depois te conto no que deu.

— Te amo, Campeã. Boa sorte.

Encaro a tela enquanto rapidamente vejo quem está ligando. Não é Dane.

— Alô?

— Olá, é a Laney?

— Sim. — Minha resposta é ansiosa e rápida.

— Laney, sou a Joan, estou ligando de volta do Rosehill.

— Sim.

— Falei com ambas as partes, e todos estão de acordo que não teria problema você vir visitar. Você é maior de 18 anos, certo?

— Sim, senhora.

— Muito bem, então você pode vir sozinha, que é o que havia planejado. O guardião de sua mãe também gostaria de estar presente, então você pode me dizer a hora em que estará aqui?

— Humm... — Olho a hora no celular; é quase meio-dia e não tomei banho. — Tem problema ser por volta das três?

— Creio que não. Vou avisá-la e nos vemos lá. Aperte a campainha perto das portas de entrada e pergunte por Joan. Vou ao seu encontro.

— Tudo bem, obrigada.

Vou ver minha mãe. Em poucas horas. O que vou vestir? Será que levo alguma coisa? Posso checar o caminho pelo celular. Tem gasolina na caminhonete? Preciso tomar banho. Preciso vomitar. Preciso me acalmar.

Decidindo por mim, corro para o banheiro e esvazio tudo que tinha em meu estômago, e depois um pouco mais. Quando a náusea cessa, eu me levanto, e escovo os dentes na mesma hora. Uso a mão esquerda para segurar a direita nessa tarefa, já que apenas uma não está estável o suficiente. Em seguida, ligo o chuveiro, indo pegar meu celular enquanto a água esquenta, tentando contatar Dane de novo. Mesmo que eu tivesse dito que não o faria.

Tudo o que havia planejado antes está claramente indo para o ralo; nem consigo escovar meus próprios dentes direito. Sou oficialmente um desastre ambulante.

E a mensagem de voz dele é agora a porra do som mais irritante do mundo.

Dessa vez, deixo uma de volta.

— Sou eu. Não tenho certeza de onde você está, mas quando ouvir isso, me liga, por favor, é meio que um dia importante aqui. Te amo, Dane, espero mesmo que esteja tudo bem.

— Aonde estamos indo?

Ah, olha, convidei Sawyer para ir comigo... só que não.

— Oi pra você também, Sawyer. — Começo a rir do ursão que entrou na minha caminhonete do nada. — Vou ver uma pessoa. Não sei aonde *você* pensa que vai.

— Uma pessoa quem? Onde? Cadê o Dane? — Ele entrecerra o olhar, fazendo uma careta rabugenta para mim.

— Uma pessoa particular, a algumas horas daqui, e você sabe tanto quanto eu. Ele não atendeu o celular nem respondeu mensagens a manhã toda. Agora desce, mochileiro, tenho que ir.

— Não vai rolar, Gidget, de jeito nenhum você vai fazer uma viagem misteriosa de algumas horas sozinha. A propósito, sou uma companhia maravilhosa. Você acabou de ganhar na porra da loteria dos companheiros de viagem. Precisa reconhecer isso.

— Você vai colocar a gasolina todas as vezes.

— Combinado.

— E não encosta no rádio.

— Espera aí — ele resmunga, manhoso —, eu disse companheiro de viagem como um sistema de parceria, não uma ditadura.

Faço um beicinho enquanto o encaro, batendo as pontas dos dedos no volante. Na verdade, estou muito feliz de ter a companhia desse cara bobo; ele, sem dúvida, vai diminuir o estresse dessa viagem e melhorar o clima, mas de jeito nenhum vou mostrar minhas cartas e escutar Metallica o caminho todo.

— Que tal escolher a cada uma música tocada? — Que fofo, Sawyer está com uma carinha de por favooooor.

— Que tal você colocar o cinto e fechar essa matraca?

— A cada duas músicas?

— Sawyer!

— Tá bom — ele põe o cinto com um pouco de força demais —, mas nada de boy bands.

Já estou dirigindo a essa altura, minha *playlist* de Backstreet Boys começando a balançar as janelas, porque *eu* posso. Sawyer recosta a cabeça contra o banco com um resmungo dramático, colocando os pés em cima do painel. Sei que a bunda enorme dele está desconfortável agora, os joelhos erguidos quase tocando seu queixo, mas também sei que ele está fazendo um showzinho que é muito importante para ele.

— Então, para onde estamos indo? — pergunta, mal-humorado.

Desligo a tortura dele, isto é, a música.

— Vou te contar, mas a menos que eu diga o contrário, fica entre mim e você. Okay?

— Laney, você sabe como é, não vou mentir pra ele.

— Bem, ele teria que usar o maldito celular antes que pudesse perguntar, certo? Talvez na hora em que ele fizer isso, terei decidido que ele pode saber.

— Vocês brigaram?

— Na verdade, não. — Paro para dar um tapa na mão que vai, furtivamente, até o som. — Não brigamos. Então não sei o que tá rolando.

— Merda, Laney, a gente deveria parar em alguma loja e checar a parte de trás das embalagens de leite[3]? Conheço meu garoto, e ele nunca iria te ignorar.

— Ele só deve estar ocupado com o trabalho. — Dou de ombros, sem acreditar muito na minha própria resposta. É estranho, Dane, geralmente, já teria me mandado pelo menos umas cinco mensagens a esta hora, e nas manhãs em que não acordo com ele aninhado a mim, acordo com uma ligação ou mensagem de "Bom-dia".

— Em um domingo?

— Ele recebe ligações nos domingos o tempo todo.

— Enfim, por que não ficou com ele ontem à noite?

— Não sei. — Humm, agora que ele mencionou, por que Dane não exigiu que eu ficasse com ele no sábado à noite? Sinceramente, não fiquei pensando muito na logística quando ele me deixou no dormitório, mas agora que prestei atenção, alguma coisa está errada.

— Vou mandar uma mensagem, só por precaução.

— Se liga; ele não vai responder.

Seus dedos grandes estão espancando a tela do celular e dou uma rápida olhada, rindo na mesma hora; Sawyer é o tipo de safado que digita com um dedo só. Ligo a música de novo, mas ele se joga para a frente, desesperado.

— Não, chega, por favor! Vou ser bonzinho, juro — ele implora. — De volta para minha primeira pergunta, para onde a gente tá indo?

---

[3] Referência ao serviço de 'desaparecidos' que é impresso na parte de trás das embalagens.

Inspiro o máximo de ar que meus pulmões aguentam, depois solto em uma calma e lenta expiração.

— Nós vamos ver a minha mãe. Bem, *eu* vou ver minha mãe, você vai ter que esperar do lado de fora quando chegarmos lá. São as regras deles, não minhas.

— Regras de quem? — ele questiona, torcendo a boca.

Sua reação comprova um fato para mim: Dane não falou sobre esse assunto com ele, o que eu tinha quase certeza, mas é bom ter minha confiança fortalecida.

— Minha mãe não está bem. Ela foi embora quando eu era bem pequena e nunca soube o porquê, ou para onde ela foi.

Paro, esperando que fale alguma coisa, mas ele permanece calado.

— Dane a localizou, e descobriu que ela tem um problema. — Recuso-me a dizer qual, porque, sinceramente, não sei o suficiente para responder qualquer pergunta que ele possa ter. — Ela mora em uma casa especial onde eles podem ajudá-la.

Isso é o máximo que ele vai saber, e não acredito que contei tudo isso. Mas Sawyer é do tipo que ladra e não morde, um dos caras mais incríveis que conheço, e confio nele.

— Você visita sua mãe com frequência?

— Nunca. Essa vai ser a primeira vez que a vejo em quase uma década.

Ele dá um longo assovio, passando a mão em sua cabeça quase raspada.

— Por que hoje, agora? Dane deveria estar aqui com você pra isso, Gidget, não esse idiota insensível.

Insensível, uma ova. Quem ele pensa que está enganando? Se você, de alguma forma, conseguiu que Sawyer – acabei de perceber que não sei seu nome do meio –, Beckett o acolhesse em sua bolha atenciosa, protetora, hilária e leal... você encontrou uma mina de ouro. Tenho muita sorte de tê-lo como amigo.

— Primeiro, já determinamos o motivo de Dane não estar comigo. Segundo, sou perfeitamente capaz de tomar decisões precipitadas e sentimentais sozinha. E terceiro — troco as mãos no volante para dar um empurrãozinho amigável em seu ombro com a direita —, você não é nem de longe o cara insensível que diz ser, Grandão. Na verdade, fico grata por te conhecer, por você estar aqui.

Com certeza, TDPM. Eu poderia escrever uma propaganda de absorventes agora mesmo.

— Além disso, sou gostoso pra caralho.

E Sawyer nos faz voltar ao normal.

— Isso também — admito, revirando os olhos – o que ele não vê.

Quando chego, Joan, com quem falei no celular, e uma mulher baixa, de cabelo escuro, com um olhar gentil e sorridente, chamada Tammy, me encontram na porta. Joan me entrega um crachá para prender em minha camiseta antes de passar um negócio de detector pelo meu corpo. Enquanto ela faz isso, Tammy, pelo visto a guardiã e prima da minha mãe, tagarela sem parar sobre a última vez em que me viu e quão fofa eu era. Ela poderia ter caído de uma árvore em cima de mim, e ainda não teria me lembrado dela.

— Preciso que você tire suas chaves, celular, e qualquer joia de seus bolsos, e coloque aqui. — Ela me entrega uma bandeja. — Serão devolvidos quando você for embora.

Não resmungo "mas que porra" em voz alta, mas sei que minha cara evidencia isso.

— É por razões de segurança — Tammy diz e dá tapinhas em meu ombro. — Eles precisam garantir que ninguém traga nada que eles poderiam usar para se machucar.

Como você se machuca com um celular? Não – não quero saber.

— Sua mãe está tendo um dia muito bom. Está tão animada para ver você. — Tammy me envolve em um abraço invasivo que, por algum motivo, eu permito. — Fico tão feliz que tenha vindo, Laney.

Fico calada, nem tentando inventar algo para dizer. Você poderia me entregar um dicionário e uma enciclopédia agora, que eu, ainda assim, não seria capaz de descrever o que estou sentindo. O ápice de cada medo, insegurança e autoproteção que carreguei durante anos, está chegando ao fim. Ao ficar cara a cara com a mulher que me aguarda no final do corredor, enfrentarei a origem de tudo isso. Se eu confrontar o problema de cabeça erguida, não precisarei mais me esconder atrás dele... e isso me faz sentir completa e totalmente vulnerável.

Olha, acho que consigo descrever o que estou sentindo, afinal.

Sigo-as pelo corredor, pisando além das linhas do rejunte das cerâmicas. Sabe aquele negócio de "pise em uma rachadura e você vai quebrar a coluna da sua mãe"? Pois é, essa musiquinha começou a tocar na minha cabeça, e por isso, é claro, estou dando grandes passadas como uma idiota. Como uma menininha assustada.

Ela está sentada na beira de sua cama quando entramos, a cabeça abaixada, encarando as mãos em seu colo, que está coberto com uma manta estilo anos 70, laranja e verde cor de vômito. Tammy anuncia nossa chegada e ela ergue o rosto; agora, dela, eu me lembraria se caísse de uma árvore em cima de mim. Há algumas rugas ao redor de seus olhos, que não são tão castanhos quanto os meus, mas já sei de onde vem o tom esverdeado que, às vezes, dá as caras. Ela é muito magra e de aparência frágil, e tem alguns fios brancos surgindo em seu cabelo castanho... mas eu a reconheceria em qualquer lugar.

Não sorrio, nem ela. Não me aproximo, nem ela se levanta.

Nenhuma de nós fala nada.

Meu olhar permeia por seu quarto, que é maior do que eu teria imaginado e é a cara dela, até onde sei. As paredes são um santuário para... mim. Há fotos minhas em cada parede, a maioria do anuário ou artigos de softbol do jornal que foram emoldurados.

— Laney, gostaria de se sentar? — Tammy pergunta, educada.

Nego com a cabeça, ainda absorvendo todas as fotografias, tentando organizar meus pensamentos dispersos.

— Trish, por que não mostra à Laney seu álbum? — Mais uma vez, ela tenta iniciar um diálogo; qualquer coisa para quebrar o gelo.

— Você quer ver?

Se cada sentido não estivesse secreta e profundamente apontado para ela agora, eu não teria escutado. Não se engane – posso estar encarando as paredes, sem fazer contato visual, mas sinto até quando ela pisca.

— Claro — respondo, começando a pensar em talvez me aproximar.

Por baixo da manta, ela tira um grande álbum de recortes; estava logo ali embaixo, apenas esperando.

— Laney ganhou o Campeonato de Arremesso de bolas de tênis, na 6ª série, nas Miniolimpíadas. Segundo lugar nos 200 metros rasos. No cabo de guerra, eles perderam.

Claro que perdemos! Kaitlyn estava gripada e eu era a única menina no time que tinha algum músculo. As garotas de Westwood eram alimentadas com milho e foram contrabandeadas do 1º ano do Ensino Médio, tenho certeza!

Duas risadas diferentes, se misturando em harmonia, me assustam o bastante para me fazer virar e olhar. O rosto da minha mãe parece mais jovem quando ela sorri, segurando a lateral de seu corpo por causa do riso. Tammy está fazendo praticamente a mesma coisa.

Ohhh... pelo visto, meu desabafo sobre as trapaceiras à base de esteroides foi feito em voz alta.

Também cheguei um pouquinho mais perto dela, atraída pela melodia do seu divertimento.

Recompondo-se agora, ela vira a página.

— O ponto campeão de Walker ficou na primeira página na 8ª série. Um *two-run homer* feito por Laney Walker ganhou o jogo e mandou as *Bandits* para as regionais. Perdi esse; era longe demais e Tammy não consegue dirigir muito bem à noite. — As pontas de seus dedos percorrem as letras na página amarelada. — Laney é uma rebatedora poderosa. 480 jardas esse ano. Treinador Walker, seu pai, espera grandes coisas dessa garota.

Sua fala é alegre, despedaçada, e, às vezes, acho que ela está lendo, às vezes, relembrando alto, ou talvez repetindo o que ouviu... não sei dizer ao certo.

Um pouquinho mais perto. Ela vira outra página.

— Começa a escalação deste ano para dominarem. Duas calouras do time ficarão no banco.

Okay, essa, com certeza, foi copiada do artigo.

Assim por diante continua, até que a lateral da minha perna está encostando na beirada de sua cama, e em algum momento no meio de seu monólogo descrevendo minha formatura do Ensino Médio, na qual eu não fazia ideia que era a 418ª pessoa a subir no palco, sento-me ao seu lado.

Ela fecha o álbum e me encara, seus olhos marejando.

— Me desculpe, Laney.

— Pelo quê?

— Trish... — Tammy tenta interromper, mas é silenciada com um rápido aceno da mão da minha mãe.

— Por ser como sou, por ter precisado ir embora. Mas nunca estou longe demais. Você recebeu suas flores?

Uma frase, muitas informações, e de que flores estamos falando? Ganhei flores várias vezes. Pensei que tinha um admirador, depois um perseguidor bizarro. Acabou que eu tinha uma mãe não-muito-bem-mas-observadora. Prefiro mais a última opção.

—Laney?—Tammy vem se sentar do meu outro lado, segurando minha mão. — Sei que é muita coisa para absorver, e é importante ir devagar, conversar ao longo do tempo, para o seu bem e o de sua mãe, mas, por favor, saiba de uma coisa: sua mãe sempre te amou. Ela sempre se manteve a par de sua vida e de suas grandes conquistas.

— Eu mesma posso falar isso! — Minha mãe se irrita.

— Sim, é claro que pode. — Tammy se desculpa.

Sinto que talvez seja minha vez.

— Eu não sabia que era você; pensei que tinha um perseguidor. Poderia ter assinado os cartões. Não sabia o que tinha acontecido com você até o último Natal. Dane me contou.

— O jovem rapaz com quem falei — Tammy informa.

— Eu sei disso! — A voz da minha mãe ainda está muito alterada. — Ele é seu namorado? — pergunta, de repente, mais gentil comigo.

Encaro-a, meus olhos emocionados. Estou prestes a conversar sobre garotos com minha mãe.

Estou prestes a conversar sobre garotos com minha mãe!!

Finalmente.

Isso é, provavelmente, cedo demais e ela não mereceu, exceto por toda a coisa de me dar à luz... mas, meu Deus, como sinto meu coração flutuar – estou trocando confidências com minha mãe! Sério, é impressionante o tanto que o coração perdoa mais rápido do que a mente.

— Sim — engulo em seco —, mãe. Dane é meu namorado.

Seu sorriso aquece todo o seu rosto e ela, timidamente, estica a mão para tocar em meu cabelo.

— Ele é bom pra você?

— Muito — dou um gritinho e balanço tanto a cabeça que parece que vai cair. Suspiro. — Você nem imagina. — Uma lágrima escorre pela minha bochecha, talvez porque estou falando sobre Dane e me sinto tão desconectada dele hoje, ou talvez seja porque minha mãe está afagando meu cabelo.

— É assim que deveria ser, meu anjo, tudo o que seu coração puder aguentar. Laney é uma boa menina, nunca se mete em problemas, boas notas, ama seu pai, tão bonita e inteligente. Tammy diz que ela se veste como uma mocinha, vai para casa cedo. Laney é uma filha da qual se orgulhar. — Sua mão continua acariciando meu cabelo, mas seu olhar muda, uma fraca luz por trás agora.

O que aconteceu? Sinto que a perdi.

— Contei para o meu pai que te encontrei. Ele também não sabia onde você estava. Mas ele não está bravo.

Ótimo, agora tenho Síndrome de Tourette[4].

Sinto a mão de Tammy tocar meu ombro, então me viro, vendo seu sorriso triste.

— Acho que talvez isso basta por hoje, Laney.

— Sinto muito, simplesmente escapou. Eu não deveria...

— Shhh, está tudo bem, menina. Sua mãe nem ouviu essa última parte. Vamos nos despedir e conversar na saída, okay?

— Oh, okay. — Levanto-me, confusa e desorientada.

Minha mãe está deitada agora, olhos abertos e focados em mim.

— Um bebê tão lindo. Você nunca chorou, sempre sorriu e ficou babando. Sua primeira palavra foi "Papa". Eles nunca dizem "Mama" primeiro — ela comenta, sua risada misturada com cansaço.

Não quero ir embora. Quero ficar e conversar, fazer perguntas, sentir seu cheiro, contar todo tipo de coisa, mas acabou.

— Tchau, mãe — consigo dizer, me recusando a terminar minha primeira visita chorando. — Até mais. — Pego sua mão e a aperto.

Ela aperta de volta.

— Como foi? — Sawyer apressa seus passos para envolver meus ombros com o braço.

— Bem, acho.

Não tenho nada a que comparar, mas imagino que tenha ido muito bem.

— Você está pálida, Gidget. Você está bem? O que aconteceu? — Seu braço me aperta ainda mais contra seu corpo e ele beija o topo da minha cabeça. — Eu dirijo, vamos, garota.

Sawyer me ajuda a entrar na caminhonete. Tudo o que percebo é que ele está dirigindo e não tem música. Fora isso, estou em transe. É como aquela sensação de ter a cabeça pesada, como se estivesse com uma infecção de ouvido muito ruim, e não pudesse se livrar dela.

---

4   Síndrome caracterizada pelo uso involuntário de palavras, gestos e tiques.

— Você é próximo da sua mãe? — pergunto, de repente, aleatoriamente, quebrando o longo silêncio no qual estávamos inseridos.

— Não — ele diz, com facilidade.

— Sente falta dela?

— Talvez eu sinta falta de ter uma mãe, mas prefiro ficar sem, do que ter a versão dela.

— Qual é a versão dela?

Não tenho filtro nenhum... devo estar delirando por causa da "infecção de ouvido".

— Uma aspirante à puta despreocupada.

Porra. Ele deve estar com alguns problemas pseudoauditivos também. Não somos uma pilha cheia de eloquência?

— Sawyer... — Tive toda a intenção de repreendê-lo, mas saiu como algo solidário e cansado. — Desculpe ter perguntado.

— Não se preocupe, Gidget. Então, resuma pra mim a visita à sua mãe hoje.

— Minha mãe não é rude nem má, sua mente apenas não funciona como as das outras pessoas; ela não tem culpa. Pensou que estava nos fazendo um favor ao ir embora.

Percebo que, com essas poucas palavras, eu a perdoei. Vi hoje em primeira mão; ela não foi viajar ou encontrar um homem diferente e começar uma família nova. Ela mora em seu quarto, seu mundo, pensando em mim e tentando agarrar pequenos fragmentos do que precisou deixar para trás para que eu pudesse ter uma vida normal... seja lá o que isso quer dizer.

— E quanto ao seu pai? — pergunto a ele.

— Não faço ideia.

Com certeza, poderia ser bem pior para mim. Meu pai é o melhor dos melhores, e ele nunca me acorrentou a uma madrasta cruel.

— Sawyer, eu te amo. Dane também. A galera toda. Você sabe que pode contar com a gente, né?

— Sim, Gidget. — Ele se vira para mim e me dá um típico sorriso Sawyer, cheio de covinhas e profundos olhos azuis. — Eu sei. Não sinta pena de mim agora. Estou muito bem.

É a primeira mentira que Sawyer já me contou, mas não o censuro por isso. Do contrário, deixo pra lá, encostando a cabeça contra minha janela, contando minhas respirações; não tenho nada mais a dizer.

— Laney?

Sai daqui, coisa do sonho falante.

— Gidget, acorda.

Abro os olhos, vendo o rosto de Sawyer pairando sobre mim enquanto ele me sacode.

— Humm? — é tudo que consigo murmurar. Acho que apaguei na viagem para casa.

— Você confia em mim, Laney?

— Humm?

— Você é meio que um zumbi quando acorda, né?

Estou lúcida o bastante para processar a risada de Sawyer por causa da minha condição desiludida.

— Onde estamos?

— Aeroporto. Confia em mim?

— Sim, Sawyer — resmungo, sem gostar do ataque de *vibes* estranhas e perguntas assim que acordei. — Por que estamos no aeroporto e por que precisa da minha confiança?

— Vamos, eu te explico no avião. — Ele segura minha mão e me ajuda a descer da caminhonete.

Ah, tudo bem, claro, deixa eu entrar em um avião com você, para sabe Deus onde, logo após o dia mais emocionalmente pesado da minha vida.

Ele está chapado?

— Sawyer, para! Explica agora, você tá me assustando pra caralho. — Solto minha mão e me recuso a sair do lugar.

— Não estou te sequestrando! — Ele se vira com um sorrisinho que precisa desesperadamente ser arrancado da sua cara. — Relaxa, estou tentando ajudar você, todos vocês. Sério, às vezes, parece que você e Dane são uma única alma dividida em dois corpos. Até se envolvem no maior drama no mesmo dia, sem saber. Por outro lado, não contam nada um ao outro, pelo menos, não as coisas importantes. Vocês me confundem pra cacete.

Ele. É. Irritante.

— Pode tentar de novo, digamos, em português? — Abaixo os ombros e suspiro alto. — Do que você está falando?

— Encontrei Dane. Deveria ter percebido antes, mas, como eu disse, vocês dois têm os maiores progressos e confusões no mesmo dia, então não percebi. Seu garoto teve um dia cheio e precisa de você. Estou te levando até ele.

— Onde ele está?

— Connecticut.

Logo ali; claro, vamos lá. Imagino se meus amigos atuais sabem que realmente existem pessoas no mundo que precisam esperar as outras atenderem o celular ou dirigir para casa, porque não têm aviões particulares a postos.

Vendo como estou encarando um avião, escadas abaixadas e pronto para nos levar ao resgate de Dane, acho que não.

— Vamos voar para Connecticut?

— Sim.

— Como o encontrou? Esse avião é dele, não é?

— Esforço coletivo e sim, um dos dele. Liguei para Tate, Whitley, geral, enquanto você estava na visita, e finalmente encaixamos todas as peças. Tate reservou o voo pra gente e um carro que nos aguarda; Whit localizou o endereço onde tenho certeza de que o encontraremos. Agora, tudo que precisamos é de você dentro do avião.

Relaxo minha postura, deixando-o me puxar agora na direção do avião que nos espera. Ele não falou com Dane, o que me diz que vamos aparecer de surpresa. Se Whitley sabia, e ele está em Connecticut, isso é algo sobre o passado dele; sua vida antes da Geórgia.

Parece que meu amor passou o dia com seus próprios fantasmas.

— Tudo bem, vamos. — Endireito os ombros e embarco, pronta para descobrir outra parte de Dane.

CAPÍTULO 24

ATORMENTADO

Dane

Laney deve estar morrendo de preocupação. Ignorei suas ligações e mensagens o dia todo, como o covarde que sou, sentado aqui em meu carro, me escondendo de todo mundo. Simplesmente não consigo falar com ela agora. Não posso ser quem ela pensa que sou, seu homem forte e competente. Hoje não.

Samantha sai pela porta da frente da casa que estive encarando por horas e me abaixo mais no banco, rezando para que ela não me veja. Ela me odeia e não a culpo. Tenho uma vida nova na Geórgia, onde uma garota espetacular me ama, meu irmão prospera, e tenho tudo que o dinheiro pode comprar enquanto ela está aqui, lidando com a vida que impus a ela.

Tão forte, persistente, leal e amável – Samantha é um anjo. Seu cabelo castanho está puxado para trás, sua beleza é clara até mesmo daqui. Ela ainda parece jovem e linda, mas seu modo de andar e postura mostram que está cansada, tensa por causa de todos os anos carregando meu fardo.

Ela não aceita minha ajuda, meu dinheiro, minhas ligações; nada. Fui enterrado junto com todas as coisas que ela não quer pensar a respeito; a dor, raiva e traição são demais. Quero descer, sair correndo pela rua, e implorar para que ela me deixe ajudá-la, mas em vez disso, observo de longe, o covarde encolhido, enquanto ela tira a cadeira de rodas da traseira de seu carro.

CAPÍTULO 25

OTIMISTA

Laney

Ofego quando as rodas tocam a pista; me assusta toda vez. Acabamos de pousar em Connecticut após o voo mais curto do mundo, sem quase me dar tempo de arrancar alguma informação útil de Sawyer.

Ele acredita que o que está fazendo é o certo, disso tenho 100% de certeza, mas não posso evitar ficar receosa. Não sou muito boa em aparecer em situações grandiosas às cegas e sem ser convidada, e Dane, obviamente, não quer que eu saiba, nem precisa da minha ajuda, já que ele não confia a mim os detalhes de seja lá o que está fazendo hoje. Então, sim, minha boca fica seca e meu estômago embrulha quando tento adivinhar o que estou prestes a descobrir.

— Sawyer, você tem certeza disso? — pergunto a ele pela décima vez, no mínimo.

— Você o ama, Laney? O tipo de amor que ajuda e apoia em qualquer momento?

Amo, sem dúvida nenhuma. Porém, tem algumas coisas que não me fariam ficar. Se eu o encontrar com outra mulher, vou embora, mas tenho toda a certeza do mundo de que não é isso que está acontecendo com ele hoje. Dane não faria isso, estou certa tanto quanto sei que estou respirando nesse momento. Então seja lá o que for, sim, estou ao lado dele.

— Completamente.

— Então, sim, tenho certeza. Agora vem, vamos salvar seu homem.

CAPÍTULO 26

PRESTES A PRECISAR DE JESUS

Dane

Ela reaparece cerca de trinta minutos depois, Andy na cadeira de rodas que agora ela empurra até o carro. Por que ela não me deixa pagar uma enfermeira para ajudar com esse tipo de coisa? Andy sequer sabe que ofereci? Ele aceitaria, querendo que ela receba alguma ajuda.

Uma das rodas se prende na beirada da calçada, e como se estivesse em câmera lenta, observo a cadeira virar, ficando apenas sobre duas rodas, enquanto Sam usa toda a sua força para mantê-la erguida. Indesejado, mas necessário, desço do carro e corro pela rua. Segure mais cinco segundos, Sam. Chego bem a tempo de agarrar uma alça e colocar as quatro rodas no chão.

Seis olhos, três peitos ofegantes, um sofrimento.

Nenhum de nós fala, recua ou mexe um músculo sequer por longos minutos.

Mas, como uma mulher, ela não se segura mais:

— Por que caralhos você está aqui? — Sam sibila, ódio irradiando de cada poro.

— Querida, não — Andy coloca a mão no braço dela. — Não seja alguém que não é.

— Você precisava de ajuda. Eu não queria que ele caísse. — Até eu estremeço com minha péssima escolha de palavras, mas Sam arqueja, jogando a cabeça para trás como se alguém tivesse acabado de lhe dar um tapa. — Quero dizer, parecia que...

— Cala a boca! — ela grita comigo. — Você não pode aparecer uma vez por ano e bancar o herói! Não precisamos da sua ajuda!

— Sam, docinho. — Andy, sem poder fazer nada, observa de sua cadeira, tentando acalmá-la. — Por favor, entre, deixe eu e Dane conversarmos a sós. Não quero que fique chateada. Por favor — ele pede.

— Não, não. — Ela balança a cabeça. — Não dê ouvidos a ele, Andy. Não temos nada a dizer a ele, sou eu e você, amor. Ele vai te enganar, te comprar. Não vou deixá-lo fazer isso! — ela está berrando agora, saindo de trás da cadeira dele e vindo na minha direção. — Isso é tudo culpa sua, seu idiota!

— Não dê mais nenhum passo ou você vai se ver comigo. — A voz dela é assustadoramente calma, cortando a tensão com a precisão de uma faca mortal e afiada. — Se encostar nele, encosto em você.

Sam para, de repente, congelada pela voz de outra mulher ao anoitecer. Viro-me lentamente, sem movimentos bruscos na frente da namorada furiosa e protetora que não faz ideia de onde estive o dia inteiro ou no que acabou de se meter, mas sabe que vai me proteger até a morte, independente disso.

Amo minha garota durona pra caralho.

— Quem diabos é você? E por que vocês sequer estão aqui?! — Samantha grita. — Deus, apenas deixem a gente em paz. Você já não fez o suficiente? — Ela empurra meu peito com o dedo a cada palavra.

A mão de Laney se ergue e prende o pulso de Sam, virando e afastando-o do meu peito. Que comece a disputa. A ambição loira de Laney contra a escura e perigosa de Sam... mas adoro as duas mulheres. Ambas são fortes, protetoras e cuidadosas. Conheço minha garota e confio em sua habilidade de agir apropriadamente, então fico parado. Andy, bem, sua boca está escancarada, seu olhar passando nervosamente de uma garota para a outra.

— Imagino que tenha muita coisa do passado aqui, muita coisa que não sei, mas seja lá o que precisa dizer, fale sem encostar no meu homem. Ouviu, menina? Não vou repetir — Laney avisa com uma voz mortalmente calma.

— Dane, sai daqui e leva sua vadia louca com você! Não precisamos mais da sua ajuda.

211

— Ai, Senhor. — Sawyer aparece por trás das sombras. — Você precisa de mais do que ajuda, Sam; você está prestes a precisar de Jesus. — Ele se vira para Laney. — Ela acabou de te chamar do que acho que ela te chamou?

— Sim — Laney assente —, mas estou disposta a deixar passar, contanto que ela mantenha as mãos para si. — Laney lança um olhar fatal para Sam enquanto declara: — Meu pai sempre diz que mulheres que tomam aquela regra de "homens não devem bater em mulheres" como um passe livre para fazer o mesmo com eles, esperando se livrar disso, são manipuladoras e, com certeza, são fracas demais para lidar com as coisas se o tiro sair pela culatra. Então são, provavelmente, fracas demais para sair por aí batendo em qualquer pessoa para começar. O que você acha, Sawyer?

— Acho que seu pai é um homem sábio.

— O mais inteligente que conheço. — Laney levanta uma sobrancelha para Sam, perguntando em silêncio se deixou claro.

Sam, sensatamente, permanece calada, com as mãos ao lado do corpo, imóvel.

— Ótimo, agora que resolvemos isso, por que alguém não me conta o que está acontecendo aqui antes que as coisas saiam do controle de novo?

— Concordo com ela — Andy interpela, apontando para o amor da minha vida. — Samantha, eu te adoro, querida, mas você precisa entrar e se acalmar, deixe Sawyer te levar e acalmá-la.

— Está de brincadeira comigo, Andrew? Esse babaca rico destrói a porra da sua, nossas vidas, e você está me ameaçando?

Suas palavras me perfuram, mas são todas verdadeiras. Apenas olhe o que fiz com essas pessoas maravilhosas, meus amigos, meus companheiros. Samantha é durona, mas é gentil, esforçada e admirável, e ainda assim, a tornei uma mulher que grita furiosa e amarga. E Andy, o típico cara americano, que vai para a faculdade com sua garota, a única menina dos olhos dos pais, e o tirei do campo, colocando-o em uma cadeira de rodas.

E Laney está ouvindo tudo. Tudo o que nunca quis que ela soubesse. A parte de mim que ficou em Connecticut quando fui para a Geórgia... para encontrá-la.

Ela vai me deixar agora, com certeza, levando junto qualquer esperança de felicidade.

— Sawyer — Eu o chamo.

— Pode deixar, Chefe — ele murmura, agarrando o corpo de Sam, abaixando seus braços e levando-a rapidamente para a casa. — Bom te ver,

Andy, você está ótimo, cara! — diz ele, por cima do ombro enquanto leva uma Sam furiosa, que está chutando suas canelas com força, para dentro.

— Laney. — Viro para ela, meu olhar implorando para que não me deixe para sempre, para que perdoe o homem que uma vez fui. — Pode, por favor, dar a Andy e a mim algum tempo a sós? E tente não me odiar antes que tenhamos a chance de conversar, de me deixar explicar.

Ela me ignora, estendendo a mão para Andy com um sorriso radiante.

— Oi, sou a Laney. Não sou nem um pouco louca, juro. Espero que entenda por que não pude deixá-la continuar a agir daquele jeito.

— Entendo, entendo. — Ele ri, balançando sua mão com aprovação no olhar. — É muito bom te conhecer, Laney. Já posso dizer que gosto de você.

Esse é o Andy, sempre otimista, o tipo de cara o copo-parece-estar-bem-cheio.

— Amor, por favor. — Tento mais uma vez convencê-la a ir. Não posso compartilhar minha vergonha com ela agora, na frente do Andy. Quero pelo menos privacidade quando ela me disser que não pode amar um monstro.

— Dane Kendrick — ela rosna, enquanto se vira para mim, as bochechas coradas, lábios franzidos e rígidos, olhos... seus olhos estão cheios de amor, mas sei que isso logo vai mudar e o pensamento me deixa desolado e desesperado.

Merda, que desastre! Como ela sequer me encontrou? Como chegou aqui? Estamos em Connecticut, porra! Juro por Deus, Sawyer e seu traseiro altruísta poderiam achar uma agulha no palheiro. Vendado. No escuro.

— Você está escutando de novo agora? — ela pergunta, e rapidamente assinto, me sentindo tudo, menos o chefão agora. — Como eu estava dizendo, você sumiu o dia inteiro. Fui ver minha mãe depois de anos e anos de vazio, comecei a realmente questionar a mentalidade do Sr. Disney, voei para o outro lado do país em um piscar de olhos com aquele Neandertal ali e vi uma mulher tentando te dar uma surra. Não repita isso; não vou sair. Eu te amo, portanto, seu homem mandão e teimoso. Estou. Com. Você.

Provavelmente, eu deveria focar na parte sobre sua mãe, uma revelação enorme com a qual a deixei sozinha, mas as últimas seis palavras são tudo o que ouço, tocando em minha mente, repetidamente, como a melodia perfeita.

— Tudo bem, amor. — Suspiro, virando para Andy. — Ela não é a que manda o tempo todo, sério — explico, tentando melhorar o clima.

— Ah, estou vendo — ele provoca, mas seu rosto rapidamente fica sério. — Como você está, Dane?

— Melhor do que mereço. — Sinto-me um idiota por perguntar, mas parece o normal a se dizer em seguida. — E você?

— Estou bem. Sei que não acredita nisso, e minha garota é tão loucamente protetora quanto a sua, então ela faz parecer terrível, mas estou mesmo bem.

— Não seja tão duro com Sam. Ela te ama, cara.

— A melhor coisa que já me aconteceu. Eu ia deixar ela te bater.

— Não posso dizer que não esperava; não posso culpá-la. Sei que não devia simplesmente aparecer, mas hoje é o dia...

— Sei que dia é hoje — ele me interrompe.

Olho para Laney, imaginando se Sawyer contou tudo ou se ela está aqui sem saber, me apoiando com boas intenções, a mão fazendo círculos nas minhas costas.

Bem, se ela não sabe, está prestes a ouvir uma bomba. Tem algumas coisas que vim aqui para dizer, ela escutando ou não.

— Eu... caramba... — Embaralho-me, procurando as palavras. — Eu queria vir e me desculpar. Sinto muito mesmo, Andy, você precisa saber o quanto falo sério. Faria qualquer coisa para trocar de lugar com você. Queria que você aceitasse minha ajuda, me deixasse cuidar das coisas pra você, já que não pode...

— Não posso o quê? Fazer amor com minha mulher? Valeu — ele brinca, sua risada forçada e sarcástica —, mas não quero sua ajuda com isso. Desculpe — ele diz para Laney, corando.

— Eu ia dizer trabalhar — murmuro.

— Do que você está falando? Eu trabalho, seis dias por semana, com programação de computadores. Ganho um belo dinheiro com isso também. Sam está quase terminando seu curso de enfermagem, pelo qual ajudei a pagar, e estamos comprando essa casa. — Ele aponta para trás. — Estou com raiva, mas não de você, Dane. E algumas coisas são desafios para mim, mas estou longe de ser incapaz. — Sua voz está aumentando em volume e intensidade. — Minha vida não é ruim, Dane. E o que é ou não é — ele para, garantindo que eu o escute —, não é culpa sua.

— Tendo a concordar com Sam — retruco, sem deixar me safar dessa. Sinto a mão de Laney parar de se mover e ficar rígida em minhas costas.

— Sam está com raiva, mas não de você, na verdade, apenas da vida. Ela se sente traída; há coisas que não posso fazer por ela ou por mim mesmo.

Nem consigo imaginar em não poder fazer amor com Laney. Pior ainda, não consigo imaginar Laney tendo que continuar fiel a mim, sem nunca sentir o peso do homem que a ama em cima de seu corpo, a respiração e o suor se misturando, acalentando-a.

— Eu tirei isso de você.

— Você não é tão poderoso assim, Kendrick. — Sua risada é sincera agora, mas não adianta nada para tentar diminuir minha culpa. — Fiz minha escolha. Você não segurou uma arma contra minha cabeça. Agora para com essa porra, já deu. — Esse homem, destruído, mas mais forte que qualquer um que conheço, é a personificação da valorização da vida. Não mereço seu perdão, mas graças a Deus, pareço ter.

— O que posso fazer por você, Andy? Sério, qualquer coisa, é só dizer. Por favor, me fala, significaria tudo pra mim te ajudar da maneira que eu puder.

— Jesus, mas como você é teimoso. Vou te dizer. A gente deixa em aberto, e se algum dia eu achar que preciso de algo, te aviso. Agora, vamos ver se Sawyer ainda está vivo.

Eu deveria saber, entre ela e Sawyer, que eles me encontrariam, me forçariam, e viriam atrás de mim. Aqueles dois juntos – problemão.

De alguma forma, quando conseguimos entrar na casa, Laney achou um momento para conversar com Sam, acalmá-la e ouvir o lado da história de alguém que foi mais afetado do que eu. Você pode imaginar nossa surpresa quando as garotas ficaram um tempo na cozinha, sozinhas, e não ouvimos nada que indicasse algo quebrando ou troca de socos, e ainda não decidi se imaginei ou não, mas acho que elas podem ter se abraçado quando fomos embora.

Simplesmente tem algo na Laney; ela atrai as pessoas como abelhas ao mel.

Quando entramos no avião para ir para casa, Laney estava cheia de perguntas e não me deixaria esconder mais. No minuto em que decolamos, ela se sentou no meu colo, que foi uma jogada muito inteligente para me manter parado em um lugar.

— Então, Andy, um cara bem crescidinho, decide saltar de paraquedas com seu melhor amigo, você, e, infelizmente... de forma trágica... ele abre tarde demais, atingindo o chão com força o suficiente para paralisá-lo da cintura pra baixo. Estou certa até aqui?

— Sim.

— Entendo a raiva; é uma merda injusta. Mas o que não entendo é: como isso é culpa sua?

— Eu o convenci a ir, enchi o saco... talvez tenha até o chamado de covarde, até que ele concordou. — Deus, mas consegui. — Quando meus pais morreram, eu estava sozinho, era jovem, de repente, muito rico e puto com tudo e todos. Torrei setenta mil em poucos meses, Laney. Bebidas, drogas, viagens, mulheres, festas; era um caminho inteiro de autodestruição, merdas de "foda-se o mundo". Andy era um cara bom, com o mundo inteiro à sua frente, apaixonado por Sam, jovem, livre, e meu traseiro intrépido não-estou-nem-aí o colocou em uma cadeira de rodas pelo resto da porra da sua vida! Enquanto isso, o cara que não valorizava a vida se safou!

— Você segurou uma arma contra a cabeça dele e o forçou a fazer aquilo?

— Não. — Franzo o cenho com sua pergunta, sabendo onde ela quer chegar.

Ela simplesmente beija a ruga em minha testa.

— Ah, então você o empurrou do avião?

— Você sabe que não. — Fecho os olhos, esfregando meu nariz atrás de sua orelha, enterrando meu rosto em seu cabelo macio e cheiroso... onde ninguém pode me encontrar.

— Sabe onde quero chegar com isso, certo?

— Eu sei onde você quer chegar, Laney! — Sawyer e sua audição biônica gritam da frente do avião. Não tão na frente, tipo na cabine do piloto, Deus nos ajude, mas na entrada, para nos dar privacidade atrás.

— Não foi justo. Minha ideia, meu percurso, meu desprezo desenfreado pela vida... a punição dele. Não consigo me perdoar, e estava com tanto medo de que você visse o estrago que causei e me deixasse. Eu era uma pessoa horrível, mas juro, Laney, não farei nada além de mantê-la segura, sempre.

— Para. — Ela me silencia, colocando dois dedos em meus lábios. — Acredite em mim. Confie em mim para te amar não importa o que aconteça, do mesmo jeito que confio em você. Dei tudo a você, tudo o que sou e serei, deixando para trás o que eu era. Estou pedindo para que faça o mesmo.

— Você não faz ideia do tanto que eu te amo, Laney. — Ela levanta os dedos, minhas palavras soando mais claras agora. — Você é a melhor coisa sobre mim. A única coisa no mundo inteiro, mais linda que você, é o meu amor por você.

Ela se derrete completamente em meus braços, e suas mãozinhas começam a perambular pelo meu corpo. Sei que ela pode sentir o que está fazendo comigo, o que a incentiva ainda mais, sua bunda rebolando com força enquanto seus dedos passeiam.

— Amor. — Solto um gemido, estremecendo quando sua mão encosta no meu abdômen por baixo da camiseta. — Nós temos que parar. Estou prestes a te satisfazer, vou ter que fazer isso, e não quero mesmo que Sawyer assista.

Sua risadinha em meu pescoço não ajuda a situação.

— Podemos ser silenciosos. — Ela dá leves beijos contra a pulsação em meu pescoço agora, testando minha determinação.

— Eu nunca — mordisco o lóbulo de sua orelha —, nunca deixaria outro homem participar do seu prazer. É tudo meu — rosno em seu ouvido, lambendo a pele da maneira como quero fazer com seu corpo.

— Então pare de fazer isso. — Seu pedido rouco quase me faz mudar de ideia, quase.

— Te quero tanto, amor, mas não aqui, não agora.

— Tudo bem. — Ela faz um biquinho. — Vamos conversar então. — Ela volta para o seu assento, nos poupando do *voyeurismo* em sua máxima expressão. Ela sabia tão bem quanto eu que Sawyer teria corrido para cá... o sexto sentido dele teria apitado no primeiro botão aberto.

— Me conta sobre a visita à sua mãe, o que levou a isso?

— Foi bem bacana. Ela muda da terceira para a primeira pessoa, e do passado para o presente quando fala, mas ela me ama. Ela tem várias fotos minhas espalhadas pelo quarto e um álbum de recortes bem legal.

— Então está feliz por ter ido? — Ergo sua mão, beijando suavemente cada dedo, e depois sua palma.

— Estou. — Ela assente, determinada. — Acho que vou voltar. Se eles deixarem, gostaria que você fosse comigo.

— Eles vão deixar, e estarei lá. — Dou uma piscadinha, afirmando que ela não precisa se preocupar, tenho meios para isso e estarei bem ao seu lado da próxima vez.

— Quase esqueci... — Ela volta para o meu colo, o que me diz que ela, sem dúvidas, quer alguma coisa. É bem fofo, na verdade, ela ainda não descobriu que não precisa me persuadir; o que ela pedir, é dela. — Você vai pagar pela fertilização *in vitro* da Samantha e do Andy quando eles estiverem prontos, okay? Realmente acho que esse é o maior motivo da raiva da Sam. Ela quer filhos, e Andy não pode, bem, e...

217

— Pode deixar, amor. Nada me deixaria mais feliz. Pagarei para que eles tenham uma cambada toda.

— Sabia que faria. — Ela sorri, satisfeita tanto consigo mesma quanto comigo. — Você é maravilhoso assim. — Contente, ela repousa a cabeça em meu peito, as mãos em volta da minha cintura. — Dia cheio... estou tão cansada — sussurra, com um bocejo.

— Estou com você, linda. — Encosto meus lábios em sua cabeça, e minha mão se acomoda em suas costas. — Durma um pouco.

Ela dorme contra meu peito, delicada, linda, e totalmente minha. Todo esse tempo estive vivendo com minha culpa, escondendo-a dela, cheio de medo de que ela iria descobrir e me deixar. Todo esse tempo foi gasto à toa, uma vergonha que eu não precisava carregar sozinho; ela me apoiou e me amou com isso, apesar de tudo. Ela está ao meu lado não importa o motivo, e sei, agora mais do que nunca, que sempre estará.

Após pousarmos, me sentindo o mais leve que senti em anos, carrego minha garota dorminhoca do avião até o carro e, em seguida, do carro até a cama.

CAPÍTULO 27

ESSE PORQUINHO...

Evan

— Que música é essa? Eu amei!

— É? — Sim, talvez eu tenha colocado um toque para mim mesmo em seu celular, uma "coisa" minha que pretendo continuar fazendo. Todo cara tem uma – esse é o meu jeito especial de marcar meu território.

— Ai, meu Deus! Sim, é linda. Quero pesquisar e ouvir o resto, qual é o nome?

— *Hey Pretty Girl*, do Kip Moore.

— Ohhh — ela murmura, o som doce que me agrada sem parar.

É, o toque perfeito. Vou ter que ligar mais vezes em vez de mandar mensagens para garantir que ela escute e pense em mim... muito.

— O que vai fazer hoje?

— Tenho ensaio com as Cotovias daqui a pouquinho, mas depois disso estou livre, por quê?

— Estava pensando em ir ver o Parker mais tarde. Minhas aulas acabam à uma hora, e não tenho nada amanhã, até a musculação às 11, então, se você pudesse, pensei que talvez quisesses ir comigo?

Parker precisa conhecê-la. A apresentação no funeral foi curta e, provavelmente, ele e Angie sequer registraram sua presença. Está na hora de fazer isso direito. E se acontecer de darmos um pulo e dizer oi para os meus pais, bem, vai acontecer somente porque estamos na cidade e é conveniente, e tal.

— Quer que eu vá para a sua casa com você?

— Sim, Whit, quero.

O silêncio está me matando; foi cedo demais? Merda! Podia jurar que ela estava se sentindo do mesmo jeito que eu. Praticamente no mesmo segundo em que meu coração decide ir parar no estômago, sua voz rouca retorna:

— Isso seria incrível, Evan. Você quer me buscar no Anfiteatro depois da sua aula?

Não, quero te buscar agora mesmo nesse maldito minuto.

— Estarei lá. Precisa que eu carregue alguma coisa ou pegue sua mochila, ou algo assim?

— Vamos passar a noite?

Não planejei tanto assim. Poderíamos passar a noite na casa dos meus pais, onde eles a fariam dormir em um quarto diferente, com certeza, o que é apropriado e exatamente o que eu deveria estar pensando... que não está nem perto da realidade. Parker mais do que deixaria a gente ficar com ele, mas quão deselegante é isso? Sei que estou na cidade, tem meus pais, mas vou dormir na casa dos Jones porque ele não é um empata-foda.

— Huum, que tal a gente fazer uma mala pra isso e improvisar a partir daí? — Sim, essa é a resposta de um cavalheiro.

— Tá bom. — Ela suspira.

Tenho certeza de que ela estava segurando o fôlego, esperando minha resposta, mas não faço ideia do que ela queria ouvir. Fico feliz que fui neutro.

— Vou só levar minha mochila comigo para o ensaio então.

— Tudo bem, te vejo no Anfi mais ou menos à uma e quinze. Pode ser?

— Perfeito.

Vamos até a casa do Parker primeiro, já que imaginei ser uma boa ideia pegar leve com ela ao conhecer as figuras importantes da minha cidade, ou seja, deixá-la se aquecer antes de levá-la até meus pais. Minha mãe tem a tendência de, bem, dar uma de mãe.

Angie abre a porta para nós, parecendo mais bonita do que da última vez em que a vi, mas ainda há sofrimento em seu olhar que acho que nunca vai desaparecer.

— Evan, vamos entrando! — Ela abre mais a porta para me dar um abraço. — E quem é essa linda moça? — pergunta, carinhosamente, quando vê Whitley parada atrás de mim, tímida.

— Angie Jones, esta é Whitley Thompson, minha namorada — informo, agarrando a mão de Whitley e puxando-a para frente. — Whitley, essa é a mãe do Parker, Angie.

— É um prazer. — Whitley estende sua mão delicada. — Obrigada por nos receber. Isso é pra você. — Ela presenteia Angie com uma caixa vermelha. De onde veio isso?

— Olha essas suas boas maneiras! — Angie acaricia a bochecha dela. — Garanta que isso contagie meu Parker. Ele nem chega perto de ser tão doce quando Evan aqui. — Ela ri. — Entrem agora. Parker e Hayden só foram verificar o gado e devem voltar logo.

Eu me afasto e deixo Whitley passar primeiro, colocando a mão em suas costas. Nos sentamos na sala e Angie se lembra do presente que segura.

— Agora o que poderia ser isso, senhorita Whitley? Me trazer um presente — ela diz, depois estala a língua brincando.

Estou ansioso para ver o que é também e não consigo segurar a risada quando Angie levanta a tampa, mostrando um enorme queijo redondo embrulhado, com biscoitos complementando as beiradas e uma faca prateada chique com um laço em cima.

— Uau, meu Deus do céu! — Angie exclama, tão encantada quanto chocada, tenho certeza. — Whitley, não precisava, mesmo.

— Era o mínimo que eu poderia fazer; você está nos recebendo em sua casa, principalmente sem avisarmos com antecedência. Espero que goste.

— Oh, Evan, querido — Angie me dá um sorrisinho —, ela vai te colocar na linha, não é mesmo? A menos, é claro, que você a traga para o interior primeiro.

— Pensei em chegarmos a um meio-termo. — Pisco para Whitley, pensando no quanto ela é preciosa.

Apenas Whitley poderia ser capaz de trazer um queijo *gourmet* para a esposa de um fazendeiro na primeira visita. E falando em não avisar com antecedência – de onde Whitley tira esses presentes, para toda e qualquer ocasião? Ela deve ter um armário secreto cheio de presentes "caso precise".

— Essa, geralmente, é a melhor escolha. — Angie sorri. — Então, Whitley, já esteve em uma fazenda antes?

— Não, senhora.

— Evan! Vá buscar um dos quadriciclos e mostre o lugar para essa garota. Algo me diz que ela vai amar.

— Quer ir dar uma olhada? — pergunto a ela, com a feição esperançosa. Ela assente depressa, o olhar brilhando com empolgação.

— Bem, vamos lá então. — Estendo a mão. — Se Parker chegar antes de nós, diga a ele que não vamos demorar.

— Pode deixar. Se divirtam, crianças. Ah, e Evan? — ela chama, e viro para trás. —Mostre a ela a árvore preferida de Dale, que tal?

Com esse comentário, sei que Angie é uma verdadeira fã de Whitley.

Whitley saltita ao meu lado até o celeiro, tão cheia de vida, tão receptiva às coisas novas. Sua inocência ingênua e seu entusiasmo despreocupado são contagiantes, me incentivando a correr até ela e envolvê-la em meus braços.

— Você está muito animada — brinco e dou um sorriso.

— Estou meio que flutuando desde que você disse que sou sua namorada. Poucas coisas não me deixariam feliz agora.

— Você percebeu, foi?

— Hum-hum. — Ela morde o lábio inferior, nervosa e empolgada.

— Você está bem com isso?

— Muito. — Ela agora usa a língua, umedecendo o lábio.

Levanto-a, pegando em seus quadris e ela sabe exatamente o que fazer, enrolando as pernas ao redor da minha cintura e as mãos no meu pescoço com um gritinho.

— Você me faz feliz, Whit — suspiro, encostando nossas testas. — Mais do que pensei que fosse possível de novo. É ainda melhor.

É verdade o que dizem – se você procurar nas pessoas o que é realmente sensacional, é isso que encontrará.

E eu encontrei.

Seus lábios se conectam aos meus, ávidos e insaciáveis... ela não aprendeu a beijar nas aulas de etiqueta da sua mãe. Tento acompanhar cada lambida e mordida, mantendo, ao mesmo tempo, meu equilíbrio e meus quadris para trás, para não passar a impressão errada. Felizmente, eu conseguiria andar nesse celeiro até dormindo, então consigo nos orientar, unidos e sedentos, até uma das baias, sentando-a em cima da portinhola.

— Uh... — Whit geme em minha boca, me agarrando ainda mais. — Me deixe, ahhh... — Tudo bem, só um pouco mais — tirar a gente daqui. — Mais um gostinho. — Você está me matando. — Foda-se, e daí se formos pegos?

Sebastian deve estar sentindo a eletricidade no ar, relinchando alto.

— Ahh! — Whitley se assusta e grita. — O que foi isso?

— Ai, Whit — bufo uma risada e começo a gargalhar, me agachando, mas mantendo uma mão nela para que não caia. — Foi um cavalo. — Sem ter parado ainda, tento recuperar o fôlego. — Bem ali. — Aponto para o final do corredor. — Mulher, você me mata de rir.

— Podemos ir vê-lo?

Nem preciso dizer que nosso momento quente passou, cada parte minha já ansiando pelo próximo.

— Claro. — Seguro seus quadris e a ajudo a descer, levando-a até a baia de Sebastian. — Já andou de cavalo?

— Quando eu era pequena, minha mãe tentou me levar a algumas aulas. Mas aqueles cavalos eram enfadonhos. — Ela franze o nariz. — Eles não corriam ou pulavam, nada; meio que só ficavam andando ao redor do professor.

— Você tinha que usar o casaquinho e o chapéu? — provoco.

— Urgh, sim.

Eu estava brincando; foi mal.

— Bem, Sebastian aqui ama correr e pular. Um dia eu te mostro. E ele tem um fraco por meninas bonitas, não é, garoto? — Deixo-o se aconchegar na minha mão. — Olha naquele balde ali. Ele tem um fraco por meninas bonitas que lhe dão guloseimas.

Ela vai até lá e enche a mão de aveia – o favorito dele –, estendendo o braço o mais longe possível de seu corpo. Fico atrás dela, pressionando-a.

— Ele não vai te machucar. — Chego mais perto, nos unindo. — Estique a mão. Tudo bem se cair um pouco, ele gosta da sua mão bem aberta.

— Faz cócegas! — Ela ri quando Sebastian come da sua mão... acho. Não faço ideia do que está acontecendo, sério, já que me perdi entre suas sedosas madeixas loiras e o cheiro doce de morangos.

— Evan?

Eu amo morangos.

— Evan?

— Humm?

— Ele comeu tudo.

— Ah. — Arrumo a postura. — Certo, okay. Está pronta para ver a fazenda, então?

— Sim!

Chego-a para o lado e levo o quadriciclo para fora, batendo a mão entre minhas pernas para ela se sentar.

— Posso dirigir? — ela pergunta, esperançosa, os olhos azuis tão claros e brilhantes como nunca vi.

Acho que o interior cai muito bem nela.

— Veremos. — Dou uma piscadinha, inclinando-me contra ela quando se senta. — Segura firme.

Agora admito, mais uma vez: sou meio romântico, mas qualquer cara durão que pensa que não é... creio que nunca ofereceu o primeiro passeio em uma fazenda para uma garota *sexy*. Toda vez que ela ofega, balançando sua bundinha contra minha virilha enquanto aponta para alguma coisa, toda animada, bem, isso faz algo com um homem; não importa quem você seja.

Compartilhar isso com ela quase faz desaparecer o vestígio de tristeza que sinto quando penso em Dale. Ele amava esse lugar, sua terra e casa, e fazia questão de que fosse tudo o que pudesse ser para sua família. Vou sempre sentir falta dele, mas sei que ele está olhando (espero que não a parte no celeiro mais cedo) e sei que ele iria se divertir com minha garota aqui.

Mostro a ela o riacho, as vacas, todos os galinheiros e o rei da fazenda, Mufasa, o touro Angus premiado dos Jones. Whitley não liga muito para ele e me implora para nos afastar rápido. Próxima parada – os chiqueiros. Agora... por isso, ela pula do quadriciclo e se joga na lama. Parece que alguns filhotes se juntaram à fazenda e Whitley os encontrou na hora.

Alguém poderia pensar, em uma primeira impressão de Whitley, da qual até eu tenho culpa, que a única forma dessa garota dizer "oooh" e "ahhhh" seria levando-a à Tiffany's ou talvez para comprar sapatos. Mas não, tudo que precisa extrair os sons e sorrisos mais adoráveis que você já viu em Whitley Suzanne Thompson são porquinhos enlameados guinchando.

Quando ouvi Laney dizer a Dane que o amava, pensei: "Mentira, não é possível, é cedo demais...". Não tenho certeza do que estou sentindo no momento, mas tenho certeza de que entendo o dilema de Laney um pouquinho melhor agora. Talvez seu verdadeiro eu só floresça na companhia de alguém que o tire de você.

Hummm.

— Evan! Vem cá e olha esses lindos bebezinhos!

Ando até lá, sem jogar lama para todo lado. A visão de Whitley mexe com meu coração. Ela parece tão maravilhosamente alheia que está coberta, até os joelhos em um brejo de... bem, merda de porco, e aquela leitoa enorme quer muito que ela solte aqueles filhotinhos.

— Whit, acho que a gente devia ir. Você está deixando a mamãe de verdade deles muito desconfortável, docinho. Tá na hora de conhecer Parker, também, depois de você se limpar.

— O que eles fazem com seus porcos, Evan?

Eles não acariciam suas bochechas ou assopram suas barrigas, disso estou certo. Ela, com certeza, não vai gostar da minha resposta.

— Bem, eles vendem alguns — esfrego meu pescoço, nervoso —, e... humm, alguns acho que servem como comida.

A reação que se espera, onde a garota enlouquece com a ideia de seus "preciosos bebês" sendo comidos... é exatamente o que acontece. Tem algumas lágrimas, um choro suave e um bater de pés (acho tudo hipnotizante e excitante), mas, principalmente, há uma mulher brava e ressentida o caminho todo para casa. Ela também não cheira tão bem.

— Se sente melhor? — pergunto a Whitley quando ela se junta a nós na sala, parecendo perfeita mais uma vez.

— Sim, muito. Obrigada, Angie, por me deixar usar o chuveiro.

— Imagina, querida. Coloquei suas roupas para lavar.

Ela se aproxima e se senta ao meu lado, com cheiro de Whit de novo, então coloco um braço ao seu redor e puxo-a para mim.

— Então, Whitley, Evan me disse que você tem um assunto a tratar comigo? — Boa ideia, Parker, cutuca a onça com vara curta.

Whitley encontrou rapidamente com Parker e Hayden antes de ir para o banho, mas ainda não tinha libertado sua fúria. Mas eu o avisei.

— Não. — Whitley balança a cabeça. — Pensei sobre isso e entendo. Não sou idiota, nem vegetariana — ela morde o lábio, os olhos marejando —, mas talvez, nesse caso em particular, uh, bem, vou comprar todo o rebanho de vocês!

É isso. Coração - aguente.

Parker rola do sofá, dando uma risada histérica parecida com de hienas, e Angie e Hayden estão tampando a boca, tentando não fazer o mesmo.

Beijo sua têmpora, completamente fascinado.

— Rebanho é para vacas — sussurro em seu ouvido. — É ninhada de porcos, mas, Whit, onde você vai manter um monte de porcos? — Agora até eu preciso segurar uma risada; o pensamento de Whitley juntando uma cambada de porcos é simplesmente sedutor demais.

— Whitley, por que você não vem me ajudar? — Hayden fica em pé. — Vamos ver o que podemos fazer para o jantar.

— Vou ajudar também — Angie diz, ao se levantar. — Vocês, meninos, terão sorte de serem alimentados, provocando a doce Whitley desse jeito. Evan, por que não convida seus pais para virem aqui e comer conosco?

Whitley já está sorrindo quando a encaro e ela dá um leve aceno de cabeça, concordando.

— Sim, senhora — respondo. Se Whit está confortável com isso, então parece ótimo para mim. Mal posso esperar pelo verão para vir para casa de novo, voltando do treino, ajudando Parker com a fazenda e... caramba, preciso descobrir os planos de Whitley.

Não vou passar o verão inteiro sem ela.

Minha mãe e meu pai aceitam na mesma hora; minha mãe, praticamente, saltitando do outro lado da linha quando falo que ela vai conhecer Whitley. Talvez eu tenha ligado para casa algumas vezes e tocado no nome dela. Essa noite não me preocupa nem um pouco; meus pais são as duas pessoas mais amáveis e compreensíveis do mundo, mas não tem necessidade de surpreender ninguém.

— Precisam de ajuda aqui, moças? — pergunto a elas na cozinha. É bom ver Angie sorrindo; acho que ter Hayden por perto vai ser ótimo para ela. E espera até a chegada de um bebê – sei que esse é o plano quase imediato de Parker; ela vai ficar exultante.

— Acho que damos conta, não é, meninas? — Hayden limpa as mãos em um pano de prato e enche duas xícaras de chá, entregando-as para mim. — Faça companhia ao Parker, Evan. Ele ama quando você vem para casa.

— Whit, tudo bem?

Ela se vira na bancada onde está ocupada, cozinhando, e me dá um sorriso hesitante.

— Seus pais vão se juntar a nós?

— Sim, devem chegar a qualquer instante. Minha mãe mal pode esperar para te conhecer.

Ninguém teria percebido, mas eu notei, sua rápida olhada para si mesma, seguida de uma mordida nos lábios, arrumando o cabelo.

— Você está linda. — Pisco, observando-a ponderar, depois aceitar, bem diante dos meus olhos.

Ouço o som de pneus no cascalho lá fora e do latido de alguns cães da fazenda.

— Devem ser eles chegando. Vamos lá, linda. — Estendo a mão, amando o fato de ela segurar sem hesitação.

— Já volto — diz ela, para as outras mulheres.

— Não volta, não — Angie corrige, sorrindo. — Deixe que a gente termina aqui. Charlotte não vai querer dividir você e não vamos querer obrigá-la a fazer isso.

— Ah, tudo bem. — Whitley me lança um olhar questionador e sorrio, sabendo que Angie tem razão.

— Vem. — Dou um beijo rápido em seu nariz e a puxo comigo.

— Nós veremos vocês em casa hoje à noite? — pergunta minha mãe, parada à porta.

— Não sei. — Olho para Whitley, que encara o chão. — Talvez a gente fique aqui, ou volte; não pensamos muito sobre isso.

Minha mãe dá um sorriso sagaz, e manda meu pai ficar quieto quando ele grita para ela: "deixa essas crianças em paz e entra na caminhonete, sua enxerida!".

— Whitley, foi tão bom, finalmente, te conhecer; meu menino fala de você o tempo todo — ela diz, prendendo o pequeno corpo de Whit em um abraço apertado. — Ele, provavelmente, não quer que você veja o quarto dele. Juro, ainda tem cheiro das meias da educação física. Acho que nunca vai desaparecer. Agora, me liga da próxima vez que tiver uma apresentação, porque eu vou assistir. Ah, e garanta que Evan a traga aqui no Dia das Mães, a menos que você vá para casa, é claro, porque vamos fazer um grande almoço com brincadeiras, e...

— Charlotte, juro que vou te deixar aqui! Tenha calma, você vai assustar a menina! — meu pai grita de novo de dentro do carro.

— Ai, querida — ela ergue a mão até a garganta —, não te assustei, não é? — O rosto da minha mãe, de repente, está repleto de preocupação.

— De jeito nenhum. — Whitley ri e a abraça. — Acho você maravilhosa, e com certeza a verei logo. Boa noite, Sr. Allen!

— Boa noite, Whitley, foi muito bom te conhecer, querida — meu pai diz, sua voz toda suave. *Palhaço.*

Quando eles finalmente vão embora, estou exausto. Devo estar calado há uns quinze minutos, apenas pensando e absorvendo tudo. Jantar com minha família e meus amigos mais próximos, todos imersos em amor, risadas, comida boa e cura; Angie feliz e sorrindo, minha mãe sufocando a garota mais incrível do mundo... É, foi uma noite ótima e exaustiva.

Whitley, parecendo nada exausta, pula em meus braços, e eu, naturalmente, sem dificuldades, a seguro.

— Vejo porque você é tão maravilhoso. Seus pais são fantásticos!

— Sim, eles são. — Sorrio, orgulhoso. — Mas não tenho certeza se foi uma ideia muito boa dar seu número pra minha mãe. Ela pode te enlouquecer. Ela sempre quis uma filha.

Whitley se inclina para trás e aperto sua cintura.

— Me gira — ela diz, a voz doce e fascinada enquanto abre os braços e olha para o céu.

Então é isso que faço, devagar a princípio, depois mais rápido a cada gritinho feliz dela. Quando nós dois estamos tontos, seguro-a contra meu peito, ofegante, suas bochechas coradas, o cabelo selvagem por causa do vento.

— Hoje foi o melhor dia da minha vida — afirma, na voz mais *sexy*. — Obrigada, Evan, por me escolher e por me dar tudo o que eu sempre quis.

O meu também, por sua causa, Deus, você é maravilhosa, não me deixe nunca... falo tudo isso através da língua.

— Você está bem? — Não estou me sentindo ótimo também, estando na estrada cedo depois de passar a noite dormindo em cima de palha, com Whitley aconchegada em meus braços. Essa parte foi divina, mas fardos de feno? Não é a cama mais confortável e meu corpo está todo duro essa manhã. Mas como você diz não quando é onde você vai parar, os lábios dela sem te soltar... você simplesmente não diz.

— Ótima, por quê?

— Pensei ter ouvido seu estômago roncando ou algo assim. Está doente? Quer que eu pare e compre alguma coisa para você comer?

— Não, estou bem. Apenas siga em frente. Talvez a gente devesse escutar música? — Ela se inclina para ligar o rádio.

— Eu ouvi isso, Whitley! Você está com dor? Caramba, amor, ouvi você choramingando também. — Em pânico, imediatamente encontro um lugar para estacionar. — O que aconteceu, Whit, fala comigo, onde está doendo? — Passo minhas mãos por todo o seu corpo, procurando, quando outro barulho surge e não veio dela. Mas que p...

— Evan, estou bem, sério — ela insiste. — Vamos só voltar pra estrada e chegar em casa. E música! Estou com muita vontade de ser acordada por batidas altas. Já sei, coloca a música que é meu toque!

A quem ela quer enganar agora? Não esse cara, e espero estar errado nesse momento.

Quando viro a cabeça para olhar embaixo dos bancos, as mãos de Whitley abanam e seguram meu rosto para que eu a encare.

— Me beija, Evan, agora — ela exige, se esforçando ao máximo para parecer *sexy*.

Não vou cair nessa, inclino-me de novo, levantando o cobertor. E lá, como percebi momentos atrás que estaria, está um filhotinho de porco... me encarando.

— Whitley Suzanne Thompson! Você roubou um dos porcos deles?

— Roubar é uma palavra muito forte. Prefiro adquirir, e, sim, adquiri esse porquinho, que agora será chamado de Pequenino.

— Pequenino por alguns meses — zombo —, depois não vai ser tão pequenino. Whitley, você não pode ficar com essa coisa. Vai ficar grande. E bagunceiro.

— Já pensei nisso. — Ela cruza os braços, erguendo o queixo em desafio. — Quando Pequenino precisar de mais espaço, vou alugar uma zona longe do abatedouro do Parker e ir visitá-lo.

Talvez isso realmente funcione. Parker nunca a cobraria, e se ela pedir, ele vai guardar o porco para ela. E... que jeito melhor de passar seu verão indo para casa com seu porco, e comigo. Estou gostando desse plano ridículo mais e mais a cada segundo.

Esse sentimento que mal consigo conter me esmaga, gritando e me fazendo querer escalar um prédio e voar.

— Vem aqui — resmungo e chego mais perto dela. — Você é a coisinha mais fofa que já vi na minha vida. Só quero te morder toda.

— Humm. Vou te cobrar isso.

CAPÍTULO 28

CÍRCULO COMPLETO

Laney

A vida é boa.

As Águias estão ganhando de 28 x 12 e o time está livre como pássaros no domingo de Dias das Mães, então é hora de ir ver minha mãe com Dane. Sam começou a tomar suas injeções antes da fertilização *in vitro* e meu pai teve um encontro com Rosemary, a secretária em seu trabalho, na semana passada!

E Evan, o doce e maravilhoso Evan, chega na aula de Álgebra toda semana com um sorriso no rosto, andando com leveza e assoviando. Vê-lo feliz liberta minha alma e nossa amizade – acho que vai ficar tudo bem.

Primeiro amor? O primeiro amor é muito sobre curiosidade. Li isso em algum lugar e concordo. Mas o que encontrei, e o que acho que Evan talvez esteja descobrindo também, percebo que o único para sempre que éramos para ser um para o outro é na amizade.

Então quando ele me pede para levar Whitley em uma noite das garotas para que possa arrumar uma surpresa para ela, prontamente aceito.

— Preciso de um tempo, tipo quatro ou cinco horas. Você tem o toque de recolher?

— Não, a conferência acabou; a temporada está quase terminando. Mas cinco horas? O que diabos você está aprontando?

— Tudo o que ela não teve quando criança, então o máximo de tempo que você puder me dar, vai ser ótimo.

Olhe Evan em seu *habitat* – sendo um príncipe. Isso cai tão bem nele.

— Parece importante. Precisa de ajuda?

— Sawyer e Zach vão me ajudar.

— Bem, se estarei fora na noite das garotas, tenho certeza de que Dane ficaria feliz em ajudar também. Quer que eu pergunte a ele?

Pedir a Dane para ajudar Evan a fazer magia para Whitley... eu diria que acabamos de chegar na parte do programa em que nos tornamos pessoas "adultas e maduras". Se tem 12 passos, aumentamos essa merda como um formigueiro e criamos o 13º.

— Sim, claro, seria ótimo. — O sorriso e o olhar de Evan me dizem que ele acabou de ter a mesma percepção "uou" que eu.

— Vou mandar uma mensagem pra ele. Estarei na casa da Whitley às seis, no sábado, pode ser?

— Chega umas seis e meia; aumente seu tempo para tirá-la de lá.

— Ev?

Ele me encara, franzindo o cenho.

— Fico feliz que estamos de volta.

— Eu também, Laney. — Ele dá uma piscada, abrindo os braços para eu o abraçar.

Círculo completo.

Whitley, muito parecida comigo, é fraca para bebida. E quanto mais brilhante é a cor do drinque, mais rápido ela parece virar a dose. Com todos os nossos homens fora, trabalhando na "Operação Whitley", temos Tate atrás do bar, nos perfurando com o olhar, e Brock cheirando nosso cangote. Mas fora isso, Whitley, Bennett, Avery, Kirby e eu estamos à solta... e a coisa está feia.

Divertida pra caramba. Hilária. Mas feia.

— Vamos dançar! — Kirby finge perguntar a nós, esgueirando-se, saindo antes que alguém possa responder.

Não posso colocar a mão no fogo ainda, mas alguma coisa mudou em nossa apanhadora, e não em um bom sentido. Avery a segue, mas estou bem aqui, sentada no banco com minha bebida meio frutada, ou seja, não sei o nome, mas é boa, em um copo.

— Vou beijar o Tate — Bennett murmura, indo na direção de seu barman.

— Obrigada por me convidar, Laney. Estou me divertindo muito — Whitley diz, empolgada, esvaziando seu copo. — Mas me dê licença só um minuto. — Ela pega o celular. — Preciso saber como o Pequenino está. Não sei se Evan vai ficar de olho nele direito.

— Quem é Pequenino? — pergunto a ela.

— Meu porco de estimação. Eu o resgatei do Parker — informa, toda orgulhosa, enquanto escreve uma mensagem.

Cuspo minha bebida, chocada.

— Parker te deu um porco? E você deixou ele na sua casa? Na cidade?

— Roubei, deu, tanto faz. — Ela dá de ombros. — Mas, sim, para o restante.

— Caramba, Whitley. — Sorrio, realmente admirada. — Nunca pensei que diria isso, mas fico feliz que viramos amigas. Você deixou Evan em casa de babá do seu porco roubado. É isso aí, garota! — Ergo a mão para um *high five* que ela, com certeza, mereceu.

— Valeu! — Ela vira seu copo para cima e para baixo, como se simplesmente não conseguisse entender o porquê está vazio.

— Humm, Whit, quer outra bebida?

— Sim, você quer?

— Claro. Brock?! — grito, e o homem enorme aparece na mesma hora. — Precisamos de outra bebida. Prefere que eu vá até o bar e pegue ou quer fazer isso pra gente?

Poupa muita discussão se eu der a ele opções.

— Fique. Eu pego.

— Dane é bem protetor com você, né? — Whitley pergunta.

— Bastante — assinto —, mas eu gosto. Me faz sentir importante e segura. Apenas espere, Evan vai ser do mesmo jeito com você. Ele é um pouco mais gentil com isso, Dane é meio homem das cavernas, mas dá no mesmo.

Brock coloca as bebidas na nossa frente. Vantagem adicional do *The K* – nunca esperamos por bebida.

— Valeu, Brock — falamos em uníssono, que ele responde com um murmúrio, depois volta a usar a expressão de que está dando meu espaço.

— Ahhh! — Whitley pressiona os dedos em sua testa. — Congelei o cérebro.

Não que eu tenha um motivo agora que me impeça disso, não posso evitar gostar dela. Ela é como Bennett, quando a conhecemos melhor – simplesmente feliz por estar aqui.

— Então, o que acha do Parker? — pergunto. — Como estava a mãe dele?

— Parker é ótimo e amei a noiva dele, a Hayden!

Cuspo a bebida de novo, dessa vez com um pouco de tosse.

— Noiva? Parker está noivo?

— Ohhhh, pensei que você soubesse! Ai, Laney, me desculpe. Sei que ele iria querer te dizer pessoalmente e estraguei isso para vocês dois. — Ela parece que vai realmente chorar.

E sabe o que me cativa ainda mais nela? Dez em cada dez garotas no mundo que estão agora envolvidas com seu ex, que sabe muito bem que ele ainda tem mais lembranças com você do que com elas, estariam inseguras e rancorosas, contentes até por terem te ultrapassado ao saber de um segredo de "seus" amigos antes de você. Mas Whitley? Não, ela está genuinamente preocupada comigo e Parker.

— Whitley, relaxa. — Aproximo-me e afago sua mão. — Não estou nem um pouco chateada. Só fiquei surpresa. Ele vai me contar e vou fingir que estou chocada, okay?

Ela assente, ainda parecendo incerta e arrependida.

— Está tudo bem, eu juro. Então, me conte sobre Hayden; só a conheci rapidamente. Ela é legal?

— Ela é legal demais, e bonita, e ama tanto o Parker. Acho que você vai gostar muito dela. Ela cuida muito bem do Parker e da Angie e parece bastante pé no chão. Ela é, com certeza, o Gibão dele!

A garota já atingiu sua cota de coquetéis, e sei que não deveria, mas preciso perguntar:

— É o quê, dele?

— O Gibão dele — ela cantarola (o que agora penso com carinho como sua marca registrada e não o periquito de antigamente) —, como Phoebe e as lagostas.

Não me surpreende, semelhante à maioria das pessoas em uma noite de bebedeira... quanto mais ela fala, menos sentido faz. Balanço a mão, incentivando-a a continuar. Que mal pode fazer a essa altura?

— Você sabe, o melhor episódio de Friends com Phoebe e aquela coisa da lagosta?

Não faço ideia, mas assinto e sorrio demonstrando interesse.

— O Google diz que cientificamente está errado, que as lagostas não têm um mesmo parceiro a vida toda. Sim, eu pesquisei. Mas, ele dá uma lista de animais que fazem isso.

A coisa mais educada a se fazer aqui é perguntar sobre a lista, certo? Certo. E, sinceramente, quero saber o que seu traseiro embriagado tem a dizer.

— Então que animais estão nessa lista?

Seus dedos já estão erguidos, prontos para enumerar, e ela não poderia ficar mais feliz por eu ter perguntado.

— Pombinhos, gibões, cisnes, urubus-de-cabeça-preta... eu sei, mas coisas feias precisam de amor também, peixe-frade, lobos, albatrozes. — Ela sorri para mim. — Não se preocupe, também não sei o que eles são. Cupins — estremece. —, arganazes do campo, que pesquisei e ainda não sei exatamente o que eles são, e rolinhas comuns.

— Uau, impressionante. Isso é bastante informação. Como se lembra?

Ela dá de ombros como se fosse a coisa mais natural do mundo saber a lista de cor.

— Tive que estar à procura do meu gibão ou do meu cisne desde que o *National Geographic* me destruiu e disse que minha lagosta nunca chegaria.

Se essa garota fosse mais perfeita para Evan Allen, eu cairia bonito da minha banqueta. A romântica incurável encontra o Sr. Carinhoso.

Sinto saudades de Dane, demais.

> Já estão terminando? Preciso de você.

— Ei, Whit, já estou mais pra lá do que pra cá, vou embora agorinha — digo, encarando meu celular como um gavião. — Mas a gente deveria conversar logo. Talvez possamos fazer um chá de panela para Hayden ou algo assim.

Parker é um dos meus mais antigos e queridos amigos. A quem ele amar, sei que amarei, e algo me diz que Whitley poderia escrever um livro sobre fazer um chá de panela.

> Você está bem? Estou a caminho.

> Estou bem, só sinto sua falta.

> Me dê 15 minutos. Vou te compensar.

— Isso seria maravilhoso! Ai, meu Deus, vamos fazer isso! — Ela se empolga. — Hayden vai amar e tenho algumas ideias ótima! Ah, Laney, obrigada!

— Traga suas ideias, garota. Festas, com certeza, não são a minha praia nem um pouco, mas vou ajudar com todo o resto. — Que fique registrado que ela foi avisada. Laney só ofereceu seus pontos fortes. — Dane está vindo pra cá, então vou esperar perto da porta. Você vai ficar ou...?

— Vou esperar com você e ligar para Evan.

Vejo Bennett enquanto seguimos para a porta e aceno para ela, em despedida, depois paro no lugar, pau da vida. Whitley, olhando seu celular e desprevenida, vai de encontro às minhas costas, arfando em seguida.

Percebendo minha postura, seu olhar se arregala.

— O quê? O que foi?

Bennett viu também e corre até nós, o que, na verdade, significa o mesmo que tentar caminhar o mais rápido que consegue em seus saltos altíssimos.

— Laney, o que aconteceu?

— Me fale que estou vendo coisas. — Aponto, sentindo uma náusea do caralho. Seus olhares seguem a ponta do meu dedo, procurando, e dois ofegos ecoam quando encontram o alvo do meu olhar maligno.

— O que ela está fazendo? Ai, meu Deus, Laney, o que a gente faz? — Bennett está quase chorando aqui mesmo, odiando o sofrimento alheio.

— Eles terminaram? — O rosto de Whitley está confuso. — E ela não tem noção? Quero dizer, deixe algo para a imaginação, por favor.

— Amor. — Um hálito quente sopra em meu pescoço me acalma na hora. — Reconheceria essa bunda em qualquer lugar. — Sinto uma mão apertando o lugar identificado; eu reconheceria sua voz, seu toque, em qualquer lugar. Parte de mim talvez soubesse no exato segundo em que ele entrou. Dane.

— Os outros caras vieram com você? — pergunto, apesar do nó em minha garganta, distraindo-me com a animação por um instante.

— Zach e Evan, sim. Sawyer foi se encontrar com uma ficante, por quê? Ah, Whitley — ele diz —, Evan me pediu para dizer a você pra ir lá pra fora. Ele estacionou bem na frente da porta. — Ele solta uma risada. — Achou que não deveria deixar o Pequenino sozinho na caminhonete pra não ter que enfrentar sua fúria.

— Laney, você quer que eu fique? O que a gente vai fazer? — Whitley pergunta, desesperada.

— Não sei ainda, mas vai lá, Evan está esperando. Tenha uma boa-noite, Whit. Dane, pode levá-la lá para fora? — Dou um abraço nela, sabendo

235

que seja lá o que Evan preparou para ela, vai ser incrível, mesmo que meus pensamentos estejam voltados para a vadia do outro lado do lugar e sua infidelidade.

Whitley se solta do abraço, dando mais um aperto e sussurra, agradecendo:

— Não, Dane, fique. Estou bem, ele está logo atrás da porta.

— Boa noite, Whitley — Bennett diz, triste, e Dane olha para todas nós, confuso e sem saber se deve ou não ir com ela.

— O que aconteceu aqui? Laney. — Ele se vira para me encarar, seu olhar fixo no meu, decidindo se está bravo ou assustado. — Fala comigo, agora.

Viro de novo, descansando contra seu peito, precisando do contato. Aponto mais uma vez, e espero que veja.

— Poooorra — ele murmura.

É meio que o que eu estava pensando.

— O que a gente faz? — pergunto a ele, orando para que, como sempre, ele tenha a resposta certa.

— Nós temos certeza de que é ela? Ela tem uma gêmea.

Ah, não pensei nisso! Uma chama de esperança surge dentro de mim. Bennett já está balançando a cabeça.

— Não, a menos que ela tenha trocado de roupa no banheiro por algum motivo. Era aquilo que Avery estava vestindo hoje à noite.

— Não tenho certeza, então, mas sei o que não vai acontecer — ele resmunga em meu ouvido. — Você *não* vai estapeá-la nem dar uma surra nela, porque sei que está louca para fazer isso. Eu digo que vamos ficar aqui até Zach nos encontrar e deixar que ele mesmo veja isso.

— Pode confirmar isso — Zach interrompe detrás de nós. — Estou vendo.

Nós todos nos viramos com o som de sua voz, estremecendo em conjunto quando vemos o desespero em seu rosto.

— Não escute ele, Zach, com certeza, vou dar uma surra nela se você quiser.

Ele solta uma risada.

— Eu te amo pela oferta, mas nada de outras coisas voando na sua cara por um tempo, tá? Apenas vamos embora. Já vi o suficiente.

Ah, nós todos já vimos o bastante. Ela está usando uma calcinha vermelha hoje à noite, mas eu não deveria saber disso... assim como nem metade desse bar.

— Tem certeza, mano? Eu poderia expulsar o cara — Dane sugere.

— Por que expulsaria ele? Ele não sabe que existo, e não é ele quem deveria ser fiel. É ela.

— E estamos certos de que é ela? — Dane tenta de novo, olhando para mim e Bennett. — Poderia muito bem ser Kirby.

Zach apenas fica parado, encarando, então o deixamos. No momento em que a música para de tocar, ele grita:

— Avery!

A loira pressionada contra a parede, a saia erguida indecentemente e chupando o pescoço de um cara qualquer, se solta e levanta a cabeça por reflexo.

— Estou certo — Zach murmura.

Dane e eu acenamos para Bennett e o seguimos para fora. Ofereço a Zach o banco da frente e os mantenho conversando sobre o que fizeram na casa da Whitley o caminho todo até seu dormitório. Parece um pouco com País das Maravilhas o que arrumaram. Evan nunca deixa de me surpreender com seus grandiosos atos de amor, mas o clima devastador no carro simplesmente não consegue desaparecer.

Abraço Zach quando ele sai, descendo para me sentar no banco da frente, e sussurro:

— Se mudar de ideia sobre a surra, é só me avisar. Ela é um saco e você é maravilhoso. Eu consideraria um favor pessoal se você me deixasse machucá-la também.

— Te amo, Laney. — Ele beija minha cabeça, os ombros caídos enquanto vai embora.

— Quão bêbada ela estava? — Dane me pergunta quando entro e coloco o cinto.

— Não sei, elas saíram da mesa para dançar. — Aperto o botão para abaixar a capota do Camaro, de longe o meu favorito dos carros dele. Nesse momento, só quero a adrenalina, escapar em meio ao ar quente da noite, soprando meu cabelo. — Quão bêbada ela precisava estar? Não acho que você pode ficar bêbada o suficiente para trair o seu namorado, que dirá ser encoxada em público.

— Fico feliz que se sinta assim, amor, e concordo totalmente. — Ele segura minha mão e a beija. — Foi uma pergunta idiota, esqueça o que eu disse.

— Vamos só dirigir por um tempo — sugiro, minha voz preguiçosa. — Amo esse carro.

— Tem algo que quero te mostrar; vamos dirigir até lá. Eu queria te mostrar isso durante o dia, mas pode ser assim também.

— Tá bom. — Suspiro, sem me importar nem um pouco. Ele pode me levar para qualquer lugar e vou ficar bem com isso. — Precisamos

237

encontrar alguém para Zach, logo. Não o quero infeliz. Tem mais alguma outra garota gostosa que trabalha para você, como aquela Jenee? Que tal uma delas? — Se ele acha que não vi o movimento em seus ombros ou seu cenho franzido, está muito enganado. — O quê?

— Nada, sim, vou pensar. — Nada, minha bunda.

— Boa tentativa, Dane. O quê?

— Amor, nada — ele retruca, beijando minha mão. — Eu te amo e adoro como cuida dos seus amigos. Vou dizer a Sawyer para trabalhar nisso.

— Eu sabia! Você dormiu com ela. — Sabia no minuto em que a conheci, e sim, usei o assunto a meu favor para confirmar a suspeita que tem me incomodado.

Ele não diz nada. Por que diria? Ele não pode negar e, com certeza, não quer confirmar, mas ele não precisa.

— Há quanto tempo?

— Antes de te conhecer.

— Bem, é claro — falo ríspida. — Quanto tempo antes de me conhecer?

— Laney, por que estamos falando sobre isso? Eu não te pergunto...

— Não pergunta? Sério? Lembro de citar cada coisa que fiz para você na banheira. Não que eu tenha tido qualquer parceiro sexual sobre quem contar. Nem consigo descrever a alegria que sinto ao imaginar você com ela, como fica comigo. — Fungo e seco uma lágrima de mentira. — E o fato de que ela trabalha pra você, ainda está na sua vida, simplesmente aquece a porra do meu coração. Agora, QUANTO. TEMPO?

Ele para o carro e se vira, de repente, em seu banco, tentando me puxar para seu colo, mas empurro suas mãos.

— Pare! — grito, mas ele me domina e me coloca em seu colo sem esforço algum, apesar das minhas tentativas ridículas de escapar. Ele segura meu queixo, forçando-me a olhar para ele.

— Isso não é sobre nós e você sabe disso. Você está brava com Avery e triste por Zach, e está descontando em mim. Só porque ele não pôde confiar nela, não significa que nosso relacionamento está fadado.

Não estou brincando mais – como ele faz isso? Irritante pra caralho.

— Eu nunca, nunca fui, com ela, ou qualquer outra garota, como sou com você. Nem de longe. Sim, transei com Jenee, talvez umas quatro vezes, a última alguns meses antes de te conhecer. Ela é atraente, discreta, e estava lá. Mas nunca fiz amor com ela, nem com ninguém, e nunca ficarei com outra mulher pelo resto da minha vida.

Eu deveria estar bem agora, parar de fazer drama, e perceber que ele tem razão; não estou brava com ele esta noite. Não deveria ligar nem um pouco para seu passado, e deveria aproveitar o fato de que sei que ele me ama e diz a verdade.

Poderia, deveria.

— Sou o homem mais sortudo do mundo por ninguém nunca ter te amado como eu, que nem preciso pensar nisso. Quando tivermos oitenta anos, ainda serei o único homem que esteve dentro do seu corpo suave, e percebo o quanto isso é maravilhoso. E se soubesse que você estava vindo para mim, eu teria te esperado. Se pudesse voltar atrás, eu o faria. Mas não posso, então me diga algo que eu possa fazer para melhorar.

Demita Jenee.

Só estou brincando. Só que não.

— Com que frequência você interage com ela? Ela trabalha pra você… você a vê todos os dias?

— Quase nunca a vejo. E a partir desse momento, nunca mais a verei de novo. Posso demiti-la, transferi-la, qualquer coisa que quiser. Qualquer coisa por você — afaga minha bochecha com a parte de trás de sua mão —, sabe disso. Basta dizer.

— Ela foi a última antes de mim?

— Sim.

É aqui que decido em minha mente e sigo em frente. Tirando toda a parte em que não faço isso.

— Ela era boa? Melhor do que eu?

Ah, cala a boca, você sabe muito bem que estaria imaginando a mesma coisa.

— Ela era exatamente como qualquer outra com quem já estive; anatomicamente igual, agradável e útil, e de boa com a situação. Jenee era, na verdade, a única que falava sério quando dizia que não precisava de mais, não me perseguia nem me incomodava depois. Mas Laney, apenas te beijar é melhor do que sexo com qualquer outra. Então, quando estou dentro de você, completamente apaixonado por você, nada nunca vai se comparar, porra. Meu Deus, amor, você precisa saber que eu morreria se fosse a única maneira de te amar de novo, mesmo que apenas mais uma vez.

Ele fala sério, e funciona, libertando em mim a Laney que quer possuir esse homem, que quer ser possuída por ele. Olho ao redor, sem fazer ideia de onde paramos, e não vejo ninguém, nenhuma luz, apenas uma rua escura.

— Levante a capota — mando, passando a língua por seu pescoço.

Estou prestes a lembrá-lo de como é estar comigo. Também mostrar a ele que nem sempre precisamos fazer amor suavemente. Posso ser seu amor, delicada e gentil, ou qualquer outra coisa que ele precise, mas nesse momento, vou soltar a alfa em cima dele.

Desaboto sua camisa, beijando cada parte maravilhosa de seu peito que está sendo exposta, seus dedos se apertando contra meus quadris cada vez com mais urgência. Um ruído começa a vibrar em sua garganta e ele ergue seu corpo contra mim, ao mesmo tempo em que pressiono o meu para baixo. Excitada e com um formigamento dos pés à cabeça, solto um gemido desavergonhado e sinto uma descarga de umidade entre as minhas pernas por causa da nossa brincadeira provocante para cima e para baixo, puxando e empurrando, gato e rato. O próximo é o botão de seu jeans, e quando ele tenta segurar minha mão, cobrindo-a com a dele, puxo meu pulso de seu alcance uma maneira atrevida, tirando sua mão da minha.

— Sim — digo, completamente séria. Eu o desafio, encarando a chama em seus olhos castanhos com a minha própria, a sequer pensar em me parar de novo.

— Laney, nós... — ele começa, respirando com dificuldade.

Usando meus joelhos, me levanto em cima dele, tirando minha calça de forma não muito *sexy*, mas deixando a calcinha, depois puxo sua calça e boxers de seus quadris. Ele se ergue, sem de fato relutar apesar de tentar me impedir com as palavras.

— Nós vamos fazer isso, aqui e agora. — Mordisco seu lábio inferior e passo minhas mãos em seu peito nu, fazendo círculos em volta de seus mamilos com a ponta dos dedos e lançando a ele meu melhor olhar de "me foda".

— Tem certeza, amor? — ele geme, segurando seu membro rígido com uma mão e passando a ponta para cima e para baixo na minha calcinha encharcada, me provocando, me dando a chance de mudar de ideia... ou de implorar.

— Deus, sim. — Estou perdida, minhas mãos agarrando seu cabelo, a boca desgovernada e enlouquecida em seu pescoço, vagando lentamente para seu peito, agora coberto por um leve brilho de antecipação e o cheiro almiscarado de um homem viril.

— Bolso de trás, carteira — ele arqueja. — Pega pra mim. Rápido.

Ele arranca minha calcinha com um movimento magistral, e larga a peça sobre o painel, inflamando meus sentidos com sua piscadinha convencida, usando seus dedos ágeis e curiosos e tornando impossível, para mim, reprimir qualquer coisa. Ao invés disso, eu arqueio as costas, e minha cabeça acaba tocando o volante.

— Pegue a minha carteira, Laney, ou vou ter que tirar minha mão daqui.

A ameaça de perder seu toque me traz de volta à realidade. O mais rápido possível, estendo o braço e tento alcançar seu bolso. Assim que pego a camisinha, percebo que mais uma vez ele assumiu o controle... e eu o quero de volta, para mostrar a ele do que sua mulher é capaz de fazer.

— Afaste o banco para trás e me dê um pouco de espaço aqui — exijo.

Ele faz o que peço e usa a mão que não está me levando à loucura, e durante todo o tempo, ele me encara com curiosidade no olhar. Sua língua se arrasta pelo lábio inferior em um convite malicioso. Eu deslizo para trás e me ajoelho no piso do carro, sentindo meus saltos espetando a minha bunda. Inclinando-me entre suas pernas, agarro suas coxas por baixo, roçando as unhas de leve quando o puxo para frente, sem nunca desviar o olhar.

— Desta vez, você vai ser um garoto bonzinho. — Eu me inclino e dou uma longa lambida desde a base à ponta. — E você vai fazer exatamente o que eu mandar.

Ele deixa escapar um grunhido gutural e o som é um dos mais sensuais que já ouvi na vida.

— Por você — ele recosta a cabeça e geme —, eu faço qualquer coisa.

— Coloque suas mãos atrás da cabeça. — Roço suas bolas com a ponta do dedo, percorrendo a pele por baixo. — Se você as mover daí, eu paro o que estiver fazendo. Entendeu?

— Mmmm... só por você — ele ronrona, olhando para baixo, decidido a apreciar cada segundo disso.

Um dedo dá lugar à minha mão inteira, e começo a acariciar suas bolas com aspereza suficiente para deixá-lo satisfeito, para que ele saiba que estou no controle. Incapaz de se conter, ele segura seu pau em uma mão, esfregando o eixo para cima e para baixo, devagar. Conforme eu havia prometido, eu me afasto para trás, privando-o de todo e qualquer contato comigo. Arqueio uma sobrancelha e inclino a cabeça de lado, esperando que ele retire sua mão ou me diga que a brincadeira tinha acabado.

— É melhor você colocar essa boquinha gostosa em mim de novo, ou vou assumir as rédeas — ele adverte em voz baixa, rouca e bem ameaçadora.

— Então tire essa mão daí.

Com um beicinho *sexy*, porém alerta, ele coloca a mão de volta no encosto de cabeça do banco, quase que em câmera lenta. A tempestade que se forma em seus olhos indica que meu sempre controlador e *sexy* pra caralho namorado está prestes a perder o juízo.

Sentindo-me empoderada, faço um biquinho e beijo toda a extensão de seu pau, distribuindo beijos molhados.

— E agora? — pergunto, fingindo inocência, permitindo que ele pense que ainda tem algum poder... mas pela minha visão periférica, vejo-o quase abaixar a mão para me tocar. — Nananão, Sr. Kendrick, sem mãos. Me diga... — Uso a mesma linguagem *sexy* que ele costuma usar.

— Me chupe todinho, querida — ele choraminga, se remexendo no assento, quase morrendo por ter transferido o comando para mim. — Laney, poooorra!

Ele geme e então grita quando o engulo inteiro e aperto meus lábios ao redor, arranhando de leve sua pele em um movimento ascendente. Seu pau grosso estica os cantos da minha boca, e o leve sabor salgado de seu gozo preenche minha língua enquanto o chupo com vontade, para cima e para baixo. Tudo o que quero é levá-lo à loucura, deixando-o de pernas bambas ao gritar o meu nome.

Ele me puxa para cima, em um agarre quase doloroso, e eu tento resgatar o fôlego, enquanto seu hálito quente sopra sobre o meu rosto. Ah, é isso aí. Agora ele sentiu a dose de seu próprio remédio. Ele está naquele lugar em que a única coisa que passa pela cabeça é: me foda antes que eu morra. Usando os dentes para abrir a embalagem do preservativo, dou um sorriso safado, me deleitando com este momento, e então o revisto.

— Você está pronto pra mim? — Pisco, animada, imaginando se consigo fazer com que ele fique puto.

Ele ri, um som rouco e profundo, bem malicioso, e me segura por baixo dos braços, me colocando de volta em seu colo na velocidade da luz.

— Abra essas pernas e monte. — Sua voz não deixa margem para discussão. Ele atingiu o limite e meu papel como comandante acabou. Eu me sento escarranchada sobre o seu colo. — Encharque a minha mão primeiro — exige ele, enfiando dois dedos na minha entrada enquanto o polegar esfrega círculos lentos no ponto mais necessitado. — Você me deixa louco, amor, com essa provocação toda. Agora, seja minha garota boazinha. — Ele me beija, mordendo e sugando meu lábio quase que dolorosamente, então se desculpa com uma lambida suave. — Se mexa e foda a minha mão do jeito que você quer — cantarola enquanto usa a mão esquerda para abaixar minha camiseta e a taça do sutiã, chupando duro o mamilo. — Vamos lá, Laney. Goze para o seu homem. — Morde a ponta e eu explodo de prazer, gritando seu nome à medida que os espasmos sacodem meu corpo.

— Dane — gemo, descendo lentamente da onda avassaladora onde ele me levou. — Isso foi tão, tão gostoso...

Ele retira os dedos e lambe um por um.

— Mmmhh, amor — murmura, então envolve seu pau com a mesma mão. — Me dê o mesmo. Senta aqui — exige, a voz áspera e rouca — bem devagar e gostoso.

Provocativamente, e tomada por euforia, eu o recebo dentro de mim e a conexão física é ofuscada apenas pela conexão emocional. Não importa onde estivermos, sempre é bom. Quando meu corpo está colado ao dele, dou um gemido e ele grunhe, massageando meus seios desnudos.

— Essa é a minha garota. — Ele se impulsiona contra mim, enfatizando seus desejos. — Me beija com vontade.

Com todo o prazer, meus lábios se chocam com os deles, saboreando sua luxúria. Ele estremece e sinto-o latejando dentro de mim quando ele ronrona contra a minha boca:

— Goze comigo outra vez, amor. — Aperta meu quadril para me conduzir do jeito que quer. — Rebola gostoso e com força, isso... porra, gata, desse jeito.

Mais uma vez, seu polegar esfrega meu clitóris e sua boca cálida acaricia meus seios. Ele sabe exatamente do que preciso. Ele está ali; eu posso sentir e fico louca só em saber que sou capaz de fazer isso com ele. Seu nome escapa dos meus lábios outra vez, em alto e bom som.

— Amo você, querida. Eu te amo demais — ele diz, com doçura, enquanto distribui beijos pelo colo dos meus seios, meu queixo, finalizando com a boca colada à minha. Meu querido e *sexy* homem das cavernas.

— Eu também te amo. — Recosto minha cabeça em seu peito, recuperando o fôlego.

Ele massageia minhas costas, beija minha cabeça, cada gesto mais gostoso ainda após nosso interlúdio. Pouco depois, eu volto para o meu assento e ajeito minhas roupas, enquanto ele se livra do preservativo. As janelas estão embaçadas, e eu começo a rir quando tento limpá-las, fazendo um círculo no vidro.

— Onde estamos? — pergunto, ainda sem saber direito.

— Vem! — Ele pega as chaves e abre sua porta. — Falei que queria te levar a um lugar.

Ele está esperando, estendendo a mão para mim, enquanto calço meus sapatos e abro a porta.

— Está escuro! O que vamos fazer? — Fora do carro, é fácil dizer que estamos na entrada de uma casa. — Dane, está tarde, de quem é essa casa?

— Sua. — Ele se vira para mim e sorri antes de virar uma chave na porta da frente. — E não é uma casa, é um duplex. — Sua mão encontra o interruptor e duas luzes se acendem, iluminando tanto a entrada quanto a sala principal. — Vá dar uma olhada em seu novo apê, Srta. Walker — ele diz, fechando a porta com o pé.

— O q-quê?

— Comprei esse lugar pra você. No ano que vem, não vai precisar morar no *campus*; as exigências esportivas acabam depois do primeiro ano. Esse apartamento fica na metade do caminho entre minha casa e a faculdade, e não tem toque de recolher às onze horas. — Ele dá uma piscadinha, me seguindo. — Então podemos dormir juntos todas as noites. É um duplex, então se eu tiver que ficar fora a trabalho, sei que estará segura com Tate e Bennett morando do outro lado.

Duplex, dá no mesmo... ele comprou uma casa para mim.

— Tate e Bennett sabem?

— Ainda não. Se você odiar, temos que encontrar outra. Não faz sentido em animá-los até que meu amor dê seu selo de aprovação. Então, deixe eu te mostrar o lugar. — Entrelaça sua mão à minha, começando o *tour* depois de um beijo em meus dedos. — Essa é a sala, obviamente, pensei em irmos comprar um carpete novo e pintarmos nesse final de semana.

Ainda estou chocada, incapaz de falar qualquer coisa direito, deixando-o me guiar como quiser. Ele comprou uma casa para mim. Uma casa.

— E essa é a cozinha. — Ele acende a luz.

A cozinha está vazia, e há buracos onde os utensílios deveriam estar.

— Você pode escolher sua geladeira e outras coisas também. Gostaria de novas bancadas também — ele dá uma batidinha —, a menos que você goste dessas. — Apesar de ser a área da cozinha, o lustre chama a minha atenção. — Podemos mudar isso também; qualquer coisa pra você.

— Eu gostei, só precisa levantar um pouquinho.

— Pode deixar.

Seguimos para o corredor e ele me mostra a despensa e o lavabo, que vou deixá-lo de bom grado me permitir redecorar; é horrível.

— Tem dois quartos, esse é o extra — diz ele, enquanto me leva a um quarto de tamanho decente.

— Quem vai ser minha colega de quarto? — pergunto.

— Você não precisa ter uma se não quiser. Não é como se tivesse que pagar aluguel. Podemos transformar esse quarto no que você quiser. Vem, vamos ver o principal.

Meu quarto é enorme, muito maior do que qualquer um que já tive, com um banheiro particular (também precisando de uma bela redecorada), um *closet*, a janela saliente mais bacana.

— Eu amei. — Giro, envolvendo meus braços ao redor de seu pescoço. — Não acredito que você comprou uma casa pra mim. Você é bom demais para ser verdade. — Beijo-o profundamente tentando dizer a ele todas as palavras importantes e fofas que significam 'eu te amo', e que não consigo falar agora.

— Mal posso esperar para estrear cada canto desse lugar — brinca, sua piscadinha no automático. — E te segurar entre meus braços todas as noites. Mas por enquanto, vamos para a minha casa. Pelo menos até trazermos móveis para cá. — Ele ri.

— Meu pai vai me dar os móveis do meu quarto, mas o que vou fazer com os outros?

— Você vai enchê-los de coisas que vamos escolher juntos. Dessa forma, estarei aqui para garantir que tudo esteja do jeito certo e seguro, firme o bastante. — Sua resposta ao meu olhar confuso é enterrar o rosto em meu pescoço, chupando bem ali na dobra da minha garganta. — Pense nisso, amor, você vai entender.

CAPÍTULO 29

FORTALEZA

Evan

— Então, o que você fez a noite toda? — Whitley sussurra. muito tempo depois que pensei que estivesse dormindo.

— Vou te mostrar amanhã quando estiver claro e você estiver sóbria. Volte a dormir.

— Estou sóbria agora. — Ela rola na minha direção. — E não estou cansada. O que era aquilo tudo na sala? Quero ver.

Eu tinha planejado uma noite grandiosa, arrumando tanto do lado de fora quanto de dentro, mas quando fui buscá-la e a encontrei bêbada, pensei que seria mais fácil apenas carregá-la e a colocar na cama. Como ela permaneceu mole como uma boneca de pano enquanto eu a vestia em uma calcinha e uma camiseta, mas de algum jeito percebeu a produção na sala, não tenho certeza. Suspeito que fui ludibriado e o fato de ela se aconchegar a mim, me rodeando com as pernas nuas, tenha sido proposital.

Não que eu me incomode.

— Tem certeza de que não quer só voltar a dormir? Você parecia bastante embriagada antes.

— Estou bem agora, prometo. Então, vai me mostrar? — Ela saltita, feliz e completamente racional.

— Okay. — Eu me levanto e seguro sua mão. Acendo a luz do corredor enquanto andamos para que tenhamos clima o suficiente na sala. Mal posso esperar para ver se ela vai gostar. Tudo o que fiz tem um tema recorrente – quero dar a Whitley um pouco de diversão infantil.

Minha infância foi ótima. Ambos os meus pais participaram; havia acampamentos e viagens de pesca, esportes, noites de jogos, brinquedos, futebol no quintal, e andar de trenós nos raros dias em que tínhamos neve. Resumindo, eu tive tudo.

Whitley não teve quase nada. Por meio de comentários que ela nem percebeu que fez e das poucas histórias que compartilhou, aprendi muito sobre sua infância. Whitley é a filha troféu engomadinha e pressionada de seus pais, sem nunca ter permissão de se soltar ou se sujar.

Evan Allen vai consertar isso mostrando as coisas boas. Você nunca será feliz onde parar, se não tiver sido feliz onde esteve. E vi vislumbres o suficiente da verdadeira Whitley para saber que a garota está morrendo de vontade de se divertir, se sujar, e relaxar... quem melhor para fazer tudo isso do que a minha pessoa?

— Pronta? — Inclino a cabeça para ela, garantindo que minhas mãos cubram completamente seus olhos.

— Sim!

— Ta-da! — Afasto as mãos e a observo enquanto ela vê a cena à sua frente, depois tenta me dar um sorriso forçado. — Você não gostou? — pergunto, começando a ficar dolorosamente desapontado.

— Ah, tenho certeza de que amei — ela diz, educada, depois morde o lábio inferior, me encarando. — O que é?

Pobrezinha, protegida e roubada Whitley.

— É um forte na sala! Você não... — Não, você sabe que não, idiota! — Vem!

Arrasto-a e engatinho para dentro da fortaleza improvisada, que foi construída do bom e velho jeito – cada cobertor e lençol que pude encontrar estendidos e/ou presos por cada cadeira da casa e outras coisas altas e firmes. O lugar favorito de toda criança.

— Entra aqui comigo! — chamo. — É divertido.

Ela provavelmente acha que perdi o juízo, mas meus poderes têm limites. Não posso torná-la uma criancinha de novo (nunca vai acontecer), mas posso levar a criancinha até ela.

Seu rostinho fofo surge na entrada.

— Isso é incrível! — sussurra, encantada, engatinhando para dentro. — Uau, você pensou em tudo.

247

Empilhei travesseiros e cobertores, tornando o abrigo mais confortável possível, e claro, peguei outras coisas necessárias.

— Aqui. — Entrego a ela uma das lanternas, acendendo a minha. — Fique aqui, já volto. — Saio e desligo a luz do corredor, correndo de volta para dentro com ela, apenas sob o brilho das lanternas. — Peguei aperitivos, cartas, e...

— Acho que devíamos contar histórias de terror! — ela sugere, dando uma risadinha.

Aí sim, ela entendeu o espírito da coisa, e está adorando. Sawyer me chamou de uma série de nomes quando viu o que eu tinha preparado; mulherzinha, cafona e brega são os que lembro especificamente, mas Dane não disse uma palavra, apenas me deu um sorriso de cumplicidade... porque, bem, a namorada dele é Laney. Isso já diz tudo.

Sendo melhor amigo de Laney por todos esses anos, sei tudo sobre a "criança interior" de uma garota. As mulheres tentam ficar jovens suas vidas inteiras; cosméticos, pintar o cabelo, bronzear... cirurgias plásticas e empresas de sutiãs criaram impérios ao redor disso. Então, em qualquer oportunidade que você tem de fazer uma mulher se sentir jovem e fantasiar, canalizando seu conto de fadas... você faz. Principalmente, se ela nunca aproveitou isso antes.

— Excelente exercício do forte, senhorita Thompson. Você gostaria de começar?

— Não, você vai primeiro. — Ela se deita, colocando a cabeça em meu colo. — Estou pronta.

— Essa história é chamada de 'Quem Roubou Meu Braço Dourado' — começo, rindo enquanto um arrepio percorre seu corpo.

Se você nunca foi acordado por um porquinho esfregando seu focinho molhado e bagunceiro em sua cara, bem, você não está vivendo direito, porque é simplesmente fantástico.

— Urgh — resmungo, empurrando o pequeno insuportável. — Vai pra sua mãe.

— Vem cá, bebê — ela murmura, sonolenta, tateando para encontrá-lo. — Ele só está com ciúmes do tanto que eu te amo.

Ela pode ter razão, mas estou cansado e dolorido demais para pensar nisso. Não me lembro de dormir em um forte tão malditamente desconfortável quando criança. Montes de palhas, forte... um dia desses, vou segurar Whitley a noite toda em uma cama.

— Você quer café? — Rolo e a encaro. Ela fica adorável quando acorda, cabelo bagunçado e olhos azuis sonolentos me espiando por baixo do seu casulo de cobertor.

— Vou fazer! — Ela sorri. — Você sai com o Pequenino? A coleira dele está perto da porta.

Juntamente com sua tigela de comida e água com suas iniciais, a pilha de brinquedos e seu carrinho. Sim, carrinho.

Eu e a Srta. Coisinha vamos ter que discutir muito quando for sobre nossas crianças. Meus filhos não vão ser mariquinhas e minhas menininhas não vão ser mimadas de concursos de beleza.

Tudo bem, talvez minha princesa loirinha de olhos azuis ficaria fofa acenando para o papai dela de cima do palco, cheia de firulas e laços...

O porco começa a choramingar para mim, subindo perto demais das minhas joias, interrompendo meu estupor. Eu estava viajando sobre os meus bebês com Whitley? Isso é algo que nunca fiz antes, nunca.

— Tudo bem, Wilbur, vamos sair — murmuro, me levantando.

— Você vai confundir ele se ficar falando outros nomes! — ela grita da cozinha. Meu beija-flor tem ouvidos de um lobisomem.

— O que você vai fazer quando ele tiver que ir morar na fazenda? — Envolvo meus braços ao redor dela por trás, dando um beijo em sua bochecha. — Terei tudo o que sobrou da sua atenção? — Minha boca busca seu pescoço agora. — Porque vou pegar.

— Talvez — ela provoca, e poderia jurar que pressionou sua bunda contra mim só um pouquinho. — Vou fazer panquecas enquanto você sai com ele.

Deus, espero que não tenha ninguém lá fora, me vendo andar com um maldito porco em uma coleira. As coisas que os homens fazem por suas mulheres.

— Vou arrumar a sala quando voltar, já que você está cozinhando. — Roubo mais um gostinho de seu pescoço.

— Não, deixa, quero dormir lá hoje de novo.

— Tudo bem, então. — Rio para ela, já sentindo minhas costas e pernas enrijecerem. — Vamos lá, Gaguinho.

Continuo andando enquanto ela briga comigo às minhas costas. Sim, tenho certeza.

— Tem mais? — ela pergunta, a voz alegre e ansiosa.

— Bem, sim, você não achou que levei aquele tempo todo só para construir o forte, achou?

— Não sei. — Ela ergue os ombros. — Estava bem bonito. Tudo bem, tudo bem, me mostre!

Abaixo as mãos, que mais uma vez cobria seus olhos, recostando-me na viga atrás de mim.

— Enlouqueça, mulher.

Ela demora um tempo, seu rosto radiante cheio de surpresa, admiração, os olhos se arregalando lenta e meticulosamente à medida em que ela absorve cada coisa. Suas mãos cobrem a boca, e lágrimas começam a deslizar em suas bochechas enquanto ela arfa, depois balança a cabeça, e arfa de novo.

— O-onde? C-como? — gagueja, e então respira fundo. — Você... como você?

Agora eu me mexo, puxando-a para meus braços, beijando o topo de sua cabeça enquanto ela começa a chorar de verdade.

— Gostou?

Ela assente, o rosto contra minha camiseta, e meu coração explode sabendo que mostrei apenas um pouquinho do que ela significa para mim. Nunca vou parar de escutar quando ela falar, nunca vou parar de ouvir o que ela realmente está tentando me dizer e, com certeza, nunca vou ficar confortável pensando que não poderei superar minha última grande surpresa.

— Vem, linda, vamos dar uma olhada mais de perto antes que todo mundo chegue aqui. — Ergo seu rosto com minhas mãos e seco suas bochechas molhadas. — Lágrimas de felicidade — murmuro, me inclinando para beijar onde meus dedos não estavam.

— Quem é todo mundo?

— A galera. — Sorrio. — A melhor parte disso tudo? Ter ótimos amigos com quem compartilhar. E não se preocupe, a poça de lama vai secar e se espalhar quando você se cansar dela.

Não vou mentir, mesmo eu, Zach, Sawyer e Dane trabalhando sem parar, esse foi um projeto e tanto. No meio do quintal, e da principal atração, está um escorregador enorme, complementado por um buraco de lama no final, cavado e enchido por Sawyer. O trampolim no canto, montado por Zach e Dane, está cheio de pistolas de água já abastecidas.

Flores de todas as cores contornam toda a área do seu quintal, plantadas por nós quatro. Também colocamos um caminho de pedras desde o pátio, agora decorado com luzes brancas e tochas, assim como uma churrasqueira e uma cozinha improvisada, até a piscina. Posso ver que ainda não está completamente cheia, todas as bolas e boias de cavalos marinhos e enfeites boiando quase na metade, mas logo ficará. Pelo menos não está cheia de gelatina como Sawyer sugeriu.

Sim, ficamos loucos e agora parece que o Divertipalooza vomitou no quintal dela. Pode até parecer um pouco exagerado, e fiz um rombo enorme nas minhas economias, mas sei que valeu a pena. Até agora, o sorriso dela não desapareceu e uma lágrima escapa de vez em quando.

Levei-a até o canto mais distante, onde tem uma árvore alta, minha parte favorita.

— Senta e eu vou te empurrar. — Beijo-a suavemente, segurando o balanço que pendurei na árvore para ela.

— Evan, não acredito que você fez tudo isso pra mim. — Ela se senta no balanço, agarrando as cordas. — Essa é a coisa mais legal que alguém já fez por mim. E, ohhh... — Ela prende o fôlego, exagerando... ela viu. — Oh! Ai, meu Deus! — Ela se levanta, andando devagar até a árvore. Ela passa a ponta do dedo, finalmente olhando para mim. — Você entalhou nossas iniciais na árvore?

— Sim. — Dou uma piscadinha e um sorriso sedutor, caminhando na sua direção.

— Você é tão — ela se vira em meus braços, me encarando — gentil e romântico, e incrivelmente *sexy*. Perfeito.

Ela fez um trabalho tão bom em resumir tudo, que acho que palavras não sejam mais necessárias. Fazendo minha boca ser mais útil, devoro a dela, agarrando sua bunda para levantá-la contra mim, depois pressionando-a à árvore.

— Está muito áspero contra suas costas, beija-flor?

— Não — ela geme —, mas você não quis dizer cisne? — ofega, enterrando os dedos em meu cabelo e me enlouquecendo. — Ou acará?

— Humm? — Na verdade, deixa pra lá, não posso esperar nem mais um segundo. Preciso vê-la, sentir o gosto de uma nova parte dela. Prendo-a com mais força contra a árvore com meus quadris e levo uma mão até sua blusa, abrindo um botão de cada vez até que seu sutiã rosa-claro entra em cena. Whitley tem peitos grandes e a área que escapa do tecido é convidativa demais, tornando impossível me impedir enquanto puxo as alças para baixo, libertando seus seios, que saltam diante dos meus olhos.

Cacete, com certeza mais do que um punhado, com mamilos rosa-escuros intumescidos e implorando pelo meu toque.

— Você é linda, Whit. — Abaixo a cabeça para tentar me sufocar ali, pensando que seria um belo jeito de partir. — Me diga se isso está bem — suplico.

— Mais do que bem, ai, meu Deus, sim. — Ela inclina a cabeça para trás, o coração batendo acelerado.

Sei que ela consegue sentir a reação do meu corpo, e, preso na névoa de desejo, pressiono-me contra o meio de suas pernas, nossos gemidos dolorosos sincronizados.

— Ei, ei, ei! — A voz de Sawyer surge através da nossa bruma e agarra minhas bolas, torcendo-as sem misericórdia, tão bem-vindo quanto um exame de próstata feito pelo Capitão Gancho.

— Por que Deus me odeia? — reclamo contra sua pele clara e macia.

Suas mãos se movem rapidamente para ajeitar a roupa e eu, penosamente, de má vontade, coloco-a de pé.

— Abra o portão para ele; vou correr e tomar um banho — ela diz, ficando na pontas dos pés para me dar um beijo suave. — Anda, resmungão, prometo te compensar mais tarde.

— Ou você poderia esperar bem aqui e vou ali matá-lo rapidinho.

— Vai logo. — Ela ri e me dá um empurrão de brincadeira.

— Finalmente — Sawyer reclama quando o deixo entrar. — Mas que porra, esqueceu que convidou a gente pra cá?

— Algo assim — murmuro, pegando algumas coisas dos seus braços. — O que é tudo isso?

— Metade do maldito mercado. De alguma forma, fui designado para comprar as coisas das listas da Laney e da Bennett.

— Bom pra você. Um dia desses, alguma garota vai te agarrar e te colocar na linha. Assim, você vai estar preparado.

— Você começou a beber sem mim? Mulher nenhuma vai me controlar, nunca, ou me colocar para fazer porras de tarefas, ou comprar absorventes e outras merdas. Essa garota não existe. É diferente de fazer isso para Gidget, ela é minha parceira.

— Tanto faz, Casanova, me ajuda a desempacotar essas coisas e guardar. Não quero que Whitley faça isso no seu grande dia.

— Fazer o quê? — Ela surge da cozinha, mexendo comigo mais uma vez, justo quando finalmente achei que tinha tudo sobre controle. — Oi, Sawyer! Meu Deus do céu — ela olha em volta —, você comprou a loja inteira?

— Hmpf... — Ele faz um bico. — Coisa da Laney e Bennett; autoritárias.

— Ah... — Ela lhe dá um abraço, ou o mais próximo de um abraço que consegue, como se os bracinhos de Whitley conseguissem circular Sawyer todo. — Que fofo da sua parte ajudar. Muito obrigada. — Ela o cutuca na barriga. — Acho você maravilhoso.

— Quão maravilhoso? — Ele dá a ela sua típica olhada de Sawyer e se aproxima. — Ai! Que diabos? — Ele esfrega a parte de trás de sua cabeça enquanto Whitley se abaixa para pegar o melão que acabei de jogar nele.

— Se afaste da mulher comprometida.

— As gostosas estão indo embora como moscas, vou te dizer. Vou ter que fazer novas amigas se quiser transar com frequência.

— Você transa bastante, seu mulherengo. E olá para o restante de vocês. — Tate passa pela porta do terraço, soltando... mais sacolas?

— Na verdade, fui dispensado ontem à noite. Aguentei umas duas horas de "conversa" — as aspas de Sawyer são bastante engraçadas —, e paguei várias bebidas. Quando finalmente chegamos ao ponto, ela jogou a cartada de "estou menstruada". Dá para acreditar nisso?

— Talvez ela realmente estivesse, Sawyer. Acontece. — Whitley dá tapinhas no ombro dele. — E Deus o livre de manter uma conversa só por causa disso.

— Foda-se, falei pra ela que só porque a montanha-russa quebrou, eles não fecham o parque inteiro, se é que me entendem.

Whitley parece confusa, virando-se para mim, depois para Tate, encontrando olhares igualmente confusos.

— Não, não entendemos.

— Boquete, punheta, alguma coisa. Menstruação só fecha um brinquedo, não o parque todo.

— Sawyer Landon, meu Deus! De onde você tira essas coisas? — Whitley enrubesce o bastante por todos nós. — Enfim — ela faz uma careta para ele e se vira para Tate —, cadê a Bennett?

253

— Foi com Dane e Laney. Eles queriam mostrar a ela o apartamento novo no caminho.

— Que apartamento novo?

— Dane comprou um duplex a uns três quilômetros daqui. Laney vai morar em um lado, e Bennett e eu vamos viver em pecado no outro. Legal, né?

— Quem vai morar com Laney? — Sawyer pergunta.

— Ninguém, acho. — Tate dá de ombros.

— Besteira. Eu vou. Se você vai se mudar e Evan está com Zach agora, não posso ficar sozinho.

— Eu moro sozinha — Whitley fala.

— Verdade — Sawyer diz, lentamente, se aproximando dela. — Quer que eu me mude pra cá com você?

A melancia é provavelmente grande demais, pode machucá-lo mesmo. Abacaxi? Perfeito. *Wham!*

— Filho da... — ele grita. — Quer parar de jogar coisas em mim?!

— Pare de dar em cima da minha mulher que eu paro! — grito de volta, rindo.

Whitley estala os dedos para mim, me dando um olhar de "vem aqui" que me percorre por inteiro. Faço o que ela mandou em dois passos, envolvendo meus braços em sua cintura, meu nariz indo direto para o lar em meio ao seu cabelo.

— Sim?

— Nada — ela murmura. — Você só estava longe demais.

Esqueci o quão bom é ter alguém para amar. E ser correspondido, abertamente... ainda melhor.

— Coleguinha de quarto! — Sawyer grita, fazendo todo mundo se virar para ver os três retardatários que estão chegando.

— Por que ele tá te chamando de coleguinha de quarto? — Dane segue o olhar de Sawyer para Laney e faz cara feia.

— Como se eu soubesse. — Ela ri. — Quem sabe o motivo dele fazer metade das coisas que faz? Sawyer — ela diz, condescendente —, você pode, por favor, explicar para o meu homem das cavernas aqui sobre o que você está falando antes que me meta em uma enrascada por algo que nem eu faço ideia do que é?

— Claro. — Ele dá um sorrisinho. — Dane, vou me mudar para o duplex com Laney no lado dela.

— Espera. — Laney ergue a mão. — Antes que todo mundo enlouqueça, cadê o Zach?

Mudança de assunto sutil, Walker.

Solto uma risada, incapaz de me controlar, porque Zach está parado atrás deles, do outro lado da porta de vidro, há uns cinco minutos. Cara esperto. Eu também não me meteria no meio dessa conversa.

— O quê? — Laney olha para mim e para Whitley, suspeita, e Whit cede primeiro, apontando. Laney se vira e coloca as mãos nos quadris. — O que você está fazendo? Vem pra cá.

— Eu preciso? — diz ele, através da porta.

— Não, nós vamos até ele — Bennett afirma. — Tate pode acender a churrasqueira. Estou morrendo de fome.

— Ah, tudo bem. — Whitley se solta de meus braços. — Deixa eu arrumar as coisas. Evan, você pode colocar as bebidas para gelar e talvez colocar uma música, amor? Vou fazer hambúrgueres e outros petiscos. Sawyer, se você cortar a fruta grandona, não vai mais voar na sua cabeça.

— Pare onde está, mulher. Você não vai trabalhar. Vá trocar a roupa para a festa de água e lama no seu quintal — mando, e ela franze o cenho e me lança um sorriso chocado, mas provocante. — Tô falando sério, Whit. A gente dá conta, hoje é seu dia para se divertir um pouco.

Ela olha em volta, todo mundo balançando a cabeça ou sorrindo, confirmando.

— Verdade, Whit. — Laney fala. — Vá se trocar. A gente se vira.

— Tudo bem então. — Ela se vira para o corredor. — Se vocês têm certeza.

— Whitley, o Pequenino tá monopolizando o buraco de lama de novo! — O grito manhoso de Zach vem do outro lado do quintal. — Vou escorregar em cima dele, se ele não sair.

Escorregue em outro lugar, porque esse porco não vai se mexer no buraco de lama. Essa é a regra número 1 dos porcos de fazenda.

— Ele vai sair quando vir que você está descendo! — Whitley grita de volta do meu colo, desmaiada e exausta por causa do seu dia de guerrinha de água, escorregar na lama, pular no trampolim e jogar vôlei na piscina meio cheia. — Então, Laney, me conte sobre seu novo apê.

— Nosso novo apê — Sawyer corrige.

— Nem ferrando. — Dane o encara.

Tenho que admitir, hoje foi ótimo. E a galera? A galera é uma grande família – prática, encantadoramente hilária, e realmente acolhedora uns com os outros. Todo mundo se importa um com o outro e se apoia, e fico muito feliz de fazer parte. Posso ver Laney e passar tempo com meus amigos enquanto seguro a garota por quem estou tão apaixonado, sem enxergar nada mais. Não acredito que isso aconteceu; é tão inacreditável. Mas aconteceu. Sinceramente, não estou nem um pouco desconfortável de ficar perto de Dane e Laney agora, e tenho certeza de que Laney se sente do mesmo jeito em relação a mim e Whitley.

E Whitley está extasiada, palavras dela, por ter Laney e Bennett como amigas. Está sempre falando sobre elas, até mesmo Hayden, e isso me deixa feliz por ela. Whitley é uma pessoa incrível e está mais do que na hora de todos perceberem isso.

— Sério? — Sawyer joga a tampinha da cerveja em Dane. — Você realmente não confia em mim com ela?

— Não responda isso — Tate murmura.

— Não, foda-se. Me responde, Dane, você não confia em mim com Laney? — Sawyer pergunta mais uma vez, incisivamente.

Eu não estava refletindo agora sobre o quão amigável nosso grupo era? Devo ter espantado, porque isso está bem estranho.

— Claro que confia, Saw — Laney apazigua. — Ele só está brincando.

— Quero ouvir ele dizer isso. — Sawyer range os dentes e veias enormes saltam em seu pescoço.

— Sim, Sawyer, confio em você. E, com certeza, confio em Laney — ele inclina a cabeça e beija a lateral do pescoço dela —, mas pode ser um pouco estranho, ter um homem morando com minha namorada, só isso. Por que simplesmente não compro a casa do outro lado da rua pra você?

— Ah, Sawyer! Você, Evan e Zach poderiam dividir! — Laney aplaude.

Palmas. Laney Jo Walker não bate palmas a menos que esteja celebrando alguma conquista esportiva.

É, ela, com certeza, está tão desconfortável quanto eu.

— O que vou fazer? — Zach se junta ao grupo, limpando a sujeira de lama nele.

— Dane não confia em mim para dividir o duplex com Laney, então ele se ofereceu para comprar outro pra você, Evan e eu dividirmos. —

Sawyer está falando com Zach, mas sem nunca desviar o olhar de Dane.

— Acabei de falar que confio em você, Sawyer. Por que está insistindo tanto nisso? — Dane passa a mão pelo rosto, irritado.

— Humm, valeu — Zach esfrega sua nuca —, mas não preciso que Dane compre um lugar para eu morar. Tô bem onde estou.

— Eu também — concordo.

Progredi muito nos últimos tempos, mas não vou viver às custas de Dane.

— Todo mundo cala a boca! — Tate afasta Bennett de seu colo e se levanta. — Chega. Meu irmão se esforçou para comprar um lugar pra gente, e não acho que seja um absurdo ele não querer um cara morando com sua namorada. — Ele estreita o olhar para Sawyer. — E ele não está tentando se gabar comprando algo para Evan e Zach; isso foi ideia da Laney. Então, todo mundo se acalme, porra.

Nunca ouvi Tate falar tanto de uma vez e, com certeza, não naquele tom. Bom para ele.

— Tô vazando — Sawyer diz, de repente, e se levanta para ir embora. — Valeu, Whit. — Ele a abraça e bate no meu ombro, depois segue para o portão.

— Sawyer, espera! — Laney grita e corre atrás dele, e segundos depois, Dane suspira alto e a segue.

— Sobre o que diabos foi tudo isso? — Zach pergunta para o restante do grupo, todos atordoados.

Sawyer nunca é a pessoa de mau humor, tão longe do cerne do drama quanto possível.

— Acho que Sawyer está tendo alguns problemas com mudança — Tate diz. — Todos estão se juntando e se mudando. Sawyer não lida bem com o fato de ser deixado só.

— Que tal Evan se mudar para cá comigo e Sawyer vai morar com Zach? — Whitley sugere.

Zach está dando um risinho malicioso, Bennett está sorrindo de orelha a orelha e eu, merda, eu estou me engasgando.

Tate começa a bater nas minhas costas, rindo.

— Eu sei, né? Mais ou menos a mesma reação que tive sobre ir morar com a Ben.

— Ah, nada a ver! — Ela lhe dá um tapa. — Você começou a fazer as malas naquela noite, seu mentiroso.

Não posso vir morar com Whitley. Estamos namorando há o quê, um minuto? Não sei nada sobre ela – tudo bem, isso não é exatamente

257

verdade, sei várias coisas sobre ela, mas nunca conheci seus pais ou apertei a mão de seu pai e prometi cuidar de sua menininha. O que, provavelmente, não importa já que os pais dela, por causa de toda a ausência ou falta de ligações ou reconhecimento em geral, são horríveis. Mas talvez não sejamos compatíveis para ficar perto um do outro vinte e quatro horas por dia. Só porque sinto a falta dela no milissegundo em que nos afastamos, não quer dizer que morar juntos seja algo inteligente. O que acontece se as coisas não derem certo entre nós – e aí? Ah é, estarei na cadeia por ter matado o outro cara, então minha nova casa vai estar preparada já.

— Está falando sério? — pergunto a ela.

— Ah, oi, você voltou. Resolveu tudo na sua cabecinha? — provoca.

Fui pego.

— É, acho que sim. Mas não temos que fazer nada até voltarmos depois do verão. Faz sentido.

— Se importa em dividir com a turma, aonde estamos indo nesse verão? — Pisca rapidamente os olhos.

— Você vai para casa comigo. Vou trabalhar para o Parker nesse verão, e você — agarro seus quadris com mais força e a puxo contra mim — vai me fazer companhia, caipira.

— Sim, eu vou — ela diz, orgulhosa.

Huh, ela deve ter ouvido uma pergunta aí em algum lugar.

— Ei, Sawyer! — Viro a cabeça e grito, interrompendo a discussão que os três estão tendo. — Vem cá!

— O quê? — ele resmunga quando chega perto de mim.

— Por que você não passa o verão em casa comigo e com Whit? A casa de Parker é enorme e ele vai se amarrar em ter toda a ajuda que conseguir contratar. Você vai amar lá, vai ganhar um dinheiro, e Parker é demais.

— Humm, olá? — Zach aponta para seu próprio peito. — Cara recém-traído, sem nada para fazer consigo mesmo parado bem aqui.

— Quanto mais melhor, cara. — Rio. — E quando o verão acabar, vamos nos reunir para saber onde todo mundo vai morar. Parece bom?

— Dane! — Sawyer berra.

Muitos gritos rolando hoje, e esse quintal não é tão grande. Acho que talvez todos estejam um pouco tensos com o fim do ano letivo e com várias mudanças importantes.

— Eu me demito! Volto quando as aulas começarem!

— Beleza — Dane responde em uma voz normal, já que está bem ao nosso lado agora. — Faça o que tem que fazer; o duplex estará te esperando quando voltar. Vai ser legal saber que Laney terá você lá quando eu não puder. — Ele lhe dá um tapa nas costas. — E me desculpe. Eu te confiaria a minha vida, o que, coincidentemente, ela é.

— Eu sei, cabeça de bagre. — Sawyer o envolve em um abraço.

— Vamos cantar Kumbaya agora? Vocês sabem que é ruim quando Sawyer desenvolve uma vagina. Bora, vamos escorregar, vadias! — Zach grita, correndo pelo buraco de lama como um louco.

Todos se juntam a ele, gritando e berrando, se esquivando do porco guinchando aos seus pés, mas Whitley, não. Não, ela se mantém firme, aqui comigo, descansando a cabeça no meu ombro, suspirando tranquilamente.

Eu não poderia concordar mais, linda.

CAPÍTULO 30

CONVERSA ÍNTIMA

Evan

— A nós, os estudantes da faculdade mais inteligentes do caralho! Que eles tentem criar uma prova que nos reprove! — Sawyer faz o brinde.

Os membros da galera erguem suas taças com a dele.

— Saúde!

— Não acredito que essa é nossa última noite juntos até o outono — Laney diz, triste. — Fico feliz que seja verão, mas vou sentir saudade de todo mundo.

— Laney, você pretende ir para casa ver seu pai? — pergunto.

— É claro.

— Você e Dane passem na casa de Parker quando forem. Comigo, Whit, Saw, e Zach lá, é uma noite da galera! — explico.

— Mas e quanto a Tate e Bennett?

— Traga-os também.

— Vai ficar tudo bem, Lane — Bennett a conforta. — Vamos tentar nos encontrar algumas vezes.

— Viu, agora chega desse papo triste, amor, termine de se despedir para que eu possa te levar para casa. — Dane dá um tapa na bunda dela. — Que horas vocês vão sair de manhã? — ele me pergunta.

— Parker deve estar aqui com o trailer por volta das dez — digo. Pequenino não é mais pequenino e tem que ser transportado para a fazenda em um trailer.

Whitley fez um fuzuê, falando pelos cotovelos para mim durante dias até que, finalmente, liguei para a ASPCA[5] e os fiz dizer a ela que não é, de verdade, uma punição cruel e incomum, mas sim o plano mais seguro, tanto para o porco quanto para os transportadores.

Você nunca convencerá Whitley, mas porcos não são animais simpáticos, e quanto maiores, mais cruéis ficam. Realmente, espero que ela supere isso até o final do verão e talvez escolha um gato.

— Se precisarem de alguma coisa, apenas liguem. — Ele estende a mão para um cumprimento. — Sawyer e Whitley em uma fazenda — ele diz, rindo. — Você é um cara corajoso, Evan.

— Diga a Parker que logo iremos lá, e por favor, passa na casa do meu pai e garanta que esteja com a roupa lavada e comendo direito, okay? — Laney mordisca o lábio. — Vou para lá depois do serviço de caridade na próxima semana, prometo.

— Eu passo, mas ele está bem. Agora vem cá. — Puxo-a para um abraço apertado. — Não se preocupe tanto, Dodó. Está tudo bem; nós nos veremos logo, logo. Tá bom?

— Okay, Toby — ela murmura, seguindo para os braços de Whitley. — Se divirta, Whit, e, por favor, me ligue, e...

— Boa noite, pessoal — Dane responde por ela enquanto a carrega por cima do ombro até a porta. — Nos veremos em oito longos e dolorosos dias.

— Boa ideia. Vamos, Ben. — Tate boceja. — Estou cansado, coloque seu homem na cama.

— Tchau, gente. — Ela abraça a mim e Whit, com os olhos marejados, claro, porque ela é Bennett. — Vamos fazer uma visita assim que possível. Tate está administrando a academia agora, então estaremos um pouco ocupados.

— Quê? — Whitley pergunta.

— Ah, é — Bennett abaixa o tom de voz. — Você não soube?

— A *Ty* é toda do Tate agora, sem encargos. Dane, finalmente, o fez pegar algo pra cuidar e construir por si só. Não foi ruim. — Ela dá um sorrisinho. — Aquela Jenee é gerente lá.

— Uo-uou! — Whitley pelo visto percebe e ri. — Todo mundo sai ganhando. Muito bem, Laney!

5   American Society for the Prevention of Cruelty to Animals: órgão que acolhe e resgata animais vítimas de abuso. O equivalente, no Brasil, à Associação Protetora dos Animais.

— Exatamente! Enfim, vocês tomem cuidado. Sintam saudades de nós!

— Sentiremos! — Whitley fecha a porta atrás deles. — Vocês vão dormir aqui para sairmos cedo ou o quê? — ela pergunta para Sawyer e Zach, que murmura "de jeito nenhum" e faz um sinal passando o polegar pelo pescoço pelas costas dela.

— Não, ainda preciso terminar de fazer as malas — Zach disfarça, tranquilamente. — E vou precisar de uma carona de manhã, então vamos lá, Sawyer.

— Vou te buscar, mas vou dormir aqui — ele diz.

Desgraçado.

— Vou aprontar o quarto de hóspedes então. — Whitley segue para o corredor.

— Cara, não faça ela fazer isso só para você atazanar o Evan — Zach ri. — Whit, não se preocupe, ele tá vindo comigo! — ele grita na direção do corredor.

— Quem falou que estou brincando? — Ele sacode as sobrancelhas para mim.

— Você é um babaca. — Empurro-o. — Vaza daqui.

— É, meninos, vai ser um verão divertido! — Sawyer anuncia, puxando a maçaneta e rindo sozinho enquanto saem.

— Mas o quê... eles foram embora? — ela diz, me encarando.

— Sim. — Tranco a porta e desligo a luz principal. Puxo a camiseta pela minha cabeça, jogando-a no sofá. — Vai tomar um banho antes de ir para cama?

— Não.

Chuto meus tênis, inclinando-me e tirando as meias. Eu a sigo, meu olhar dizendo a ela o que se passa na minha cabeça. Noite após noite, durmo ao lado dela, segurando-a, compartilhando nada além de beijos e preliminares, apenas algumas vezes debaixo de sua blusa. Esta noite, vou colocar o cavalheiro para escanteio e esperar por mais. Seguro sua mão e a puxo até o quarto, fechando a porta em seguida. Ela observa cada movimento meu enquanto coloco meu celular na cabeceira, iniciando minha *playlist* "Beija-flor", depois me viro para ela.

Suas pupilas estão dilatadas e vejo sua língua correr por seu lábio; ela sente a mudança na atmosfera, seus mamilos já intumescidos através da camiseta. Sua respiração está pesada.

— Eu nunca... — ela sussurra.

— Nem eu. — Mantenho nossos olhares.

— Não? — Ela não esconde sua surpresa e talvez incredulidade. Nego com a cabeça, sem vergonha.

— E você me quer? — Suas bochechas estão coradas e passa a língua naquele lábio de novo.

Dessa vez, assinto, me aproximando dela.

— Eu te quero tanto, linda. Quero te amar. — Enlaço sua cintura. — Quero cuidar de você. Quero te segurar. Quero ficar com você a cada oportunidade que tiver. — Prendo seu fôlego em minha boca enquanto cubro a sua, movendo minhas mãos para sua bundinha atrevida e apertando com um gemido dolorido. — Você também me quer?

— Sim — sussurra, com a voz rouca, passando as mãos pelas minhas costas, até meu abdômen, que se contrai por baixo de seu toque suave, até finalmente encontrar o botão do meu jeans. Ela abre cada botão, depois abaixa até meus joelhos, onde termino de tirar a calça. Dando um passo para trás, seu olhar me percorre, antes de se fixar nas minhas boxers rapidamente, para cima, para baixo, e para cima de novo. — Você é tão gostoso — ela geme, e então bate na boca, constrangida.

— Vem cá. — Estendo a mão e puxo-a toda corada contra mim. — Me deixa te ver? — peço, erguendo seu rosto com um dedo.

Ela concorda, mordendo os lábios, testando minha paciência.

— Levante os braços, gostosa — suspiro contra o seu pescoço, em sua veia pulsante, deslizando os dedos pela sua pele à medida que ela os ergue. Puxo sua camiseta por cima da cabeça, beijando seu peito, pescoço e clavícula enquanto alcanço o fecho do sutiã às costas.

Ela abaixa os braços e deixa a peça cair no chão enquanto seu olhar tórrido se fixa ao meu, azul no azul, Whit em Evan. Somente nós dois.

— Você me faz perder o fôlego, garota linda. Eu não consigo parar de te admirar. — Eu me sento na beirada da cama e a puxo para ficar entre minhas pernas. Deslizo as mãos pela lateral de seu corpo enquanto chupo a pele de sua barriga chapada. — Tão suave, tão *sexy*.

Minha garota enfia os dedos entre o meu cabelo, gemendo quando beijo e lambo cada pedacinho exposto para mim, desfrutando do momento. Seu corpo é mais do que lindo, mais do que *mignon* e perfeito; é milagroso, fascinante. Não consigo decidir se quero ver mais ainda. Será que fiz jus aos seus seios redondos e cheios? Será que seu umbigo sabe o tanto que o adoro? Seus quadris, suas curvas... Aquele balãozinho oculto, aquele que eu coloquei lá, está pronto para mim?

Ela acha que sim, seus dedos se esgueirando por dentro do cós do short, e de um jeito provocante e lento, desce a peça pelas pernas. Nada de calcinha. E muito menos os cachos suaves.

— Não se mova — rosnei. — Aw, gata... — Esfrego os olhos, só para ter certeza do que estou vendo. — Whitley, você vai me matar. — Uso um dedo para dedilhar o traço do balão tatuado, até tocar sua beleza nua e crua.

Eu já vi inúmeras garotas peladas, já dei uns amassos em algumas, além de Laney, mas nunca cheguei nem perto de uma beleza tão grande quanto Whitley Suzanne Thompson. Laney é uma garota linda, seu corpo era todo tonificado, e tudo o que vivi com ela foi adorável e respeitoso... e porque estou pensando nisso, bem agora, não faço ideia, mas talvez seja porque a visão de Whitley, à minha frente, esteja torrando meu cérebro. Ela é tão... delicada, tão feminina, como se não fosse desse mundo. De verdade, seu corpo é um templo; um templo gostoso, firme, intocável, apetecível e desnudo.

Se eu puder escolher um único corpo para apreciar pelo resto da minha vida – os das supermodelos inclusos –, eu escolheria exatamente este que está diante de mim. Ela ergue a mão e solta o cabelo, passando os dedos por entre as mechas. Eu vou gozar nesse exato instante, eu juro. Do tanto que ela é gostosa.

Ela sobe e se senta no meu colo, então me empurra para que eu me deite em sua cama. Seu cabelo loiro-morango perfumado roça o meu rosto quando ela se abaixa e me beija, arrastando a língua pelo meu peito, meus mamilos, chupando com vontade a minha pele tatuada.

— Eu adoro o seu corpo, Evan — ela sopra sobre as áreas onde deixou beijos molhados —, e isto — roça o dedo pela trilha de pelos que desce desde o meu umbigo até o cós da cueca, onde a cabeça do meu pau aponta —, eu adoro isto. — Afastando-se um pouco para trás, ela puxa minha boxer, fazendo coisas ilegais com as minhas coxas.

— Na minha calça, a carteira — ofego, tentando me acalmar quando ela pula sobre mim para pegar uma camisinha... ou três. Nunca desejei tanto alguém na vida, e minha cabeça parece prestes a explodir, sendo que nem começamos. Não quero apressar ou desperdiçar nossa primeira vez. Talvez eu devesse pedir para ir ao banheiro e bater uma punheta antes?

Ou talvez eu deva compartilhar isto, do jeito que for, com a mulher que mais conhece o homem que sou. É isso aí; como homem, como a pessoa que sou hoje, a Whitley é a mulher que mais me conhece. E mesmo sabendo que qualquer coisa que acontecer com ela será perfeito e do jeito que deveria ser, tenho certeza de que ela se sente da mesma forma.

Tarde demais, de qualquer jeito, ela engatinha por cima de mim, e meu pau se contorce com vontade própria. E agora que estamos juntos, peito a peito, barrigas coladas como se fossem uma só, posso sentir sua umidade em minha pele. Tem mais uma coisa que eu nunca fiz, e ela será a primeira. Inverto nossos corpos e ela ri, histericamente, então geme baixo e com euforia, quando minha língua, junto com meu dedo, a encontram.

Suas unhas cravam no meu couro cabeludo.

— Evan, e-eu...

— Você o quê? — pergunto com a boca colada em seu centro.

— Eu nunca fiz isso! — geme. — Nunca...

Acho que vamos ter que fazer uma listinha de coisas para tentar à frente, o que, para mim, está ótimo. Se acham que me aborrece ficar sabendo de tudo o que ela escolheu entregar somente a mim... estão enganados. Não aborrece nem um pouco. Casais que se conhecem e aprendem um sobre o outro, juntos, permanecem juntos. Um ditado bem fácil de lembrar.

Garotas pensam que os meninos querem que elas sejam experientes. Eles gostam, não me levem a mal, mas uma garota que dá isso só para você? Só. Sua. Para sempre... nunca vão conseguir competir com isso, não importa quantas cartas na manga vocês tenham, garotas fáceis. Não importa quem ou que ele é, a exclusividade é um fator excitante universal.

— Eu também não, menina linda. Está tudo bem — coloco a mão esquerda sobre sua barriga, para tranquilizá-la —, estou contigo. Sempre estarei. — Espero um segundo, acaricio sua barriga e beijo o interior de sua coxa. — Okay?

— Okay — responde.

— Abra um pouco mais para mim, querida. Assim... — Eu a acalmo quando seus joelhos me dão mais espaço. Quando a sinto completamente relaxada para mim, coloco a boca sobre ela outra vez.

Seus quadris se impulsionam para cima, ávidos, quase me surpreendendo.

— Ah, Evan! — ela geme alto. — Eu preciso...

Não quero segurar seus quadris para contê-la, mas... bem, é isso o que eu faço.

— Eu sei, querida, fique quietinha e eu vou dar o que você precisa. — Dou uma única e longa lambida para aliviar seu desespero. — O que você quer... língua ou dedo?

Não sou orgulhoso a ponto de não parar e pedir por direcionamento. Esta *sexy* garota dos sonhos se debatendo vai gozar na minha boca e ponto final. E quando eu descobrir do que ela gosta, ela nunca mais vai ter que me dizer duas vezes. Acredito piamente que prática leva à perfeição, e estou seguro de que já estou viciado em seu gosto.

— Os dois? — replica com a voz trêmula. — Enfia o dedo e — arfa quando insiro apenas um — a sua língua?

Sim, senhora.

Eu posso fazer isso a noite toda. Já ouvi conversas de vestiário, e sei que muitos caras odeiam e até se recusam a fazer isso – bando de idiotas. Não consigo controlar meus impulsos contra o colchão no mesmo ritmo em que me delicio com ela; é gostoso pra cacete.

— Mais rápido, e mais forte... seu dedo — obedeço — bem aí... — Ela puxa meu cabelo, imobilizando minha cabeça e posicionando minha boca no lugar que ela quer. — Bem aí! Aaah, minha nossa, Ev, mais forte... Aaaahhhhh! — ela grita.

Acho que consegui.

Não ouso mover a boca para o seu colo, então permaneço no exato lugar em que ela me colocou, com meu queixo encharcado. Minha boca deu apenas o primeiro de muitos orgasmos a esta virgem oral. Se isso fosse possível, eu só me tornei melhor e com o ego maior.

— Você está bem? — murmuro, beijando seu corpo saciado. Duvido que ela queira um beijo na boca neste exato momento, então me contento com o pescoço.

— Nós vamos ficar no mesmo quarto na casa do Parker, né?

— Sim... — Começo a rir. Minha gatinha está viciada. Em qualquer coisa que eu fizer com ela.

— Você só vai ter que aprender a ser mais... silenciosa.

— Eu prometo. — Ela levanta a cabeça e beija a minha boca em cheio. Sua língua persegue a minha e ela assume o comando, num beijo áspero, como se o fato de sentir seu próprio gosto a deixasse com tesão. — Onde está...

Minha mão se levanta de supetão, mostrando a camisinha.

Ela desliza por mim, rasga o pacote com os dentes e morde a ponta da língua, concentrada na tarefa de cobrir, cuidadosamente, o meu pau. É a coisa mais *sexy* que já vi, mesmo que meus olhos estejam revirando de prazer.

— Você vai me abraçar depois? — ela murmura.

Levanto a cabeça de leve e encaro seus olhos azuis, para que ela veja que estou falando bem sério.

— A noite toda, querida.

— Então você vai estar aqui de manhã, quando eu acordar? — Ela morde o lábio inferior.

— Sim. Whit, venha aqui. — Estendo os braços, indicando que quero abraçá-la agora. — Nós não temos que fazer nada agora, lindinha. — Beijo o topo de sua cabeça e a aninho no meu peito, enquanto ela traça minha tatuagem, distraidamente. — Podemos esperar, e nada vai mudar. Eu prometo. E se não esperarmos, nada vai mudar e eu prometo isso também.

— Não quero dar uma de difícil, mas estou nervosa. O sexo muda as pessoas, e nós somos tão perfeitos. E garotos ficam se gabando com os amigos e isso vai me magoar, e ...

— Shhh, está tudo bem. Deixa eu te dizer uma coisa, quando a hora chegar, não vou me gabar para meus amigos. — Não consigo esconder uma bufada. — Acho que talvez você tenha assistido Greek[6] demais, Whit, e aliás, odeio aquele programa, então fico feliz em te ajudar a superar isso. Apenas fique com O Rei dos Patos; preste atenção em como tratam as mulheres deles. Nunca vou te desrespeitar, e você tem razão, somos bem perfeitos. Então vamos esperar até o momento ser perfeito também, okay?

— Tem certeza?

— Absoluta. — Beijo a ponta de seu nariz enquanto ela me encara, preocupada. — Mesmo que eu não tivesse, não importaria, você que manda. Assim como minha mãe e meu pai; talvez eu discuta à medida em que envelhecermos, mas você sempre vai ter a palavra final.

— E você não está bravo?

— Vai dormir, mulher, temos um grande dia à nossa espera. Quer a música ligada ou desligada?

— Ligada — ela responde, sonolenta.

Não é possível que já esteja de manhã. A música ainda está tocando e parece que acabei de dormir com um pau dolorido, desapontado e sem querer falar comigo. Mas no sonho que eu estava tendo, a boca rosada do meu beija-flor estava me envolvendo, seus dedos fazendo cócegas embaixo, e ele estava prestes a me perdoar. É, foi quase tão bom assim, desse jeito.

— Whitley?

---

6 Programa de TV com drama adolescente que passa na plataforma de Streaming Hulu.

267

— Mmmm?

Levanto a coberta e olho para baixo. Não é um sonho.

— Caramba, amor — murmuro —, o que deu em você?

Observo, curtindo o show, enquanto ela me ignora, as bochechas côncavas em êxtase total, rolando a língua logo abaixo do cós antes de puxar a cueca para baixo.

— Estou pronta — diz ela, em uma voz profunda e sedutora, enquanto coloca a camisinha em mim.

Como um idiota, um guloso estúpido pedindo uma punição, digo:

— Whit, eu te falei que a gente podia esperar. O que fez você mudar de ideia?

— Você falou. Você conversa dormindo, sabia disso?

— Não.

— Pois é. Você conversa. E se eu perguntar as coisas, você responde. — Ela escala o meu corpo, deixando uma trilha de beijos. — Eu confio em você, e eu quero você também. Agora. — Ela se ajusta acima de mim, esfregando sua umidade ao longo do meu pau.

— Whiiiit — digo seu nome de forma arrastada, louco de tesão.

— Estou bem aqui. — Ela se levanta e me guia até o seu centro, mergulhando somente até a ponta. — Aaaahhh! — grita.

Inverto nossas posições, de forma que agora ela está deitada de costas na cama.

— Vai doer menos desse jeito, amor. — Uso meus dedos para espalhar sua umidade, então adiciono mais um para esticar seus músculos enquanto chupo suavemente um mamilo.

— Uma melodia perfeita — ela geme.

Somente Whitley, penso com um sorriso, será capaz de cantarolar essa música toda vez que fizermos amor, pelo resto de nossas vidas. Por mim, tudo bem. Eu adoro ouvi-la cantarolando baixinho, sua voz, esta música... afinal, ela faz parte da *playlist* do meu Beija-flor.

Quando ela começa a se contorcer, balbuciar e implorar com palavras incoerentes, só porque meus dedos a levaram ao prazer, eu a penetro devagar e o mais gentilmente possível. Nunca esquecerei este momento enquanto viver: o exato instante em que me uni, pela primeira vez, com Whitley Suzanne Thompson. Suas costas se arqueiam e sua boca se abre – Sideways, do Citizen Cope, deixando o clima perfeito e com as palavras certas.

— Enfia tudo, amor, vai — diz ela, e estremece, agarrando minha bunda e me puxando para ir mais fundo.

Eu posso sentir, consigo romper, e ela dá um grito agudo, me deixando desesperado.

— Ssshhh, sinto muito, linda, eu sin...

— Não, está tudo bem, continue. — Ela respira fundo. — Devagar — murmura, e uma lágrima desliza pelo seu rosto.

Inclino a cabeça e lambo a gota solitária, então distribuo beijos pelo seu rosto enquanto me afundo contra ela, fechando os olhos e absorvendo toda a loucura desse momento; minha cabeça está girando, meu coração batendo freneticamente, o suor escorrendo pelas costas. Estar dentro dela, é como... Não há nada como isso, nada.

— Whitley, eu te amo — recosto a cabeça contra o seu ombro. — Eu te amo.

— Eu sei, você me disse — ela soluça e geme ao mesmo tempo. — Eu também, Ev. Eu também te amo muito. — Seus braços me envolvem, então suas pernas. — É tão gostoso sentir você assim perto de mim. Não pare... nunca. — Sinto sua mão se mover entre nós, e, aaah, porra, estou perdido.

— Estou quase lá, aaah, Whit, rápido! — Eu tento lutar contra; luto com todas as minhas forças, mas vê-la esfregando o dedo em si mesma me desfaz. Sinto a onda de eletricidade subindo pelas pernas, uma rajada que nunca imaginei ser possível, até que jorro em seu interior e ela goza comigo, seus músculos contraindo ao meu redor, em sincronia com minhas estocadas.

Não é possível que seja sempre assim para todo mundo, com qualquer um, toda vez... A sociedade deixaria de funcionar, o mundo entraria em extinção, já que as pessoas não fariam nada além disso, o dia todo, todo dia, duas, dez vezes, sempre que ela quiser.

Esperando mais um minuto para voltar à realidade, meus antebraços trêmulos por causa do meu peso, não percebo imediatamente que Whitley está chorando. O que diabos eu fiz?

— Amor. — Saio de cima do seu corpo e rolo para seu lado. — Por que, meu Deus, eu te machuquei? — Arquejo, beijando sua testa e acariciando seu cabelo.

— Não. — Ela ri, secando os olhos. — São lágrimas de felicidade.

— É?

— É — assente, enrolando a mão em volta do meu pescoço e aproximando meu rosto do seu. — Tenho quase certeza de que não é para ser tão perfeito e especial na sua primeira vez. — Ela dá uma risadinha quase para si mesma. — Obrigada por preparar um precedente tão maravilhoso.

— Foi, não é? Eu te amo, Whitley, com todo o meu coração, eu amo.

— Eu sei que sim. — Ela rola na minha direção, se aconchegando na dobra do meu braço.

Eu, provavelmente, deveria limpar tudo, mas não tenho coragem de movê-la.

— Você me falou enquanto dormia — ela admite. — Foi assim que tive certeza. Você poderia sonhar com qualquer outra coisa, qualquer pessoa, mas sonhou comigo.

— E eu respondi?

— Hum-hum.

— Você perguntou coisas constrangedoras, sua pestinha? — Faço cócegas nela, aproveitando o som de sua risada.

— Bem, sim. — Ela se contorce. — Você faria a mesma coisa.

— Então me conte sobre nossa conversa. — Uso essa pausa na intimidade para me levantar e ir para o banheiro me limpar.

— Você disse "eu te amo", então perguntei "quem você ama?" e você respondeu "você".

Estou dentro do seu banheiro anexo, com a porta aberta, para que eu possa mais do que identificar a felicidade em sua voz, o que me diz que até dormindo, eu acertei.

— Então eu falei "qual é o meu nome?" e você respondeu "linda" — ela dá uma risadinha. —, o que foi muito fofo, mas investiguei mais, você sabe. Enfim, eu disse "nãooo, qual é meu verdadeiro nome?" e você respondeu "minha Whitley".

Coloco a cabeça para fora do banheiro e dou uma piscadinha para ela, sem nunca ter visto uma imagem mais fofa do que ela mordendo seu lábio inferior e os olhos marejando.

— Eu sou sua Whitley — sussurra e sorri tão meiga.

— E então você me devastou? — brinco, querendo que seus lindos olhos clareiem.

— Algo assim. — Dá de ombros. — De qualquer forma, o que está fazendo? Volta para a cama comigo. — Ela bate ao seu lado.

— Whit, amor, não surte, mas você precisa entrar aqui. — Abro a torneira da banheira, jogando uma toalha para ela. — Vem. — Estendo a mão. — Sei que está tarde, mas entra aqui por mim, okay? Relaxe e mergulhe, e vou cuidar das coisas e voltar para ficar com você, e então vou te abraçar a noite toda.

— O quê... — Ela se levanta, me encarando e depois se voltando para a cama. — Ah. — Ela cora, adoravelmente. — Como você...

— Tinha sangue na camisinha, amor. Não se preocupe, vou cuidar de tudo. — Beijo sua cabeça. — Entre.

— Ev? — Sua voz baixa me detém na porta. Ela, provavelmente, vai pedir por "pílulas", mas já resolvi isso.

— Sim?

— Você é meu acará.

— Ainda não faço ideia do que isso significa, amor — rio —, mas fico feliz. Agora entra aí, mulher.

CAPÍTULO 31

FORNICAÇÃO

Evan

— Evan Mitchell Allen, sei que está aqui e sei que você me viu estacionar! Venha aqui e beije sua mãe, menino!

Ela está blefando.

— Um!

Merda.

— Dois!

— Tudo bem. — Saio de trás dos fardos de palha. — Tenho vinte anos de idade, pare de contar!

— Por que está se escondendo de mim? — Ela aponta para sua bochecha e cutuca ali, então eu beijo. — E cadê minha querida Whitley? Achei o vestido mais lindo na cidade hoje. — Ela levanta uma sacola. — Queria que ela experimentasse.

— Imagino que ela esteja na casa; não tenho certeza. E eu estava me escondendo porque não quero outra palestra sobre ficar em casa de novo. Whitley deve estar se escondendo de você também.

Ela ofega, pondo a mão no coração e lançando um olhar que me reduz a nada ali mesmo.

— Ela não faria isso! Parte meu coração, meu único filho em casa, rua acima e com vergonha demais de ficar embaixo do teto de sua própria mãe. Bem, simplesmente não consigo imaginar o que fiz para merecer isso do meu único filho.

Ainda bem que vim preparado, porque ela está pegando pesado.

— Mãe, não estou com vergonha. Quero dormir em uma cama com Whit, simples assim. Posso fazer isso aqui.

— O que a mãe dela diz sobre isso?

— A mãe dela não diz muito sobre nada. Cada um de seus pais liga uma vez por mês, no mesmo dia e na mesma hora; bem impessoal, como uma consulta — debocho, querendo que eles estivessem aqui agora na frente da minha mãe. Ela adora Whitley e salivo só de pensar em como os partiria ao meio. — E Whitley tem quase vinte e dois anos, mãe, ela pode dormir onde quiser.

— Você conversou com seu pai sobre isso?

— Sim, ele acha que você está doida.

— Ele disse essa... essa exata palavra? Doida?

— Sim, mais de uma vez. — Olho em volta, sem querer rir na cara dura de suas bochechas coradas.

— Evan, querido, ela é uma jovem tão simpática. Eu não ia querer que você...

— Mãe.

— O quê?

— Eu a amo, e ela me ama também. Não porque estou por perto, ou como um amigo, ela me ama. — Sorrio. — Me disse que está morrendo de vontade de encher sua casa de netinhos mimados.

— Evan Mitchell! — Ela tenta parecer escandalizada, mas sei que está se imaginando segurando bebês enquanto conversamos.

— Vou me casar com ela um dia e ela vai se casar comigo também. E vamos fornicar, com frequência, até estarmos velhos demais para fazer isso sem quebrar o quadril. Sou cuidadoso, ela também, mas se você nos quer lá, então saiba que vou segurar aquela garota nos meus braços a noite inteira, todas as noites. Diga sim ou aceite que vou ficar aqui, por favor? — Lanço a ela o velho sorriso enviesado do Evan, depois vejo mesmo se consigo constrangê-la. — Eu nunca deixaria você nos ouvir.

— Vou marcar sua bunda, Sr. Bocudo! — Ela agarra meu braço e tenta me girar, dando tapas na minha retaguarda. — Falando como se tivesse sido criado por lobos!

— Eu estava brincando! — Afasto-me dela, rindo. — Pelo menos, um pouco. Mas estou falando sério sobre o resto.

— Você é um jovem tão bom, Evan. Vem pra sua mamãe. — Ela abre os braços e eu a agarro, girando-a em um abraço apertado antes de finalmente soltá-la e beijar sua testa. — Fiz um ótimo trabalho com você.

— Sim, senhora.

— Bem, pelo visto, já que a mãe dela é — ergue a mão, cobrindo a boca enquanto sussurra, o que, de alguma forma, a faz sentir que ela realmente não fala mal de ninguém — uma idiota, então preciso dela em casa para que eu mesma possa ser mãe dela.

Forço meu rosto a se manter sério.

— Ela vai amar isso.

Meus dias nunca serão chatos, brincando com as duas mulheres loucas, incríveis da minha vida.

— Eu também! Vou encontrá-la e dizer a ela. Agora vou permitir dormirem juntos, mas talvez você possa trocar algumas noites, ficar aqui quando precisar...

— Vai, mãe.

— Tá bom, tá bom. — Sai correndo procurando por Whitley.

— Essa foi a merda mais engraçada que já ouvi. — Sawyer surge das sombras, rindo. — Mal posso esperar para mostrar a Zach. — Ele aperta o play em seu celular, a gravação da minha conversa sobre fornicação com minha mãe perfurando meus ouvidos.

— Por que diabos sou seu amigo? Sério, preciso ser examinado.

— Merda, parece que você vai ser examinado. Eu, por outro lado, estou prestes a definhar e morrer de tédio. Cadê todas as garotas gostosas do campo vestindo shortinhos e tops de bandanas, o cabelo trançado, cavalgando?

— Isso não é Joe Sujo[7], Sawyer.

— Ela não usava tranças, babaca. O que não tem problema; as tranças são completamente opcionais.

— Vá para a cidade uma noite, tem um bar.

— Legal, hoje à noite, me busque às oito.

— Não vou te levar. Tenho uma mulher e cerveja de graça na geladeira.

— Cara, você pode pelo menos me mostrar como chegar lá. Lembra quem te ajudou assim que você chegou na Southern?

Lá vamos nós.

— Leve Zach. Tenho certeza de que ele vai conseguir fazer as duas voltas até chegar no Shotz. Agora vem, vamos almoçar. Precisamos arrumar aquela cerca antes que escureça.

---

7 Filme lançado em 2001 (Joe Dirt) e estrelado por David Spade.

Sawyer me segue fazendo bico até a casa, chutando pedras a cada passo.

— Tchau, Evan, Sawyer! — minha mãe diz, enquanto entra em seu carro. — Vejo vocês hoje à noite para jantar.

Viro e dou um sorrisinho sacana para Sawyer. Mamãe acabou de melar seus planos.

Os braços de Whitley envolvem minha cintura quando estou lavando o rosto e as mãos na pia da cozinha.

— Oi, amor — cumprimenta.

Viro-me, amando vê-la em seu novo vestido de verão. Minha mãe realmente me ama.

— Oi, Beija-flor, como foi seu dia? — Roubo um beijo.

— Bom, vamos jantar na casa de seus pais hoje. Não tem problema, certo?

— Tudo bem por mim. — Encaro Sawyer e vejo o bico do coitado quase batendo no chão. — Mas o grandão está ficando impaciente. Temos que encontrar uma diversão noturna para ele, ou algo assim, logo.

— Que tal uma festa de despedida de solteiro?

— Whitley, você está me pedindo em casamento? — Pisco, agarrando sua bela bunda.

Ela bate em meu braço.

— Do Parker; precisamos agilizar as coisas.

— Por quê? Só estamos aqui há poucas semanas. Pensei que eles não se casariam até o outono, não?

— Você vai ver. — Ela dá um sorrisinho, se erguendo como só ela consegue fazer para beijar meus lábios. — Finja surpresa — sussurra.

— Isso não deve ser difícil, você não me contou nada.

— Estou atrasado? — Zach pergunta enquanto a porta bate atrás dele.

— Bem na hora. — Angie sorri para ele. — Pegue esses bolinhos e vá se sentar na mesa grande. Evan, tire o boné, menino, e Whitley, querida, me ajude com o restante disso, por favor.

Parker, já sentado na cabeceira da mesa no antigo lugar de seu pai, parece orgulhoso como um pavão. Ele está observando nossos passos, impaciente para que todos nós nos sentemos logo. Quando Angie e Whit finalmente fazem isso, ele segura a mão de Hayden e pigarreia.

— Hayden e eu temos grandes notícias que queremos compartilhar com todos vocês, nossa família e quem amamos, primeiro.

Whitley já está saltando em sua cadeira. Obviamente, Hayden contou a ela antes.

— Hayden vai ter meu bebê! — grita ele, feliz como nunca o vi antes.

Bem, esse cachorro velho. Ele planeja algo em sua cabeça e corre atrás mesmo.

Ainda me preocupo que sejam jovens demais, porque sou tão velho e sábio, e tudo o mais, mas quer saber? Já houve tristeza e perda o bastante nessa família, nessa casa, ultimamente... por que não ficar feliz por essa vida nova, pela benção que é?

É, esse é meu novo plano.

Angie pula de sua cadeira, já chorando, e dá vários beijos nos dois, Whitley logo atrás. Zach e Sawyer murmuram um "parabéns", e eu me sento e observo por um tempo. Queria que Dale estivesse aqui para ver seu filho se casar, segurar seu primeiro neto, e conhecer minha namorada.

— Evan?

— Desculpe, o quê? — Encaro Parker, que sorrindo para mim, espera minha aprovação.

— O casamento foi antecipado; Hayden aqui não quer mostrar a barriga em seu vestido, mesmo que eu diga que ficaria linda. Então está na hora de perguntar: quer ser meu padrinho?

— É claro que quero. — Levanto, assim como ele, e lhe dou um abraço viril. — Parabéns, cara, você vai ser um ótimo pai.

— Você acha?

— Sim, Parker, acho. Tio Evan... — divago, estufando o peito. — Essa criança vai me amar.

— Não mais do que sua vovó — Angie interrompe, sem parar de chorar ainda. — Agora vamos comer antes que eu inunde o lugar.

— Então quando estamos pensando em fazer o casamento, e onde? — Whitley está salivando, dá para ver daqui. Minha pequena planejadora de eventos; tão fofa.

— Estava pensando no final do mês, talvez no estábulo? — Hayden responde.

— Lá fora, em julho, na Geórgia? — Whitley pergunta. — Hayden, você pode adoecer naquele calor na sua condição.

— Whitley? — tento interromper.

— Só estou pensando em Hayden. Sei o que vai dizer, estou sendo mandona e tentando tomar conta de tudo, e não é meu casamento, mas só não quero que a pobrezinha da Hayden...

— Amor! — corto-a.

— O quê? — Ela me encara, já na defensiva.

— O estábulo tem ar-condicionado.

Ela demora um minuto, se acalmando e mantendo seu rosto digno.

— Ninguém ri. — Ela aponta para Sawyer. — Estou falando sério. — Todos encaramos nossos pratos, estoicamente. — Acho que tem bastante tempo, Hayden. Ficarei feliz em te ajudar com isso — Whitley diz, adequada e elegante.

— Obrigada — Hayden mal consegue falar com o rosto sério. É muito fácil se você não precisar encará-la.

— Vocês vão me ajudar a planejar uma festa de despedida de solteiro, rapazes? — pergunto a Sawyer e Zach.

— Você sequer precisa mesmo de mim? — Zach sorri. — Tenho certeza de que Sawyer nasceu para esse trabalho.

— Ele pode ter *strippers*? — Sawyer pergunta para Hayden, literalmente, implorando por sua resposta com olhos pidões.

— Claro, mas nada de danças no colo para ele. Ele não pode tocá-las e elas não podem tocá-lo. Acho que isso é razoável, okay? — Ela encara Parker.

— Tem minha palavra, querida — ele jura com um aceno. — Podem planejar.

Sawyer se levanta e quase cai para trás em sua cadeira com um soquinho exagerado e um "issoooo"!

CAPÍTULO 32

PEDAÇO DO CÉU

Evan

— Então, o que vocês, meninas, decidiram fazer hoje à noite? — pergunto, incapaz de tirar minhas mãos dela. Preferia muito mais ficar aqui com ela hoje, talvez nadar no lago à luz da lua, mas ela me disse que o padrinho deve ir para a despedida de solteiro. Todos nós sabemos que estamos sob essa fachada tradicional apenas para que Sawyer não se jogue de um penhasco, mas Whitley não vai mais discutir comigo.

— Vamos fazer para Hayden uma despedida de solteira intinerante. Ela não pode beber com o pãozinho no forno, então tivemos que pensar em algo divertido e diferente. É uma caça ao tesouro ao redor da cidade, e as outras garotas têm que tomar shots em todas as paradas para que Hayden possa rir delas. Eu vou dirigir.

— Tem certeza de que não quer que eu dirija para você poder participar?

— Tenho certeza. — Dá batidinhas em minha bochecha. — Vá se divertir, apenas se comporte. Clube de strip — ela murmura, balançando a cabeça. — Nem pense em subir na cama comigo hoje se tiver uma partícula de glitter em você ou se estiver cheirando a perfume barato.

— Você me conhece melhor do que isso, linda. Você é tudo o que vejo. E não é exatamente um clube de strip, eles não têm isso aqui. São algumas garotas que Sawyer contratou, dançando na nossa espelunca de bar. Não é a mesma coisa, e só para o proveito de Sawyer, e talvez Zach — explico, rindo.

— Bem, não mantenha Parker fora de casa a noite toda; ele tem que se casar amanhã. Se ele ficar atolado na ressaca e arruinar minha cerimônia cuidadosamente orquestrada, vou, pessoalmente, te culpar. — Cutuca meu peito.

Whitley trabalhou à beça nesse casamento. O estábulo foi transformado em uma catedral que faria o Papa chorar. Cadeiras, mesas, serpentinas, flores, velas – é só dizer, ela pegou e enrolou em todo lugar. Hayden tem um bom espírito esportivo, nauseada demais na maior parte das vezes para ligar, e deu total liberdade para Whitley. Estremeço ao pensar no dia em que vou me casar com minha garota. Não tem como saber o que ela, juntamente com minha mãe, vai aprontar.

— Ele não vai — Parker diz, entrando atrás de nós. — Já estou pronto para ficar em casa com minha pequena mamãe. Mas antes de sairmos, eu queria falar com vocês dois. Hayden e eu temos um presente para vocês.

— Vocês não precisavam fazer isso — Whitley começa, embora seus olhos estejam marejados.

— Claro que precisávamos. Vocês são nossos padrinhos, afinal. — Ele puxa minha mulher para seu lado. — Hayden não tem ninguém aqui, Whit, bem, exceto eu e minha mãe, e você a ajudando nessas últimas semanas, sendo uma amiga tão boa, e namorando meu melhor amigo; bem, eu diria que você é a pecinha perfeita do quebra-cabeça todo.

Deveria ser realmente eu quem devia estar abraçando minha garota que agora chora copiosamente, mas não, Parker parece aproveitar, com lágrimas nos olhos também. Ele percebe que quanto mais ele falar coisas assim para ela, pior vai ficar, espero.

— Vamos lá. — Ele ri, beijando sua cabeça.

Hayden está nos esperando do lado de fora, com um lindo brilho enquanto mantém uma mão em sua barriga e estende a outra para Parker.

— Você contou a eles?

— E roubar seu momento? Eu pareço burro, querida?

— Então por que Whitley está chorando? — ela pergunta, dando a Whit um sorriso reconfortante.

— Evan falou que ela não poderia cantar no casamento.

— Quê? — Hayden grita, me lançando um olhar escaldante.

— Não fiz isso — digo, rapidamente, erguendo as duas mãos em rendição. — Você só está andando por aí incitando todo mundo hoje à noite, né? — Dou um empurrãozinho nas costas de Parker.

— Entrem. — Ele tropeça e ri, ajudando sua noiva a subir na caminhonete.

279

— Park, aonde estamos indo? Os caras estão esperando — protesto, já sabendo que perdi e ajudando Whitley a entrar.

— Deixe-os esperar — Eu sabia que ele diria isso. — Isso aqui é sobre nós quatro, e é tudo o que importa.

Whitley me dá uma olhada nervosa e curiosa, dando de ombros, e segura minhas mãos com as suas duas. A ida até a parte de trás da terra dos Jones demora uns dez minutos, mas hoje leva quase vinte já que ele se desvia e desacelera a cada buraco, olhando sua noiva grávida toda vez. Ela está com cerca de quinze semanas, pelo que ouvi da última vez, e não que eu tenha certeza, ou perguntaria para Whitley que me daria um tapa, mas ela parece estar engordando rápido. Aquele bebê, com certeza, vai ser encorpado como seu papai.

— Aqui estamos — Parker informa, descendo e seguindo para o lado de Hayden.

Já vi esse exato lugar mais vezes do que sou capaz de sequer tentar contar, então não tenho certeza do que ele está nos mostrando. Até Whitley já viu pelo menos umas cinquenta vezes, é meu lugar favorito nessa fazenda inteira. Tem uma pequena colina com uma vista para o horizonte, para o leste e norte, o velho celeiro ao sul, e para o oeste... Riacho Amigo.

Foi assim que o chamamos, Laney, Parker e eu – Riacho dos Três Amigos. O registro da cidade diz que é Riacho Mule Elk, mas a gente não liga; esse é o nosso riacho, mais de um quilômetro e meio percorrendo a terra dos Jones. É onde mergulhei pelado pela primeira vez com Parker e duas mulheres, nenhuma delas era Laney. Laney estava lá quando amarramos o balanço e Dale gritou para nós que não era profundo o bastante e que quebraríamos nossos pescoços, e nos fez cortar. Ela esteve em todos os nossos acampamentos à sua margem e ficou presa na balsa conosco (de novo, não é profundo o suficiente em alguns lugares) e bem ali... minha árvore ainda está no lugar perfeito para caçar veados.

É, é assim que o céu se parece para mim.

— Está pronto agora? — Parker empurra meu ombro, dando um sorriso teimoso.

— Humm?

— Te falei. — Dá um sorrisinho para Hayden.

— Falou mesmo. — Ri e afaga meu ombro. — Agora entendo o que queria dizer.

— O quê? — pergunto, sem entender ainda a conspiração.

— Falei para Hayden, não importa quantas vezes você fique parado nesse exato lugar, você sempre faz a mesma coisa. Deixa o resto de nós aqui e viaja, pensando sobre tudo que ama nesse lugar. Ninguém nunca vai gostar da minha terra, principalmente, essa aqui — bate o pé, levantando poeira — mais do que você, Evan.

— Tem alguma coisa aqui, acho. — Dou um meio sorriso tímido, sem saber como explicar de outra forma. — Parece ser meu lugar de felicidade.

— Por isso que estou dando a você.

De alguma forma, ouço o arquejo de Whitley, e a seguro, ou a uso para me apoiar, qualquer um dos dois serve.

— O q-quê? — gaguejo, atordoado.

— Além de Hayden e minha mãe, você é meu melhor amigo no mundo todo. Laney — ele ri — vai ser cuidada, vai para lugares incríveis e ver coisas incríveis. Tive muita sorte, Evan. Não precisei esperar a vida inteira para conhecer as melhores pessoas que existem. Eu as conheci quando nasci, depois no ensino fundamental e no terceiro ano da faculdade. — Ele sorri com adoração para Hayden. — Nunca vou precisar de mais ninguém. Eu não poderia fazer melhor, e meio que gostaria de te manter por perto.

— Park, você não pode simplesmente me dar...

— Posso fazer o que eu quiser. Já fiz, na verdade. — Ele puxa de seu bolso traseiro alguns papéis enrolados, todo homem de negócios. — Esse lugar, e todos os 32 hectares[8] em volta, são seus. Podemos construir uma casa para você e Whit, ser parceiros de pesca a vida toda e dar montes de açúcar escondidos para os filhos um do outro. — Dou-lhe um abraço de irmão antes mesmo que eu possa responder. Ou chorar como uma garotinha.

— Te amo, cara.

— Park. Hayden. — Olho para ambos, incerto do que dizer. Não consigo entender direito o que ele falou. Essa terra é minha? — Eu amo vocês também, mas isso... — começo a dizer. — Quero dizer, obrigado.

— Ai, meu Deus. Evan. Gente. — Whitley chora.

Dessa vez me movo com rapidez, meus reflexos como os de um gato, garantindo que seja eu a confortá-la, enquanto Parker e Hayden saem discretamente, nos dando privacidade.

— Só vou fazer isso se você fizer comigo, Beija-flor — sussurro em seu ouvido. — Quando terminarmos a faculdade, podemos nos mudar pra cá, construir qualquer tipo de casa que queira. Você poderia ser feliz assim,

---

8   O que equivalente a 323748.36 metros quadrados.

281

Whit? Talvez lecionar em uma escola na cidade, depois vir para casa para mim e criar vacas, galinhas... bebês?

Seu silêncio me faz entrar em pânico, então me inclino para trás para encará-la, secando abaixo de seus olhos com meus dedos.

— Podemos ter porcos também?

— Sim, amor, podemos ter porcos.

— Então estou dentro! — Ela pula, envolvendo suas pernas ao meu redor.

— Temos três anos até eu me formar na faculdade, amor, três anos para planejar e construir a casa dos seus sonhos. — Dou um beijo na ponta de seu narizinho, depois, para selar o trato, eu a carrego comigo para pegar a flor silvestre que vi há uns dez passos daqui e entrego a ela. —Tente não planejar tudo até a hora em que eu chegar em casa hoje, tá?

— Vai ser sempre tão bom assim, Evan? Eu te amo tanto, tudo parece tão perfeito; com certeza, não pode ficar assim para sempre.

— Não, vai ficar melhor ainda.

EPÍLOGO

Sawyer

Tate e Bennett, Dane e Laney, Evan e Whitley... Sawyer e Zach. Alguém mais vê o problema com essa porra de situação?

Eu quero uma namorada, um relacionamento? Nem pensar. Isso é o que sempre tive como verdade; a única coisa constante da qual tenho certeza.

Mas, ultimamente, algo está me incomodando e não consigo me livrar disso. Acorda-me à noite. Levanto todo suado e olho ao redor do quarto... estou atrasado para a aula? Ouvi meu celular tocando? Deixei o chuveiro ligado?

Não, nada, só uma força invisível mais forte do que eu me dando nos nervos. De novo.

Todos estão seguindo em frente e crescendo à minha volta. Estou estagnado, o mesmo cara que fica farreando, festejando, desapegado e extremamente *sexy* que eu era quando cheguei na Geórgia.

Cadê a minha mulher boa-demais-pra-ser-verdade com o *sex appeal* amável e gentil de Bennett, a gostosura espertinha e atlética de Laney e a beleza carinhosa, inocente e sempre feliz de Whitley? Ah, porra, quero as três misturadas em uma.

Eu poderia ir em busca de um amor real, dia após dia, mas ninguém nem chega perto de chamar a minha atenção por mais tempo do que dar um nó na camisinha e levantar minha calça. Não, arranjo garotas fáceis, pegajosas e desinteressantes. Merda, desde que Whitley entrou para a galera, também não pego mais as mais peitudas.

E essa despedida de solteiro do Parker, a quem conheço por, talvez, oito semanas – Deus, estou morrendo de inveja dele. Aquela sua Hayden o adora pra caralho, e ela ficou ainda mais gostosa grávida do que era antes. E ela o mima de uma forma muito independente, sem ser uma sanguessuga. Por que não consigo encontrar uma garota assim?

Claramente, já tomei tequila demais, já que sou o anfitrião da minha própria festinha de merda aqui, sentindo pena de mim mesmo. Foda-se isso. Ergo duas notas, acho que são de vinte, e botas de cowboy prateadas surgem rápido demais.

Desafie-me, cacete! Queira algo além do meu pau!

— O que consigo com isso? — digo, arrastado, empurrando as notas para ela.

Ela chuta um calcanhar, depois o outro, afastando minhas pernas o tanto que quer e sobe no meu colo.

— Isso — cantarola e começa a rebolar. Sua tentativa de acariciar meu peito toda *sexy* é um fracasso total, prendendo uma unha longa demais no meu piercing de mamilo. É bom ela não rasgar a porra da minha camiseta – amo essa camiseta.

— Quanto custa ir lá para trás? — Dois meses em uma fazenda é solitário pra cacete.

Ela para, rapidamente, olhando nervosa à nossa volta, depois se inclina para meu ouvido.

— Não é meu clube de sempre, então, não aqui — sussurra —, mas por cem, te encontro lá fora depois.

Quando estava prestes a terminar cada detalhe, *Shook Me All Night Long*, minha música favorita de todas, começa a tocar. Agora essa dança eu preciso ver, tirando as Unhas do Drácula de cima do meu colo e da minha frente para enxergar o palco, ou seja, a parte plana desse lugar.

Por favor, me bata e me coloque na cama... quem caralhos é aquela?

— Zach?!

Grito mais alto:

— Zach?!

— O quê?

— Quem. É. Aquela? — Aponto para a... humm, vamos dizer "dançarina" por enquanto.

— Por que eu a conheço? Acho que falaram Karma ou algo assim, mas duvido que você a encontraria na lista telefônica por esse nome. Por quê?

Olha ele tentando ser todo espertinho... Bem, ele se ferrou – quem usa uma lista telefônica?

— Por nada. — Balanço os ombros no que espero ser uma indiferença casual, sem nunca desviar meu olhar dela. Isso pode estragar meu disfarce, mas porra, não conseguiria parar de encará-la nem se tentasse.

Acho que é a cerveja, risca isso, é o olhar de tequila; tem que ser. Eu só estava dando em cima de qualquer garota que chegasse perto de mim, pronto para pagar por uma rapidinha insignificante, afogar o ganso, e uma perfeição completa começa a dançar minha música favorita?

É, e quando terminar aqui, vou para a mansão da Playboy na porra do meu dragão voador que comprei com a grana que ganhei na loteria.

Isso não é real e chegando perto, ela deve ser um desastre, com bafo ruim e uma voz manhosa... e herpes. Tem que ser.

Mas eis o que sei, sem adivinhar, nada de doces ilusões, sem talvez – é certo: o cabelo dela é tão escuro e brilhante que você quase pode ver reflexos nele e tem mechas roxas – *sexy* pra caralho. E, só espere... ESTÁ. COM. TRANÇAS.

Geralmente, duas tranças ou rabos de cavalo são conhecidos como "guidões" no meu idioma, mas nessa garota, ficou fofo, tranças fofas, que induzem sonhos molhados.

Seus olhos são tão escuros quanto seu cabelo, e retêm o medo e a ansiedade de um gatinho preso em uma calha quando está chovendo. Talvez eu nunca saiba de onde veio, esse instinto que até esse momento eu juraria sobre uma pilha de Bíblias que não tinha, mas juro que consigo ouvir sua mente gritar para a minha: "Você é grande e forte! Me proteja, Sawyer! Cuida de mim, me segura, torne-me destemida!".

Aquele corpo dela é minúsculo. Não frágil, apenas pequeno, e bronzeado, e torneado... e dela mesma. Ela se vira para o lado, para longe dos olhares curiosos, e mantém as mãos cobrindo seus seios quase à mostra, como se a provocação fizesse parte da dança, mas não faz. Aposto que essa garota nunca dançou ou foi *stripper* antes. E se foi, deveria parar agora mesmo, porque ela é simplesmente terrível nisso.

Aqueles saltos "venham me foder" que está usando? São dois números maiores e ela nunca andou neles antes. Outra coisa que ela deveria parar de fazer imediatamente. Se o cambalear não chamou atenção para suas pernas esculturais, seria apenas triste, mas as pernas valem a pena o show sofrido. Ah, e porra, ela está pulando por aí em círculos, espero que ela não esteja pensando que isso seja um bom disfarce para sua ausência de habilidades de dança... pulando, pelo amor de Deus.

E por último, ela ama essa música. Ela está cantando, silenciosamente, mantendo seu olhar fora de foco e preso na parede dos fundos, morrendo de vontade para que tudo acabe, exceto a música. E quando isso acontece, ela corre para trás da cortina como se estivesse pegando fogo.

— Quem era aquela? — pergunto à Unhas do Drácula, ainda parada ao meu lado.

— Garota nova — responde, cínica. — Primeira noite, não percebeu? — Ela ri.

— Sim, percebi.

— Então, te vejo mais tarde? — Ela franze os lábios exagerados para mim.

— Talvez, se eu te vir, te vi. — Eu me levanto, indo na direção de Dane.

— Onde você arranja essas garotas?

— E eu sei lá; Brock que trata disso.

— Então a empresa, é local pra gente, tipo em Statesboro?

— Acho que sim, por quê?

— Descubra com certeza, vou tirar água do joelho. Já volto.

Realmente preciso fazer xixi, mas me desvio do caminho, espiando por trás da cortina como se o Mágico e Poderoso Oz estivesse esperando para me dar todas as informações sobre essa garota. Não o vejo, nem ela, apenas várias outras mulheres seminuas que só me lembram o quanto ela era diferente. Quero entrar e exigir que me digam seu nome e de onde ela é, mas sou forçado a me retirar e fechar a cortina de novo quando seu acompanhante/guarda-costas/sei lá o quê me vê.

Na boa, Dane pode descobrir para mim, aquele homem tem modos muito assustadores de cavar o que está escondido. Corro de volta para o banheiro e o alcanço assim que está desligando o celular.

— E aí?

— Empresa local, meio fora do radar, Brock não tem certeza se elas estão listadas no sistema, se é que me entende.

— Não entendo.

Ele se inclina na minha direção, murmurando, baixo e discreto:

— Não sei de nada, e vou dizer isso: saia daqui e nunca fale sobre isso de novo. Talvez eu demita Brock também por ser um idiota. É uma coisa à parte para um cara, a maioria estudantes da faculdade e menores de idade precisando de grana.

— Caralho — murmuro.

— Caralho mesmo. Meu nome nunca vai ser associado a isso, nunca.

Eu não fazia ideia e vou matar Brock se ele prejudicar qualquer um de nós, de qualquer maneira. Ouviu?

— Espera, da faculdade, a nossa faculdade?

— Sim. — Ele suspira, passando a mão pelo cabelo, muito puto.

— Meu antigo trabalho está me esperando no *The K*? — Espera, melhor ainda... — Posso até substituir o Brock.

— Você sempre terá um emprego comigo, Sawyer, sabe disso. É só dizer.

— Já estou dizendo. Vou embora mais cedo. Não demita Brock até eu falar, okay? Preciso conversar com ele antes.

— Apenas o demita quando conseguir o que precisa. Lavo minhas mãos dessa coisa toda. Agora vaza daqui e pague pela festa em dinheiro. Sem rastros, ouviu, Sawyer?

— Pode deixar. Até mais, cara.

Cuidado, *Skipper*, o papai está indo para casa.

AGRADECIMENTOS

Se eu falasse o nome de cada pessoa que me ajudou durante esse processo, se dissesse a elas o que está em meu coração, meus agradecimentos seriam mais longos que meu livro... esse é o tanto que sou abençoada! Então, vou tentar deixar curtinho e fofo, mas espero sinceramente que eu faça meu trabalho como pessoa para que cada um saiba o tanto que significa para mim.

Quando escrevi meu romance de estreia, SURGIR, nunca imaginei a onda de amor e apoio que receberia – tem sido uma lição de humildade, surpreendente e realmente comovente! Cada um de vocês que usou seu tempo para ler, fazer resenhas, promover e avaliar Surgir, OBRIGADA. Tantos de vocês iam até a minha página para me dizer o quanto o livro os emocionou, as coisas da sua vida que os fizeram lembrar, os amigos para quem recomendaram, a foto maneira que encontraram que acharam perfeita, as perguntas que fizeram ou simplesmente para dizer oi... eu li tudo e chorei mais vezes do que tenho coragem de admitir.

Na verdade, estou chorando enquanto digito isso, rs.

Meu marido Jeff tira quase todo o peso dos meus ombros. Se ele descobrisse uma forma de tomar banho e comer por mim, acho que ele faria – isso é, sinceramente, tudo que sobrou que ele não faz por mim. Ele é a melhor coisa já me aconteceu. Se eu pudesse me casar com qualquer pessoa do mundo inteiro amanhã, eu o escolheria de novo. Eu te amo, amor!

Minhas meninas – Lyndsey sempre me faz rir e me relembra o quão legal é ser uma jovem mulher. Quantas pessoas têm uma filha que também é umas de suas pessoas favoritas para ter por perto? Brooklyn me ensina gentileza, empatia e doçura. Eu te amo tanto, Brookie! Shelby Jo me mostra todos os dias sua independência e força, o que de fato significa ser uma superestrela, sua própria pessoa, fazendo seu jogo não importa qual recompensa, ou falta dela, espera na linha de chegada. E Brittany, ela lê para mim, me dá lindos bebezinhos para mimar e demonstra constantemente a importância de dizer o que pensa!

Minha família – de novo, uma daquelas categorias onde você NÃO começa a citar nomes e arrisca esquecer de alguém. Vou te contar, tenho uma família bem legal. E por legal quero dizer louca, barulhenta, irritante, com Síndrome de Borderline e tão divertida que a sociedade mal aguenta quando estamos em grupos. Mas, eles são todos meus e eu os adoro, não trocaria vocês por nada!!! Um brinde às mesas flutuantes!

As mulheres em minha família são fortes, independentes, brilhantes, trabalhadoras e engraçadas pra &*^%$#@ – ensinei a elas tudo o que sabem. Os homens da minha vida são amáveis, gentis quando precisam e fortes pra caramba o restante do tempo. Eles são exemplos de como deveriam ser os pais, maridos, tios, primos, padrinhos, protetores e líderes.

Agora que falei tudo, vou dar um destaque especial para meu priminho Brandon... principalmente por ter tanto orgulho dele que nem consigo enxergar direito – meu bonitão da Marinha dos Estados Unidos, mas também porque ele lê todo o meu trabalho, de novo, e de novo, e de novo... e nunca reclamou nem uma vez.

Minhas amigas – tenho algumas mulheres na minha vida que, constantemente, restauram minha fé na humanidade. Elas leem meu trabalho, me mandam mensagens porque, sim, me fazem cestas e compram suprimentos, me marcam em qualquer página em que eu venha a aparecer e nunca se recusam a serem vistas comigo quando sou a única usando calça de moletom e o cabelo em um coque, sem maquiagem ou nenhuma vontade aparente de dar a mínima para qualquer coisa.

Angela Graham, minha amiga, minha leitora crítica – se você pudesse maneirar nas viagens de *cross-country* onde não tem internet, seria ótimo... rsrsrs, porque você é a outra metade do meu cérebro, minha garota dos "detalhes", minha ouvinte. Se eu não tivesse te conhecido, não existiria Surgir ou Abraçar, você é simplesmente importante assim. Te amo, garota.

Samantha Stettner – Mocinha, você torna minha vida mais fácil e mais feliz. Você me ajuda tanto, sempre me dando discursos de encorajamento e ideias bem quando preciso delas, cuidando de tudo para mim... basicamente, você é meu braço direito. Queria tanto que você morasse mais perto para que eu pudesse aparecer sorrateira e te envolver em um abraço!!!

À Dupla Dinâmica de Toski Covey e Sommer Stein – por amarem meu trabalho o suficiente para colocá-lo debaixo de suas asas e dar a ele uma cara nova e incrível! Vocês duas são maravilhosas, não posso agradecê-las o bastante! Sou a humilde receptora das suas visões... apenas fico sentada, preparada para me impressionar!

Às Erins: Preciso delas... Erin Roth, minha revisora que tem olhos de águia e faz o melhor trabalho de edição, mesmo que ela não me deixe dizer "awnry", rs. E Erin Long, minha diagramadora, a quem juro escutar meus e-mails chegando, mesmo que no meio da noite, enquanto estou no modo pânico total, implorando para ela mudar algo naquele segundo. Ela é uma salva-vidas veloz!

BLOGUEIROS – de jeito NENHUM vou citá-los individualmente. Sabendo como sou, eu esqueceria um e me manteria acordada à noite imaginando ter magoado alguém. De forma coletiva – VOCÊS SÃO INCRÍVEIS!!! Vocês mudam as vidas de autores independentes que tinham histórias zunindo em suas cabeças, seus corações, e se arriscaram – vocês se arriscaram por eles, colocando seus próprios empregos e famílias de lado naqueles momentos para que pudessem ler seus livros e dar um retorno. TANTOS de vocês apoiaram a mim, SURGIR, ABRAÇAR... e tenho orgulho de chamar vários de vocês de amigos. Sua ética, integridade, altruísmo, gentileza e profissionalismo são reconhecidos e valorizados!!!!

Minhas BETAS INCRÍVEIS, TIME DE HALL'S HARLOTS STREET, BONECAS DO DANE e minha "Galera" – vocês sabem quem são e – espero – o que significam para mim!!! Se não sabem, lhes dou permissão para chutarem minha b****, porque deveria estar fazendo vocês se sentirem especiais a cada oportunidade que eu tiver. Vocês sempre estão lá quando preciso de um rápido conserto, uma ideia, uma opinião, rir, chorar... se eu nunca escrevesse outro livro, ainda precisaria de vocês em minha vida. Vejam, esta é a parte em que todos os seus nomes estão surgindo e tenho algo especial a dizer, mas... minhas mãos estão tremendo demais para digitar só de pensar em esquecer alguém, então vou apenas falar, amo TODOS vocês!

A-Team... sem palavras, moça fofa e maravilhosa!

*** Reservei o direito de corrigir, dar desculpas, implorar por perdão ou dar uma de desentendida em geral a respeito dessa mensagem, CASO tenha esquecido de alguém.

OBRIGADA A TODOS!!!

Beijos,

S.E. HALL

A The Gift Box é uma editora brasileira, com publicações de autores nacionais e estrangeiros, que surgiu no mercado em janeiro de 2018. Nossos livros estão sempre entre os mais vendidos da Amazon e já receberam diversos destaques em blogs literários e na própria Amazon.

Somos uma empresa jovem, cheia de energia e paixão pela literatura de romance e queremos incentivar cada vez mais a leitura e o crescimento de nossos autores e parceiros.

Acompanhe a The Gift Box nas redes sociais para ficar por dentro de todas as novidades.

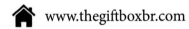 www.thegiftboxbr.com

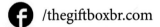 /thegiftboxbr.com

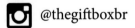 @thegiftboxbr

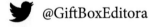 @GiftBoxEditora